어려운 시절

어려운 시절

초판 1쇄 발행 2016년 11월 20일
2쇄 발행 2021년 8월 13일

지은이 찰스 디킨스
옮긴이 김옥수
펴낸이 김소연
디자인총괄 이유빈

펴낸곳 비꽃
등록 2013년 7월 18일 제2013-000013호
주소 서울 강북구 삼양로16길 12-11
이메일 rain__flower@daum.net
전화 02)6080-7287, 010)3034-7287 팩스 070-4118-7287
홈페이지 www.rainflower.co.kr

ISBN 979-11-85393-26-1
979-11-85393-19-3 (세트번호)

이 도서의 국립중앙도서관 출판시도서목록(CIP)은 서지정보유통지원시스템 홈페이지(http://seoji.nl.go.kr)와 국가자료공동목록시스템(http://www.nl.go.kr/kolisnet)에서 이용할 수 있습니다.
(CIP제어번호: CIP2016026973)

값 13,000원

Hard Times - For These Times

어려운 시절

찰스 디킨스 지음 · 김옥수 옮김

비꽃

이 책은 펭귄 클래식 2003년 판본과 The Project Gutenberg eBook, Release Date: March 17, 2013을 참고했다.

목 차

제1권: 씨앗 뿌리기

제2권: 수확하기

제3권: 저장하기

제1권: 씨앗 뿌리기[1)]

1장. 진짜 필요한 건 딱 한 가지[2)]

"따라서 내가 원하는 건 구체적인 사실이오. 저 아이들에게 구체적인 사실만 가르치시오. 살아가는 데 필요한 건 구체적인 사실 딱 한 가지뿐이오. 구체적인 사실만 심어주고 나머진 모두 뽑아내시오. 구체적인 사실에 근거할 때 비로소 이성적으로 생각하는 인간을 만들 수 있소. 다른 건 전혀 아무런 도움도 안 되오. 이건 내가 친자식을 기르는 원칙이며, 내가 저 아이들을 교육하는 원칙이기도 하오. 구체적인 사실에 충실하시오, 선생!"

아무런 장식도 없이 단조롭고 평범한 교실에서 한 사람이 딱딱한 집게손가락으로 교사 옷소매에 줄을 그으며 강조했다. 절벽처럼 밋밋하고 널찍한 이마가 – 밋밋한 절벽 하단부에 눈썹이 있고 그 밑으로

---

1) 갈라디아서 6:7 '사람은 씨앗을 뿌린 대로 거둔다.'
2) 루가 10:42 '실상 필요한 건 한 가지뿐이다.' 사람이 살아가는 데 가장 중요한 건 지혜로운 말을 듣는 거라면서 예수가 하신 말씀이다.

그늘을 드리운 어두운 동굴에 두 눈이 넉넉하게 들어앉은 이마가 - 주장을 펼치는데 한몫했다. 엷은 입술로 널찍하게 꽉 다문 입도 주장을 펼치는데 한몫했다. 완고하고 인정 없는 명령조 목소리도 주장을 펼치는데 한몫했다. 반짝거리는 대머리는 파이에서 삐져나온 건포도처럼 여기저기 튀어나온 혹이 구체적인 사실을 잔뜩 집어넣다 못해 겉으로 삐져나온 것 같고, 대머리 가장자리에 빳빳하게 곤두선 머리칼은 바람을 막으려고 심은 전나무 인공림 같은 모습으로 주장을 펼치는데 한몫했다. 딱딱한 태도와 딱딱한 외투와 딱딱한 다리와 딱딱한 어깨는 물론 구체적인 사실처럼 목덜미를 단단하게 조이는 목도리도 주장을 펼치는데 한몫했다.

"우리 사회는 구체적인 사실만 원한다오, 선생, 구체적인 사실만!"

이렇게 말한 어른과 선생님과 그 자리에 참석한 또 다른 어른은 뒤로 살짝 물러나며 아이들을 쭉 훑어보고, 아이들은 나란히 앉아서 구체적인 사실을 온몸에 넘치도록 받아들이려고 준비했다.

2장. 죄 없는 어린애를 죽이다[3]

'나는 토마스 그래드그라인드라고 하오, 선생. 현실적인 인간. 구체적인 사실에 근거해서 판단하는 인간. 둘 더하기 둘은 넷이지 그 이상도 이하도 아니라는 원칙에 따라 살아가는 인간. 아무리 설득해도 다른 가능성은 생각조차 않는 인간. 그렇소, 토마스 그래드그라인드가 확실

3) 마태오 2:16 헤로데 왕이 베들레헴과 주변에 사는 어린애를 모두 죽이듯, 학교에서 어린애를 모두 죽인다는 뜻이다.

하오. 나는 자와 저울과 구구표를 주머니에 항상 넣고 다니니, 인간성의 무게와 크기를 정확하게 재서 언제라도 구체적인 결과를 알려줄 수 있소. 이런 건 간단한 산술문제에 불과하오. 조지 그래드그라인드 선생이나 어거스터스 그래드그라인드 선생이나 존 그래드그라인드 선생이나 요셉 그래드그라인드 선생 머리에 – 모두 실존하지 않는 가상 인물인데 – 말도 안 되는 생각을 집어넣을 수 있을지 모르겠으나, 나 토마스 그래드그라인드만큼은 절대로 그럴 수 없을 거요, 선생!'

그래드그라인드 선생은 잘 아는 사람을 만나든 모르는 사람을 만나든 언제나 마음속으로 자신을 이렇게 소개한다. 지금은 '선생'이란 표현을 '학생 여러분'으로 바꿔서 토마스 그래드그라인드라는 인물을 그대로 드러내며 앞에서 쳐다보는 아이들에게 구체적인 사실을 가득 집어넣으려고 하는 중이다.

실제로, 앞에서 언급한 '어두운 동굴'에서 열심히 쳐다보는 모습은 구체적인 사실을 포신에 장전해서 아이들 유년기를 단번에 날려버리려고 단단히 준비한 대포 같기도 하고, 섬세하고 참신한 상상력을 모두 날려서 끔찍한 기계로 대체하려는 전기전도장치 같기도 했다. 그래서 딱딱한 집게손가락으로 정면을 가리키며 말했다.

"이십 번 여학생. 내가 모르는 학생이군. 누구지?"

이십 번 여학생이 일어나서 얼굴을 붉히며 공손하게 대답했다.

"씨씨 주프입니다, 선생님."

그러자 그래드그라인드 선생이 반박했다.

"씨씨는 이름이 아니야. 씨씨라고 부르지 말도록. 시실리아라고 불러."

어린 여학생은 떨리는 목소리로 다시 공손하게 대답했다.

"아버지도 저를 씨씨라고 부릅니다, 선생님."

"그렇다면 그건 옳지 않아. 그렇게 부르면 안 된다고 말씀드리게. 시실리아 주프라. 어디 보자. 아버지는 뭘 하시지?"

"곡마단에서 일하십니다, 선생님."

여학생이 대답하자, 그래드그라인드 선생이 불쾌하다는 듯 눈살을 찡그리고 손사래를 치며 말했다.

"그런 말은 조금도 듣고 싶지 않아, 여기에서. 그런 말을 하면 안 돼, 여기에서. 자네 아버지는 말을 길들이는 거야, 그렇지?"

"네, 선생님, 길들일 말이 있으면 곡마단에서 길들입니다, 선생님."

"곡마단 얘기도 하면 안 돼, 여기에서. 그렇다면 좋아. 자네 아버지는 조마사라고 해. 그럼 병든 말도 치료하겠지?"

"네, 선생님."

"그래, 좋아. 자네 부친은 말을 치료하는 수의사고 조마사야. 말에 대한 정의를 내려 보아라."

이 말에 씨씨 주프가 깜짝 놀라서 어찌할 바를 모르자, 그래드그라인드 선생은 어린 학생들을 둘러보며 말했다.

"이십 번 여학생은 말에 대한 정의를 내릴 수 없어! 이십 번 여학생은 가장 흔한 동물에 대한 구체적인 사실을 하나도 몰라! 그렇다면 남학생이 말에 대해서 정의할까? 너, 비쩌."

딱딱한 손가락이 이리저리 움직이다가 갑자기 비쩌를 가리키는데, 황량한 유리창 하나에서 햇살이 하얗게 회칠한 교실로 파고들어 씨씨를 지나며 비쩌가 앉은 자리까지 비춰서 그런 것 같았다. 앞으로 경사진 교실에서 여학생과 남학생은 따로 앉고 한가운데를 좁은 통로가 지나는데, 씨씨는 햇살이 비추는 줄에 앉아서 햇볕 첫머리를 받고 비쩌는 건너편 앞줄에 앉아서 햇볕 끝머리를 받았다. 하지만 눈이 까맣고 머리칼도 까만 씨씨는 햇살을 받아서 피부가 훨씬 건강하게 보이지만, 눈도 엷고 머리칼도 엷은 비쩌는 똑같은 햇살에 그나마 남은 혈색마저 빼앗긴 것처럼 보였다. 두 눈 자체도 너무 싸늘한 나머지 눈이 아닌 것 같은데, 짤막한 속눈썹이 훨씬 창백한 색상에 대비되며 눈 모양을 만든 덕분에 그나마 눈처럼 보였다. 짧은 머리칼은 이마와 얼굴에 가득한 갈색 주근깨가 그대로 일어난 것 같았다. 피부에 혈색이 부자연스러울 정도로 부족한 게, 살이라도 베이면 하얀 피가 흐를 것 같았다.

토마스 그래드그라인드가 다시 말했다.

"비쩌, 자네가 말에 대해 정의하도록."

"발이 네 개. 초식동물. 이빨은 마흔 개로 어금니 스물네 개, 송곳니 네 개, 앞니 열두 개. 봄이면 털갈이를 하고 습지에서는 발굽 갈이도 합니다. 발굽은 딱딱해도 쇠로 만든 편자를 씌워야 합니다. 이빨 모양을 보고 나이를 파악합니다."

비쩌가 쭉 늘어놓자, 그래드그라인드 선생이 물었다.

"이십 번 여학생, 이제 말이 무언지 알겠지?"

씨씨는 다시 공손하게 대답하는데, 애초에 더할 나위 없도록 빨갛게 달아오른 얼굴은 그럴 수만 있다면 더 빨갛게 달아오를 것 같았다. 반면에 비쩌는 토마스 그래드그라인드를 바라보며 두 눈을 빠르게 깜빡이는 바람에 부르르 떨리는 속눈썹이 햇살을 받아 바삐 움직이는 벌레 촉수처럼 보이는 가운데, 주근깨 이마를 손가락으로 짚으며 의자에 다시 앉았다.

그러자 세 번째 어른이 앞으로 나섰다. 상투적인 자세와 습관이 몸에 또렷하게 밴 공무원이자 자칭 권투선수로, 언제나 열심히 훈련하는 데다 일반 국민 목구멍에 알약을 억지로 밀어 넣는 시스템에 항상 충실하다 보니, 관공서 조그만 사무실에서 영국 사회 전체와 언제라도 싸울 준비를 한다고 틈만 나면 떠벌리는 인물이다. 권투 표현을 계속 빌리자면, 그는 언제 어떤 식으로든 시합에 나서서 자신이 쉬운 상대가 아니라는 사실을 입증하는데 천재적인 실력을 발휘했다. 상대가 누구든 오른손을 날려서 때리고 곧이어 왼손을 날린 다음에 상대방 공격을 막고 펀치를 교환하고 반격하며 구석으로 몰아가서 말끔하게 쓰러뜨리는 식이다. 정신이 나갈 때까지 펀치를 가해서 불행한 상대가 "중지!"를 선언하는 소리조차 못 듣게 했다. 이 땅을 장악한 고위공직자가 공무원 천년왕국을 이룩할 생각으로 사내에게 위임한 권한이다. 그런 사내가 팔짱을 끼고 쾌활하게 웃으며 말했다.

"잘했어. 말에 대해서 제대로 정의했군. 그럼 내가 학생 여러분에게 물어보겠네, 여러분이라면 실내에 말 그림 벽지를 붙이겠나?"

잠시 침묵 끝에 아이 절반이 "네, 선생님!" 하고 일제히 소리쳤다. 하지만 나머지 절반은 신사 얼굴을 보고 '네'라는 대답이 틀린 걸 깨닫고 "아니요, 선생님!" 하고 일제히 소리쳤다. 이런 문답에서 흔히 나타나는 현상이다.

"당연히 아니지. 왜 아닐까?"

침묵이 흘렀다. 몸이 뚱뚱하고 둔한 남학생 한 명이 숨을 헐떡이면서 "실내에 벽지를 붙이는 대신 칠을 하고 싶어서"라고 용감하게 대답했다. 그러자 신사가 약간 당황한 표정으로 대답했다.

"실내에는 벽지를 붙여야 해."

"싫든 좋든 여러분은 벽지를 붙여야 하는 거야. 그러니 벽지를 안 붙인다고 말하면 안 되는데, 대체 무슨 의도로 그렇게 말한 건가, 학생?"

토마스 그래드그라인드가 끼어들자, 잠시 우울한 침묵이 흐른 뒤에 신사가 말했다.

"그렇다면 실내에 말 그림 벽지를 붙이면 안 되는 까닭을 내가 설명하지. 여러분은 사람이 사는 실내에서 말이 벽을 오르내리며 뛰어다니는 모습을 본 적이 있나, 실제로?"

절반은 "네, 선생님!"이라 대답하고 나머지 절반은 "아니요, 선생님!"이라 대답하자, 신사는 화난 표정으로 틀린 절반을 쳐다보며 대답했다.

"당연히 아니지. 실제로 못 본 건 어디에서도 못 보는 거야. 실제로 소유할 수 없는 건 어디에서도 소유할 수 없는 것처럼 말이야. 사람들이 흔히 말하는 '안목'이라는 건 구체적인 사실의 또 다른 이름에 불과해."

토마스 그래드그라인드는 정말 그렇다는 표정으로 고개를 끄덕이고, 신사는 계속 말했다.

"이건 새로운 원칙이자 위대한 발견이야. 이제 내가 여러분에게 문제를 다시 내겠다. 방에 카펫을 깐다고 가정한다면, 여러분은 꽃 그림이 있는 카펫을 깔고 싶을까?"

이즈음에는 신사가 물을 때마다 "아니요, 선생님!"이라고 대답해야 한다는 사실을 모든 학생이 깨닫고 이구동성으로 커다랗게 "아니요"를 외쳤다. 낙오자 두세 명만 "네"라고 희미하게 대답하는데, 씨씨 주프도 그중에 하나였다. 그러자 신사는 그럴 줄 알았다는 듯 차분하게 웃으며 불렀다.

"이십 번 여학생."

씨씨가 얼굴을 붉히며 일어났다.

"그렇다면 자네는 나중에 어른이 돼서 결혼하면 방에다 꽃 그림 카펫을 깔겠다는 거군. 까닭이 뭐지?"

"죄송하지만, 선생님, 저는 꽃을 아주 좋아하거든요."

"그래서 식탁과 의자를 거기에 올려놓고 사람들이 묵직한 장화를 신고서 거기를 걸어 다니도록 하겠다는 건가?"

"그래도 꽃이 상하는 건 아니니까요. 죄송하지만 선생님, 카펫에 그린 꽃은 으스러지지도 시들지도 않잖아요. 언제나 아름답고 상쾌하니까 제가 상상하기에……"

씨씨가 이렇게 말할 때, 신사는 바로 요점으로 들어갈 수 있어서 정말 다행이란 어투로 소리쳤다.

"아니야, 아니야, 아니야! 상상은 금물이야. 이건 매우 중요해! 상상하는 건 절대로 안 돼."

그러자 토마스 그래드그라인드가 엄숙한 어투로 반복했다.

"그런 건 절대로 안 돼, 시실리아 주프."

"중요한 건 첫 번째도 구체적인 사실, 두 번째도 구체적인 사실, 세 번째도 구체적인 사실이야!"

신사가 강조하자, 토마스 그래드그라인드도 똑같이 반복했다.

"중요한 건 첫 번째도 구체적인 사실, 두 번째도 구체적인 사실, 세 번째도 구체적인 사실이야!"

신사가 다시 말했다.

"자네는 무엇이든 구체적인 사실에 근거해서 판단해야 해. 우리는 구체적인 사실을 추구하는 사람들이 구체적인 사실 위원회를 만들어서 모든 사람에게 구체적인 사실을, 오직 구체적인 사실만 불어넣을 날이 오길 바라네. 상상이란 단어는 완전히 버려야 해. 자네가 상상으로 할 수 있는 건 하나도 없어. 구체적인 사실에 어긋나는 건 장식품이든 무엇이든 그냥 버려야 해. 사람은 실제로 꽃을 밟으며 걷지 않으니, 카펫에 그린 꽃 역시 밟지 말아야 해. 외국에 사는 새와 나비가 자네 도자기에 앉을 가능성은 없으니까 자네 도자기에 외국 새와 나비가 있어도 안 돼. 네발짐승이 벽을 오르내리며 걸어 다니는 모습을 본 적이 없으니 네발짐승 그림도 벽지로 사용하면 안 되고. 그런 건 수학적으로 증명하고 논증할 수 있는 선에서 일정한 변화를 주며 조화를 모색

해야 하는 거야. 이건 새로운 발견이야. 이건 구체적인 사실이야. 이건 안목이야."

씨씨는 공손하게 인사하고 자리에 앉았다. 세상이 구체적인 사실만 허용한다는 말을 듣고 어린 나이에 겁을 먹은 것처럼 보였다.

"이제 '아이질식' 선생이[4] 첫 번째 수업을 시작한다면, 그래드그라인드 선생, 귀하가 권하는 대로, 수업 방식을 기꺼이 지켜보겠소."

신사가 말하자, 그래드그라인드 선생은 크게 고마워하며 지시했다.

"'아이질식' 선생, 이제 시작하시오."

그래서 '아이질식' 선생은 최선을 다하며 수업을 시작했다. 공장에서 피아노 다리를 만들 듯 똑같은 시기에 똑같은 공장에서 똑같은 원칙에 근거하여 최근에 만들어낸 선생 백사십 명 가운데 한 명이다. 그동안 다양한 시험을 거치고, 머리가 깨질 만큼 어려운 질문에 수없이 대답했다. 철자법, 어원학, 구문론, 작시법, 전기문학, 천문학, 지리학, 일반우주형상학, 복합비율학, 대수학, 토지측량학, 성악, 본떠서 그리는 방법 등 다양한 능력을 차가운 손가락 열 개에 모두 집어넣었다. 그리고 여왕 폐하 직속 추밀원에서 작성한 B안을[5] 채택해 수학과 물리학과 불어와 독일어와 라틴어와 그리스어를 높은 수준까지 공부했다. 게다가 온 세상 분수령과 - 이게 뭔지 모르겠지만 - 모든 민족과 역사, 모든 강 모든 산 이름, 각국의 전통과 습관과 생산품목, 나침반 서른두 방향으로 뻗어 나간 각도와 국경선을 모두 습득했다. 아, 과유불급이로구나, '아이질식' 선생아. 조금이라도 덜 배웠다면 훨씬 잘 가르칠 수

4) 원서에는 M'Choakumchild라고 표기한다. 학교 선생님이 아이들을 질식시킨다는 사실을 비꼬는 표현으로 학교 선생님 일반을 뜻한다. 참고로, 그래드그라인드(Gradgrind) 역시 '아이들을 맷돌에 넣고 기쁘게 갈아댄다'는 뜻이 있다. 이름을 통해 성격이나 본질을 그대로 드러내는 찰스 디킨스의 특징이 잘 나타난다.

5) 1846년에 작성한 교사훈련 계획으로 교사 지망생이 이수할 과목을 지정한다. 찰스 디킨스는 '어려운 시절'을 집필하면서 교사채용 시험문제를 살펴보았다.

있을 텐데 말이다!

'아이질식'은 '40인의 도적'에 나오는 모르지아나처럼[6] 앞에 가지런히 정렬한 항아리에 무엇이 들었는지 확인하려고 하나씩 차례대로 들여다보며 예비수업을 진행했다. 아아, 착하디착한 '아이질식'아. 그대는 항아리마다 끓는 기름을 가득 채우면 상상이란 도적이 거기에 숨었다가 모두 죽을 거로 생각하느냐, 아니면 일부는 손발이 망가지고 얼굴이 일그러진 채 살아남을 거로 생각하느냐!

3장. 구멍

그래드그라인드 선생은 학교에서 나와 집으로 걸어가는데 기분이 썩 좋았다. 이건 자신이 소유한 학교며 따라서 일류학교로 만들고 싶었다. 학생 한 명 한 명을 모두 우수생으로 만들고 싶었다, 자신의 자녀가 모두 그런 것처럼.

그래드그라인드 선생은 자녀가 다섯인데, 하나같이 우수생이다. 모두 아주 어릴 때부터 새끼토끼처럼 한쪽으로 몰이를 당하며 교육받았다. 혼자 뛰어갈 능력이 생기자마자 공부하는 교실로 곧장 뛰어가야 했다. 그래서 제일 먼저 익숙하게 바라본 대상은, 혹은 그랬다고 기억하는 대상은, 재미라곤 하나도 없는 도깨비가 하얀 숫자를 끔찍하게 써내려간 커다란 칠판이었다.

그렇다고 해서 아이들이 도깨비에 관한 이야기를 들었다는 건 아니다. 구체적인 사실이 아니니, 그럴 가능성은 조금도 없다! 그런데도

6) '알리바바와 40인의 도적'에서 끓는 기름을 부어 항아리에 숨은 도적을 모두 죽인 하녀.

이런 표현을 사용한 까닭은 교실에서 괴물이 아이들 머리채를 움켜잡아 통계라는 어두컴컴한 동굴로 질질 끌어당기며 유년기를 빼앗아서 다양한 머리를 획일적인 머리로 만들어나간다는 사실을 말하고 싶었기 때문이다.

이 집 자녀는 달에서 토끼를 본 적이 한 번도 없다. 말이 어눌할 때부터 달에 대해서 정확히 배웠기 때문이다. 물론 '반짝반짝 작은 별 아름답게 비치네!' 처럼 엉뚱한 노래를 배운 적도 없다. 다섯이란 나이에 천체물리학 교수처럼 '큰곰자리'를 분석하고 기관사가 열차를 몰듯 북두칠성을 다루었지만 경이로운 느낌을 받은 적 역시 한 번도 없다. 들판에서 젖소를 보고도 '엿기름을 삼킨 쥐를 죽인 고양이를 걱정하는 강아지를 뒤틀린 뿔로 받아버린 유명한 젖소'는 물론 '난쟁이를 집어삼킨 훨씬 유명한 젖소' 조차 떠올린 적이 없다. 이런 동요나 이야기는 한 번도 못 듣고, 젖소는 위가 여러 개라서 되새김질하는 초식성 네발짐승이라는 내용만 배웠다.

그래드그라인드 선생은 실제로 확실히 존재하는 '돌 저택'을 향해서 걸음을 옮겼다. 철물도매업에서 완벽하게 은퇴하고 '돌 저택'을 지은 선생은 이제 의회에 진출해서 능숙한 산수 실력을 드러낼 기회만 엿보는 중이다. '돌 저택'을 세운 곳은 최근에 나온 믿음직한 여행안내서에 '코크타운'이라고 기재한 산업도시하고 이삼 킬로미터 떨어진 들판이다.

'돌 저택'이란 건물은 주변 풍경에 정말 반듯하게 어울린다. 풍경에서 구체적으로 드러나는 사실을 왜곡하거나 뒤바꾼 건 하나도 없다. 주인 나리가 묵직한 눈썹으로 두 눈에 그림자를 드리우듯, 정방형 커다란 주택 역시 기둥을 받친 지붕으로 창문마다 그림자를 드리운다. 정확하게 계산하고 합산하고 결산하고 검산까지 마친 집이다. 현관문 이쪽으로 유리창이 여섯 개, 저쪽으로 또 여섯 개, 따라서 이쪽 면에 총 열두 개, 저쪽 면에 또 열두 개, 그리고 건물 뒤쪽 두 면에 또 스물네 개다. 잔디와 정원과 조그마한 오솔길은 식물로 만든 회계장부라도 되는 듯 반듯하고, 가스시설과 통풍장치, 배수장치와 급수시설은 모두 최상급이다. 목재를 단단히 묶은 거멀쇠와 대들보는 바닥에서 꼭대기까지 불연성이며, 가정부가 빗과 솔을 들고 올라타는 승강기까지 있다. 인간이 바랄 수 있는 건 모두 갖춘 셈이다.

모두 갖추었다고? 으음, 그런 것 같다. 이 집 자녀는 학문 장르에 따라 다양하게 제작한 진열장까지 있다. 조그만 어패류 진열장, 조그만 야금학 진열장, 조그만 광물학 진열장을 만들고 표본마다 이름표를 붙여서 말끔하게 정리했는데, 암석이나 광석 조각은 엄청나게 딱딱한 이름표로 자연계에서 억지로 떼어낸 것처럼 보인다. 너무 하찮아서 아이들이 한 번도 못 들어본 피터 파이퍼 동요 형식을 빌리자면, 아이들이 아무리 탐욕스럽다 한들 이보다 많은 걸 손에 넣을 순 없었다!

아이들 아버지는 희망이 가득한 가운데 만족스러운 마음으로 계속 걸었다. 나름대로 자녀에게 애정을 쏟는 아버지지만, 씨씨 주프에게 물은 것처럼 정의한다면, 자신을 '엄청나게 실용적인' 아버지로 규정할 가능성이 컸다. 그래드그라인드 선생은 '엄청나게 실용적'이란 표현을 정말 좋아하는데, 주변 사람 모두 그에게 딱 들어맞는 말이라고 생각한다. 코크타운에서 어떤 모임이 열리든, 그리고 모임 주제가 무엇이든, 거기에 참석한 사람 가운데에는 그래드그라인드를 '엄청나게 실용적'인 사람이라고, 자신과 잘 아는 사이라고 기회가 생길 때마다 암시하는 사람이 꼭 있다. 그럴 때마다 '엄청나게 실용적'인 친구는 매우 좋아한다. 자신은 이렇게 좋은 평판을 들을 자격이 충분하다고 생각하기 때문이다.

그래드그라인드 선생이 도시도 아니고 시골도 아니라서 어느 쪽에도 안 어울리는 도시 외곽 중립지대에 도달한 순간, 음악 소리가 두 귀를 파고들었다. 나무로 만든 곡마단 임시 건물 안에서 악대가 심벌즈를 치고 북을 때리며 요란한 소리를 냈다. 깃발이 건물 꼭대기에서 휘날리며 '슬리어리 곡마단'이 공연하니 모두 구경하러 오라고 알렸다. 슬리어리 자신은 초기 고딕양식 건물처럼 움푹 들어간 곳에 현대식 뚱뚱한 동상처럼 틀어박혀서 팔꿈치에 돈궤를 차고 돈을 받았다. 조세핀 슬리어리 양은, 아주 기다랗고 아주 가느다란 광고전단으로 홍보한 것처럼, 티롤 특유의 화려한 마장마술 묘기를 부리면서 이제 막 공연을 시작했다. 재미도 좋고 교훈도 상당하며 눈으로 안 보면 도저히 못 믿을 묘기 가운데에는 씨씨 아버지 주프 씨가 오후에 공연할 "고도로 훈련받은 강아지가 곡예를 부리는 탁월한 재미"도 있었다. 거기에다 주프 씨는 "손을 뒤로 돌리고 오십 킬로그램 쇠뭉치 일흔다섯 개를 머리 위로 잇따라 던져서 공중에 쇠뭉치 분수를 순식간에 만드는 놀라운 묘기를, 국내든 국외든 어디에서도 시도한 적이 없는 놀라운 묘기를, 모든 관중이 열광적으로 환호하기 때문에 도저히 뺄 수 없는 묘기를" 공연한다. 여기에다 주프 씨는 "셰익스피어식으로 고상한 익살과 말대꾸로 막간마다 다양한 재미를 선사할" 예정이다. 마지막으로, 주프 씨는 "'브렌포드로 가는 재봉사'라는 매우 고상하고 재미있는 마상 코미디"에서 튤리 거리에 사는 윌리엄 버튼이라는, 자신이 정말 좋아하는 인물로 등장해서 모두가 배꼽을 잡도록 웃길 예정이다.

토마스 그래드그라인드는 이렇게 시시한 구경거리에 당연히 아무런 관심도 없이, 실용적인 인간이 흔히 그러듯 벌레처럼 윙윙대는 소리를 머릿속에서 몰아내고 저런 인간은 범죄자 수용시설에 보내서 모두 개조해야 한다고 생각하며 지난다. 그런데 모퉁이를 돌아 뒤쪽 길로 들어서니, 임시 건물 뒤에서 아이들이 옹기종기 모여앉아 곡마단 공연을 열심히 훔쳐보는 게 아닌가!

토마스 그래드그라인드는 '뜨내기 족속이 일류학교 아이들을 밖으로 꼬여낸다'고 속으로 중얼거리면서 걸음을 멈추었다.

풀이 높이 자라고 쓰레기더미가 여기저기에 널브러진 터라 아이들이 제대로 안 보여, 토마스 그래드그라인드는 이름을 파악해 집으로 돌려보낼 생각으로 조끼에서 안경을 꺼냈다. 그와 동시에 눈으로 확실히 보고도 믿을 수 없는 장면이 펼쳐졌으니, 야금술을 그렇게 잘하는 딸 루이사는 온 힘을 다해서 전나무 널빤지 구멍 사이를 들여다보고, 수학을 그렇게 잘하는 아들 토마스는 티롤 특유의 화려한 마장마술을 조금이라도 보려고 바닥에 바싹 엎드린 게 아닌가!

그래드그라인드 선생은 어이가 없어서 말문이 막힌 채 두 자녀가 가문에 먹칠하는 현장으로 다가가서 손을 하나씩 올려놓으며 이름을 불렀다.

"루이사!! 토마스!!"

두 아이는 당황해서 어쩔 줄 모르며 빨갛게 달아오른 얼굴로 벌떡 일어났다. 그래도 루이사는 아버지를 대담하게 쳐다보는데, 토마스는 아니다. 제대로 쳐다보지도 못한 채 집으로 끌려가기만 초라하게 기다릴 뿐이다.

그래드그라인드 선생이 손을 하나씩 잡아끌며 말했다.

"정말 한심하고 멍청하고 어이가 없구나! 여기에서 도대체 뭘 하는 거니?"

"저곳은 어떻게 생겼는지 구경하고 싶었어요."

루이사가 통명스럽게 대답했다.

"어떻게 생겼는지 구경하고 싶었다고?"

"네, 아버지."

두 아이는 정말 지겹다는 분위기를 풍기는데 루이사가 특히 심했다. 하지만 얼굴에 가득한 불만 사이로 멈출 수 없는 호기심과 실현할 수 없는 열정과 잔뜩 굶주린 상태로 간신히 유지하는 상상력이 드러나서 그나마 표정이 밝았다. 하지만 즐거운 청춘이 자연스럽게 드러내는 표정은 아니고 무언가를 갈망하면서도 의심하고 확신도 없는 게, 마치 장님이 길을 더듬으며 걸을 때 떠올리는 표정 같았다.

루이사는 이제 열대여섯 살이지만 가까운 장래에 다 큰 처녀로 성장할 것 같았다. 아버지도 루이사를 보는 순간에 그런 생각이 들었다. 아름다운 소녀다. 지금까지 이렇게 안 키웠다면 제멋대로 방자하게 컸을 거란 생각이 '엄청나게 실용적'인 방식으로 떠올랐다.

"토마스, 너처럼 공부도 많이 하고 재능도 탁월한 아이가 누나를 이런 곳에 데려오다니, 눈으로 직접 보면서도 믿을 수 없구나."

"제가 토마스를 데려온 거예요, 아버지. 제가 오자고 했어요."

루이사가 재빨리 끼어들었다.

"그런 말을 들으니 마음이 아프구나. 그런 말을 들어서 정말 마음이 아파. 네가 그렇게 말한다고 해서 토마스에게 유리한 것도 아니고 너는 더 커다란 흉만 잡히는데, 루이사."

루이사가 아버지를 다시 쳐다보는데 눈물은 조금도 안 흘렸다.

"너희가! 학문 세계가 활짝 열린 토마스와 네가, 구체적인 사실을 잔뜩 습득했다는 평을 받을 수도 있는 토마스와 네가, 수학적으로 정확하도록 교육받은 토마스와 네가, 그런 너희가 여기에 오다니! 이렇게 천박한 곳에! 아버지는 정말 놀랄 수밖에 없구나."

아버지가 소리치자, 루이사는 이렇게 말했다.

"저는 완전히 지쳤어요, 아버지. 오래전에 완전히 지쳤다고요."

아버지가 깜짝 놀라며 물었다.

"지쳤다니? 뭐에?"

"뭐에 지쳤는지도 모르겠어요…… 모든 것에 지친 것 같아요."

"그런 말을 다시는 말아라. 정말 철없는 소리를 하는구나. 다시는 안 듣겠다."

아버지가 말했다. 그리고 침묵한 채 칠팔백 미터를 걷다가 엄숙한 어투로 다시 말했다.

"너랑 친하게 지내는 친구들이 뭐라고 하겠니, 루이사? 친구들이 어떻게 생각해도 상관없다는 게냐? 바운더비 사장은 또 뭐라고 하겠니?"

새로운 이름이 나오자, 루이사는 아버지를 올려다보는데, 무언가를 알아내려는 기색이 또렷했다. 하지만 아버지는 그런 기색을 알아챌 수 없었다. 아버지가 쳐다보기 전에 눈길을 다시 내리깔았기 때문이다. 그래서 아버지는 다시 똑같이 말했다.

"바운더비 사장이 뭐라고 하겠니?"

그리곤 비행 청소년 둘을 데리고 집으로 돌아가는 내내 몹시 화나서 "바운더비 사장이 뭐라고 하겠니?"라고 툭하면 말했다. 바운더비 사장이 모든 행동의 기준이라도 된다는 듯 말이다.

4장. 바운더비

그런데 바운더비 사장이 도대체 어떤 인물이기에 모든 행동의 기준이 될 수 있단 말인가?

그렇다, 감정이 하나도 없는 사람은 마찬가지로 감정이 하나도 없는 사람과 영적으로 친교를 나눌 수 있다는 점에서 바운더비 사장은 그래드그라인드 선생하고 마음이 통하는 친구에 가장 가까울 수 있다. 그래서 바운더비 사장은 꽤 가까운 사이일 수도 있고 독자 여러분이 원한다면 꽤 먼 사이일 수도 있다.

바운더비 사장은 은행과 상점과 공장 등을 소유한 부자다. 덩치와 목소리가 커다랗고 상대를 빤히 쳐다보며 시끄럽게 웃어대는 인간, 싸구려 재료로 만들어서 커다랗게 보이도록 기다랗게 늘어뜨린 것 같은 인간, 머리와 이마가 정말 커다랗고 관자놀이 혈관이 부풀어 오르고 얼굴 피부를 잡아당겨서 두 눈을 뜨게 하고 눈썹을 억지로 올린 것처럼 보이는 인간, 풍선같이 부풀어서 둥둥 떠오를 것처럼 보이는 인간, 자신이 자수성가했다는 사실을 아무리 떠벌이며 자랑해도 부족하다고 느끼는 인간, 트럼펫처럼 귀에 거슬리는 목소리로 자신이 예전에 극히 무식하고 몹시 가난했다는 사실을 항상 떠벌리는 인간, 그래서 겸손한 걸 자랑하는 인간이다.

바운더비 사장은 엄청나게 실용적인 친구 그래드그라인드 선생보다 한두 살 어린데도 실제로는 훨씬 많아 보였다. 마흔일고여덟 살에 일고여덟 살을 더 보태도 놀랄 사람이 하나도 없을 정도다. 머리칼은 많지 않았다. 입으로 항상 떠벌이는 바람에 머리칼이 빠졌다고 해도 과언이 아니며, 남은 머리칼이 아무렇게나 곤두선 건 항상 허풍을 떨며 자랑하기 때문인 것 같다.

바운더비 사장은 정돈을 잘한 '돌 저택' 거실 벽난로 앞 양탄자에서 불을 쬐며 오늘이 자기 생일이라는 사실과 관련해 그래드그라인드 부인에게 이런저런 이야기를 하는 중이다. 그가 벽난로 앞에 선 까닭은 해가 비추는데도 봄날 오후가 쌀쌀하기도 하고, '돌 저택' 그늘진 곳은 언제나 축축한 회반죽 느낌이 맴돌기도 하고, 유리한 위치를 확보해서 부인을 압도할 수도 있기 때문이다.

“신발을 신어본 적도 없답니다. 스타킹이라는 물건은 있는지도 몰랐고요. 낮에는 도랑에서 보내고 밤에는 돼지우리에서 보냈어요. 이런 식으로 열 번째 생일을 맞았답니다. 나는 도랑이 새롭지 않아요, 애초에 도랑에서 태어났거든요.”

그래드그라인드 부인은 작고 가냘프며 창백한 몸뚱이에 분홍색 숄을 잔뜩 걸쳤는데, 몸과 마음이 너무 약해서 약을 항상 먹지만 효과는 하나도 없는 데다, 행여나 기운이 살아나는 것 같을 때는 구체적인 사실이 사방에서 몰려드는 충격에 이리저리 놀랄 수밖에 없었다. 그래서 도랑에 물은 없었길 바란다고 말하자, 바운더비 사장이 대답했다.

“천만에요! 물이 흥건했답니다. 삼십 센티미터나 고였으니까요.”

“그럼 어린 나이에 감기에 걸리잖아요.”

“감기요? 나는 폐는 물론이고 염증이 생기는 부위는 어디든 염증을 달고 태어났답니다. 그래서 오랫동안 더할 나위 없이 비참한 꼬맹이로 살아야 했답니다. 몸이 너무 아파서 항상 끙끙대며 앓는 소리를 냈지요. 누더기를 걸친 몸뚱이가 너무 더러워서 부인 같은 사람은 부젓가락으로도 건들 생각조차 못 했을 겁니다.”

그래드그라인드 부인은 부젓가락을 살며시 바라보는데, 부인처럼 허약한 사람은 그 이상 생각할 수 없을 것 같았다.

“그렇게 힘든 시절을 어떻게 헤쳐 나왔는지 모르겠어요. 단단히 결심한 것 같아요. 나는 아주 단호한 성격인데, 당시에도 그랬던 것 같아요. 그래서 누구에게도 도움을 안 받고 오로지 내 힘 하나로 이렇게 성공했답니다, 그래드그라인드 부인.”

하지만 어머니가 도와주셨을 거라고 부인이 조그맣게 중얼거리자, 바운더비는 당장 반박했다.

"어머니요? 도망쳤답니다, 부인!"

그래드그라인드 부인은 늘 그러듯 깜짝 놀라서 기운이 확 줄고, 바운더비는 다시 말했다.

"우리 어머니는 나를 할머니에게 맡겼는데, 아무리 좋게 생각하려고 애써도 우리 할머니는 세상에서 가장 사악하고 고약한 늙은이였답니다. 행여나 내가 어디에서 신발이라도 한 켤레 주워오면 할머니는 단번에 빼앗아서 술이랑 바꿨으니까요. 정말이지, 할머니는 아침 식사를 들기도 전에 침대에 누운 채로 술을 열네 잔이나 마신 적도 있어요!"

그래드그라인드 부인은 희미한 미소를 머금을 뿐 활력이라곤 조금도 없는 모습이 (항상 그러듯) 투명한 종이에 가냘픈 여성을 아무렇게나 그렸는데 뒤에서 조명을 충분히 안 비춘 것처럼 보이고, 바운더비는 계속 말했다.

"할머니는 잡화점을 하면서 나를 달걀 상자에 가두었지요. 나에게는 침대였답니다, 낡은 달걀 상자가. 나는 도망칠 정도로 자라자마자 당연히 도망쳤어요. 그래서 어린 나이에 방랑자 신세가 되니, 예전에는 할머니 혼자 때리면서 굶겼다면 이번에는 나이를 막론하고 모든 사람이 때리면서 굶기더군요. 그럴 수밖에요. 안 그럴 까닭이 없으니까요. 나는 골칫덩이에다 거추장스럽고 성가신 존재였거든요. 그건 내가 잘 안답니다."

그렇게 어린 나이부터 골칫덩이에다 거추장스럽고 성가신 존재로 사회에서 주목을 받았다는 자부심에 바운더비는 똑같은 말을 당당하게 세 번이나 반복하고는 이어나갔다.

"그런데 나는 그렇게 어려운 시절을 헤쳐 나올 운명이었나 봐요, 그래드그라인드 부인. 어쨌든 그렇게 했으니까요, 부인, 그럴 운명이든 아니든, 내가 헤쳐 나왔다고요. 하지만 밧줄을 던져준 사람은 아무도 없었지요. 방랑자, 부랑자, 심부름꾼, 노동자, 짐꾼, 점원, 총지배인, 소규모 동업자를 거쳐서 코크타운의 조사이아 바운더비로 성장했다고요. 그런 과정을 거쳐서 여기까지 왔단 말입니다. 코크타운의 조사이아 바운더비는 상점 간판을 보며 글씨를 익히고, 런던 세인트자일스 대성당 첨탑 시계를 바라보며 주정뱅이 불구자에게서 시간 보는 법을 배웠답니다, 그래드그라인드 부인, 구제할 수 없는 악당이자 도적놈에게 말이에요. 지역 학교든 일류학교든 기술학교든 골치가 아플 정도로 난잡한 학교든 코크타운의 조사이아 바운더비에게 말만 하세요. 그러면 코크타운의 조사이아 바운더비가, 학교에서 공부한 적은 없지만, 우리 모두 빈틈없고 단단한 사람이 되자고, 현재의 자신을 만들어낸 교육이 다른 사람에게도 그대로 적용되는 건 아니라고, 지금까지 아무리 대단한 교육을 아무리 힘들게 받았다 해도 인생을 살아가면서 생생하게 겪은 사실은 도저히 이길 수 없다고 정확하고 또렷하게 소리칠 테니까요."

코크타운의 조사이아 바운더비는 이런 식으로 흥분하며 정점을 향해 치닫다가 갑자기 말을 멈췄다. '엄청나게 실용적'인 친구가 어린 범죄자 두 명을 데리고 실내로 들어선 것이다. '엄청나게 실용적'인 친구는 바운더비를 보는 순간에 마찬가지로 걸음을 멈추더니, '너를 좋아하는 바운더비를 보라!'고 꾸짖는 표정으로 루이사를 바라보고, 바운더비 사장은 호들갑을 떨었다.

"아니, 무슨 일이야? 어린 토마스는 왜 그렇게 우울한가?"

입은 어린 토마스를 말하는데 눈은 루이사를 쳐다보았다.

그러자 루이사는 눈길조차 안 주며 거만하게 대답했다.

"서커스를 몰래 훔쳐보다가 아버지에게 들켰어요."

이번에는 남편이 부인에게 거만하게 말했다.

"그러니, 부인, 우리 아이들이 이제 조금만 지나면 시까지 읽으려 들겠구려."

그러자 그래드그라인드 부인이 우는 목소리로 말했다.

"맙소사, 너희가 어떻게, 루이사, 토마스! 정말 어이가 없구나. 분명히 말하지만, 너희 같은 아이랑 지금까지 한 가족으로 살아온 게 부끄러울 정도야. 차라리 가족이 아니면 좋았을 거란 생각조차 드는구나. 그러면 너희가 어떻게 살아갈지 정말 알고 싶어."

남편은 이렇게 질서정연한 말을 좋게 받아들이지 않는 것 같았다. 눈살을 찡그렸기 때문이다. 그래서 부인이 다시 말했다.

"지금 나는 머리가 이렇게 지근거리는데도 너희는 서커스 대신에 조개와 광석 같은 표본을 바라보며 시간을 보낼 순 없다는 거지! 어린 학생은 서커스 선생님이 없고 서커스를 진열장에 보관할 수도 없고 서커스 수업에 참여할 수도 없다는 걸 너희도 나만큼 잘 알아. 그런데도 어떻게 서커스에 대해서 알고 싶다는 생각을 할 수 있니? 너희는 할 일이 정말 많아, 너희가 하려고만 들면. 엄마는 머리가 너무 지근거려서 너희가 할 과제물 명칭을 절반도 기억할 수 없을 정도야."

"저도 그래서 그런 거예요!"

루이사가 입을 삐죽이자, 그래드그라인드 부인이 나무랐다.

"그런 건 이유 나부랭이가 될 수 없으니, 그래서 그런 거란 말은 그만해. 가서 공부나 하라고."

그래드그라인드 부인은 공부하는 사람이 아니므로, 알아서 공부하라는 식으로 말하며 자녀를 공부방으로 보내는 게 일반이다. 실제로 부인이 구체적인 사실을 공부한 내용은 애처로울 정도로 빈약하지만, 그래드그라인드 선생이 결혼해서 부인을 높은 신분으로 끌어올린 까닭은 크게 두 가지다. 하나는 부인에게 만족스러울 정도로 재산이 충분했다는 사실이고, 또 하나는 속으로 '실없는 생각을 안 한다'는 사실이다. 실없는 생각을 한다는 건 상상력이 풍부하다는 뜻인데, 실제로 부인은 상상하는 기쁨하고 거리가 멀다. 완벽한 바보에 살짝 못 미치는 사람이 흔히 그러듯 말이다.

거실에 자신과 남편과 바운더비 사장만 남았다는 단순한 현실에 훌륭하신 부인은 또다시 구체적인 사실과 충돌하고 말았다. 그래서 활력을 다시 잃고, 그런 부인에게 관심을 기울이는 사람은 아무도 없었다.

그래드그라인드 선생이 벽난로 앞으로 의자를 잡아끌며 말했다.

"바운더비, 자네는 어린아이에게 - 특히 루이사에게 - 언제나 관심이 많으니, 이번 일 때문에 내가 많이 짜증 났다고 말해도 크게 흉잡힐 건 없겠지. 자네도 알다시피, 지금까지 나는 우리 아이를 이성적으로 교육하려고 온 힘을 다하며 체계적으로 헌신했어. 자네도 알다시피, 이성이야말로 교육이 추구할 핵심 가치니까. 그런데도, 바운더비, 오늘 뜻밖의 상황에 부닥치고 보니, 별거 아니지만, 지금까지 개발할 생각이 전혀 없는 데다 아이들 이성하고 전혀 아무런 관계도 없는 내용이 - 이런 상황에 딱 들어맞는 표현인지 모르겠지만 - 토마스와 루이사 마음속으로 살그머니 기어든 것 같네."

"뜨내기 무리를 흥미롭게 지켜볼 이유는 없는 게 확실해. 내가 뜨내기로 지낼 때도 나를 흥미롭게 지켜본 사람은 전혀 없었거든. 내가 잘 알지."

바운더비 대답에 '엄청나게 실용적'인 아버지는 벽난로 불길에 시선을 고정하며 물었다.

"그렇다면 이렇게 천박한 호기심이 도대체 어디에서 생겨났느냐 하는 문제가 생겨."

"내가 알려줌세. 쓸데없는 상상력 때문에 생긴 거야."

"그런 게 아니라면 좋겠는데, 집으로 돌아오는 동안 정말 그럴 수도 있겠다는 생각이 불길하게 떠오르더군."

'엄청나게 실용적'인 인물이 대답하자, 바운더비가 다시 말했다.

"쓸데없는 상상력이 분명해. 누구에게나 안 좋은데 루이사 같은 여자에게는 특히 더하지. 험하게 표현해서 부인에게 용서를 청해야겠지만, 어차피 내가 세련된 인물은 아니라는 사실을 잘 아시니까 그냥 넘어가겠네. 나에게 세련된 예의를 기대하는 사람은 어차피 누구든 실망할 수밖에 없거든. 나는 세련된 분위기에서 성장한 사람이 아니라서 말이야."

그러자 그래드그라인드는 주머니에 두 손을 찌르고 동굴처럼 퀭한 눈으로 벽난로 불길을 바라보며 곰곰이 생각하다가 중얼거렸다.

"선생이나 하인 가운데 한 명이 그런 걸 말하면서 꼬드겼을까? 아니면 루이사나 토마스가 그런 책을 읽었을까? 지금까지 극도로 조심했는데도 쓸데없는 이야기책이 우리 집으로 흘러든 걸까? 걸음마도 떼기 전부터 체계적으로 엄격하게 교육받은 아이들이 그런 것에 관심을 두다니, 이해할 수 없군."

지금까지 벽난로 앞에 가만히 있던 바운더비가 벽난로를 향해 폭발적인 겸손을 분출하며 소리쳤다.

"잠깐만! 뜨내기 놀이패 자녀 가운데 한 명이 학교에 다니잖아."

"그래, 시실리아 주프."

그래드그라인드 선생이 대답하며 괴로운 표정을 떠올리자, 바운더비가 다시 소리쳤다.

"아니, 잠깐만! 도대체 그런 애가 어떻게 학교에 다니게 된 거지?"

"사실은 나도 조금 전에 그 아이를 처음 보았다네. 우리 도시에 정상적으로 거주하는 아이가 아니라 특별히 우리 집으로 와서 입학신청서를 냈다네…… 그래, 자네 말이 맞아, 바운더비, 자네 말이 맞아.”

“아니, 잠깐만! 그 애가 여기에 왔을 때 루이사를 만났나?”

“당연히 만났지, 입학신청서를 나에게 전달한 사람이 루이사니까. 하지만 루이사가 그 애를 만날 때 엄마가 옆에 있었을 게 분명해.”

“그렇다면 부인, 당시에 어떻게 된 건가요?”

“아, 몸이 안 좋네요! 여자애가 학교에 다니길 원하고, 남편도 여자애는 누구나 학교에 다니길 원하고, 루이사와 토마스는 여자애가 학교에 들어오면 좋겠다면서 아버지가 여자애는 누구나 학교에 다니길 원한다고 말하니, 내가 구체적인 사실을 어떻게 반박하겠어요!”

“좋은 방법을 알려주겠네, 그래드그라인드! 여자애를 지금 당장 쫓아내게. 그러면 만사가 해결되는 거야.”

“전적으로 동의하네.”

“당장 해치워야 한다는 걸 나는 어린 시절부터 좌우명으로 삼았다네. 달걀 상자와 할머니에게서 도망쳐야 한다고 생각하는 순간, 단번에 그렇게 했으니까. 자네도 똑같이 하게. 지금 당장 처리하는 거야!”

“그럼 나와 함께 가겠나? 나에게 아이 부친 주소가 있네. 시내까지 함께 가는 건 어떤가?”

“지금 당장 처리하겠다면 기꺼이 함께 가겠네!”

그러더니 바운더비는 너무 바빠 모자조차 제대로 쓸 수 없는 사람이라는 걸 강조하려고 언제나 모자를 머리에 던져 쓰는 사람답게 모자를 머리로 던지고 두 손을 주머니에 찔러넣고서 현관 쪽으로 천천히 다가가는데, 그럴 때마다 이렇게 말하는 습관이 있다.

“나는 장갑을 절대로 안 껴. 장갑을 끼면 출세 사다리에 오를 수 없거든. 장갑을 꼈다면 이렇게 높이 못 올라왔을 거야.”

그리곤 그래드그라인드 선생이 주소를 가지러 이 층으로 올라간 사이에 현관으로 이어진 거실 통로에서 잠시 빈둥거리다가 아이들 공부방을 열고 바닥에 천을 깔아서 조용한 실내를 들여다보았다. 책장과 진열장과 학술 용품과 철학 용품이 가득한데도 이발소에 들어온 것 같은 이상한 분위기가 감돌았다. 루이사는 우울한 표정으로 창틀에 기댄 채 바깥을 멍하니 쳐다보고, 토마스는 화나서 씩씩대며 벽난로를 쳐다보았다. 어린 동생 애덤 스미스와 맬더스는 강제로 공부하러 가고 막내 제인은 분필을 들고 분수를 공부하다가 눈물을 흘려서 얼굴을 하얗게 칠한 상태로 깊은 잠에 곯아떨어졌다.

"이제 괜찮아, 루이사. 이제 괜찮아, 토마스. 이제 다시는 그러지 마라. 너희 아버지는 내가 알아서 해결하마. 이 정도면 키스해도 되는 거 아니니, 루이사?"

바운더비가 말하자, 루이사는 차가운 표정으로 가만히 있다가 "딱 한 번만요, 바운더비 아저씨" 하고 대답하더니, 실내를 가로지르며 천천히 걸어와서 한쪽 뺨을 퉁명스럽게 내밀고 얼굴을 돌렸다.

"너는 정말 귀여워. 그렇지 않니, 루이사? 잘 있거라, 루이사!"

바운더비는 이렇게 말하면서 나가고 루이사는 똑같은 자리에서 꼼짝도 않고 사내가 키스한 뺨이 벌겋게 달아오르도록 손수건으로 문지르는데, 오 분이 지난 다음에도 여전했다. 그러자 동생이 부루퉁한 목소리로 나무랐다.

"그러는 까닭이 뭐야, 누나? 그러다가 얼굴에 구멍 나겠어."

"원한다면 주머니칼로 여기를 베어내도 좋아, 토마스. 난 안 울 테니까!"

5장. 기본 내용

바운더비와 그래드그라인드가 지금 걸어가는 코크타운은 구체적인 사실의 화신이다. 그래드그라인드 부인만큼이나 상상력을 펼친 흔적이 없다. 이야기를 펼쳐나가기 전에 기본 내용을 알아보자.

코크타운은 붉은 벽돌 건물이 가득한 산업도시다. 아니, 사방에서 휘날리는 연기와 재만 아니라면 벽돌 건물이 모두 붉은색으로 보였음 직하지만 현실은 얼굴에 색칠한 야만인처럼 빨갛고 까만색만 부자연스럽게 뻗어 나가는 산업도시다. 기계를 설치한 공장과 높은 굴뚝이 사방에 가득하고, 굴뚝마다 연기가 뱀처럼 끊임없이 흘러나오는데 똬리를 푼 적은 한 번도 없다. 도시에는 새까만 하천이 흐르는데 악취를 풍기는 염료 때문에 강물은 짙은 보라색이고, 거대한 건물이 잔뜩 늘어서서 창문마다 온종일 덜덜 떨며 덜컹대고, 증기기관 피스톤이 우울한 광기에 사로잡힌 코끼리 머리처럼 단조롭게 올라가고 내려간다. 널찍한 도로는 여러 갠데 하나같이 비슷하고, 좁은 도로는 훨씬 많은데 마찬가지로 하나같이 비슷하고, 거기에 사는 사람 역시 하나같이 비슷해서 똑같은 시간에 똑같은 소리를 내며 똑같은 포장도로를 걸어서 똑같은 작업을 하러 나가고 들어오니, 이들에겐 어제나 오늘이나 내일이 한결같고 작년이나 올해나 내년이 한결같다.

코크타운이 이렇게 보이는 까닭은 기본적으로 도시를 지탱하는 노동과 떼어놓고 생각할 수 없기 때문이다. 여기에 반대하는 건 모든 향락을 포기하는 것이니, 여기에서 만든 생필품은 전 세계로 퍼져나가고 여기에서 만든 사치품은 수많은 귀부인 욕구를 충족시키는데, 재미있는 건 귀부인마다 이곳 얘기가 나오는 걸 누구나 싫어한다는 사실이다. 그래서 저절로 생겨난 또 다른 특징이 있으니, 그건 다음과 같다.

코크타운에서 가장 흔하게 보이는 건 단조로운 건물이다. 18개 교파에서 실제로 그런 것처럼, 다양한 교파 구성원이 여기에 교회를 지을 때 빨간 벽돌로 신성한 창고처럼 만들고 가끔은 꼭대기에 새장을 만들어서 종을 올리지만, 이건 장식을 유난히 많이 하는 경우만 해당한다. 유일한 예외는 '새로운 교회'인데, 건물 외벽 여기저기를 회반죽으로 장식하고 입구 위로 사각형 뾰족탑을 올리고 나무 네 개 역시 조그만 뾰족탑처럼 화려하게 꾸며서 마무리한 것이다. 도시에 자리한 공공장소는 하나같이 건물명을 하얀 바탕에 까만 글씨로 모질게 쓰고, 감옥은 병원처럼 보이고 병원은 감옥처럼 보이며, 시청 건물은 감옥이나 병원 혹은 양쪽 모두로 보이거나 다른 거로 보이는 등, 겉으로 보이는 건 무엇이든 건물 용도와 정반대다.

물질적인 관점에서 도시 전역에 구체적인 사실이 가득하고, 정신적인 관점에서도 구체적인 사실이 가득했다. '아이질식' 학교에도 구체적인 사실만 가득하고 디자인 학교에도[7] 구체적인 사실만 가득하고 주인과 직원 관계에도 구체적인 사실만 가득하고 산부인과 병원에서 공동묘지에 이르기까지 어디든 구체적인 사실만 가득하니, 숫자로 표시할 수 없거나 제일 싼 시장에서 사들여 제일 비싼 시장에 팔 수 있다는 사실을 증명할 수 없는 물건은 존재하지도 않고 존재할 수도 없는 것처럼, 이제와 항상 영원히 아멘이다.[8]

구체적인 사실을 신성하게 여기고 구체적인 사실을 의기양양하게 주장하는 도시는 당연히 잘 굴러가겠지? 아니야, 전혀 그렇지 않아. 아니라고? 맙소사!

그렇다, 아니다. 황금은 용광로에서 녹아 화려한 영광을 드러내지만,

---

7) 영국 정부는 1837년에 예술이 산업에 도움을 줘야 한다는 판단 아래, 예술을 산업에 종속시키는 디자인 학교를 처음 설립해서 많은 논란을 낳았다.

8) 성공회 영광송 '처음과 같이 이제와 항상 영원히 아멘'을 패러디했다.

코크타운은 용광로에서 나온 게 아니다. 무엇보다 우선, 코크타운에는 '18 교파에 속한 사람이 누구인가?'라는 복잡한 수수께끼가 존재한다. 노동계급은 거기에 속한 적이 없기 때문이다. 일요일 아침에 거리를 따라서 거닐다 보면, 교회 종소리가 미친 듯이 울려서 사람을 짜증 나게 해도 꽉 닫은 대문이나 방문을 열고 밖으로 나오는 노동자는 거의 없고, 거리를 어슬렁거리면서 빈둥대던 노동자는 교회나 예배당에 가는 사람을 무관심한 표정으로 물끄러미 바라보는 모습만 눈에 띈다.

외부에서 온 사람만 이런 광경을 목격하는 건 아니다. 코크타운 내부에서 자발적으로 시민 조직이 생겨나, 하원 회기가 열릴 때마다 모든 사람을 강제로 교회에 나오게 만드는 법률을 제정하도록 끈질기게 청원하니 말이다. 거기에다 금주 협회도 있는데, 이들은 노동계급이 툭하면 술을 마신다고 투덜대며 노동계급이 술에 취하는 사례를 도표로 만들어 다과회에서 제시하며 (메달을 수여하는 외에는) 인간적인 방법이든 종교적인 방법이든 노동계급에게 술에 취하는 습관을 버리도록 유도할 방법은 하나도 없다는 사실을 증명한다.

약사와 약제사도 있는데, 이들은 또 다른 도표를 만들어서 노동계급이 술에 취하지 않으면 아편에 취한다는 사실을 보여준다. 거기에다 교도소에서 활동하는 노련한 목사도[9] 있는데, 이들은 앞에서 언급한 도표를 뛰어넘을 정도로 많은 도표를 만들어서 노동계급이 다른 사람 눈을 피해 천박한 곳에 드나들며 천박한 노래를 듣고 천박한 춤을 구경할 뿐 아니라, 직접 노래하고 춤출 때도 있는 것 같다는 사실을 보여준다. 여기에다, 이번 생일을 맞으면 스물네 살이 되는 선원은 18개월 형을 선고받았는데, 지금까지 믿음직한 사람이란 걸 증명한 적은 한

9) 존 클레이 목사를 의미할 가능성이 큰데, 실제로 클레이 목사는 1854년에 작성한 편지에서 "디킨스는 '어려운 시절'에서 내가 만든 '도표'를 언급하며 비웃었다"고 주장한다.

번도 없지만, 자신이 망가지기 시작한 건 그런 곳에 다니면서라고, 그런 곳에 안 갔더라면 모범적인 인간으로 살았을 게 분명하다고 철석같이 주장한다. 거기에다 지금 이 순간에 코크타운을 걸어가는 두 신사 그래드그라인드와 바운더비가 있으니, 두 사람 모두 엄청나게 실용적이라, 필요하다면 자신들이 직접 경험한 내용과 다양하게 조사한 사례를 활용해서 훨씬 많은 도표를 작성할 수 있는데, 실제로 그런 도표를 작성한다면 이런 내용이 될 게 분명하다.

'노동계급은 전부 나쁜 사람입니다, 신사 여러분. 여러분이 아무리 도와줘도 그들은 절대로 고마워하지 않습니다, 신사 여러분. 노동자는 언제나 동요합니다, 신사 여러분. 그들은 자신이 무얼 원하는지도 모르면서 제일 좋은 걸 누리며 살고, 신선한 버터를 구매하고, 모카커피만 고집하고, 고기도 제일 좋은 부위가 아니면 쳐다보질 않고, 그런데도 불만이 항상 가득해서 제대로 다룰 수 없습니다. 한마디로, 아래처럼 옛날 동화에 나오는 교훈을 그대로 보여줍니다.

옛날에 할머니가 살았는데, 어땠는지 아세요?
오로지 고기와 술로만 살았어요.
고기와 술이 주식이지요.
그런데도 할머니는 불만을 끊임없이 터트렸답니다.'

그런데 코크타운 노동자 일반이 살아가는 모습과 그래드그라인드 집안 자녀가 살아가는 모습에 공통점이 있을까? 확실한 건 정신이 멀쩡하고 상황을 잘 파악하는 사람 가운데 누구도, 코크타운 노동계급이 살아가는 데 가장 중요한 요소 하나를 수십 년 동안 의도적으로 외면했다는 사실을, 노동자는 들고일어나서 싸우지 않아도 건강하게 살아갈 수 있기를 바란다는 사실을, 장시간 단조롭게 노동하는 만큼 휴일이라도 제대로 쉬면서 떠들썩한 악단에 맞춰 춤을 추든 '아이질식'조차 관여할 수 없는 소일거리를 가볍게 즐기든 하면서 긴장을 풀고 마음도 흥겹게 만들며 기분을 전환하고 싶은 욕구가 가슴속에 가득하다는 사실을, 이런 욕구를 제대로 충족시켜야 한다는 사실을, 안 그러면 창조주가 세상을 뒤바꿀 때까지 온갖 문제가 일어날 수밖에 없다는 사실을, 오늘 이 시간까지 들은 적 없다는 점이다.

"주프 부친이 '꼬투리 끝'에 산다는데, 도대체 '꼬투리 끝'이 어딘지 모르겠어. 자네는 아는가, 바운더비?"

그래드그라인드 선생이 물었다.

바운더비 사장은 도시 내부를 잘 아는데도 '꼬투리 끝'이라곤 들어본 적이 없었다. 그래서 두 사람 모두 잠시 걸음을 멈추고 주변을 둘러보았다. 바로 그 순간에 여학생 한 명이 겁에 질린 표정으로 거리 모퉁이를 돌면서 뛰어오니, 그래드그라인드 선생이 상대를 알아보고 소리쳤다.

"이봐! 멈춰! 어디를 가니! 멈춰!"

그래서 이십 번 여학생이 뜀박질을 멈추고 정중하게 인사하자, 그래드그라인드 선생이 다시 물었다.

"얌전하지 않게 거리를 마구 뛰어가는 까닭이 뭐니?"

"누가……누가 쫓아와서 도망가는 거예요, 선생님."

주프가 숨을 헐떡이며 대답하자, 그래드그라인드 선생이 다시 물었다.

"도망가? 누가 쫓아오는데?"

여기에 대한 대답으로 혈색이 창백한 남학생 비쩌가 사람이 있을 거란 예상을 조금도 않고 모퉁이 너머에서 급히 달려오다 그래드그라인드 선생 조끼에 부닥쳐서 길바닥으로 나뒹구니, 그래드그라인드 선생이 물었다.

"이게 뭐하는 짓인가, 학생? 이러는 까닭이 뭐냐고? 감히 이런 식으로 달려오다가 부닥치다니!"

비쩌는 바닥에 떨어진 모자를 집고서 손등으로 이마를 짚은 채 뒤로 물러나며 일부러 그런 게 아니라 사정하고, 그래드그라인드 선생은 이렇게 물었다.

"이 학생이 너를 쫓아온 거니, 주프?"

"네, 선생님."

주프가 마지못해 대답하자, 비쩌가 반박했다.

"그런 게 아닙니다, 선생님. 저 애가 먼저 도망친 겁니다. 곡마단 사람은 아무렇게나 말하는 거로 유명합니다, 선생님. 곡마단 사람이 아무렇게나 말하는 거로 유명하다는 건 선생님도 잘 아십니다."

비쩌가 씨씨를 힐끗 쳐다보더니, 급기야 바운더비에게도 사정했다.

"그건 곡마단 사람이 구구단을 모른다는 사실만큼이나 유명한 사실입니다, 선생님."

"저 애가 무서운 얼굴로 겁을 줬어요!"

씨씨가 말하자, 비쩌가 다시 반박했다.

"맙소사! 너도 다른 곡마단 사람이랑 똑같구나! 너도 곡마단 사람이야! 저는 저 아이를 쳐다본 적도 없습니다, 선생님. 내일은 말을 정의할 수 있겠느냐고 물으면서 원한다면 다시 알려주겠다고 하니까 저 애가 도망가서, 저는 선생님이 저 아이에게 그걸 물으면 대답하도록 도우려고 뒤를 쫓은 겁니다. 네가 곡마단 사람이 아니라면 그렇게 엉뚱하게 말할 생각까진 안 했을 거야!"

"학생 사이에서 저 아이 직업이 유명한 것 같군. 이렇게 일주일만 가면 모든 학생이 줄 서서 훔쳐보겠어."

바운더비 사장이 끼어들자, 친구가 대답했다.

"내 생각도 그렇다네. 비쩌, 너는 그만 집으로 돌아가. 주프는 잠시 기다리고. 이런 식으로 뛰어다닌다는 소리가 또 들리면, 비쩌, 학교 선생님에게 단단히 혼날 줄 알아. 무슨 말인지 알아들을 거야. 그만 가봐라."

비쩌는 눈을 빠르게 깜빡이다 멈추고 손등을 이마에 다시 올린 채 씨씨를 가만히 바라보다가 돌아서서 사라지고, 그래드그라인드 선생은 이렇게 말했다.

"지금 우리는 너희 부친을 만나러 가는 길이다. 앞장서서 안내하렴. 그런데 지금 들고 가는 병은 뭐니?"

"술이겠지."

바운더비 사장이 말하자, 씨씨가 반박했다.

"맙소사, 아니에요, 선생님! 이건 아홉 가지 기름이에요."

"뭐라고?"

바운더비가 묻자, 씨씨는 다시 말했다.

"아홉 가지 기름이요, 아버지가 바르실 거."

이 말에 바운더비 사장이 커다란 웃음을 짤막하게 터트리며 물었다.

"아니, 너희 아버지가 무엇 때문에 아홉 가지 기름을 바르는데?"

그러자 씨씨는 남학생이 사라진 걸 확인하려고 뒤를 돌아보고서 대답했다.

"곡마단 사람은 원형 무대에서 다치면 항상 이걸 바른답니다. 가끔 심하게 다치거든요."

"게으른 사람은 그래도 싸."

바운더비 사장이 하는 말에 씨씨는 놀라움과 두려움이 뒤섞인 표정으로 상대 얼굴을 힐끗 올려다보고, 바운더비는 계속 말했다.

"말이 났으니 말인데, 나는 너보다 너덧 살 어릴 때부터 열 가지 기름이나 스무 가지 기름이나 마흔 가지 기름을 발라도 소용이 없을 정도로 심한 상처를 입었어. 뽐내다가 생긴 게 아니라 이리저리 얻어맞아서 생긴 거야. 나는 줄타기도 안 했어. 맨땅만 걸어가도 밧줄로 얻어맞았으니까."

그래드그라인드 선생은 성격이 딱딱하긴 해도 바운더비 사장처럼 거친 건 아니다. 모든 정황을 고려하면 불친절한 성격도 아니다. 오래전에 성격 균형을 잡는 계산 문제에서 한 번만 커다란 실수를 저질렀다면 상당히 친절한 성격이 될 수도 있었다. 그래서 좁은 골목으로 접어들 때 상대를 안심시키려는 의도로 말했다.

"바로 여기가 '꼬투리 끝'이로구나. 그렇지 않니, 주프?"

"맞아요, 선생님…… 괜찮으시다면, 선생님…… 여기가 우리 집입니다."

주프가 초라하고 조그마한 술집 입구에 멈춰서 황혼빛을 받았다. 술집 안에서 빨간 불이 희미하게 흘러나왔다. 누추하고 초라한 데다 손님마저 없는 걸 보니, 마치 술집 자체가 술을 흠뻑 마시며 주정뱅이가 가는 길을 모조리 거치다가 결국엔 갈 데까지 가고 만 것 같았다.

"계산대를 막 지나서, 선생님, 계단을 올라, 괜찮으시다면, 제가 촛불을 가져올 동안 거기에서 조금만 기다리세요. 개소리가 들리면, 선생님, 곡예 하는 개인데, 짖기만 하고 안 물어요."

바운더비가 마지막으로 들어서며 차갑게 비웃었다.

"곡예 하는 개에다 아홉 가지 기름이라! 정말 대단하군, 자수성가한 사람 앞에서!"

6장. 슬리어리 마장마술

술집 이름은 '페가수스의 팔'이다. '페가수스의 다리'라는 표현이 훨씬 적절한 것 같지만, 간판에다 날개 달린 말을 그리고 바로 밑에다 인쇄체로 '페가수스의 팔'이라고 적었다. 그리고 밑에는 화가가 흘려 쓴 글씨로 이렇게 달았다.

엿기름이 좋으면 맥주가 맛있어요.
들어와서 좋은 맥주를 드세요.
포도주가 좋으면 브랜디가 맛있어요.
들어와서 마음껏 즐기세요.

초라하고 조그만 계산대 뒷벽에는 유약을 발라서 액자에 넣은 또 다른 페가수스가 꽤 화려한데, 얇은 천으로 날개를 만들고 황금 별을 사방에 붙이고 빨간 비단으로 하늘나라 마구까지 만들었다.

바깥은 이미 꽤 어두워서 간판을 볼 수 없고 술집 내부는 불을 안 밝혀서 그림을 볼 수 없어, 그래드그라인드 선생과 바운더비 사장은 상상의 동물 때문에 불쾌한 느낌을 하나도 안 받았다. 그래서 씨씨를 따라 도중에 마주치는 사람 없이 모서리 가파른 계단을 오르다가 어두운 곳에서 걸음을 멈추고 씨씨 혼자서 촛불을 가지러 갔다. 개 짖는 소리가 금방이라도 일어날 것 같은데도 고도로 훈련받아 곡예 부리는 개는 씨씨가 촛불을 들고 나타날 때까지 어디서도 짖어대는 기색이 없었다.

"아버지가 방에 안 계세요, 선생님. 괜찮으시다면 안으로 들어오세요, 제가 바로 찾아올게요."

씨씨가 말하는데 얼굴에는 당황한 표정이 가득하고, 두 사람은 안으로 들어왔다. 그러자 씨씨는 두 사람이 앉도록 의자 두 개를 갖다 놓고 발걸음을 재촉하며 밖으로 나갔다. 실내 장식이 초라하고 누추하며 침대는 하나다. 못에는 하얀 수면 모자가 걸렸는데 꽁지머리를 곧추세우고 공작 깃털 두 개로 장식해, 주프 아버지는 바로 그날 오후에도 그걸 쓰고 셰익스피어식 고상한 익살과 말대꾸로 막간마다 다양한 재미를 선사하며 흥을 북돋웠다. 하지만 주프 아버지 직업을 나타내는 또 다른 의상과 소품은 어디에도 없다. 곡예 부리는 개 '흥겨운 다리' 역시, 고도로 훈련받은 동물의 존경스런 조상이 노아의 방주에 올라타려다가 우연히 배제당한 것처럼 아무런 소리도 안 내고 모습도 안 보이는 게, '페가수스의 팔' 내부에 없는 것 같다.

위층에서 문을 여닫는 소리와 씨씨가 아버지를 찾아 이 방 저 방 돌아다니는 소리가 들리더니 곧이어 여기저기에서 깜짝 놀라는 목소리가 일어났다. 씨씨는 급히 서두르며 다시 내려와서 낡고 지저분한 데다 이리저리 찌그러진 트렁크를 열어서 텅 빈 걸 확인하고 뒤를 돌아보는데, 두 손은 깍지 끼고 얼굴에는 공포가 가득하다.

"아버지가 곡마장으로 가신 게 분명해요, 선생님. 거기에 가신 까닭은 모르겠지만, 분명히 거기에 계실 거예요. 제가 단숨에 다녀올게요!"

씨씨가 말하더니, 보닛 모자도 안 써서 어리고 까맣고 기다란 머리칼을 뒤로 흩날리며 곧장 사라졌다.

"저게 도대체 무슨 말이야! 단숨에 다녀온다니? 이 킬로미터가 넘는 거리잖아!"

그래드그라인드 선생이 말했다. 그런데 바운더비 사장이 미처 대답하기도 전에 젊은 사내 한 명이 문 앞에 나타나서 "실례하겠습니다, 선생님들!" 하고 말하곤, 두 손을 주머니에 찌른 채 안으로 들어온다.

수염을 말끔하게 깎은 얼굴은 홀쭉하고 혈색이 나쁜 데다, 까만 머리칼을 머리 주변으로 동그랗게 말아 올려서 엄청난 숱을 자랑하며 가운데에 가르마를 타서 그늘을 드리웠다. 두 다리는 건장해도 아주 짧아서 신체비율이 좋은 편은 아니었다. 짧은 다리에 비해 가슴과 등은 매우 널찍했다.

기다란 외투는 몸에 꼭 맞고 바지 역시 꼭 끼는 데다 목에 숄까지 두르고, 몸에서는 등잔 기름과 밀짚, 오렌지껍질, 말 여물, 톱밥 냄새 등이 나는 게, 그리스신화에서 켄타우로스가 말 몸뚱이와 사람 얼굴을 합친 것처럼 마구간과 공연장을 하나로 합친 것 같았다. 하지만 어디부터 마구간이고 어디부터 공연장인지는 정확하지 않다. 광고전단에서 'E. W. B. 칠더스'라고 소개한 사람으로 북미대륙 대평원의 야생사냥꾼 역할을 담당하며 대담하게 높이 뛰는 거로 유명했다.

얼굴은 늙고 몸은 조그만 소년도 함께 들어오는데, 유명한 공연에서 아들 역할을 하며 아버지 머리 위 삼십 센티미터 높이에서 물구나무서면 아버지는 손바닥으로 정수리를 받쳐서 야생지역 사냥꾼이 자식을 거칠게 기르는 장면을 보여준다. 희망에 찬 소년은 곱슬머리와 화환과 날개와 새하얀 장신구와 새빨간 장신구를 몸에 붙이면 영락없는 큐피드로 변신해서 여성 관객이 환호하지만, 사적인 자리에 서니 외투는 조숙해서 안 어울리고 목소리는 거친 게 영락없는 난쟁이다.

E. W. B. 칠더스가 실내를 둘러보며 다시 말했다.

"실례하겠습니다, 선생님들! 두 분이 주프 아버지를 만나러 오신 분들인가요?"

"그렇소. 어린 딸이 아버지를 데리러 갔지만 우리는 기다릴 수 없구려. 괜찮다면 말을 남길 터이니 당신이 전하겠소?"

그래드그라인드 선생이 말하자, 바운더비 사장이 끼어들었다.

"당신도 알다시피, 친구, 우리는 시간이 소중한 걸 아는 사람이고 당신네는 시간이 소중한 걸 모르는 사람이잖소."

그러자 칠더스가 머리에서 발 끝까지 훑어보다가 빈정거렸다.

"귀하가 누군지는 모르겠지만, 똑같은 시간으로 돈 버는 걸 말하는 거라면 귀하 차림새로 보건대, 그 말이 맞는 것 같소."

"그래서 그 돈을 지키는 것도 잘하겠지요."

큐피드가 끼어들자, 칠더스가 나무랐다.

"킨더민스터, 입 닥쳐!"

큐피드는 세속적인 이름이 마스터 킨더민스터다. 킨더민스터가 잔뜩 성깔을 부리면서 소리쳤다.

"여기에서 우리를 깔보는 까닭이 뭐냐고요! 우리를 깔보고 싶다면 정식으로 입장료를 내고 들어와야죠!"

"킨더민스터, 주둥이 닥쳐! 그만 닥치라고!"

칠더스가 목소리를 키우더니, 그래드그라인드 선생을 바라보며 다시 말했다.

"선생님에게 드릴 말씀이 있습니다. 곡마단을 구경하러 안 오시는 것 같으니 잘 모르시겠지만, 주프 아버지는 최근 들어서 팁을 자주 놓쳤답니다."[10]

"뭐를 놓쳐요?"

그래드그라인드 선생이 반문하며 혹시 아느냐는 표정으로 바운더비를 힐끗 쳐다보았다.

"팁을 놓쳤다고."

바운더비가 말하고, 킨더민스터가 덧붙였다.

"지난밤에 고리 뛰어넘기를 네 번이나 했는데 모두 실패했어요. 고

---

10) '팁을 놓쳤다'는 말은 점프하다가 떨어졌다는 서커스단 은어다.

리에서 길게 늘어뜨린 깃발 뛰어넘기도 실패하고 공중제비는 느슨했답니다."

"묘기를 제대로 못 한 거예요. 점프는 짧고 공중제비는 나쁘고."

칠더스가 해석하자, 그래드그라인드가 다시 물었다.

"아! 그게 팁인가요?"

"우리는 그럴 때마다 팁을 놓쳤다고 한답니다."

칠더스가 대답하자, 바운더비가 갑자기 폭소를 터트리며 소리쳤다.

"아홉 가지 기름에 '흥겨운 다리'에, 팁을 놓치고, 고리를 뛰어넘고 깃발을 뛰어넘고 공중제비를 하고! 자기 힘으로 높은 자리까지 올라온 사람이 보기엔 정말 이상한 족속이군."

그러자 큐피드가 반박했다.

"그럼 자신을 낮추세요. 맙소사! 자기 힘으로 그렇게 높은 자리까지 올라갔으면 조금이라도 내려오라고요."

"어린애가 정말 무례하군!"

그래드그라인드 선생이 말하며 눈살을 찡그리고 쳐다보았다. 하지만 킨더민스터는 조금도 주눅이 들지 않고 받아쳤다.

"두 분이 오신다는 걸 알았더라면 젊은 신사를 준비해서 접대하도록 했을 거예요. 이렇게 대단하신 분이라면 특별공연을 보여드려야 하는데 말이에요. 지금 올라선 밧줄은 너무 팽팽할 거예요, 그죠?"

"밧줄이 팽팽하다니, 저 건방진 아이가 무슨 말을 하는 거요?"

"그만해! 밖으로 나가, 나가라고!"

칠더스가 소리치며, 대평야에서 그런 것처럼 정말 거칠게 젊은 친구를 밖으로 밀어낸 다음에 대답했다.

"밧줄이 팽팽하다 혹은 밧줄이 느슨하다고 하는데, 별로 중요한 건 아닙니다. 밧줄을 팽팽하게 매거나 느슨하게 맸다(밧줄이 팽팽하다는 건 '위

태롭다', 밧줄이 느슨하다는 건 '여유롭다'는 뜻: 옮긴이)는 뜻일 뿐입니다. 주프 아버지에게 전할 말이 있다고 하셨지요?"

"그렇소."

"그렇다면 주프 아버지가 전갈을 못 들을 것 같습니다. 주프 아버지를 아시나요?"

"직접 만난 적은 없소."

"그렇다면 앞으로도 못 만나겠군요. 내가 보기엔 그렇습니다. 여기를 떠났으니까요."

"어린 딸을 버렸다는 뜻이오?"

상대가 묻자, 칠더스는 고개를 끄덕이며 대답했다.

"아! 주프 씨가 도망쳤다는 뜻입니다. 어젯밤에도 야유를 받고 그제밤에도 야유를 받고 오늘도 야유를 받았어요. 최근 들어서 언제나 야유를 받으니, 견딜 수 없겠지요."

"그렇게 자주…… 야유를 받는 까닭이 무언가요?"

그래드그라인드 선생이 주저하다가 엄숙한 어투를 억지로 뱉어내며 물었다.

"관절이 굳고 체력은 떨어지니까요. 썰 푸는 재주는 여전해도 그것 하나로 먹고살 순 없답니다."

"썰 푸는 재주라! 또 시작이군!"

바운더비가 끼어들자 칠더스가 다시 말했다.

"재담이요, 신사분이 이런 표현을 더 좋아한다면."

칠더스가 뒤를 돌아보고 상대를 깔보는 표정으로 말하면서 기다란 머리칼을 흔들어, 동시에 머리채를 철렁이며 다시 말했다.

"관객에게 야유를 받는 것보다 자기 딸이 그런 사실을 알아챘다는 자체가 너무 아파서 더는 견딜 수 없으니, 정말 슬픈 현실이 아닐 수 없지요."

바운더비가 다시 끼어들었다.

"잘났군! 정말 잘났어, 그래드그라인드! 딸을 그렇게 사랑하는 사람이 딸을 내버리고 도망치다니 말이야! 정말 대단해! 하하하! 내가 한마디 하지, 젊은이. 나는 처음부터 이런 지위를 누린 게 아니야. 그런 건 내가 잘 알아. 자네가 들으면 놀라겠지만, 우리 어머니도 나를 버리고 도망쳤거든."

칠더스는 당연히 그랬을 거라며 비꼬는 투로 대답하고, 바운더비는 다시 말했다.

"그래, 나는 도랑에서 태어나고 어머니는 나를 버리고 도망쳤어. 내가 그런 어머니를 용서할 것 같아? 아니야. 내가 그런 어머니를 지금까지 단 한 번이라도 용서한 것 같아? 절대 아니야. 내가 그런 어머니를 어떻게 생각하는지 알아? 술 취한 할머니 다음으로 세상에서 가장 나쁜 여자로 여긴다고. 나는 가족에 대한 자부심이 없어. 흔히 상상하는 애정 같은 건 조금도 없다고. 나는 무엇이든 솔직하게 말하는 사람이야. 나는 코크타운의 조사이아 바운더비 모친을, 아무런 애정도 없이, 자기 아들을 버린 여자가 들어야 하는 표현 그대로 부른다고. 그건 그 사람도 마찬가지야. 딸을 버리고 도망친 악당이자 쓰레기라고. 우리말에서는 그런 사람을 그렇게 불러."

그러자 칠더스는 뒤를 돌아보며 반박했다.

"그가 그런 사람이든 아니든, 우리말로 그렇게 부르든 불어로 그렇게 부르든, 나는 상관없어요. 확실한 사실은 내가 친구분에게 말하려는 내용이니까요. 그런 말을 듣고 싶지 않다면 귀하는 밖으로 나가세요. 지금까지 계속 떠들어대는데, 귀하 집에나 가서 그러시고 우리 집에선 가만히 있으라고요, 누가 묻기 전까진. 내가 장담하는데 귀하에겐 꽤 근사한 저택이 있을 테니까요, 그죠?"

"당연히 그럴 테지."

바운더비가 대답하고 돈을 짤랑거리며 웃고, 칠더스는 다시 말했다.

"그렇다면 이제 떠드는 건 집에 가서 하시겠소? 여기는 건물이 허름해서 귀하가 떠들면 무너질 수도 있으니까!"

그리곤 바운더비 사장을 머리부터 발끝까지 다시 훑어보더니 다시는 상대하지 않겠다는 표정으로 고개를 돌려서 그래드그라인드 선생을 바라보며 말했다.

"주프 씨가 어린 딸을 심부름 보내고 나서 모자를 눈까지 눌러쓰고 보자기로 묶은 꾸러미를 팔에 끼고 살그머니 나가는 모습을 누가 봤는데, 그게 불과 한 시간도 안 됐답니다. 어린 딸은 아빠가 그런 걸 도저히 못 믿겠지만, 아빠는 딸을 버리고 도망쳤어요."

그래드그라인드 선생이 물었다.

"아버지가 그런 걸 어린 딸이 도저히 못 믿을 까닭은 뭔가요?"

"부녀가 정말 가깝게 지냈기 때문입니다. 따로 떨어진 적이 한 번도 없기 때문입니다. 지금까지 아빠가 딸을 매우 끔찍하게 사랑했기 때문입니다."

칠더스가 말하더니, 텅 빈 트렁크를 들여다보려고 한두 걸음 다가갔다. 그런데 칠더스 역시 킨더민스터만큼이나 걸음걸이가 이상했다. 사람이 뛰어가는 이상으로 다리를 널찍하게 벌리는 게, 무릎 관절이 굳었다는 사실을 노골적으로 드러내는 것 같았다. 하지만 슬리어리 곡마단 남성 단원은 누구나 이렇게 걷는데, 툭하면 말 등에 올라타서 그런 게 분명했다. 이윽고 칠더스가 텅 빈 트렁크에서 고개를 들고 머리채를 다시 흔들며 한탄했다.

"불쌍한 씨씨! 아버지가 도제로 삼아서 기술을 가르치면 좋았을 텐데. 아무런 기술도 없는 아이를 그냥 버리고 떠났어."

"도제 훈련을 한 번도 안 받은 사람이 그런 의견을 밝히다니, 정말 다행이오."

그래드그라인드 선생이 흡족한 표정으로 대답하자, 칠더스가 다시 말했다.

"내가 도제 훈련을 한 번도 안 받아요? 나는 일곱 살 때부터 도제 훈련을 받았어요."

"정말요? 이런 것까지 어린아이를 도제로 삼는 전통이 있는 줄 몰랐네요……."

그래드그라인드 선생이 말하는데, 상대편 말을 자신이 엉뚱하게 이해해서 잔뜩 화난 어투였다. 그러자 바운더비가 폭소를 터트리며 끼어들었다.

"게으름 부리는 훈련. 아니야, 나도 몰랐어! 전혀 몰랐다고!"

하지만 칠더스는 바운더비가 옆에 있다는 사실을 아예 무시하면서 다시 말했다.

"아이 아빠는 딸에게 교육이란 교육은 다 가르쳐야 한다는 생각을 항상 했어요. 그런 생각을 품은 까닭은 모르겠지만, 제가 확실히 말할 수 있는 건 그런 생각을 단 한 번도 포기한 적이 없다는 사실입니다. 여기에서는 씨씨가 읽을거리를 조금 구하고 저기에서는 씨씨가 글씨 연습할 거리를 조금 구하고, 다른 데서는 산수 공부 거리를 조금 구했으니까요…… 지난 칠 년 동안 끊임없이."

칠더스는 말을 마치고 주머니에서 손을 하나 꺼내 자기 얼굴과 턱을 쓰다듬으며 상당한 의심과 약간의 희망이 깃든 표정으로 그래드그라인드 선생을 쳐다보았다. 처음부터 상대에게 환심을 사려고 애쓴 터였다, 버림받은 씨씨를 위해서. 그러다가 다시 말했다.

"씨씨가 여기에서 학교에 들어간 걸 아이 아빠는 정말 기뻐했습니다. 우리가 부평초처럼 이리저리 떠도는 신세라 여기에 계속 머무는 것도 아니라서 그렇게 기뻐한 까닭을 도무지 이해할 수 없었습니다. 그런데 지금 보니, 몸뚱이 절반이 망가진 당시에 이럴 마음을 먹고 씨씨에 대한 준비를 한 것 같습니다. 혹시 씨씨를 조금이라도 돕겠다는 말씀을 아이 아빠에게 할 목적으로 오늘 밤에 찾아오신 거라면……"

칠더스가 다시 얼굴을 쓰다듬으며 상당한 의심과 약간의 희망이 깃든 표정으로 계속 말했다.

"때맞춰서 잘 오셨습니다. 정말 잘 오셨어요."

하지만 그래드그라인드 선생 대답은 달랐다.

"그 반대라오. 아이 주변 환경이 학교에 적합하지 않으니, 이제는 보내지 말라는 말을 하려고 왔으니까요. 하지만 아이 아버지가 아이에게 알리지도 않고 정말 떠난 거라면…… 바운더비, 자네와 상의할 게 있네."

그러자 칠더스는 말 등에 많이 올라탄 독특한 걸음걸이로 정중하게 물러나더니, 방문 앞 층계참에 가만히 서서 자기 얼굴을 쓰다듬으며 조그맣게 휘파람을 불었다. 그러는 사이에 "안 돼. 그럴 순 없어. 좋은 방법이 아니야. 나는 완벽하게 반대야!" 하고 말하는 바운더비 목소리가 들리더니, "천박한 호기심을 보인 대상이 결국엔 어떻게 끝나는지 루이사에게 본보기로 보여줄 수 있잖아. 바운더비, 그런 관점에서 생각하라고" 하고 말하는 그래드그라인드 목소리가 훨씬 나지막하게 들렸다.

한편, 슬리어리 곡마단 단원이 위층 숙소에서 하나씩 내려오더니 주변에 가만히 서서 나지막한 목소리로 칠더스에게 묻기도 하고 자기네끼리 대화도 나누다가 방으로 살그머니 들어왔다. 젊고 잘 생긴 여자도 두셋은 있고, 그 사람들 남편도 두셋은 있고, 그들 모친도 두셋은 있고, 그들이 낳은 아이도 여덟아홉은 되는데, 아이들은 필요할 때마다 곡마장에서 요정을 연기한다.

이런 가족을 이끄는 아버지 한 명은 다른 가족을 이끄는 아버지 한 명과 장대 꼭대기에 올라서는 습관이 있고, 세 번째 가족을 이끄는 아버지는 두 아버지를 피라미드로 만들어서 킨더민스터를 꼭대기에 올리고 자신은 제일 밑으로 들어가는 습관이 있으며, 모든 아버지는 하나같이 구르는 통에 올라가서 춤추고 병에 올라서고 칼과 공을 잡고 세숫대야를 돌리고 무엇이든 올라타고 무엇이든 뛰어넘는 재주도 있다.

반면에 어머니는 누구나 춤추고 느슨한 철사와 팽팽한 밧줄을 타고 안장도 없는 말 등에서 온갖 묘기를 부릴 뿐 아니라 다리 맨살이 드러나는 걸 망설이는 사람 역시 하나도 없는데, 이 가운데 한 명은 어떤 마을이든 처음 도착할 때면 혼자서 말 여섯 필을 다루며 화려한 마차를 몰기도 한다. 모든 여성이 닳고 닳아서 방탕한 것처럼 보이는 데다 옷차림새도 정숙하지 않으며 집안도 정갈하게 정돈하지 않는 데다 공부라곤 모두 합쳐야 책 한 권을 읽은 정도도 못 했다. 하지만 모두가 놀라울 정도로 다정하고 순박하며, 약삭빠른 행동은 조금도 못하고, 서로를 동정하고 돕는 일엔 언제나 지칠 줄 모르고 적극적으로 나서니, 이는 모든 사회 모든 계층에서 항상 칭송하는 덕목으로 언제나 대단하게 존경받을 자격이 또렷했다.

마지막으로 슬리어리 단장이 나타나는데, 몸뚱이는 앞에서 언급한 대로 뚱뚱하고 한쪽 눈은 꼼짝도 않고 다른 눈만 움직이며, 입에서 나오는 목소리는 깨진 풀무로 힘들게 불어대는 소리 같고, 머리는 술에 취한 것도 아니고 깬 것도 아닌 듯 몽롱했다. 거기에다 천식까지 있어서 '스' 발음이 너무 강하고 묵직하게 흘러나와 '슈'처럼 들렸다.

"션생님! 처음 뵙겠슙니다! 이건 정말 나쁜 샤례닙니다, 이건. 우리 광대가 '흥겨운 다리'를 데리고 도망친 것 같다는 말은 들으셨지요?"

슬리어리 단장이 말하며 쳐다보더니, 그래드그라인드 선생이 "그렇소"라고 대답하자, 모자를 벗어서 안쪽을 닦을 요량에 미리 넣어둔 손수건으로 모자 안감을 닦으며 다시 말했다.

"그런데 션생님, 불쌍한 아이를 어떤 쉭으로든 도와주싈 생각인가요, 션생님?"

"아이가 돌아오면 제안하고 싶은 게 있긴 하오."

"정말 다행입니다, 션생님. 나는 불쌍한 아이를 쫓아내고 쉽거나 앞길을 방해하고 쉽은 게 아닙니다. 비록 늦은 나이지만 나는 아이를 도제로 삼아셔 훈련쉬킬 생각도 있슙니다. 저는 목이 쉬어셔, 션생님, 저를 잘 모르는 사람은 제가 말하는 쇼리를 제대로 못 알아듣거든요. 하지만 아주 어릴 때부터 곡마장에셔 차갑게 쉭었다가 뜨겁게 달구고, 뜨겁게 달구다가 차갑게 쉭고, 차갑게 쉭었다가 또 뜨겁게 달구면 이런 쉭으로 목쇼리가 샹할 슈밖에 없슙니다."

"나는 아닐 거요."

"기다리는 동안 무얼 할까요? 백포도주라도 드쉬겠슙니까? 말씀만 하셰요, 션생님!"

슬리어리 단장이 손님에게 접대하듯 권하자, 그래드그라인드 선생이 대답했다.

"고맙지만 사양하겠소."

"샤양하지 마셰요, 션생님. 친구분은 어떠셰요? 아직 쉭샤하기 전이면 쓥쓰름한 맥주 한 잔 어떠셰요?"

바로 그 순간, 슬리어리 단장 딸 조세핀이 – 두 살부터 말 등에 올라탔으며 자신이 죽으면 얼룩 조랑말 두 마리가 이끄는 마차에 태워서 무덤으로 데려가라는 유서를 몸에 품고 다니는 열여덟 살 금발미녀가 - 소리쳤다.

"아버지, 조용! 아이가 돌아왔어요!"

이 말과 동시에 씨씨 주프가 방을 나갈 때처럼 급하게 돌아왔다. 그러더니 모두가 모인 걸 보고, 표정을 보고, 아빠는 없는 걸 보고, 갑자기 구슬프게 울더니 팽팽한 밧줄에서 공연을 제일 잘하는 여성 가슴에 얼굴을 파묻고, 임신한 여성은 바닥에 무릎을 꿇은 채 씨씨를 달래며 함께 울고, 슬리어리 단장은 한탄했다.

"정말 눈 뜨고 못 보겠군."

"아, 사랑하는 아버지, 다정하고 착하신 아버지, 어디에 가셨어요? 나를 좋게 하려고 아버지가 떠나신 거 잘 알아요! 아버지는 나를 위해서 떠나신 게 분명해요! 그런데 여기로 돌아오실 때까지 내가 곁에 없어서 얼마나 쓸쓸하고 외롭겠어요, 가엽고 불쌍한 아버지!"

씨씨가 이런 말을 끊임없이 뱉어내며 떠나간 아버지 그림자라도 잡으려는 듯 두 팔을 펼친 채 고개를 들고 공중을 바라보는 모습이 너무나 애처로워서 아무도 입을 못 여는데, 바운더비가 더는 못 참겠다는 듯 불쑥 끼어들었다.

"착하디착하신 여러분, 이러는 건 시간 낭비에 불과하오. 아이에게 사실을 구체적으로 알려줍시다. 여러분만 괜찮다면 누가 도망갔는지 내가 아이에게 알려주겠소. 그래, 이름이 뭐라고 했지? 너희 아버지는 도망갔어…… 너를 버리고…… 이제 너는 살아생전에 아버지를 두 번 다시 못 볼 거야."

사람들은 구체적인 사실에 아무런 관심도 없는 데다 이번 사태를 처음부터 극히 아쉬워한 터라 바운더비가 노골적으로 말하는 내용에 감동하는 대신 몹시 분노했다. 그래서 남정네는 "창피한 줄 알아야지!"

라 중얼거리고 여인네는 "짐승 같으니!"라 중얼거리면서 분개하고, 슬리어리 단장은 바운더비에게 급히 다가가서 넌지시 말했다.

"제가 한마디 하겠습니다, 션생님. 딱 까놓고 말해셔, 귀하는 말을 그만하고 입을 꾹 다무는 게 좋겠슙니다. 우리 단원은 셩격이 좋지만 동작도 정말 빠릅니다. 제 충고를 무싀한다면 단원들이 션생을 창문 밖으로 내던질 게 분명합니다."

점잖은 충고에 바운더비가 입을 다물자, 그래드그라인드 선생은 해결방법을 실용적으로 탁월하게 제시할 기회를 잡았다.

"지금 중요한 건 그 사람이 다시 돌아오느냐 아니냐는 문제가 아니오. 그 사람은 떠났고 당장 돌아올 가능성은 없소. 그건 여기에 있는 사람 모두 동의할 거요."

"그렇슙니다, 션생님. 분명합니다!"

"그럼 됐소. 애초에 나는 아이 아버지에게 이런 직업에 종사하는 집안 자식을 받아들이는 건 문제가 많으며 나 자신은 그런 문제를 겪고 싶은 생각이 없으니 안타깝지만, 학교에서 주프를 더는 받아줄 수 없다는 말을 전하려고 여기까지 왔으나, 상황이 새롭게 변했으니 한 가지 제안하겠소. 내가 너를 먹여주고 재워주며 돌보고 공부도 시키겠다, 주프. 내가 제시하는 조건은 딱 하나, 착하게 행동하는 건 당연한 전제고, 나를 따라갈지 여기에 남을지 지금 당장 결정해야 한다는 거다. 그리고 나를 따라간다면 여기에 있는 사람을 앞으로 만나면 안 된다는 거다. 이것만 지키면 문제는 하나도 없다."

그러자 슬리어리 단장이 끼어들었다.

"그렇다면 나도 한마디 해야겠슙니다, 션생님, 깃발의 양면을 모두 볼 슈 있도록 말입니다. 쉬쉴리아, 만일 네가 도제 훈련을 받고 싚다면, 너는 이곳 일을 잘 알고 동료도 잘 알아. 지금 네가 무릎에 기댄 엠마 고든은 엄마 역할을 할 것이고 조세핀은 언니 역할을 할 거야. 나 자신은 천사인 척 못하니까 네가 팁을 놓칠 때마다 욕설을 한두 마디 뱉어내겠지. 내 말은, 션생님, 셩질이 좋든 나쁘든, 내가 지금까지 한두 마디 욕셜을 한다고 말이 다친 적은 한 번도 없으니, 내가 이 나이에 말 탄 샤람을 다르게 대할 슌 없을 거라는 뜻입니다. 나는 말을 많이 하는 샤람이 아니니, 션생님, 이 정도로 마칩니다."

그래드그라인드 선생은 자신에게 하는 말을 고개까지 숙인 채 진지하게 듣더니, 이렇게 대답했다.

"네가 결정하는 데 도움이 되도록 내가 하고 싶은 말은, 주프, 건전하고 실용적인 교육을 받는 건 극히 바람직하다는 사실, 내가 알기로 너희 아버지 역시 너 자신에게 그런 게 바람직하단 정도는 알고 있었다는 사실이야."

마지막 말은 주프에게 눈에 띄는 영향을 주었다. 그래서 구슬픈 울음소리를 멈추고 엠마 고든에게 몸을 살짝 떼어내서 후원자 얼굴을 똑바로 바라보았다. 방에 있던 사람들은 결정적인 변화를 느끼고 "주프가 가겠구나!" 하고 솔직하게 말하며 깊은 한숨을 내쉬었다. 하지만 그래드그라인드 선생이 아이에게 경고했다.

"네 마음을 솔직하게 들여다보거라, 주프. 다른 말은 않겠다. 네 마음을 솔직하게 들여다보거라!"

그러자 주프는 잠시 침묵하다가 다시 눈물을 터트리며 울부짖었다.

"우리 아버지가 돌아오시면 나를 어디서 찾나요!"

그래드그라인드 선생이 차분하게 대답했다. 이미 모든 계산을 끝낸 것이다.

"그런 문제는 마음 푹 놓아도 돼, 주프. 그렇게 되면 너희 아버지가 여기에 계시는 분을 찾아올 터인데……성함이?"

"슐리어리. 그게 제 이름입니다, 션생님. 부끄럽지 않은 이름입죠. 영국 전역에 유명하며, 항상 제 이름값을 했슙니다."

"슬리어리 단장을 찾아올 게 분명해. 그러면 네가 있는 곳을 알게 되겠지. 너희 아버지가 데려가겠다면 나는 너를 붙잡을 힘이 없는 데다, 너희 아버지는 코크타운의 토마스 그래드그라인드를 언제든 손쉽게 찾을 수 있을 거야. 주변에 나를 아는 사람도 많고."

슬리어리 단장이 움직이는 눈알을 굴리며 인정했다.

"그래, 맞아요. 션생님은 곡마단에 돈쓔는 걸 반대하는 분으로 유명하지요. 하지만 지금은 샹관없슙니다."

다시 침묵이 흐르다가 주프가 두 손으로 얼굴을 가리며 울부짖었다.

"아, 옷가지 좀 챙겨주세요, 옷가지 좀 챙겨주세요. 심장이 찢어지기 전에 멀리 떠나도록!"

여인네들이 슬픈 표정으로 바삐 움직이며 옷가지를 챙겨서 여행할 때 흔히 사용하는 바구니에 하나씩 넣는데, 옷가지가 적어서 금방 끝났다. 그러는 동안 씨씨는 바닥에 앉아서 두 손으로 눈을 가린 채 계속 울었다. 그래드그라인드 선생은 바운더비와 함께 방문 입구에서 씨씨를 데려갈 채비를 하고, 슬리어리 단장은 방 한가운데에서 남자 단원에게 에워 쌓이는데, 딸 조세핀이 공연하는 동안 원형 무대 한가운데에 선 자세와 똑같았다. 채찍이 없는 게 다를 뿐이다.

여인네들은 침묵 속에서 바구니를 채우고 보닛 모자를 가져와서 헝클어진 씨씨 머리칼을 쓰다듬고 모자를 씌웠다. 그런 다음에 주변으로 몰려들어 자연스럽게 허리를 숙여서 키스하고 포옹하며 아이와 작별인사를 하는데, 모두가 하나같이 마음이 부드럽고 순박하고 순진한 여인네였다.

"자, 주프, 마음을 정했다면 따라오너라!"

그래드그라인드 선생이 말했지만, 주프는 남성 단원하고도 작별인사를 나눠야 하고, 그래서 모두 (옆에 단장이 있는 터라 공연하는 식으로) 팔을 벌려서 인사하고 작별 키스를 하는데, 킨더민스터는 아니었다. 어린 나이지만 인간을 싫어하는 기색이 또렷한 데다 결혼에 대한 생각마저 공공연하게 떠벌린 터라, 쓸쓸하게 뒤로 물러날 뿐이다. 반대로 슬리어리 단장은 마지막까지 가만히 있다가 두 팔을 활짝 벌려서 주프 두 손을 잡더니, 젊은 숙녀가 말 등에서 묘기 부리고 내려올 때 흔히 그러는 것처럼 공중으로 번쩍 들다가 내려놓았다. 그러나 주프는 다시 튀어 오르는 대신 가만히 서서 눈물만 흘리고 슬리어리 단장은 이렇게 말했다.

"얘야, 잘 가거라! 앞으로 셩공하길 바란다. 우리 불쌍한 가족이 너를 귀찮게 하는 일은 결코 없으리란 샤실을 내가 보장하마. 너희 아빠가 개를 안 데려갔으면 좋을 걸 그랬구나. 광고전단에 개가 없으니까 영 불편해. 하지만 다쉬 생각하면, 주인이 없으면 개가 공연을 안 할 테니, 그것 역시 불편하긴 마찬가지겠어!"

슬리어리 단장은 이렇게 말하면서 꼼짝도 않는 눈으로 주프를 열심히 바라보고 움직이는 눈으로 동료를 훑어보며 주프에게 키스하고 머리를 흔들더니, 말에게 넘기듯 그래드그라인드에게 넘겼다. 그리고 말 등에 제대로 앉히려는 듯 전문가 특유의 눈으로 주프를 쭉 훑어보며 덧붙였다.

"아이를 받으셰요, 션생님. 앞으로 잘할 겁니다. 잘 가라, 쉬실리아."

그와 동시에 여기저기에서 다양한 목소리가 터져 나왔다.

"잘 가, 시실리아!"

"잘 가, 씨씨!"

"하느님 은총이 함께 하길 바라!"

하지만 슬리어리 단장은 주프가 가슴에 품은 아홉 가지 기름병만 가만히 쳐다보다 갑자기 끼어들었다.

"병은 여기에 두렴. 들고 가기엔 너무 크잖아. 이제 너에게 쓸모도 없고. 나한테 줘!"

그러자 주프가 다시 눈물을 터트리며 울부짖었다.

"싫어요, 싫어! 그럴 순 없어요! 지니고 있다가 아버지가 돌아오면 발라줘야 해요! 아버지가 돌아오면 이걸 발라야 해요. 아버지는 나에게 기름을 사 오라고 할 때만 해도 멀리 떠날 생각이 아니었어요. 이걸 지녔다가 아버지에게 줘야 해요!"

"그럼 그렇게 하려무나. (잘 보셨지요, 션생님?) 잘 가렴, 쉬쉴리아! 내가 너에게 마지막으로 하고픈 말은, 션생님과 약쇽한 걸 명쉼하고 션생님 말슘 잘 듣고, 우리를 잊으라는 거야. 하지만 어른이 돼셔 결혼하고 잘 샬면, 어떤 곡마단을 만나든 무정하게 굴거나 딱딱하게 굴지 말고 친절하게 행동하렴. 그러면셔 가치를 느끼는 거야."

슬리어리는 평소보다 말이 많아서 천식 때문에 숨이 차는데도 계속 말했다.

"샤람은 어떤 쉭으로든 재미있게 샬아야 해요, 션생님. 항샹 일만 할 슈도 없고 항샹 공부만 할 슈도 없으니까요. 우리를 나쁘게 여기지 말고 최대한 활용하셰요. 나는 곡마단 생활로 평생을 보냈슙니다. 하지만 우리를 나쁘게 여기지 말고 좋은 쪽으로 최대한 활용하라는 말로 모든 문제를 철학적으로 정리했다는 생각이 드는군요!"

슬리어리가 철학을 제시하는 사이에 세 사람은 계단을 내려가더니, 꼼짝도 않는 눈과 움직이는 눈이 지켜보는 앞에서 어두운 거리로 순식간에 빨려들었다.

7장. 스파싯 부인

바운더비 사장은 독신이라서 나이 많은 부인이 일정한 보수를 받으며 집안 살림을 관리했다. 바로 스파싯 부인으로 좋은 가문 출신인데, 바운더비라는 마차가 겸손이란 깡패를 태우고 의기양양하게 달릴 때마다 옆에서 시중을 들었다.

스파싯 부인에겐 지금과 완전히 다른 시절은 물론 지체 높은 친척도 있다. 스캐저스 귀부인이라는 고모할머니가 여전히 살았으며, 사망한 남편 모계 쪽은 '파울러 가문'이다. 정보가 부족하거나 이해력이 떨어지는 문외한이라면 파울러가 무언지 모르는 건 물론, 회사나 정당이나 종교 분파처럼 애매하게 보일 수도 있다. 하지만 신분이 높은 사람은 파울러가 오랜 전통의 명가라는 사실을, 오랜 역사를 추적하다 보면 말고기나 무모한 카드놀이나 유대인 고리대금업자에게 돈을 빌리기도 하고 파산자 재판소 등에 흥미진진하게 등장하기도 한다는 사실을 잘 안다.

사망한 남편은 모계 쪽이 파울러 가문이라서 부계 쪽이 스캐저스인 숙녀와 결혼했다. 고모할머니 스캐저스 귀부인이 (육류를 지나치게 좋아하며 한쪽 다리를 침대 밖으로 내놓는 걸 십사 년이나 거부하는 매우 뚱뚱한 할머니가) 중매를 섰는데, 남편은 결혼 적령기에 막 접어들어서, 몸매가 꽤 날씬하고 그걸 지탱하는 두 다리도 정말 길고 호리호리하며 머리 역시 아주 작은 거로 유명했다. 삼촌에게 상당한 재산을 물려받았는데, 유산을 정식으로 상속받기도 전에 빚으로 모두 탕진했을 뿐 아니라 나중에는 빚이 두 배로 늘어나기도 했다. 남편은 (프랑스 칼레에서 브랜디 때문에) 스물네 살에 죽는데, 신혼 이후로 계속 별거한 미망인에게 남긴 재산은 하나도 없다. 나이가 열네 살이나 어린 남편과 사별한 미망인은 얼마 후에 하나밖에 없는 고모할머니 스캐저스 귀부인과 심하게 다투고, 귀부인도 욕보일 겸 자신도 먹고살 겸 생활 전선으로 뛰어든다. 그래서 남편을 순간적으로 유혹한 까맣고 짙은 눈썹과 로마인 같은 매부리코로 늘그막에 지금 여기에서 바운더비 사장이 아침 식사를 들 때마다 시중들었다.

바운더비가 정복자라면 스파싯 부인은 포로로 잡힌 공주라서, 바운더비는 이리저리 행진할 때마다 공주를 데리고 다니며 더할 나위 없이 멋들어지게 활용했다. 그에게는 자신의 혈통을 깎아내리는 게 자랑거리이듯, 스파싯 부인의 혈통을 추켜세우는 것 역시 자랑거리였다. 자신이 젊을 때는 바람직한 배경이 단 하나도 없었지만, 스파싯 부인은 젊어서 모든 배경을 충분히 누렸다고 추켜세우며, 부인이 지나온 길에 일찍 피어난 장미를 마차 몇 대 분이나 뿌려대다가 이렇게 말하는 식이다.

"그런데 결과는 어떻소, 선생? 부인은 일 년에 백 파운드를 받고 (상당한 돈이라고 좋아하면서) 코크타운의 조사이아 바운더비 집안일을 거들지 않습니까!"

이게 전부가 아니다. 바운더비가 부인의 혈통에 대한 자랑을 사방에 늘어놓은 나머지, 제삼자 역시 그 말을 받아서 기회가 있을 때마다 활기차게 늘어놓기도 했다. 속이 뒤집힐 정도로 뛰어난 바운더비 능력 가운데 하나는 자기 입으로 자신에 대한 찬미가를 부르는 건 물론 다른 사람까지 그런 노래를 부르도록 만든다는 것이다. 그래서 사람들은 정신병에 걸린 것처럼 바운더비를 찬양했다. 다른 곳이라면 쩗잖게 지냈음 직한 사람이 코크타운 식사자리만 참석하면 바운더비에 대한 칭찬을 정신없이 늘어놓았다. 바운더비를 황실 문장으로, 영국 국기로, 대헌장으로, 전형적인 영국인으로, 인신보호법으로, 권리장전으로, 아무도 침범할 수 없는 인물로, 교회며 국가로, '신이시여, 여왕을 보호하소서!'로 추켜세웠다. 심지어 이런 시구까지 인용할 때도 잦다.

> 왕자와 영주는 번성할 수도 있고 망할 수도 있으니,
> 숨결이 인간을 만들 듯, 숨결이 그렇게 만들리라.

그러면 사람들은 그 사람 역시 스파싯 부인에 대한 소문을 들은 게 분명하다고 여기는데, 바로 그 스파싯 부인이 입을 열었다.

"오늘 아침은 평소와 달리 식사하는 속도가 아주 느리네요, 주인 나리."

"으음, 부인, 톰 그래드그라인드가 변덕을 부린 것에 대해서 잠시 생각했소. 곡마단 여자애를 데려다가 키우겠다는 변덕 말이오."

바운더비가 대답하는데, 누가 아무리 많은 돈을 준다고 해도 '톰'을 '토마스'로 부를 순 없다고 작정한 어투였다.

"바로 그 여자애가 학교로 곧장 가야 하는지 '돌 저택'으로 가야 하는지 확인하려고 지금 기다리는 중이랍니다."

스파싯 부인이 말하자, 바운더비가 대답했다.

"나도 모르니, 당연히 기다려야 하겠지요, 부인. 내 생각엔 톰 그래드그라인드가 여기로 곧장 올 것 같소. 여자애를 여기에 하루 이틀 더 머물게 하려면 당연히 그래야겠지요, 부인."

"주인 나리께서 원하시면 당연히 그래야겠지요, 주인 나리."

"지난밤에, 내가 여자애를 여기에서 임시로 재울 테니, 루이사랑 지내도록 결정하기 전에 하룻밤을 보내면서 곰곰이 생각하라고 톰 그래드그라인드에게 말했다오."

"정말요, 주인 나리? 정말 사려가 깊으시네요!"

스파싯 부인이 말하곤 차를 한 모금 들이키면서 매부리코 콧구멍을 살짝 벌름거리고 까만 눈썹을 찡그린다.

"그런 여자애랑 지내면 꼬마 아가씨가 안 좋은 영향만 받을 게 내 눈에는 또렷하게 보이는구려."

"그래드그라인드 선생님 댁 아가씨를 말하는 건가요, 주인 나리?"

"그렇소, 부인, 루이사 얘기를 하는 거요."

"꼬마 아가씨라고 하셨는데, 그 댁에 꼬마 아가씨가 둘이라서 저는 누굴 말하는지 몰랐답니다."

"루이사, 루이사, 루이사."

바운더비가 반복했다.

"주인 나리는 루이사 아가씨에게 둘째아버지와 마찬가지죠."

스파싯 부인이 맞장구치고는 차를 다시 마셨다. 그런데 김이 무럭무럭 올라오는 찻잔으로 잔뜩 찡그린 눈썹을 다시 숙인 모습은 고전적으로 생긴 얼굴이 지옥에서 올라온 악마에게 무언가를 간절하게 바라는 것처럼 보였다.

"내가 톰에게 - 내 친구 톰 그래드그라인드 말고 어린 아들 톰을 말하는 건데 - 둘째아버지와 마찬가지란 말이 훨씬 적절할 거요. 나는 어린 톰을 채용할 생각이오. 내가 데리고 있을 예정이란 말이오, 부인."

"정말요? 그러기엔 너무 어리지 않나요, 나리?"

스파싯 부인이 '나리'라고 호칭한 건 존경한다는 의미보다 자신을 좀 더 많이 배려하라는 의미에서 의례적으로 하는 말이다.

"물론 지금 당장 채용하겠다는 건 아니오. 그러기 전에 엄청난 교육 과정을 모두 거쳐야 하겠지요. 분명히 말하는데, 톰은 처음부터 끝까지 충분한 교육을 받을 거요! 그래서 내가 자기만 한 나이에 배움이 하나도 없었다는 사실을 알고는 두 눈이 번쩍 뜨일 거요."

톰은 지금까지 그런 말을 자주 들었기 때문에 이미 알고 있을 가능성이 크고, 바운더비는 계속 말했다.

"하지만 누구든 대등한 관계에서 이런 얘기를 하는 게 나로선 정말 어렵다오. 예를 들어, 오늘 아침에 나는 부인에게 곡마단 여자애에 대해서 말했소. 그런데 부인은 곡마단에 대해 무얼 아시오? 진흙탕 뒷골목에서 곡마단에 들어가기만 해도 나에겐 천운이고 복권당첨과 마찬가지일 때 부인은 '이탈리아 오페라 극장'을 출입했소. 부인이 하얀 비단에 보석으로 화려하게 장식하고 '이탈리아 오페라 극장'에서 나올 때 나는 땡전 한 푼 없어서 부인에게 길을 밝혀줄 횃불조차 구할 수 없었다오."

그러자 스파싯 부인이 슬프면서도 차분하고 위엄 어린 자세로 대답했다.

"어릴 때만 해도 '이탈리아 오페라 극장'에 자주 다니긴 했지요."

"부인, 그건 나도 마찬가지라오…… 극장 뒷골목이긴 하지만. 극장 뒷골목 딱딱한 포장도로를 침대로 삼곤 했으니까요. 부인 같은 사람은 갓난아기 때부터 거위 깃털 담요에 익숙할 뿐 포장도로에서 잔 적이 없으니 그게 아주 딱딱하단 사실을 알 턱이 없겠지요. 그래요, 그래, 내가 부인에게 곡마단 이야기를 꺼낸 건 아무런 소용도 없어요. 부인에겐 외국에서 온 댄서와 상류층이 사는 런던 서부지역과 그중에서도 가장 고급스러운 하이드파크 동쪽 고급 주택지, 귀족과 귀부인과 상류층에 관한 이야기를 꺼내는 게 옳아요."

그러자 스파싯 부인이 점잖게 부정하며 대답했다.

"나리께서 그렇게 말씀하실 필요는 없는 것 같아요. 저 역시 지금까지 인생의 다양한 변화에 적응하는 법을 충분히 배웠으니까요. 나리께서 예전에 체험하신 교훈을 제가 많은 관심을 가지고 충분히 들으면 좋을 걸 그랬어요. 사람들이 누구나 그렇게 말하는 걸 보면."

"으음, 부인, 코크타운의 조사이아 바운더비가 자신이 경험한 내용을 투박하게 하는 말을 듣고 좋아하는 사람이 없는 건 물론 아니라오. 하지만 부인은 아주 부유한 집안에서 태어났다는 사실을 인정해야 한다오. 아주 부유한 집안에서 태어났다는 사실은 부인도 잘 알잖소."

"그런 사실을 부인하진 않겠습니다, 나리."

스파싯 부인이 대답하자, 바운더비 사장은 식탁에서 일어나 벽난로를 등지고 서서 바라보았다. 부인이 옆에 있는 자체로 신분이 고상하게 올라가는 느낌이다.

"부인은 상류사회 출신이에요, 그것도 대단한 상류사회."

바운더비가 말했다. 두 다리를 쬐는 불이 따듯하다.

"사실입니다, 나리."

스파싯 부인이 바운더비와 완전히 다른 겸손을 가장하며 대답했다. 서로 부닥치면 안 되기 때문이다.

"부인은 최고 상류층 출신으로 그에 걸맞은 향락을 누렸어요."

바운더비가 말하고, 스파싯 부인은 최고 상류층 미망인 같은 분위기로 대답했다.

"맞아요, 나리. 그건 누구도 부정할 수 없는 사실이에요."

바운더비 사장은 양쪽 무릎을 구부려서 양쪽 다리를 매우 만족스럽게 껴안으며 폭소를 터트렸다. 바로 그 순간에 그래드그라인드 선생이 딸과 함께 들어서자, 바운더비 사장은 두 사람을 맞이하며 전자에게 악수하고 후자에게 키스했다.

"주프를 지금 여기로 부를 수 있을까, 바운더비?"

그래드그라인드 선생이 물었다.

당연히 그럴 수 있어서 주프를 불렀다. 주프는 안으로 들어서며 바운더비 사장과 친구 톰 그래드그라인드와 루이사에게 정중하게 인사했다. 그런데 혼란스런 나머지 불행하게도 스파싯 부인을 빼먹었다. 그걸 보고 바운더비가 잔뜩 화내며 소리쳤다.

"확실하게 말할 테니까 잘 들어. 찻주전자 옆에 계신 분은 스파싯 부인이야. 우리 집에서 안주인 역할을 담당하는데, 고귀한 혈통이지. 따라서 네가 언제든 우리 집에 다시 들어올 때 부인에게 정중하게 행동하지 않으면 곧바로 쫓겨날 줄 알아. 나는 네가 나에게 어떻게 하든 상관 안 해. 나는 고귀한 혈통이 아니거든. 고귀한 친척은 둘째 치고 최하층에다 가족 하나 없는 천애 고아로 자랐으니까. 하지만 저 부인을 대하는 모습은 내가 자세히 지켜볼 테니, 항상 공손하고 예의 바르게 행동하도록. 안 그러면 우리 집에 들어올 생각도 말라고."

그래드그라인드 선생이 달래는 목소리로 끼어들었다.

"아이가 부인을 못 봐서 그런 것 같아, 바운더비."

"우리 친구, 톰 그래드그라인드 선생께서는 아이가 부인을 못 봐서 그런 거라고 말씀하시는군. 그럴 수도 있겠지. 하지만 부인도 잘 아시겠지만, 나는 부인을 못 보는 자체도 용서할 수 없다오."

바운더비가 부인에게 말하자, 스파싯 부인이 극히 겸손한 표정으로 머리를 흔들며 대답했다.

"정말 친절하세요, 나리. 인제 그만해도 될 것 같아요."

이러는 내내 씨씨는 두 눈에 눈물을 글썽이며 잘못했다고 조그맣게 말하다가, 집주인 손짓에 따라서 그래드그라인드 선생에게 고개를 돌렸다. 그래서 가만히 선 채 열심히 바라보고 루이사는 아버지 옆에서 냉랭한 표정으로 방바닥만 내려다보는 동안 그래드그라인드 선생이 말했다.

"주프, 너를 우리 집으로 데려가기로 했다. 학교에 안 가고 집에 있을 때는 사모님 옆에서 시중을 드는 거야. 건강이 안 좋거든. 루이사 아가씨에겐 – 이쪽이 루이사 아가씨야 – 네가 그런 집에서 비참하게 살다가 필연적으로 어떤 결과를 겪었는지 모두 알려주었다. 네가 명심할 것은 모두 지난 과거며 따라서 과거를 다시는 입에 담으면 안 된다는 사실이야. 이제부터 새로운 인생을 시작하는 거야. 내가 알기로 너는 지금 무식해."

"네, 선생님, 아주 심해요."

주프가 정중하게 대답했다.

"나는 너를 만족스러울 정도로 엄격하게 교육할 거야. 그래서 공부가 훌륭하단 사실을 증명하는 표본으로 만들어서 주변 사람에게 보여줄 거야. 앞으로 새로운 교육을 받고 새롭게 태어나는 거라고."

그래드그라인드 선생이 주프에게 가까이 다가오라고 손짓하더니, 목소리를 떨어뜨리며 물었다.

"네 아버지와 주변 사람에게 책을 읽어주던 습관이 있다고 했지?"

"아버지와 '흥겨운 다리'가 전부에요, 선생님. 아버지에게만 읽어드릴 생각이었는데 그럴 때마다 '흥겨운 다리'가 옆으로 다가왔거든요."

주프가 대답하자 그래드그라인드 선생이 눈살을 살짝 찡그리며 말했다.

"'흥겨운 다리'는 잊어버려, 주프. 그걸 물은 게 아니야. 그럼 너희 아버지에게 책을 읽어주던 습관은 있었던 거니?"

"네, 선생님, 수천 번 읽어드렸어요. 아, 아버지와 행복한 시간을 보내는 동안에도 특히 행복한 시간이었어요, 선생님!"

그러면서 눈물을 터트리자 루이사는 주프를 처음으로 쳐다보고, 그래드그라인드 선생은 여전히 나지막한 목소리로 물었다.

"그래, 아버지에게 어떤 책을 읽어줬니, 주프?"

"요정과 난쟁이와 곱사등과 요정에 관한 책이요. 그리고……"

주프가 흐느끼는 목소리로 대답하자, 그래드그라인드 선생이 말을 막았다.

"그만! 그렇게 엉뚱한 내용은 두 번 다시 입에 담지 말도록. 바운더비, 정말 엄격한 교육이 필요하니, 앞으로 내가 유심히 살펴야겠어."

"으음, 나는 이미 의견을 밝혔네만, 나라면 자네처럼 안 하겠어. 하지만 좋네, 좋아. 자네가 기꺼이 감수하겠다니, 어쩔 수 없겠지!"

바운더비가 말하고, 그래드그라인드 부녀는 시실리아 주프를 데리고 '돌 저택'으로 떠났다. 도중에 루이사는 좋다는 말이나 싫다는 말을 한마디도 않고, 바운더비 사장은 일과를 시작하고, 스파싯 부인은 자기 방으로 물러나, 어두컴컴한 방에서 아침 내내 깊은 생각에 빠져들었다.

8장. 절대 궁금해하지 마라

이야기를 계속 펼쳐나가기 전에 기본 내용을 다시 살피자.

루이사가 지금보다 여섯 살 어릴 때 하루는 남동생에게 "톰, 궁금한 게 있는데……"라고 말해서, 그래드그라인드 선생은 그 말을 엿듣고 밝은 곳으로 나서며 "루이사, 절대 궁금해하지 마라!"고 말했다.

바로 이것이 학문을 기계적으로 추구하면서 감성과 정서를 배격하고 이성만 가르치는 출발점이다. 절대 궁금해하지 마라. 덧셈과 뺄셈과 곱셈과 나눗셈으로 모든 문제를 그럭저럭 해결하고 절대 궁금해하지 마라. '아이질식' 선생도 말한다, 저 아기가 걸음마를 떼면 나에게 데려오라, 그러면 내가 절대로 궁금해하지 않도록 만들겠다.

그래서 코크타운에는 이제 막 걸음마를 뗀 수많은 아기는 물론이고 이십 년, 삼십 년, 사십 년, 오십 년 이상 시간을 거슬러 올라간 아기 역시 수없이 많다. 이렇게 이상한 아기가 활보하고 다니면 인간사회가 불안하므로 18개 교파는 이런 문제를 해결할 방법을 모색하느라 서로 얼굴을 할퀴고 머리채를 잡아당기며 싸우지만 실제로 합의한 적은 한 번도 없는데, 이는 목적을 위해 수단을 교묘하게 활용한다는 사실을 고려할 때 정말 놀랍지 않을 수 없다.

있을법하든 있을법하지 않든, 이들은 모든 측면에서 (있을법하지 않은 측면에서 유난히) 의견이 갈리긴 하지만 불행한 아기가 절대 궁금해하면 안 된다는 사실 하나만큼은 완벽한 의견일치를 보았다. 그래서 1번 교파는 아이들에게 모든 걸 믿음으로 받아들여야 한다고 주장한다. 2번 교파는 아이들에게 모든 걸 정치경제적으로 받아들여야 한다고 주장한다. 3번 교파는 묵직한 소책자를 만들어서 착한 어른 아기는 누구나 은행에 가서 저축하고 나쁜 어른 아기는 누구나 쫓겨난다는 사실을 강조한다. 4번 교파는 얕은 지식으로 함정을 파서 아주 침울한 내용을 아주 재미있는 척하는 식으로 아이들을 세뇌한다. 하지만 어떤 교파든 절대 궁금해하면 안 된다는 사실 하나만큼은 완벽하게 동의한다.

코크타운에 도서관이[11] 하나 있어서 일반인이 편하게 이용할 수 있다. 그런데 도서관에서 사람들이 읽는 내용 때문에 그래드그라인드 선생은 마음고생이 심하다. 도표로 만든 보고서가 조그만 강물을 이루며 엄청난 보고서 바다에 정기적으로 흘러드니, 밑바닥까지 잠수한 사람은 맨정신으로 올라온 적이 한 번도 없을 정도다. 그런데 이런 독자들조차 끊임없이 궁금해한다는 보고서를 볼 때면 그래드그라인드

11) 일반인이 자유롭게 이용하도록 영국에 도서관이 처음 생긴 건 1850년 8월이다.

선생으로선 정말 울적하지 않을 수 없다.

사람들이 인간의 본성과 열정, 인간의 희망과 공포에 대해, 평범한 남성과 여성의 투쟁, 승리와 패배, 기쁨과 슬픔, 삶과 죽음에 관심을 가진다! 심지어 열다섯 시간이나 힘들게 노동하고 나서도 책상에 틀어박혀서 자신과 별다른 차이가 없는 남성과 여성에 대한, 그리고 자기네 자녀와 별다른 차이가 없는 아이들에 관한 이야기에 단순하게 빠져든다. 그래서 기하학을 정리한 유클리드 대신 '로빈슨 크루소'를 쓴 다니엘 디포를 좋아하고, 수학을 체계적으로 정립한 코커 대신 소설가 골드스미스를 좋아한다. 이런 괴상한 현상을 파악하려고 그래드그라인드 선생은 인쇄물이든 인쇄물이 아니든 열심히 살피지만, 이렇게 이해할 수 없는 결과가 대체 무엇 때문에 나오는지 도저히 파악할 수 없다.

그런데 황혼 녘에 어린애 같지 않은 어린애 토마스 그래드그라인드가 이발소 같은 방에서 이렇게 말한다.

"나는 사는 게 지겨워, 누나. 나는 모든 게 싫어. 사람도 모두 싫어, 누나만 빼고."

"설마 씨씨를 싫어하는 건 아니겠지, 톰?"

"주프라고 불러야 하는 상황이 싫어. 게다가 씨씨는 나를 싫어해."

우울한 어투다.

"아니야, 그렇지 않아, 톰, 그건 내가 분명히 말할 수 있어!"

"씨씨는 우리를 둘러싼 전부를 증오하고 혐오하는 게 분명해. 그래서 머리가 깨질 정도로 고통스러워하다가 결국엔 모든 걸 끝장낼 거야. 안색이 벌써 창백하고 무겁게 변하기 시작했어……나처럼."

어린 토마스는 벽난로 앞 의자에 걸터앉아서 두 팔을 뒤로 돌리기도 하고 우울한 얼굴을 감싸기도 하고, 누나는 벽난로 옆 약간 어두운 모서리에 앉아서 동생을 쳐다보기도 하고 환한 불꽃이 바닥으로 떨어지는 광경을 쳐다보기도 한다.

톰이 두 손으로 자기 머리칼을 마구 헝클어뜨리면서 다시 말한다.

"나는 당나귀야, 바로 그게 나라고. 나는 당나귀처럼 고집스럽고 당나귀처럼 멍청해. 당나귀처럼 재미있는 게 좋고 당나귀처럼 아무나 차고 싶어."

"나는 아니겠지, 톰?"

"당연히 아니지, 누나. 내가 누나를 차는 일은 없어. 누나는 나에게 가장 소중한 사람이라고. 누나가 없으면 내가 이처럼……황량한 감옥에서……어떻게 살겠어."

톰이 잠시 망설이며 말하는데, '황량한 감옥'이란 표현이 마음에 든 것 같다.

"정말, 톰? 진심으로 하는 말이니?"

"그럼 당연히 진심이지. 그런데 이런 게 다 무슨 소용이겠어!"

톰이 대답하더니, 영혼이 아픈 만큼 살갗도 아파야 한다는 듯 외투 소매로 얼굴을 긁고, 누나는 번쩍이는 불꽃을 바라보며 침묵하다가 입을 연다.

"나는 나이를 먹고 조금씩 어른이 되는 동안 시간이 날 때마다 여기에 앉아서 곰곰이 생각하는데, 네가 집에서 훨씬 편하게 지내도록 내가 할 수 있는 게 하나도 없는 것 같아 정말 불행하단 느낌이 들어. 여자라면 누구나 아는 걸 나는 몰라. 너랑 놀 수도 없고 노래를 불러줄 수도 없어. 재미있는 장면을 본 적도 없고 재미있는 책을 읽은 적도 없어서 너에게 재미난 얘기를 해서 마음을 풀어줄 수도 없어. 피곤할 때 내가 그런 이야기를 해주면 네가 아주 좋아할 텐데 말이야."

"으음, 그건 나도 마찬가지야. 나도 그런 점은 누나처럼 젬병이야.

누나는 아니겠지만 나는 노새도 될 수 있어. 아버지가 나를 학자나 노새로 만들려고 결심했다면 나는 학자가 아니니까 당연히 노새일 수 밖에. 그래서 나는 노새야."

톰이 말하는데, 목소리에 절망이 가득하다.

"마음이 아파."

루이사가 말하고 다시 침묵하더니, 어두운 모서리에서 깊이 생각하다가 다시 말한다.

"마음이 정말 아파, 톰. 우리 둘 다 너무 불행해."

"맙소사! 누나는 여자잖아. 여자는 남자보다 이런 상황을 훨씬 잘 견딘다고. 나는 누나에게 서운한 게 하나도 없어. 누나는 나에게 유일한 재밋거리야…… 우리 집을 밝게 만들 수도 있고…… 게다가 언제든 원하는 방향으로 나를 인도할 수 있잖아."

"너는 소중한 동생이야, 톰. 그래서 네가 나에게 그렇게 다양한 능력이 있다고 생각해도 나는 부인하고 싶지 않아. 하지만 내가 그 말을 곧이곧대로 믿을 만큼 어리석지 않아서 정말 미안해, 톰."

루이사가 다가와서 동생에게 키스하더니 모서리로 돌아가고, 톰은 이를 부드득 갈면서 말한다.

"지금까지 우리가 들은 구체적인 사실과 숫자와 그런 걸 만들어낸 사람을 모두 한 자리에 모아서 화약 천 통을 바닥에 묻어놓고 한꺼번에 폭파하면 정말 좋겠어! 어쨌든 바운더비 노인네와 지내게 되면 꼭 복수하고 말 거야."

"복수한다고, 톰?"

"내 말은 여기저기 돌아다니면서 구경도 하고 이런저런 소리도 들으며 약간 즐겁게 지내겠다는 뜻이야. 그래서 이렇게 자란 나에게 보상할 거야."

"너를 미리 실망시키려는 건 아닌데, 톰, 바운더비 아저씨는 생각이 아버지랑 똑같은 데다 성격은 훨씬 거칠고 다정한 건 절반도 안 돼."

그러자 톰이 웃으며 대답한다.

"그런 건 아무래도 괜찮아. 바운더비 노인네를 부드럽게 다루는 법은 충분히 아니까!"

두 사람 그림자가 벽에 또렷하게 걸린다. 높이 솟구친 가구가 벽과 천장이랑 어울리며 압박하는 느낌이 마치 어두운 동굴 같다. 하지만 재미있는 상상력을 발동한다면 – 이런 반역을 저지를 수만 있다면 – 두 사람이 나누는 대화와 미래에 대한 불안감이 어두운 그림자를 흘려서 주변을 동굴처럼 만든다고 할 수도 있을 것 같다.

"어떤 식으로 부드럽게 다룬다는 건데, 톰? 비밀이니?"

"비밀이지만 대단한 건 아니야. 바로 누나거든. 노인네는 누나를 아주 좋아하고 귀여워하잖아. 누나를 위해서라면 무엇이든 할 거야. 그러니 나에게 싫은 말을 할 때마다 내가 이렇게 말하는 거야. '루이사 누나가 크게 실망할 거예요, 바운더비 아저씨. 누나는 틈만 나면 아저씨가 나를 아주 편하게 해줄 거라고 말했거든요.' 그러면 태도가 싹 바뀌겠지, 아니면 말고."

한참 기다려도 대답이 없자, 톰은 따분한 나머지 현재로 되돌아오더니, 의자 팔걸이에 몸을 기대고 비비 꼬며 하품한 다음, 머리칼을 다시 헝클어뜨리다가 갑자기 고개를 들고 쳐다보며 묻는다.

"잠자는 거야, 누나?"

"아니야, 톰. 불을 보는 거야."

"불 속에서 내가 찾은 이상으로 많은 걸 찾은 모양이군. 그것 역시 여자가 지닌 또 다른 장점 같아."

톰이 말한다. 하지만 루이사는 대답할 내용을 불 속에서 아무리 찾아도 선명하게 안 보이는 듯, 호기심이 가득한 어투로 천천히 묻는다.

"톰, 바운더비 아저씨네로 가는 날이 어서 오기만 기다리는 거니?"

그러자 톰이 의자를 밀고 벌떡 일어서며 대답한다.

"그렇게 되면 한 가지는 분명해. 집을 확실하게 나간다는 거. 그래."

"그렇게 되면 한 가지는 분명하다. 집을 확실하게 나간다. 그렇다."

루이사가 그대로 되뇌는데 아까처럼 호기심이 가득한 어투다.

"누나를 떠나거나 이 집에 남겨두고 가는 게 좋아서 그런 건 아니야. 하지만 마음에 들든 안 들든, 누나도 잘 알다시피, 나는 이 집에서 나가야 해. 어차피 그럴 거라면 누나가 긍정적인 영향을 미치는 곳으로 가는 게 훨씬 좋잖아. 아직도 모르겠어?"

"알겠어, 톰."

망설이는 기색은 없어도 대답이 너무 느리게 나와서 톰은 누나 옆으로 가더니 의자 등받이에 몸을 기대고 누나가 열심히 바라보는 불을 누나가 보는 각도에서 가만히 바라보며, 거기에서 무엇이 보이는지 살피다가 다시 말한다.

"불이라는 사실만 빼면 다른 것과 마찬가지로 시시하고 공허하게 보여. 누나는 저기에서 뭘 보는 거야? 서커스는 아니겠지?"

"특별하게 보는 건 없어, 톰. 하지만 가만히 들여다보노라면 너랑 나는 나중에 어른이 돼서 어떻게 살까 궁금한 생각이 들기도 해."

"또 궁금한 생각이 든다니!"

톰이 한탄하자, 누나가 대답한다.

"궁금한 생각이 드는 건 나도 어쩔 수 없어."

바로 그 순간, 그래드그라인드 부인이 방으로 살그머니 들어오며 불쑥 끼어든다.

"그렇다면 내가 사정할 테니, 루이사, 그런 엉뚱한 표현은 제발 하지 말렴, 철없는 것아. 너희 아버지에게 잔소리 좀 그만 듣게. 그리고 토마스, 너처럼 엄청난 돈을 들여서 교육받으며 자라는 아이가, 궁금해하면 안 된다고 아버지가 누차 강조한다는 사실을 잘 알면서도, 누나를 부추겨서 궁금한 생각이 들도록 하다니, 엄마는 네가 정말 창피해서 머리가 지근지근 쑤시는구나."

루이사는 톰이 그런 게 아니라고 말하는데도, 어머니는 말을 차단하며 단호하게 결론 내린다.

"루이사, 엄마는 몸이 안 좋으니까 그렇게 말하지 마. 너는 옆에서 누가 부추기지 않는 한 정신적으로나 육체적으로 그렇게 할 수 없으니까."

"누가 부추긴 게 아니라 불꽃에서 빨간 불똥이 떨어져 하얗게 죽어가는 걸 보아서 그런 거예요, 어머니. 그걸 보니까 내가 살아갈 인생 역시 정말 짧아서 살아생전에 할 수 있는 게 거의 없겠다는 생각이 들었을 뿐이에요."

이 말에 그래드그라인드 부인이 순간적으로 힘차게 반박한다.

"말도 안 돼! 내 얼굴에 대고 그런 말도 안 되는 소리 좀 작작해. 이런 말이 너희 아버지 귀에 조금이라도 들어가면 내가 끝없는 잔소리에 시달린다는 걸 너도 잘 알잖아. 너 때문에 지금까지 수많은 시련을 겪었다고! 그래서 많은 수업을 듣고 많은 실험을 직접 지켜보아야 했다고! 엄마는 오른쪽 몸뚱이가 완전히 마비된 상태에서 네가 너희 선생님이랑 연소, 하소, 발열에 관해서 하는 말을 하도 많이 듣느라 머리까지 돌아버릴 지경인데, 이번엔 불똥과 재에 대한 엉뚱한 소리까지 들어야 하는 거니?"

그래드그라인드 부인이 의자를 가져와서 앉더니, 처음에 말하던 강력한 어조에서 벗어나며 단순한 사실에 서서히 눌리다가 결국엔 흐느끼기 시작한다.

"가족이 아니면 좋았을 거란 생각조차 들어. 그러면 엄마 없이 산다는 게 어떤 건지 너희도 알 텐데!"

9장. 씨씨가 공부하는 수준

씨씨 주프는 '아이질식' 선생과 그래드그라인드 선생 사이에서 편하게 지낸 적도 없고 처음 몇 달은 도망가고 싶은 충동을 강하게 안 느낀 것도 아니다. 교육이라는 건 구체적인 사실을 온종일 무지막지하게 퍼부어대는 거고 일상생활이라는 건 정교한 수학책과 비슷하니, 한 가지 제약만 없다면 금방이라도 도망쳤을 게 분명하다.

생각하면 안타까운데, 이 제약은 산술적으로 계산한 결과가 아니라 모든 계산을 부정한 채 스스로 부과한 제약이며, 기록원이 다양한 사실을 전제로 뽑아낸 확률에 전적으로 거슬리는 제약이다. 아버지가 자신을 버린 게 아니라는 확신, 결국엔 아버지가 돌아올 거라는 희망, 그리고 자신이 여기에서 기다리면 아버지가 아주 좋아할 거라는 신념이 바로 그것이다.

씨씨는 끔찍하게 무지해서 이처럼 엉뚱한 희망에 매달릴 뿐, 건전한 산술계산에 근거한, 아버지는 인정머리 없는 떠돌이에 불과하다는 탁월한 현실을 거부하니, 그래드그라인드 선생으로선 정말 답답하지 않을 수 없었다. 하지만 어떻게 하겠는가? '아이질식'이 알려온 바에 의하면 씨씨는 숫자에 특히 약하고, 지구에 대한 개괄적인 내용을 파악해도 구체적으로 얼마나 커다란지는 관심이 없고, 어떤 안타까운 사건과 연결하지 않는 한 날짜를 파악하는 게 극단적으로 느리고, 선생님이 하나에 14.5펜스 나가는 옥양목 모자가 이백사십칠 개면 모두 얼마인지 암산으로 계산해서 대답하라고 하면 바로 눈물을 터트리고, 학습 이해력은 바닥을 잴 수 없을 정도로 떨어지고, 정치경제학 원리를 팔주 동안 공부했는데, 어제는 "정치경제학 첫 번째 원칙은 무엇이냐?"는 질문에 "너희는 남에게서 바라는 대로 남에게 해 주어라"[12]고 재잘대며 엉뚱하게 대답했다.

그래드그라인드 선생은 머리를 절레절레 흔들며 하나같이 안 좋다고, 시스템과 시간표와 정부 보고서와 의회 보고서 등 처음부터 끝까지 도표로 작성한 보고서에 따라 지식이란 쳇바퀴에 넣어서 마구 돌려야 한다고, 주프는 "거기에 따라야 한다"고 생각했다. 하지만 주프는 거기에 따르느라 의기소침할 뿐, 똑똑하게 변한 건 하나도 없었다.

하루는 다음 날 공부할 내용을 쉽게 풀어주려고 루이사가 애쓰는 저녁에 주프가 불쑥 말했다.

"아가씨처럼 되면 좋겠어요, 루이사 아가씨!"

"그렇게 생각하니?"

"나는 정말 많이 배워야 해요, 루이사 아가씨. 공부가 너무 어려워요. 아가씨처럼 되면 아주 쉬울 거예요."

"그런다고 해서 더 좋아지는 건 없어, 씨씨."

이 말에 씨씨가 잠시 망설이다가 "더 나빠지는 것도 없을 거예요, 루이사 아가씨"라고 말하자, 루이사는 "나는 잘 모르겠어"라고 대답했다.

'돌 저택' 생활은 인간이 간섭하는 자체를 거부하는 기계처럼 단조롭

---

12) 마태복음 7:12 '너희는 남에게서 바라는 대로 남에게 해 주어라. 이것이 율법과 예언서의 정신이다.'

게 돌아가고, 씨씨의 과거에 관해 이야기하는 건 금지사항이니, 두 사람은 대화를 거의 안 하는 터라 아직도 서로가 이방인 같았다. 그래서 씨씨는 계속 말할지 입을 다물지 몰라서 까만 눈에 궁금증이 가득한 표정으로 똑바로 바라보자, 루이사가 다시 말했다.

"너는 우리 어머니와 함께 있으면서 이리저리 거드는 걸 나하고 있는 것보다 훨씬 좋아해. 너는 너 자신에게 상냥해, 내가 나에게 그러는 것보다."

"하지만 루이사 아가씨, 나는……아주 멍청하다고요!"

씨씨가 호소하자, 루이사는 평소보다 유쾌하게 웃으면서 차츰차츰 똑똑하게 변할 거라고 말했다. 그러자 씨씨는 울음이 섞인 목소리로 반박했다.

"아가씨는 내가 얼마나 멍청한지 몰라요. 학교에서 툭하면 실수해요. 여선생님이든 남선생님이든 나를 끊임없이 부르고, 그럴 때마다 나는 실수를 저질러요. 나로선 그럴 수밖에 없다고요. 나는 실수하는 게 당연한 것 같아요."

"여선생님이나 남선생님이나, 자기네는 실수를 안 할까, 씨씨?"

"당연하죠. 그분들은 모르는 게 없어요."

"네가 어떤 실수를 했는지 말해 봐."

루이사가 묻자, 씨씨는 마지못한 어투로 대답했다.

"정말 창피해요. 가령 오늘은 선생님이 나에게 '자연' 번영을 설명하라고 했어요."

"내 생각엔 '국가' 번영인 것 같아."

"네, 맞아요. 하지만 똑같은 거 아닌가요?"

씨씨가 수줍은 표정으로 묻자, 루이사는 차분하고 신중하게 대답했다.

"선생님처럼 너도 '국가 번영'이라고 말하는 게 좋을 거야."

"국가 번영. 그러자 선생님은 이렇게 말했어요. '자, 교실을 국가라고 하는 거야. 그리고 여기에 돈 오천만 파운드가 있어. 그렇다면 이 나라는 부국일까 아닐까? 이십 번 여학생, 이 나라는 부국이고 너는 번영하는 나라에 사는 게 아닐까?'"

"뭐라고 대답했니?"

"모르겠다고 했어요, 루이사 아가씨. 누가 돈을 가졌는지, 거기에 내 돈도 있는지를 알기 전까진 이 나라가 부국이고 내가 번영하는 나라에 사는지 알 수 없다고 말이에요. 하지만 그건 질문과 아무런 상관도 없는 대답이었어요. 산술적인 계산이 아니니까요."

씨씨가 말하며 눈물을 훔치고, 루이사도 인정했다.

"큰 실수를 했구나."

"네, 루이사 아가씨, 지금은 나도 실수한 걸 알아요. 그런데 '아이질식' 선생님이 다시 질문하겠다고 하셨어요. 이 교실은 아주 거대한 도시고 여기엔 백만 인구가 사는데, 거리에서 굶주리다가 죽는 숫자는 매년 스물다섯 명밖에 안 된다. 그렇다면 비율이 어떻게 되지? 그래서 나는 더 좋은 대답을 떠올릴 수 없어서, 굶주리는 사람에겐 인구가 백만이든 백만의 백만이든 힘든 건 똑같을 거라고 대답했어요. 그런데 이것도 잘못 대답한 거예요."

"당연히 틀린 대답이지."

"그러자 '아이질식' 선생님은 한 번 더 질문하겠다고 했어요. 뭐였느냐면, 여기에 해상사고에 대한 통계 수준이 있는데……"

"통계수치겠지."

"네, 루이사 아가씨, 통계수치를 들으면 통계 수준이 떠오르는데, 이것도 내가 실수하는 거예요. 어쨌든 선생님은 통계수치를 보면 일정한 기간에 바다로 나가서 장거리 여행을 하는 사람이 십만 명인데 물에 빠지거나 불타서 죽는 사람은 오백 명밖에 안 된다. 그렇다면 퍼센티지가 어떻게 되는가? 그래서 나는……"

여기에서 씨씨가 엄청난 실수를 극단적으로 반성하고 고백하면서 구슬프게 흐느끼며 계속 말했다.

"백 퍼센트라고 대답했어요."

"백 퍼센트라고, 씨씨?"

"네, 아가씨, 죽은 사람 가족에겐 백 퍼센트라고요. 도저히 못 배울 것 같아요. 무엇보다 나쁜 건, 불쌍한 아버지는 내가 아주 많이 배우길 바라시는데, 그리고 아버지가 원하셔서 나 역시 배우고 싶은 마음이 아주 많은데, 내가 공부를 싫어하는 것 같다는 사실이에요."

씨씨가 예쁘고 소박한 머리를 숙이며 창피해하다 다시 고개를 들고 쳐다보는 모습을 루이사는 가만히 서서 바라보다가 물었다.

"너희 아버지는 아는 게 많아서 너 역시 많이 배우길 바라는 거니, 씨씨?"

씨씨가 대답을 주저해서 두 사람이 금단의 영역에 들어섰다는 느낌을 또렷하게 드러내자, 루이사가 덧붙였다.

"듣는 사람이 아무도 없잖아. 설사 있다고 해도 이렇게 순수한 질문을 해롭게 생각할 사람은 하나도 없을 게 분명해."

이렇게 격려하자 씨씨가 머리를 흔들며 대답했다.

"아니에요, 루이사 아가씨. 아버지는 아는 게 거의 없어요. 글씨를 간신히 쓰는 정도에요. 그런데 아버지가 쓴 글씨를 못 알아보는 사람이 훨씬 많아요. 하지만 나는 확실하게 알아본답니다."

"너희 어머니는?"

"아버지 말이 엄마는 아는 게 정말 많았대요. 하지만 나를 낳다가 돌아가셨어요. 어머니는……”

씨씨가 말하더니, 끔찍한 단어를 불안하게 덧붙였다.

“무희였어요.”

“너희 아버지는 너희 어머니를 사랑했니?”

루이사가 물었다. 원초적으로 강인하고 특이하게 좌충우돌하는 호기심이, 추방당한 존재가 길을 잘못 들어서 은밀한 곳으로 숨어든 것 같은 호기심이 그대로 묻어나오는 어투였다.

“당연하지요! 나를 사랑하듯 진심으로 사랑했어요. 아버지가 나를 사랑한 것도 처음에는 엄마 때문이었어요. 아버지는 나를 갓난아기 때부터 사방에 데리고 다녔어요. 지금까지 헤어진 적이 단 한 번도 없어요.”

“하지만 지금은 너를 떠났잖아, 씨씨!”

“나를 위해서 그런 거예요. 나만큼 아버지를 제대로 이해하는 사람도 없고, 나만큼 아버지를 제대로 파악한 사람도 없어요. 아버지가 - 아버지 자신을 위해서 떠날 가능성은 결코 없으니 - 나를 위해서 떠날 때 고통스러워서 가슴이 갈기갈기 찢어졌을 거예요. 그래서 나를 다시 찾을 때까지 단 한 순간도 즐겁지 않을 거예요.”

“아버지에 대해서 조금만 더 말해 봐. 두 번 다시 안 물을게. 지금까지 어디에서 살았니?”

“우리는 한군데 붙박인 게 아니라 온 나라를 돌아다니며 살았어요. 아버지는……”

씨씨가 끔찍한 단어를 조그맣게 속삭였다.

“광대거든요.”

“사람들을 웃기는?”

루이사가 물으며 잘 안다는 표정으로 고개를 끄덕였다.

"네. 하지만 사람들이 안 웃을 때도 있는데, 그러면 아버지가 울어요. 최근 들어 사람들이 안 웃을 때가 많아서 아버지는 절망감이 가득한 상태로 집에 돌아오곤 했어요. 아버지는 다른 사람과 달라요. 아버지를 나만큼 모르고 나만큼 진심으로 사랑하지 않는 사람은 아버지가 정말 이상하다고 생각할 수도 있어요. 그래서 가끔 놀리는데, 사람들은 그것 때문에 아버지가 나와 단둘이 있을 때 얼마나 고통스러워하고 얼마나 움츠러드는지 조금도 몰라요. 아버지는 사람들이 생각하는 이상으로 성격이 소심하거든요!"

"그래서 너는 그럴 때마다 아버지를 위로했니?"

루이사가 묻자, 씨씨는 고개를 끄덕이다가 두 볼에 눈물을 흘리며 대답했다.

"그런 것 같아요. 아버지는 내가 있어서 다행이라고 했거든요. 내가 아주 많이 배워서 다른 식으로 살아가는 걸 아버지가 그토록 원한 까닭은 아버지가 몸이 떨리면서 겁이 늘었기 때문이기도 하고, 아버지가 툭하면 말한 대로 당신이 너무 가난하고 힘이 없고 무식하고 무기력하다고 느꼈기 때문이기도 해요. 나는 용기를 북돋기 위해 책을 읽어주곤 했는데, 그럴 때마다 아버지는 매우 좋아했어요. 하나같이 해로운 책이라 여기에서 말할 순 없는데, 당시에는 해로운 책인 줄 몰랐어요."

"그래서 아버지가 좋아했니?"

루이사가 물으면서 탐색하는 눈초리로 가만히 바라보았다.

"당연하지요! 책을 읽은 것 때문에 진짜 해로운 걸 여러 번 넘겼어요. 밤이면 밤마다 술탄이 왕비에게 이야기를 계속시킬지, 아니면 이야기를 끝내기도 전에 머리를 자를지 궁금한 나머지 머리에 가득한 고민을 모두 잊으셨거든요."

"그럼 너희 아버지는 항상 다정했니? 마지막까지?"

루이사가 묻는데, 대원칙까지 거스르며 잔뜩 궁금해하는 목소리였다. 그러자 씨씨는 자기 손을 꼭 움켜잡으며 대답했다.

"당연하죠! 더할 나위 없이 다정하고 또 다정했어요. 밤에 딱 한 번 화냈지만, 내가 아니라 '흥겨운 다리'에게 그런 거예요."

씨씨가 끔찍한 사실을 조그맣게 속삭이며 덧붙였다.

"곡예 하는 강아지요."

"개한테 화를 낸 까닭이 뭔데?"

"아버지는 공연을 마치고 집으로 돌아온 직후에 '흥겨운 다리'에게 의자로 뛰어올라서 등받이 두 개에 걸치고 서라고 명령했어요. 우리 강아지 특기 가운데 하나지요. 그런데 '흥겨운 다리'는 아버지만 물끄러미 쳐다볼 뿐 꼼짝도 안 했어요. 그날 밤에 아버지는 공연을 모두 망쳐서 관객을 많이 실망시켰거든요. 그래서 자신이 무너지는 걸 '흥겨운 다리'가 다 알면서도 불쌍히 여기질 않는다고 소리치다가 '흥겨운 다리'를 때리는 바람에 나는 겁에 질린 채 소리쳤어요. '아버지, 아버지! '흥겨운 다리'는 아버지를 제일 좋아하니까 제발 때리지 마세요! 아, 제발, 아버지, 그만 때리세요!' 그때 비로소 아버지는 매질을 멈추더니 피투성이로 변한 '흥겨운 다리'를 껴안고 바닥에 쓰러져서 엉엉 울고, '흥겨운 다리'는 아버지 얼굴을 핥아주었어요."

루이사는 씨씨가 흐느끼는 걸 보고 옆으로 다가가서 키스하고 한 손을 잡아주며 나란히 앉았다.

"마지막으로 너희 아버지가 떠난 이야기를 해줘, 씨씨. 지금까지 내가 많은 걸 물었으니, 마지막을 알려줘야지. 문제가 생긴다면 내 책임이지 네 책임은 아니야."

그러자 씨씨가 두 눈을 가린 채 여전히 흐느끼며 대답했다.

"루이사 아가씨, 그날 오후에 학교에서 돌아오니까 가련한 아버지가 공연을 마치고 집에 막 도착했더라고요. 그래서 벽난로 선반에 앉아 몸을 흔들었어요, 정말 고통스럽다는 듯이. 그래서 내가 물었어요. '어디 다쳤어요, 아버지?' 곡마단 사람은 공연하다 다칠 때가 많거든요. 그러니까 아버지가 대답했어요. '조금, 우리 아가.' 나는 허리를 숙여서 얼굴을 쳐다보곤 아버지가 운다는 사실을 깨달았어요. 내가 말을 걸수록 아버지는 얼굴을 열심히 숨겼어요. 처음에는 온몸을 떨면서 '귀여운 내 새끼!', '우리 아가!'라는 말만 했어요."

바로 이 순간, 톰이 어슬렁거리며 들어와서 자신 외엔 딱히 아무 데도 관심이 없다는 듯 차가운 표정으로, 그리고 나중에는 자신에 관한 관심조차 사라졌다는 표정으로 두 사람을 쳐다보자, 누나가 말했다.

"지금 씨씨에게 몇 가지 물어보는 중이야, 톰. 옆에 있어도 괜찮은데, 방해는 하지 마, 톰."

"알았어! 아버지가 바운더비 노인네를 데려왔으니, 누나가 응접실로 나가면 좋겠어. 누나가 옆에 있으면 바운더비 노인네가 나까지 저녁 식사에 초대할 가능성이 크지만, 누나가 없으면 아무것도 없거든."

"금방 갈게."

"확실해야 하니까 여기에서 기다릴게."

톰이 말하고, 씨씨는 훨씬 나지막한 목소리로 이야기했다.

"그러더니 결국엔 가련한 아버지는 자신이 이번에도 관객을 만족스럽게 못 했다고, 이제 누구도 만족스럽게 할 수 없다고, 너무 창피해서 어쩔 줄 모르겠다고, 자신이 없으면 나에게 훨씬 좋을 거라고 했어요. 내가 애정이 넘치는 말로 마음을 파고들자, 아버지는 얼마 후에 차분하게 변하고 나는 옆에 앉아, 학교에 대한 걸, 학교에서 보고 들은 걸 모두 이야기했어요. 그래서 이제는 말할 게 없자, 아버지는 두 팔로 내 목을 껴안고 수없이 키스했어요. 그러더니 다친 곳이 아프니까 제일 좋은 상점에 가서, 도시 맞은편 끝에 있는 상점으로 가서, 자신이 사용하는 기름을 사 오라고 심부름시켰어요. 그러더니 다시 키스한 다음에 보내주었어요. 나는 계단을 거의 내려가다가 아버지 곁에 조금이라도 더 머물고 싶어서 다시 돌아가 방문을 열고 안을 들여다보며 '아버지, '흥겨운 다리'를 데려가도 돼요?' 하고 물었어요. 그러니까 아버지는 머리를 흔들면서 '아니야, 씨씨, 안 돼. 아빠 물건은 무엇도 가져가지 말렴, 우리 아가' 하고 말해서, 나는 벽난로 옆에 앉은 아버지를 마지막으로 바라보고 나왔어요. 가련하고 가련한 아버지는 나를 위해 멀리 떠날 생각을 마음속으로 굳힌 게 분명해요. 돌아오니까 아버지가 없었거든요."

"바운더비 노인네를 보러 가야지, 누나!"

톰이 옆에서 채근하자, 씨씨는 이렇게 말했다.

"이제 말할 게 더는 없어요, 루이사 아가씨. 아버지는 분명히 돌아올 거고 나는 아홉 가지 기름을 가지고 있다가 드릴 거예요. 그래드그라인드 선생님이 편지를 펼쳐 들 때마다 나는 숨이 턱 막히고 눈앞이 안 보여요, 아버지가 보낸 편지거나 슬리어리 단장님이 아버지에 대해 보낸 편지라는 생각이 들어서요. 슬리어리 단장님이 아버지 소식을 들으면 즉시 편지를 보내기로 약속했는데, 단장님은 약속을 꼭 지키거든요."

"바운더비 노인네를 보러 가자, 누나! 누나가 안 가면 노인네가 떠난다고!"

이런 다음부터는, 가족이 있는 자리에서 씨씨가 그래드그라인드 선생한테 공손하게 인사하며 떨리는 목소리로 "귀찮게 해서 죄송합니다, 선생님…… 하지만…… 저에 대한 편지가 아직 한 번도 안 왔나요?" 하고 물을 때마다 루이사는 무슨 일을 하다가도 손을 멈추고 씨씨만큼

절박하게 대답을 기다렸다. 그래서 그래드그라인드 선생이 "하나도 안 왔어, 주프"라고 대답할 때마다 씨씨는 입술을 떨면서 문으로 향하고, 루이사는 얼굴을 가느다랗게 떨면서 안타까운 눈으로 바라보았다. 그렇게 씨씨가 사라진 다음에, 그래드그라인드 선생은 주프가 어릴 때부터 적절한 교육을 받았더라면 그런 터무니없는 희망을 품는 건 아무런 도움도 안 된다는 사실을 확실하게 깨달았을 거라는 말로 상황을 마무리했다. 하지만 터무니없는 희망도 구체적인 사실만큼이나 강력한 힘을 발휘할 때가 있는 법이다. 그래드그라인드 선생은 본 적이 없어서 모르겠지만 말이다.

이런 걸 눈여겨보는 사람은 루이사밖에 없었다. 톰은 산술계산에 전례 없이 성공하면서 승승장구하고, 그래드그라인드 부인은 늦잠꾸러기처럼 가운 차림으로 나와서 이렇게 말하기 일쑤였다.

"어이쿠, 주프가 편지를 지겹도록 묻고 또 물으니까 불쌍한 내 머리만 지근지근 쑤셔대잖아! 나는 잔소리를 끊임없이 듣는 고역을 겪으며 살아갈 운명이자 숙명이라는 저주를 받은 것 같아. 잔소리를 끝없이 들어야 한다는 건 정말 대단한 고역이 아닐 수 없어!"

이런 말이 나오다 보면 그래드그라인드 선생은 부인에게 눈길을 보내고, 그러면 부인은 구체적인 사실이라는 매서운 삭풍에 그대로 얼어붙었다.

10장. 스티븐 블랙풀

막연하나마, 나는 영국 국민이 태양 아래 어떤 민족 못지않게 열심히 일한다고 생각한다. 이런 엉뚱한 생각에 빗대서 재미있는 얘기를 조금 풀어나가도록 하겠다.

코크타운에서 가장 열심히 일하는 구역에, 자연이란 자연은 벽돌을 튼튼하게 쌓은 담장 밖으로 모조리 몰아내고 살인적인 공기와 가스만 잔뜩 끌어들인 요새에서도 가장 깊숙하고 추악한 요새에, 비좁은 마당과 마당이 겹치고 비좁은 골목과 골목이 겹쳐서 누가 조금만 바꾸면 순식간에 모든 게 바뀌면서 서로를 밀치고 짓누르고 압박하며 죽일 것 같은 미로 한가운데에, 사방이 꽉 막혀서 제대로 만들 공간이 부족한 나머지 굴뚝마다 이리저리 뒤틀린 모양이 마치 앞으로 태어날 인물을 집집이 표시한 것처럼 보이는 모서리에, 흔히 '일손'이라고 부르는 (해안에 기어 다니는 하등동물처럼 창조주가 두 손만 만들거나 두 손과 위장만 만들었다면 여러 사람이 훨씬 좋아했음 직한) 코크타운 주민 가운데에 스티븐 블랙풀이라는 사람이 사는데, 나이는 마흔 살이다.

스티븐은 사는 게 힘들어서 실제보다 훨씬 늙어 보인다. 어떤 인생이든 장미와 가시가 있다는데, 스티븐은 뭐가 잘못됐는지 장미는 다른 사람이 모두 가져가고 그 자리에는 다른 사람 가시까지 가득 들어찬 것 같았다. 스티븐 말을 빌리면 자신은 엄청나게 고생했으며, 사람들은 그에 경의를 표하는 의미에서 '스티븐 영감'이라고 부를 정도다.

어깨는 굽고 이마엔 주름이 가득하며 얼굴은 깊은 생각에 잠긴 표정이고 머리통은 단단하게 보이면서 매우 커다랗고 거기에 달린 회색 머리칼은 숱이 적고 길다. 그래서 처지가 비슷한 사람들 사이에서 유난히 지적인 사람으로 통할 법하다. 하지만 실제로는 아니었다. 스티븐 영감은 오랜 세월에 걸쳐 자투리 시간이 날 때마다 어려운 학문을 공부해서 정말 대단한 지식을 습득하는 놀라운 '일손' 가운데 한 명이 아니다. 연설하고 논쟁하는 일손 가운데 한 명도 아니다. 다른 동료보다 말을 훨씬 잘하는 것도 아니다. 하지만 훌륭한 방직공이며 완벽하게 성실한 사내다. 이밖에 또 어떤 특징이 있을지 모르니, 스티븐을 직접 살펴보도록 하자.

급행열차를 타고 지나던 사람들이 흔히 말하는 대로 거대한 공장은 불을 환하게 켠 모습이 동화 속 궁전처럼 보이는데, 지금은 그런 불이 모두 꺼졌다. 작업 종료를 알리는 종이 오래전부터 울리다가 멈춘 상태다. 그래서 남녀노소 '일손'이 재잘대면서 집으로 향했다. 스티븐 영감은 기계가 동작을 멈출 때마다 흔히 그러듯 이상한 기분을 - 기계가 머릿속에서 움직이다 멈춘 것 같은 이상한 기분을 - 느끼며 길가에서 중얼거렸다.

"레이첼이 아직도 안 보이는군!"

비 오는 밤이라 젊은 여성은 숄을 머리에 올려 쓰고 턱 바로 밑에서 단단히 묶어 비를 막으며 수없이 지나친다. 스티븐 영감은 레이첼을 잘 안다. 바삐 지나는 수많은 여성을 힐끗 쳐다보기만 해도 레이첼이 아니라는 사실을 충분히 파악할 정도다. 마침내 사람들이 더는 안 나오자, 스티븐 영감은 발길을 돌리며 실망스러운 어조로 중얼거렸다.

"아, 레이첼을 놓친 건가!"

하지만 세 블록도 안 가서 숄을 걸친 여성은 또 나타나니, 가로등 사이를 걸으며 밝아졌다 어두워지는 인물 대신 축축한 도로 바닥에 비추는 그림자만 또렷이 보이는데도 열심히 바라본다. 그리곤 훨씬 부드럽고 빠르게 걸으며 쏜살처럼 다가간 다음에 비로소 걸음을 늦추며 상대를 불렀다.

"레이첼!"

때마침 상대는 가로등이 밝게 빛나는 지점을 지나다가 몸을 돌려서 숄을 살짝 들어 올리는데, 계란형 얼굴은 차분하고 까만 눈동자는 부드럽고 아름답게 반짝이며 단정한 머리칼은 까맣게 빛난다. 하지만 청춘이 환하게 꽃피운 얼굴은 아니다. 나이가 서른다섯은 되는 여인이다.

"아, 당신이군요!"

상대가 이렇게 말하며 환하게 웃어서 기뻐하는 눈빛을 가득 보이더니 숄을 다시 내리고, 두 사람은 나란히 걸었다.

"내가 일을 먼저 끝낸 줄 알았는데요, 레이첼?"

"아니에요."

"오늘 밤은 일찍 끝났소?"

"약간 일찍 끝날 때도 있잖아요, 스티븐! 약간 늦게 끝날 때도 있고. 집에 가는 시간이 대중없어요."

"내가 보기엔 다른 길로 간 적도 없는 것 같은데요, 레이첼?"

"맞아요, 스티븐."

스티븐은 매우 실망스러운 표정으로 레이첼을 쳐다보았다. 하지만 레이첼이 하는 건 무엇이든 옳다고 확신하는 표정도 엿보인다. 상대는 이런 표정을 안 놓치고 남자 팔을 한 손으로 가볍게 잡다가 놓았다. 고맙다는 표시 같았다. 그리고 말했다.

"우리는 꽤 오랫동안 좋은 친구로 지냈는데, 이렇게 늙어가네요."

"아니요, 레이첼. 당신은 지금도 예전처럼 젊다오."

"두 사람이 있는데 혼자만 늙는다면 이상할 거예요."

레이첼이 대답하며 웃더니, 억지로 쾌활한 척 덧붙였다.

"어쨌든 우리는 오랜 친구니까 진실을 솔직하게 말하지 않고 한 마디라도 숨긴다면 정말 안타까울 거예요. 함께 너무 자주 걷는 건 안 좋다는 뜻이에요. 하지만 지금은 좋아요! 함께 걷는 시간이 너무 없어도 힘들 테니까."

"어느 쪽이든 힘드오, 레이첼."

"다른 식으로 생각하도록 노력하세요. 그러면 괜찮을 거예요."

"오랫동안 노력했는데 좋아지는 건 하나도 없구려. 하지만 당신 말이 옳소. 당신까지 입방아에 오를 수 있으니까. 당신은 정말 오랫동안 좋은 친구요. 나에게 많은 도움을 주고 격려하며 성원한 터라, 당신 말은 나에게 법과 같소. 아, 아주 착하고 맑은 법! 진짜보다 훨씬 좋은 법!"

"그런 말 마세요, 스티븐. 법은 법이에요."

레이첼이 재빨리 반박하며 걱정스러운 눈으로 쳐다보았다. 그러자 상대 역시 고개를 한두 차례 천천히 끄덕이며 대답했다.

"그래요. 법은 법이지요. 세상만사도 그렇고. 모든 게 그렇소. 아, 모든 게 엉망이오."

"항상 엉망이에요?"

레이첼이 물으며 상대 팔을 다시 가볍게 건드렸다. 길을 걷는 사이에 느슨한 목도리 끝을 질겅질겅 씹으며 깊은 생각에 빠져드는 상대를 정신 차리게 하려는 것 같다. 효과는 바로 일어났다. 상대가 목도리를 내려놓고 기분 좋은 웃음을 터트려서 환한 얼굴로 쳐다보며 대답한 것이다.

"그렇소, 레이첼, 항상 엉망이오. 꼼짝할 수도 없소. 아무리 애써도 도무지 진창을 벗어날 방법이 없소."

두 사람은 상당한 거리를 걸어서 집 근처에 도달했다. 여자 집이 먼저 나타났다. 일하는 세상에서 노동자가 떨어져 나가면, 노동자가 죽으면, 매일같이 더듬으며 오르내리던 좁은 계단 대신 까만 사다리를 설치해서 창문으로 끌어내리는 섬뜩한 장례식으로 장의사가 상당한 돈을 긁어모으는 좁다란 골목 가운데 하나다. 레이첼이 모서리에서 멈추더니 상대편 손을 잡고 잘 자라고 인사했다.

"그래요, 당신도 잘 자요!"

스티븐도 인사하자, 레이첼은 사뿐사뿐한 걸음걸이로 어두운 골목을 차분하게 내려가고, 스티븐은 레이첼이 조그만 주택 가운데 하나로 들어가며 사라질 때까지 가만히 바라보았다. 싸구려 숄이 펄럭이는 모습도 사내 눈엔 소중하게 보이고, 입에서 나오는 목소리는 가슴 깊은 곳에서 울렸다.

레이첼이 사라지자, 스티븐은 자기 집으로 가면서 하늘을 가끔 쳐다보았다. 먹구름이 빠르고 매섭게 움직인다. 하지만 비는 벌써 멈추고 먹구름도 줄더니, 달이 환하게 떠올라서 커다란 용광로 위로 높이 솟구친 굴뚝을 내려다보며 거대한 기계가 멈춘 건물 벽마다 거대한 기계 그림자를 드리운다. 사내는 깊어가는 밤이 마음에 드는 듯 계속 걸었다.

사내가 사는 집은 앞에서 본 것과 비슷하면서도 훨씬 좁은 골목, 조그만 상점 위층이다. 상점 진열장에 싸구려 신문이나 돼지고기와 함께 보잘것없는 장난감을 늘어놓으면 팔릴 거로 생각했는지는 여기에서 중요하지 않다. 스티븐에게는 자신이 쓰는 양초 꽁다리를 선반에서 집어 계산대에서 타오르는 촛불 꽁다리로 불을 옮겨붙이고, 조그만 방에서 잠자는 상점 여주인을 안 깨운 채 자신이 세든 방에 올라가는 거로 충분하다.

다양한 세입자가 창문에서 까만 사다리를 타고 나간 방이지만 지금 당장은 말끔한 편이다. 모서리가 낡은 책상에는 책 몇 권과 서류가 있고 가구는 적당히 말쑥하고 공기는 더러워도 내부는 깨끗했다.

스티븐은 벽난로 옆에 세워놓은 다리 세 개짜리 동그란 탁자에 촛불을 내려놓으러 가다가 무언가에 걸려서 비틀거렸다. 그래서 주춤하며 내려다보니, 물체가 일어나면서 바닥에 앉는 여성 형상을 만든다. 사내는 물체에서 냉큼 떨어지며 소리쳤다.

"맙소사, 여자잖아! 다시 돌아왔어!"

여자치고 정말 대단했다! 불구에 주정뱅이로 더러운 손 하나를 바닥에 대서 앉는 자세를 가까스로 유지하는 한편, 다른 손은 얼굴에 달라붙은 머리칼을 떼어내려고 쓸데없이 애쓰다가 오히려 더러운 것만 잔뜩 묻혔다. 누더기 차림에 때는 잔뜩 끼고 진흙탕까지 튀어서 겉으로 보기에도 역겹지만, 속마음은 한층 더 더럽고 역겨웠다.

여자는 짜증스런 욕설을 한두 마디 내뱉더니, 몸을 지탱할 필요가 없는 손으로 멍청하게 이리저리 긁다가 눈에 달라붙은 머리칼을 떼어내며 상대편을 바라보았다. 앉는 자세로 사용하지 않는 팔을 움직이며 몸을 앞뒤로 흔드는 게 폭소라도 터트리는 것 같지만, 얼굴은 활기라곤 하나도 없이 무표정하다.

"어이, 당신이야? 당신이 온 거야?"

이런 뜻으로 말한 목소리가 마침내 여자 입에서 조롱하듯 거칠게 흘러나오고, 여자 머리는 가슴으로 툭 떨어졌다. 그러더니 잠시 후에는 상대가 지금 막 무슨 말이라도 한 것처럼 다그쳤다.

"다시 돌아왔느냐고? 그래, 다시 돌아왔다. 앞으로도 계속 다시 돌아올 거다. 돌아와? 그래, 돌아와. 그러면 안 돼?"

여인이 무의미한 말을 난폭하게 내뱉다가 흥분하더니, 벽을 더듬으며 일어나서 양어깨를 벽에 기대고 오물이 잔뜩 묻은 보닛 모자 끈을 한 손으로 잡아 대롱대롱 흔들며, 상대를 경멸하는 표정으로 노려보려고 애썼다. 그리곤 끔찍한 협박과 호전적으로 춤추려는 노력 중간쯤 되는 몸짓으로 소리쳤다.

"당신을 다시 팔아버리겠어, 당신을 다시 팔아버리겠어, 당신을 수십 번이라도 팔아버리겠어!"

그러더니 사내가 침대 한쪽에 앉아서 두 손으로 얼굴을 감싼 걸 보고 다시 소리쳤다.

"침대에서 나와! 거기에서 나오라고! 그건 내 거야, 내 물건이라고!"

여인이 비틀거리며 침대로 다가오자, 사내는 부르르 떨며 상대를 피해서 실내 맞은편 끝으로 가는데, 얼굴은 여전히 두 손으로 가린 상태다. 여인은 침대에 무겁게 몸을 던지자마자 코를 심하게 곯아댄다. 사내는 의자에 털썩 주저앉더니, 밤새도록 딱 한 번만 움직인다. 깜깜한 밤인데도 손만 가지고 상대를 가릴 수 없다는 듯 담요를 던져서 여자를 가린 것이다.

11장. 출구가 없다

아침이 창백하게 밝아오며 코크타운 위로 뱀처럼 흉측하게 흩날리는 연기를 드러내기도 전에 동화 속 궁전은 불을 훤히 밝혔다. 포장한 인도에서 나막신이 덜거덕대고 여기저기에서 종이 급하게 울리고 우울증에 걸린 거대한 코끼리는 단조로운 일과를 시작하려는 듯 기름칠하고 광내며 묵직한 동작에 들어갔다.

스티븐은 방직기 쪽으로 조심스럽고 차분하고 꾸준하게 상체를 숙인다. 방직기가 숲처럼 늘어선 곳에서 모든 노동자가 그러듯 스티븐 역시 열심히 일하면서 부수고 짓이기고 갈가리 찢어발기는 기계설비와 묘한 대조를 이룬다. 너무 착해서 마음이 불안한 사람들아, 기술이 자연을 없앨까 두려워 말라. 어디서든 조물주 작품과 인간 작품을 나란히 세워 보라. 조물주 작품은 '일손'이 거의 없어도 인간 작품보다 훌륭하단 사실을 단번에 파악할 것이다.

공장에는 '일손' 수백 명이 있고 증기기계 수백 마력이 있다. 기계 엔진이 발휘하는 힘은 일 킬로그램 단위까지 정확하게 파악해도, 침착한 얼굴로 규율에 따라 행동하며 기계를 차분하게 다루는 노동자는 영혼이 선한지 악한지, 사랑하는지 증오하는지, 국가를 좋아하는지 싫어하는지, 미덕을 악덕으로 돌리는지 아니면 악덕을 미덕으로 돌리는지는 국채를 계산하는 사람이 모두 달라붙는다 해도 전혀 파악할 수 없다. 기계는 신비로운 게 없는데, 일손은 아무리 보잘것없는 존재라도 무한히 신비롭다, 영원히. 그렇다면 우리는 산술계산을 물질에 한정하고, 깊이를 알 수 없는 수많은 일손은 완전히 다른 방법으로 대해야 옳지 않겠는가!

낮이 늘어나며 서서히 모습을 드러내더니 이윽고 건물 내부에서 타오르는 등불과 경쟁한다. 그래서 등불을 모두 끄고 작업을 계속한다. 비가 내리고, 연기는 모두에게 저주받은 뱀처럼 대지를 기어 다닌다.[13] 공장 바깥 쓰레기장에서는 배출 파이프에서 나오는 증기와 이리저리 뒹구는 나무통과 고철 덩어리, 번뜩이는 석탄 더미와 사방에 가득한 재를 안개와 빗물이 가렸다.

작업은 계속되고, 마침내 정오 종소리가 울린다. 포장한 인도에서 덜거덕대는 나막신 소리가 다시 일어나고, 방직기든 운전대든 일손이 든 한 시간 동안 작동을 멈춘다.

뜨거운 공장에서 스티븐이 바람은 습기를 머금고 빗물은 차가운 거리로 나왔다, 완전히 지친 상태로. 그래서 일터와 동료들 사이에서 벗어나 조그만 빵 하나로 허기를 달래며 언덕을 올랐다. 거기에 빨간 건물이 있는데, 바깥쪽엔 까만 차양을 안쪽엔 초록 차양을 달고, 하얀

---

13) 창세기 3:14 '너는 저주를 받아, 죽기까지 배로 기어 다니며 흙을 먹어야 하리라.'

계단 두 개 위 까만 정문에는 주인을 빼닮은 글씨로 바운더비라고 쓴 놋쇠 명패가 있고 바로 밑에는 놋쇠로 만든 동그란 손잡이가 마침표처럼 달렸다.

바운더비 사장은 점심을 먹는 중이다. 스티븐이 예상한 그대로다. 일손 가운데 하나가 사장님에게 드릴 말씀이 있다고 전해주시겠습니까? 일손 이름을 묻는다. 스티븐 블랙풀. 스티븐 블랙풀은 성가신 노동자가 아니야. 좋아, 들어오라고 해.

스티븐 블랙풀이 응접실에 들어섰다. 바운더비 사장은 한눈에 보기에도 고기와 백포도주로 점심을 먹는 중이다. 스파싯 부인은 벽난로 옆에서 여성용 안장에 앉아, 발 하나로 무명실을 등자처럼 밟은 채 수를 놓는 중이다. 점심을 안 드는 건 스파싯 부인에게 일종의 위엄 어린 봉사다. 업무상 음식을 감독하긴 하지만 자신처럼 품위 있는 사람이 점심에 식사하는 건 단점이라고 생각했다.

"그래, 스티븐, 무슨 일로 찾아왔나?"

바운더비 사장이 묻자, 스티븐은 허리를 숙이며 인사한다. (노예처럼 비굴한 인사는 아니다. 일손은 절대로 그렇게 인사하지 않는다! 당신이 이십 년을 함께 보낸다 해도 일손이 비굴하게 인사하는 모습은 결코 못 볼 것이다!) 그리고 스파싯 부인에게 경의를 표하는 의미에서 목도리 끝을 조끼 안에 넣는다. 그러자 바운더비 사장이 백포도주를 마시며 말했다.

"으음, 자네는 비합리적인 무리에 낀 적이 없고 우리를 곤란하게 만든 적도 없어. 자네는 말 여섯 필이 끄는 마차를 타거나 황금 숟갈로 자라 수프나 사슴고기를 먹는 걸 바라질 않아. 다른 사람과 많이 달라!"

바운더비 사장은 행여나 일손에게 불만이 있다면 그 이유는 말 여섯 필이 끄는 마차를 타거나 황금 숟갈로 자라 수프나 사슴고기를 먹는 걸 바라기 때문이라고 떠벌리곤 했다.

"따라서 나는 자네가 불만을 말하려고 찾아온 게 아니란 사실을 잘 알아. 먼저 그 점을 확실히 밝혀두겠네."

"네, 사장님. 그런 것 때문에 찾아온 건 분명히 아닙니다."

스티븐이 말하자, 바운더비 사장은 사전에 강하게 확신했으면서도 기분 좋게 놀라는 척하면서 대답한다.

"좋아, 좋아. 자네는 착실한 일꾼이야. 내가 제대로 보았어. 그래, 무슨 일로 찾아왔는지 들어보세. 그런 게 아니라니까 한 번 들어보자는 거야. 할 말이 뭔가? 어서 말하게!"

스티븐이 스파싯 부인을 우연히 살짝 쳐다보자, 희생정신이 강한 부인은 발로 밟은 실을 빼는 척하면서 말했다.

"원한다면 자리를 비켜드리지요, 주인 나리."

바운더비 사장은 고기를 한입 가득 넣고 씹다가 삼키기 직전에 동작을 멈추고 왼손을 내밀어서 부인을 만류했다. 그런 다음에 손을 내리고 입에 가득한 고기를 삼키더니, 스티븐에게 말한다.

"자네도 알다시피, 이 분은 훌륭한 가문 출신에 지체 높은 부인이시네. 우리 집에서 살림을 거든다고 최고로 높은 신분이 아니라고 생각하면 안 되네, 최고로 높은 신분 말이야! 귀부인 앞에서 말할 수 없는 내용을 자네가 말할 거라면 부인께서 자리를 비워주실 거야. 하지만 귀부인 앞에서 말해도 괜찮은 내용이라면 부인께선 여기에 그냥 머무실 거네."

"저도 인간으로 태어났으니, 귀하게 태어난 부인께서 들으면 안 될 말은 조금도 않길 바랄 뿐입니다."

스티븐이 얼굴을 살짝 붉히며 대답하자, 바운더비 사장은 음식 접시를 앞으로 밀고 몸을 등받이에 기대며 재촉했다.

"좋아, 좋아. 그럼 말해 보게!"

스티븐은 바닥을 내려다보며 잠시 생각하다가 눈을 들고 쳐다보며 이야기를 시작한다.

"사장님에게 조언을 부탁하려고 찾아왔습니다. 조언이 필요합니다. 저는 십구 년 전 부활주일 다음 월요일에 결혼해서 오랫동안 힘들게 살았습니다. 여자는 평판이 좋으며 젊고 아름다웠습니다. 아! 그런데 타락했습니다……결혼하자마자. 저 때문이 아닙니다. 제가 나쁜 남편이 아니었다는 건 하느님이 아십니다."

"그런 이야기는 전에도 들었네. 자네 부인이 술에 빠져서 일을 내팽개치고 가구를 팔고 옷까지 저당 잡히면서 모든 걸 엉망진창으로 만들었다지?"

"그래도 저는 꾹 참았습니다."

('그래서 바보라는 거야.' 바운더비 사장이 술잔에 대고 은밀하게 속삭였다.)

"정말 꾹 참았습니다. 그 여자가 나쁜 버릇을 버리게 하려고 노력했습니다. 이런 방법도 쓰고 저런 방법도 쓰는 등 안 해본 방법이 없습니다. 하지만 공장에서 일을 마치고 집으로 돌아가면 그 여자는 내 물건을 처분하고 자신을 스스로 보살필 정신도 없이 바닥에 그냥 쓰러져 있기 일쑤였습니다. 한두 번이 아닙니다. 스무 번도 넘습니다!"

이런 말을 하는 동안 깊이 파이는 얼굴 주름이 그동안 겪은 고통을 생생하게 드러냈다.

"술버릇은 갈수록 나빠진 거로 모자라 더할 나위 없이 악화하더니, 결국에는 여자가 나를 떠났습니다. 그래서 흉한 짓은 모두 골라 하다가 돌아오고, 또 돌아오고, 또 돌아왔습니다. 그런 여자를 막으려면 어떻게 해야 합니까? 저는 밤새도록 거리를 걷다가 집으로 돌아가기도 했습니다. 다리에 가서 강물로 뛰어내릴 생각도 했지만 차마 그럴 수 없었습니다. 고생을 너무 해서 젊은 나이부터 이렇게 늙어 보인답니다."

스파싯 부인은 수놓는 바늘을 천천히 움직이면서 반원형 눈썹을 추켜세우고 머리를 흔드는 모습이 이렇게 말하는 것 같다.

'위대한 사람이나 보잘것없는 사람이나 걱정거리는 없을 수 없다오. 겸손한 눈으로 나를 한 번 보시오.'

"저는 여자를 떼어내려고 돈도 주었습니다. 지난 오 년 동안 돈을 계속 주었습니다. 싸구려긴 하지만 쓸 만한 세간도 다시 구했습니다. 아무리 힘들고 괴로워도 지금까지 사는 동안 무얼 무서워하거나 창피하게 여긴 적도 없습니다. 그런데 어젯밤에 집으로 가니, 여자가 벽난로 앞에 누워있는 겁니다! 또다시 말입니다!"

너무 힘들고 고통스러워서 마구 뱉어내는 소리가 순간적으로 무언가를 자랑하는 느낌마저 들었다. 그러더니 다음 순간에는 평소와 같은 자세를 취했다. 정말 어려운 문제를 꼭 풀어내려는 듯, 상대에게 허리를 숙이고 곰곰이 생각하는 얼굴은 알겠다는 표정 절반 모르겠다는 표정 절반을 머금은 채 바운더비 사장을 쳐다보고, 왼손은 모자를 움켜쥔 채 뒤로 돌려서 궁둥이에 대고 오른팔은 자신이 하는 말을 강조하면서 마구 흔드는데, 말을 멈출 때는 팔을 내리는 대신 밑으로 약간 숙인 채 동작도 함께 멈췄다.

이번에는 바운더비 사장이 말했다.

"나도 오래전부터 그런 사정을 아네, 마지막 내용만 빼고. 결혼은 정말 안 좋아. 누구나 그래. 총각 처지에 만족하고 결혼하지 않는 게 훨씬 좋아. 하지만 지금 그렇게 말하는 건 너무 늦었어."

"나이 차이가 많은 결혼이었나요, 선생?"

스파싯 부인이 갑자기 물었다.

"자네도 부인이 묻는 걸 들었지? 나이 차이가 많은 결혼이었나, 자네의 불행한 결혼은?"

"절대 아닙니다. 저는 스물한 살이고 여자는 대략 스무 살이었으니까요."

"그래요, 선생?"

스파싯 부인이 반문하더니, 만족스러운 표정으로 주인 나리에게 말했다.

"결혼 생활이 너무 힘들다는 말을 듣고 나이 차이가 크면 그럴 수 있겠다는 생각을 했거든요."

이 말에 바운더비 사장은 이상할 만큼 수줍은 표정으로 귀부인을 살그머니 오랫동안 쳐다보았다. 그리고 백포도주를 마셔서 기운을 북돋운 다음에 스티븐을 신경질적으로 쳐다보며 다그쳤다.

"그래서? 계속 말하게."

"그래서 여자를 떼어낼 방법을 사장님에게 물어보려고 왔습니다."

스티븐이 말하며 조심스러운 표정에다 진지한 느낌을 덧붙이고, 스파싯 부인은 정신적으로 충격받은 듯 가볍게 탄식하는 소리를 뱉어냈다. 하지만 바운더비는 벽난로 선반에 등을 기대며 묻는다.

"무슨 뜻으로 하는 말인가? 도대체 무슨 말을 하는 거냐고? 자네는 좋을 때나 궂을 때나 함께 살려고 결혼한 거야."

"저는 여자를 떼어내야 합니다. 이제 더는 견딜 수 없어요. 이런 상황에서 너무 오래 살았기 때문에 이제는 좋은 여인에게 동정과 위로를 받고 싶습니다. 그런 여인이 없었다면 저는 완전히 미쳐버리고 말았을 겁니다."

"안타깝지만, 지금 말하는 여성과 결혼하기 위해 이혼하고 싶다는 말 같네요, 주인 나리."

스파싯 부인이 나지막하게 말하는데, 부도덕한 모습에 크게 실망한 어투였다.

"맞아요. 부인께서 제대로 말씀하셨어요. 정말 그래요. 제가 찾아온 건 그것 때문이에요. 신문에서 읽었는데, 지체가 높으신 분들은 (이분들에게 행운은 깃들고 악운은 사라지길!) 좋을 때나 궂을 때나 변치 않고 살아가는 게 아니라 불행한 결혼에서 벗어나 다시 결혼할 수도 있다고 합니다. 성격이 안 맞아서 서로 화합을 못 하면 집에 방이 많은 터라 서로 각방을 쓰기도 한답니다. 하지만 우리네 같은 사람은 방이 하나밖에 없어서 그럴 수 없어요. 각방을 써도 안 되면 그분들은 황금이나 현금이 있어서 '이건 내 돈, 이건 네 돈'이라고 말하며 나눈 다음에 각자 갈 길을 갈 수도 있다더군요. 하지만 우리는 그럴 수도 없습니다. 그런데 그분들이 헤어지는 까닭은 저보다 훨씬 가벼운 일 때문이에요. 그래서 저 역시 여자를 떼어버려야겠으니, 제가 어떻게 하면 되는지요?"

"방법은 없네."

바운더비 사장이 대답했다.

"제가 그 여자를 해치면 법이 저를 처벌하나요?"

"그야 당연하지."

"제가 그 여자에게서 도망치면 법이 저를 처벌하나요?"

"그야 당연하지."

"제가 사랑하는 여인과 결혼하면 법이 저를 처벌하나요?"

"그야 당연하지."

"제가 사랑하는 여인과 결혼하지 않고 동거한다면 – 정숙한 여인이라서 이럴 가능성은 조금도 없지만 행여나 그런다면 – 죄 없는 아이가 태어날 때마다 법이 저를 처벌하나요?"

"그야 당연하지."

"그렇다면 제발 부탁이니, 저에게 도움이 되는 법을 알려주십시오!"

"으음! 부부 사이에는 신성한 의무가 있는데……그런데……꼭 지켜야 하겠지."

"아니에요, 아니에요, 그런 말씀 마세요, 사장님. 그런 식으로 살 순 없어요. 그건 아니에요. 다른 식으로 살아야 해요. 저는 방직공이며 어릴 때부터 공장에서 일했지만, 그래도 보는 눈과 듣는 귀가 있어요. 재판 회기가 있을 때마다 다양한 신문을 읽어서 - 물론 사장님도 읽으면서 당황하셨겠지만 - 이 땅에서 어떤 조건, 어떤 희생, 어떤 비용을 치르더라도 서로 사슬을 풀 수 없을 때 피를 흘리게 된다는 사실을, 일반가정에서 전쟁을 벌이다가 한순간에 서로를 죽이고 죽는 사건이 벌어진다는 사실을 저는 잘 알아요! 이런 사실을 정확히 파악하고 넘어가야 해요. 저는 지금 정말 끔찍한 상황에 부닥쳤어요. 그러니 사장님에게 선량한 마음이 있다면, 저에게 도움이 되는 법을 알려주십시오."

그러자 바운더비 사장이 주머니에 두 손을 찌르며 대답했다.

"좋아, 내가 방법을 알려주지! 그런 법이 있긴 하네."

스티븐은 차분한 자세로 돌아가서 정신을 집중하며 고개를 한 차례 끄덕였다.

"하지만 자네에게 적합한 법은 아니야. 돈이 들거든. 상당한 돈이."

"얼마나 드는데요?"

스티븐이 차분하게 물었다.

"으음, 우선 '민법 박사 회관'에 가서 이혼소송을 제기하고, '관습법 재판소'에 가서 이혼소송을 제기하고, '상원'에 가서 이혼소송을 제기하고, 의회에서 제정한 법률에 따라 다시 결혼해도 된다는 허가를 받아야 하니, 아무리 간단한 사례라고 해도 금화로 천에서 천오백 냥은

족히 들 거야. 곱절이 들 수도 있고."

"다른 법은 없나요?"

"당연히 없네."

바운더비 사장이 대답하자, 스티븐은 하얗게 질린 얼굴로 모든 걸 내팽개치듯 오른손을 마구 흔들며 소리쳤다.

"아아, 그렇다면 엉망진창이네요. 모든 게 엉망진창이니, 차라리 제가 빨리 죽는 편이 좋겠어요."

(스파싯 부인은 사람들이 생명을 가볍게 여기는 모습에 또다시 한탄한다.)

"제기랄! 제대로 알지도 못하면서 말도 안 되는 소리 좀 그만하게. 자네 조국이 실시하는 제도를 엉망진창이라며 욕하지 말라고. 그러다간 자네 자신이 한순간에 엉망진창으로 될 수도 있으니까. 자네 조국이 실시하는 제도는 자네가 만드는 게 아니니, 자네는 자신이 할 일만 제대로 하면 돼. 자네는 부인을 아무렇게나 대하려고 결혼한 게 아니라 좋을 때나 궂을 때나 함께 하려고 결혼한 거야. 부인이 나쁘게 변했다면, 우리가 할 수 있는 말은, 부인이 좋게 변할 수도 있다는 거야."

"엉망진창이군, 엉망진창이야!"

스티븐이 중얼대고 고개를 절레절레 저으며 문 쪽으로 나아가자, 바운더비 사장이 고별사라도 하듯 다시 말한다.

"내가 한마디만 더 하겠네! 자네는 불순한 생각으로 귀부인에게 커다란 충격을 주었네. 내가 이미 말했듯이 훌륭한 가문 출신에 지체 높은 부인이자, 지금 처음 말하지만, 불행한 결혼 생활로 금화 수만 냥을 낭비한 부인에게 말이야. 금화 수만 냥을!"

바운더비 사장이 재미있다는 표정으로 강조하며 계속 말했다.

"지금까지 자네는 언제나 성실한 일손으로 살았지만, 내 생각을 확실하게 밝히자면, 자네는 지금 나쁜 길로 접어든 거야. 이상한 사람들 이야기를 듣고서 말이야. 그런 사람은 항상 있는 법이거든. 자네에게 제일 좋은 방법은 그런 생각을 물리치는 거야."

바운더비 사장이 갑자기 놀라울 정도로 예리한 표정을 떠올리며 다시 말했다.

"나는 다른 사람 마음속을 꿰뚫어 볼 수 있네. 젊은 시절에 고생을 하도 해서 누구보다 많은 걸 알아. 자라 수프와 사슴고기와 황금 숟갈이 자네 생각에서도 어렴풋이 보여. 그래, 정말이야!"

바운더비 사장이 소리치며 교활한 표정으로 머리를 흔들자, 스티븐은 완전히 다른 식으로 머리를 흔들고 깊은 한숨을 내쉬며 "고맙습니다, 사장님, 안녕히 계십시오" 하고 말한 다음에 밖으로 나갔다. 바운더비 사장은 벽에 걸린 자기 초상화처럼 얼굴이 잔뜩 부풀어 오른 게 금방이라도 폭발할 것 같고, 스파싯 부인은 한쪽 발로 무명실을 밟고 느긋하게 수를 놓는데, 노동자들이 사악하게 사는 모습에 크게 실망한 표정이다.

12장. 할머니

스티븐 영감은 하얀 계단 두 개를 내려와 놋쇠 마침표를 잡고서 놋쇠 명패가 달린 까만 대문을 닫더니, 손에 난 땀이 손잡이에 묻은 걸 보고 외투 소맷자락으로 닦았다. 그리고 바닥을 내려다보며 거리를 건너서 슬픈 표정으로 걷는데 누가 팔을 툭 건드는 것 같다.

이런 순간에 가장 필요한 접촉은 – 숭고한 사랑과 믿음으로 손을 들어 올려 바다에서 거센 풍랑을 잠재우듯,[14] 영혼에서 사납게 일어나는 풍랑을 잔잔하게 가라앉히는 접촉은 - 아니지만, 그래도 여성이 내민 손길이었다. 스티븐이 걸음을 멈추고 돌아서서 바라보니, 키는 크고 몸매도 좋지만 오랜 세월에 쪼그라든 할머니였다. 옷차림은 깨끗하고 평범하며, 신발에 진흙이 묻은 걸 보니 시골에서 지금 막 올라온 것 같다. 거리에서 일어나는 소음에 안절부절못하는 모습이나 접지도 않고 팔에 그대로 걸친 널찍한 숄, 너무 길어서 손가락이 헐렁한 장갑이나 거기에 익숙하지 않은 손, 무거운 우산, 조그만 바구니 등을 보건대, 시골 할머니가 오랜만에 나들이옷을 입고 코크타운으로 올라온 게 분명했다.

이런 사실을 스티븐 블랙풀은 한 번 힐끗 쳐다보자마자 노동계급 특유의 관찰력으로 단번에 파악하고 할머니가 묻는 말을 제대로 듣기 위해 얼굴을 - 노동자들이 흔히 그러듯, 소음이 엄청난 속에서 오랫동안 쳐다보며 일한 덕분에 청각 장애인에게 흔히 나타나는, 잔뜩 긴장한 표정이 깃든 얼굴을 - 그쪽으로 돌렸다.

할머니가 바운더비 사장 집을 손가락으로 가리키며 묻는다.

"여보시오, 선생, 저 신사 집에서 나온 게 당신이오? 당신인 것 같은데, 뒤에서 따라오는 사람하고 헷갈리는구려."

"맞아요, 할머니, 바로 접니다."

"노인네 호기심을 용서하면 좋겠는데, 그럼 선생은 저 집 신사를 만났소?"

"네, 할머니."

"그렇다면 신사가 어떻게 생겼던가요, 선생? 통통한 체구에 대담하고 솔직하고 다정하던가요?"

---

14) 마태오 8:23~26

할머니는 이렇게 말하며 자신이 한 말처럼 몸뚱이를 똑바로 펴서 머리를 추켜세우고, 스티븐은 자신이 예전에 할머니를 본 것 같은데 좋은 느낌은 결코 아니었다는 생각이 뇌리를 스쳤다. 그래서 정신을 바싹 차리고 쳐다보며 대답했다.

"당연히 그렇겠지요."

"신선한 바람처럼 건강하고?"

"네, 할머니. 뒝벌처럼 요란하게 많은 걸 먹고 마신답니다."

"고맙소! 정말 고맙소!"

할머니가 말하는데, 매우 만족스러운 표정이다.

스티븐은 할머니를 본 적이 한 번도 없는 게 분명했다. 그런데도 본 것 같은 느낌이 막연하게 떠오르는 게, 꿈에서 할머니 같은 노파를 한 번 이상 본 것 같기도 했다.

할머니가 옆에서 나란히 걸어, 스티븐은 할머니를 대우할 생각으로 코크타운이 번잡하지요? 하고 물었다. 그러자 할머니는 "정말 그렇다오. 끔찍하게 번잡해!" 하고 대답했다. 그래서 스티븐은 할머니에게 시골에서 올라온 것 같다는 식으로 묻고, 그렇다는 대답을 듣는다.

"오늘 아침, 의회 열차로.[15] 오늘 아침에 의회 열차로 육십 킬로미터를 왔다가 오늘 오후에 똑같은 육십 킬로미터를 돌아간다오. 오늘 새벽에 역전까지 십오 킬로미터를 걸었는데, 돌아가는 길에 나를 태워줄 마차가 없으면 오늘 밤에도 십오 킬로미터를 걸어야 한다오. 내 나이에 적은 거리는 아니지!"

할머니가 수다를 떠는데 두 눈에 기쁨이 가득하다.

"그러네요. 너무 자주 그러진 마세요, 할머니."

---

15) 영국 의회는 원하는 사람이 1마일 거리에 1페니를 안 넘는 비용으로 열차를 탈 수 있도록 법령으로 규정했다. 의회 열차란 제일 값싼 열차를 뜻한다.

스티븐이 말하자, 할머니가 머리를 흔들며 대답한다.

“당연하지. 일 년에 한 번이라오. 돈을 모아서 일 년에 한 번씩 이렇게 온다오. 그래서 거리도 구경하고 신사도 보고.”

“구경하러 여기까지 오세요?”

스티븐이 묻자, 할머니는 정말 즐겁다는 표정으로 진지하게 대답한다.

“나는 그거로 충분하다오. 더는 원하는 게 없으니!”

할머니가 고개를 돌려서 바운더비 사장 저택을 바라보며 계속 말한다.

“저 신사가 나오는 걸 보려고 저쪽 길에서 서성거렸다오. 하지만 올해는 아직 안 나와서 못 보았다오. 당신이 대신 나왔지. 이제 저 신사를 못 보고 돌아가야 한다면 - 멀리서라도 한 번 보면 좋겠는데 - 어쩔 수 없지! 나는 당신을 보고, 당신은 저 신사를 보았으니, 그것으로 만족하는 수밖에.”

할머니는 이렇게 말하더니, 스티븐 모습을 마음에 담아두려는 듯 가만히 바라보는데, 조금 전처럼 즐거운 눈치는 아니었다.

사람마다 취향이 다양하다는 사실을 고려하고 코크타운의 높으신 양반을 아무리 존경한다고 해도, 그게 이렇게 많은 수고를 감수할 만큼 흥미진진할 수 있다는 사실이 스티븐은 당혹스러웠다. 하지만 마침 교회를 지나는 중이라서 두 눈으로 시계를 쳐다보곤 걸음을 재촉했다.

일하러 가는 중이오? 할머니가 물으며 발걸음을 재촉해서 쉽게 보조를 맞췄다. 네, 점심시간이 거의 끝나가네요. 그리고는 자신이 일하는 공장이 어딘지 말하자, 할머니는 훨씬 이상한 모습으로 변하며 묻는다.

"그럼 행복하겠네요?"

"그렇겠죠…… 어차피 고민 없는 사람은 어디에도 없는 법이니까요, 할머니."

스티븐이 모호하게 대답했다. 할머니는 자신이 당연히 행복할 거로 생각하는 것 같고 자신은 그런 할머니를 실망시키고 싶은 마음이 없었다. 스티븐은 세상에 걱정거리가 무수하다는 사실을 잘 안다. 그런데 이렇게 오래 산 할머니가 자신에게 걱정거리가 없을 거로 생각할 수 있다면, 할머니에게 좋은 게 있을지언정 자신에게 나쁠 건 하나도 없다.

"그래요, 그래! 집에 가면 골칫거리가 있다는 뜻이지요?"

할머니가 묻는 말에 스티븐은 조그맣게 대답한다.

"가끔 그럴 때가 있지요."

"하지만 저런 신사 밑에서 일하니까 골칫거리가 공장까지 따라오진 않지요?"

당연히 공장까진 따라오지 않지요. 공장은 모든 게 정확하거든요. 공장에선 모든 게 맞아떨어진답니다. 스티븐이 대답했다. (하지만 공장에는 일종의 신성한 권리가 있다는 말까지 해서 할머니를 기쁘게 하려고 애쓰진 않았다. 최근 들어서 그런 말이 종종 들리긴 하지만 말이다.)

이제 두 사람은 공장 근처 새까만 샛길에 들어서고 여기저기에서 일손이 몰려든다. 종소리가 울리고 뱀은 사방에서 똬리를 틀고 코끼리는 준비에 들어갔다. 이상한 할머니는 종소리 자체를 매우 좋아했다. 이렇게 아름다운 종소리는 처음이라며, 정말 장엄하다며!

스티븐이 공장으로 들어서기 전에 좋은 마음으로 악수하려고 걸음을 멈추자, 할머니는 여기에서 얼마나 오래 일했느냐고 물었다.

"십이 년이요."

스티븐이 대답하자, 할머니는 "그렇다면 이렇게 멋진 공장에서 십이 년이나 일한 손에다 키스해야겠구려!" 하고 말하더니, 스티븐이 제지하려고 하는데도 손을 들어서 자기 입술에 댔다. 할머니에게는 듬직한 나이에 천진난만한 모습 말고도 스티븐이 알 수 없는 기운까지 감돌아, 이렇게 황당하게 행동해도 시간이나 장소에 어긋나지 않는다는 느낌이, 다른 사람이라면 진지한 모습이 이렇게 감동적이고 자연스러울 수 없다는 느낌이 들었다.

스티븐이 방직기에서 일하며 할머니 생각을 삼십 분이나 하다가 기계를 조정하면서 모서리에 있는 창문을 힐끗 내다보니, 할머니는 감격에 겨운 표정으로 공장 건물을 여전히 우러러보는 중이다. 연기와 진흙탕과 빗물은 물론 집으로 돌아가는 힘든 여행길은 상관도 않고, 층층이 쿵쿵 흘러나오는 소리를 정말 멋진 음악이라도 되는 듯 황홀하게 바라본다.

그러다가 할머니는 사라지고, 태양도 할머니를 따라가고, 등불이 다시 등장하고, 열차는 근처에 있는 아치를 넘어가는 모습이 동화 속 궁전에서 훤하게 보인다. 하지만 기계가 삐꺽거리며 쿵쾅거리는 소리에 열차가 지나는 건 거의 느낄 수 없다. 그래서 스티븐은 조그만 상점 위 음산한 방으로, 침대를 무겁게 짓누르는, 하지만 자기 마음을 훨씬 더 무겁게 짓누르는 치욕스런 여인으로 생각이 쏠렸다.

그런 가운데 기계는 속도를 늦추더니, 맥박이 떨어지듯 진동이 줄다가 멈췄다. 종소리가 다시 울리고, 환한 등불과 열기도 사라지고, 공장은 비 내리는 깜깜한 밤에 거대한 모습을 드러내고, 높다란 굴뚝은 바벨탑과 경쟁하듯 공중으로 치솟는다.

레이첼과 걸으며 대화를 나눈 게 고작 어젯밤인데도 스티븐은 또 다른 불행을 새롭게 겪고, 레이첼 외에는 조금도 기분을 풀어줄 수 없으며, 내면에 가득한 분노를 레이첼 목소리만 풀어줄 수 있다는 사실을 잘 알기에, 자신이 기다리는 문제에 대해 레이첼이 한 말을 당장은 무시할 수밖에 없다고 느꼈다. 그래서 기다리지만, 레이첼은 이미 빠져나간 다음이다. 어디에도 없다. 모든 걸 참아내는 얼굴이 어느 때보다 보고 싶은 밤이다.

아, 집이 있어도 집으로 가는 걸 끔찍하게 여기느니 차라리 머리를 누일 집이 없는 게 낫지 않겠는가! 스티븐은 먹고 마셨다. 완전히 지쳤다. 하지만 무얼 먹고 무얼 마시는지 관심도 없다. 차가운 빗속을 이리저리 돌아다니며 생각하고 또 생각하고 또 생각한다.

두 사람 사이에서 재혼 얘기가 오간 적은 없지만, 레이첼은 오래전부터 스티븐에게 지긋한 동정심을 보이고 스티븐 역시 이런 문제로 답답한 마음을 드러내며 하소연할 사람이 레이첼밖에 없었다. 자신이 자유로운 처지가 되어서 청혼한다면 레이첼이 기꺼이 받아들일 거란 사실 역시 스티븐은 잘 안다. 그렇게 되면 집으로 갈 때마다 기쁘고 자랑스러울 터며, 자신은 오늘 밤과 완전히 다를 수밖에 없고, 지금은 가슴이 납덩이처럼 무겁지만 그렇게 되면 새처럼 가볍게 변하고, 지금은 명예와 자존심과 평정심이 갈가리 찢겨나갔지만 그렇게 되면 되살아날 게 분명하단 생각이 들었다. 자신은 인생의 황금기를 낭비한다는, 그래서 하루하루를 보낼수록 성격은 나쁘게 변하기만 한다는, 죽은 여자에게 - 끔찍한 악마에게 - 손과 발이 꽁꽁 묶인 채 고문당하며 하루하루를 지겹게 살아간다는 생각도 떠올랐다. 처음 만날 때만 해도 레이첼은 얼마나 젊었던가! 지금은 얼마나 성숙하며 앞으로는 얼마나 빨리 나이를 먹겠는가! 레이첼은 주변에서 여인이 결혼해 아이를 낳고 키우며 살아가는 모습을 다양하게 보면서도 스티븐 자신을 위해 외로운 길을 얼마나 조용하고 차분하게 걸어왔던가, 그래서 축복받은 얼굴에 우울한 그림자가 어리며 스티븐 자신을 얼마나 끝없는 절망과 한탄으로 몰아갔던가! 어젯밤에 목격한 파렴치한 영상 옆에 레이첼 영상을 띄우니, 이처럼 다정하고 선량하고 헌신적인 여인이 그렇게 사악한 여인에게 세상살이 전체를 지배당하는 현실이 너무나 부당하다는 생각마저 들었다.

이렇게 다양한 생각에 흠뻑 빠져들며 - 몸이 점차 불어난다는, 자신이 주변을 지나치는 사물과 역겨운 관계를 새롭게 맺는다는, 뿌연 등불마다 어린 무지개가 빨갛게 변한다는 불쾌한 느낌까지 들 정도로 흠뻑 빠져들며 - 스티븐은 잠자리를 찾아서 집으로 간다.

13장. 레이첼

창가에서 촛불 하나가 희미하게 타오른다. 까만 사다리를 들어 올려, 먹고 살려고 발버둥 치는 부인과 굶주린 자식들에게서 세상에 하나밖에 없는 너무나 소중한 사람을 밖으로 끌어내던 창문이다. 스티븐은 지상에서 겪는 재난 가운데 죽음만큼 불공평한 것도 없다는 준엄한 생각이 떠올랐다. 죽음에 비하면 불공평한 탄생은 아무것도 아니다. 국왕 자녀와 방직공 자녀가 오늘 밤에 동시에 태어난다는 건 서로 사랑하는 사람은 죽어도 방탕한 여인은 계속 살아나가는 현실에 비하면 하나도 불공평할 게 없기 때문이다!

스티븐은 건물 바깥에서 숨을 죽이고 우울하게 걸으며 안으로 천천히 들어갔다. 방문을 열고 안으로 들어섰다.

실내는 차분하고 평화롭다. 침대 곁에 레이첼이 앉아있다.

레이첼이 고개를 돌리자, 얼굴에서 피어오른 빛이 한밤중처럼 어두운 사내 가슴을 환하게 밝혔다. 레이첼은 침대 곁에 앉아서 사내 부인을 간호하며 보살피는 중이다. 말이 그렇다는 거다. 침대에 누군가 눕고, 그게 부인인 것도 분명하지만, 레이첼이 두 손으로 침대 커튼을 쳐서 똑똑히 안 보였기 때문이다. 끔찍한 의복은 모두 치우고 레이첼 옷가지 몇 점이 실내에 있었다. 사내가 항상 정리한 대로 모든 게 질서정연하게 제자리를 지키고 조그만 벽난로는 깨끗하게 청소하고 불은 새로 피우고 벽난로 앞도 새로 훔쳤다. 스티븐은 이 모든 걸 레이첼 얼굴에서 보는 것 같다. 다른 건 하나도 안 보이는 것 같다. 얼굴을 가만히 바라보는 동안 두 눈에 부드러운 눈물이 고이면서 시야를 차단한다. 하지만 레이첼 역시 자신을 진지하게 바라보고 눈에는 눈물이 가득하다는 사실을 목격한 다음이다.

레이첼이 침대 쪽으로 고개를 다시 돌려서 조용하단 사실을 확인하더니, 명랑한 목소리로 나직하고 다정하게 말한다.

"돌아와서 기뻐요, 스티븐. 꽤 늦었네요."

"이리저리 돌아다녔소."

"그럴 줄 알았어요. 하지만 오늘 밤은 그러기에 날씨가 너무 안 좋아요. 비가 심하게 오는 데다 바람까지 부니까요."

바람이 불어? 그렇다. 바람이 심했다. 굴뚝으로 천둥이 치고 바람이 몰려드는 소리를 들어보라! 바람이 이렇게 심하게 부는데도 바깥을 거닐면서 바람이 분다는 사실조차 몰랐다!

"아까도 한 번 다녀갔어요, 스티븐. 저녁 식사 시간에 집주인이 찾아왔더군요. 여기에 보살펴야 할 사람이 있다면서. 그래서 와보니까 그 말이 맞았어요. 넋을 잃고 헛소리를 해대더군요, 스티븐. 상처도 있고 멍도 들고."

스티븐은 천천히 걸어서 의자에 앉아 레이첼 앞으로 머리를 푹 숙인다.

"조금이나마 도우려고 온 거예요, 스티븐. 다른 무엇보다, 여자는 처녀 적부터 나와 함께 일하고, 그래서 우리 둘이 친구로 지낼 적에 당신이 청혼하고 결혼했으니까……."

스티븐이 주름진 이마에 손을 올리면서 앓는 소리를 나지막이 뱉어낸다.

"두 번째는, 나는 당신 마음을 잘 아니, 이 친구가 그냥 죽거나 마냥 고통을 겪도록 방관하는 건 자비로운 자세가 아니라고 확신하기 때문이에요. '너희 중에 누구든지 죄 없는 사람이 먼저 저 여자를 돌로 쳐라!'[16]는 말씀을 어느 분이 했는지 당신도 잘 알아요. 돌을 던질 사람은 많아요. 하지만 당신은, 스티븐, 이 친구가 아무리 타락해도 돌을 던질 사람이 아니에요."

"아, 레이첼, 레이첼!"

"오랫동안 끔찍한 고통을 겪었으니, 하늘이시여, 이 사람을 어루만지소서! 나는 마음과 영혼을 다 바쳐 진실한 친구로 남을 거예요."

레이첼이 말한 상처는 스스로 버림받은 여인 목 근처에 있는 것 같았다. 레이첼이 여인을 여전히 가린 채 상처를 치료하더니, 대야에 아마포 한 조각을 담그고 유리병에 담긴 액체를 거기에 부은 다음, 상처 부위에 부드럽게 붙인다. 다리 세 개짜리 탁자는 애초에 침대 옆으로 당긴 상태고, 거기에는 액체를 담은 유리병 두 개가 있다. 그중 하나였다.

그리 멀지 않아, 스티븐은 두 눈으로 레이첼 손을 따라가다 커다랗게 인쇄한 글자를 읽는다. 그리곤 얼굴이 사색으로 변한다. 갑자기 공포가

---

16) 요한복음 8:7에 나오는 구절. 스티븐 부인이 간음하다 들켰다는 사실을 암시한다.

밀려드는 것 같다.

레이첼이 의자에 다시 차분하게 앉으며 말한다.

"나는 종이 세 시를 알릴 때까지 여기에 머물 거예요, 스티븐. 세 시에 한 번 더 손보면 아침까지 괜찮을 테니까."

"하지만 내일 일하러 가려면 당신도 쉬어야 해요."

"간밤에 잘 잤어요. 나는 필요하다면 며칠 밤을 새울 수 있어요. 쉬어야 할 사람은 당신 같아요……완전히 지쳐서 얼굴이 창백한 걸 보면. 그쪽 의자에 앉아서 잠을 청해요, 내가 간호할 테니까. 간밤에 한숨도 못 잔 것 같군요. 내일 작업은 나보다 당신이 훨씬 힘들어요."

바깥에서 일어나는 천둥소리와 바람 소리를 듣다 보니, 잔뜩 화난 느낌이 조금 전처럼 몰려드는 것 같다. 하지만 레이첼이 이런 느낌을 깨끗하게 몰아냈으니 앞으로도 그러겠지. 스티븐은 자신이 아무 짓도 못 하도록 레이첼이 막아줄 거라고 확신했다.

"환자가 나를 못 알아봐요, 스티븐. 졸린 눈으로 물끄러미 바라보며 중얼거리기만 해요. 말을 계속 걸어도 아무 소용이 없어요! 당분간 그럴 거예요. 환자가 정신을 차리면 내가 할 수 있는 건 다 할 텐데, 지금은 특별히 좋아지는 게 없는 것 같아요."

"저 여자가 이런 상태로 얼마나 갈 것 같소, 레이첼?"

"의사 선생님 말씀은 내일 정신이 돌아올 거래요."

스티븐은 유리병을 다시 쳐다본다. 온몸에서 전율이 인다. 팔다리까지 부르르 떨렸다. 레이첼은 비에 젖어서 그런다고 생각했다. 하지만 스티븐은 이렇게 대답한다.

"아니요, 그렇지 않소. 공포 때문이오."

"공포요?"

"그래요, 그래! 공포! 걸을 때도. 생각할 때도……."

스티븐은 다시 부르르 떨다가 벌떡 일어나서 벽난로 선반을 잡는다. 그리고 중풍에라도 걸린 듯 덜덜 떨리는 손으로 빗물이 차가운 머리칼을 내리누른다.

"스티븐!"

레이첼이 깜짝 놀라서 황급히 다가오지만, 스티븐은 팔을 뻗으며 막았다.

"아니요! 그러지 마시오, 제발. 그대가 침대 곁에 앉은 모습을 보여주시오. 아, 선량하고 너그러운 모습을 그대로 보여주시오. 내가 들어오면서 바라본 모습을 그대로 보여주시오. 당신을 그 이상으로 잘 볼 순 없을 거요. 절대로, 절대로, 절대로!"

스티븐은 발작이라도 하듯 온몸을 떨다가 의자에 털썩 주저앉는다. 그러다가 정신을 가다듬고 한쪽 팔꿈치를 한쪽 무릎에 대서 그 손에 머리를 괴어 레이첼 쪽으로 돌렸다. 눈물이 촉촉한 눈으로 희미한 촛불 너머를 바라보니, 레이첼 머리에 신성한 후광이 동그랗게 어린 것 같다. 레이첼에겐 원래 그런 후광이 있다는 생각마저 든다. 비바람 소리가 창문을 뒤흔들고 아래층 문을 덜거덕거리고 건물 전체를 구슬프게 휘감을 때는 정말 그렇다는 확신까지 들었다.

"환자가 좋아진 다음에는, 스티븐, 당신 일에 간섭하지 않고 가만히 두면, 그래서 다시는 해를 안 끼치면 좋겠어요. 아무튼, 현재로썬 그러길 기대할 수밖에요. 이제 입을 다물게요, 당신은 자야 하니까."

스티븐은 두 눈을 감았다. 녹초가 된 머리를 쉬려는 것보다 레이첼을 기쁘게 하려는 마음이 강했다. 하지만 시끄러운 바람 소리를 듣노라니, 그런 소리가 조금씩 멈추는 것 같기도 하고 방직기 돌아가는 소리나 낮에 실제로 대화하던 목소리로 조금씩 변하는 것 같기도 하다. 그러다가 이상한 느낌조차 마침내 사라지고, 스티븐은 이상한 꿈에 깊이 빠져들었다.

자신은 마음에 오랫동안 품은 여인과 교회에서 결혼식을 올리는 중이다. 그런데 이렇게 행복한 와중에도 레이첼이 아니란 사실에 깜짝 놀란다. 결혼식을 진행하는 동안, 산 게 분명한 하객 일부와 죽은 게 분명한 하객 다수를 알아보고 자신이 인사하는데, 갑자기 어둠이 몰려들더니 곧이어 엄청나게 밝은 빛이 몰려든다. 제단에 있는 율법 석판 글자 한 줄에서 뻗어난 빛이 말씀으로 건물 전체를 환하게 밝힌다. 교회 전체로 울려 퍼지는 게, 활활 타오르는 글자에 목소리까지 담긴 것 같다. 이번에는 눈앞과 주변 풍경 전체가 변한다. 스티븐 자신과 성직자만 빼고 예전 풍경은 모두 사라진다. 환한 대낮인데 자신과 성직자 앞에 엄청난 군중이 모여든다. 세상 사람을 모두 모아도 그렇게 많을 순 없을 것 같다. 그런데 모든 사람이 스티븐을 혐오한다. 자신을 바라보는 수백만 눈동자 가운데 우호적이나 동정하는 눈빛은 하나도 없다.

자신은 연단에 서고 머리 위에는 자신이 운전하는 방직기가 있는데, 고개를 들어서 방직기를 올려다보고 장례식에서 읽는 조사를 또렷하게 들은 다음에야 비로소 스티븐은 자신이 그 자리에서 죽는다는 사실을 느낀다. 올라선 자리는 곧이어 밑으로 떨어지고 자신은 그대로 죽는다.

자신이 어떤 과정을 거쳐서 평상시 공간과 생활로 돌아왔는지 모호하다. 하여튼 스티븐은 어떤 식으로든 그런 공간으로 돌아오는데, 이승에서건 저승에서건 영원무궁토록 레이첼 얼굴을 볼 수도 없고 목소리를 들을 수도 없다는 저주를 받은 상태다. 그래서 자신이 꼭 찾아야 할 운명이 있다는 사실만 알 뿐 무엇을 찾아야 하는지도 모르고 희망도 없이 끊임없이 돌아다니면서 형언할 수 없는 끔찍한 공포에, 무엇이든 결국엔 한 가지 형상으로 변하는 엄청난 공포에 시달린다. 시차가 있을 뿐, 자신이 바라보는 물체는 무엇이든 한 가지 형상으로 변한다. 자신은 그런 사실을 수많은 사람에게 숨겨야 하는 비참한 처지다. 그렇게 하는 건 불가능에 가깝다! 그 물체가 있는 방에서 사람들을 밖으로 몰아내도, 책상 서랍과 옷장 서랍을 모두 닫아도, 그 물체를 은밀하게 감춘 곳에서 호기심 많은 사람을 모두 밖으로 몰아내도, 공장 굴뚝 자체가 그런 형상을 취하고 커다랗게 인쇄한 글자는 동그랗게 휘감는다.

바람이 다시 불고, 빗줄기는 지붕을 때리고, 자신이 방황하던 널찍한 공간은 자신이 묵는 방으로 줄어든다. 벽난로 불이 죽었다는 사실만 제외하면 실내는 스티븐이 잠들기 직전 그대로다. 레이첼은 침대 곁 의자에 앉아서 조는 것 같다. 숄로 몸을 감싼 채 꿈쩍하지를 않았다. 다리 세 개짜리 탁자는 침대 옆에 그대로 있고, 거기에는 꿈에서 그렇게 많이 나타나던 물체가 실제 크기에 실제 모양 그대로 있다.

침대 커튼이 움직이는 것 같다. 스티븐은 다시 쳐다보고 커튼이 움직인 걸 확인한다. 손 하나가 앞으로 나와서 주변을 더듬는 게 보인다. 이번에는 커튼이 또렷하게 움직이더니, 침대에 누운 환자가 커튼을 걷고 일어나 앉는다.

환자가 퀭한 눈으로 아주 독살스럽고 사납게, 아주 거칠고 추잡하게 사방을 둘러보며 스티븐이 잠자는 의자 모서리를 지나친다. 그러다가 두 눈이 모서리로 돌아오더니, 한 손을 올려서 눈에 그늘을 만들고 다시 쳐다본다. 이번에는 실내를 다시 둘러보다가 레이첼에게는 아무런 관심도 안 기울인 채 모서리로 돌아온다. 그래서 스티븐을 보려는 게 아니라 스티븐이 거기에 분명히 있다는 동물적 본능에 따라 찾아내려고 눈에 그늘을 다시 만들었다. 스티븐은 타락한 환자 모습이나 거기에 버금가는 정신 상태에서 자신이 십팔 년 전에 결혼한 여인의 흔적을 조금도 찾을 수 없다고 느낀다. 이런 쪽으로 조금씩 변하는 모습을 자기 눈으로 못 봤더라면 동일인물이라곤 절대로 못 믿을 정도다.

이러는 내내, 스티븐은 주문이라도 걸린 듯 가만히 지켜보는 외에 꼼짝할 수도 없다.

자신이 멍청하게 자는 건지 아무런 능력도 없는 자아를 무의미하게 들여다보는 건지 모르겠지만, 어쨌든 환자는 가만히 앉아서 두 손을 양쪽 귀에 올리고 머리를 세운다. 그러더니 실내를 다시 둘러보는데, 처음으로, 유리병 두 개가 있는 탁자에서 시선이 멈춘다.

환자는 간밤처럼 도전적인 자세로 스티븐이 있는 모서리를 재빨리 살피더니, 한 손을 매우 조심스럽고 매우 탐욕스럽게 천천히 내민다. 그래서 머그잔을 침대로 끌어와, 가만히 앉아서 유리병 두 개 가운데 어떤 걸 선택할까 망설인다. 그러다가 유리병 하나를 - 사람을 순식간에 죽이는 액체가 든 유리병을 - 비정하게 움켜잡더니, 스티븐이 보는 앞에서 이로 코르크 마개를 뽑는다.

꿈인지 현실인지, 스티븐은 소리를 낼 수도 몸을 움직일 수도 없다. 이게 현실이라면, 그래서 환자가 죽을 시간이 아직 안 됐다면, 깨어나라, 레이첼, 깨어나라!

환자도 똑같은 생각을 한 게 분명하다. 그래서 레이첼을 쳐다보더니, 아주 천천히, 아주 조심스럽게 내용물을 머그잔에 따른다. 그리고 머그잔을 입술에 댄다. 이제 조금만 지나면 환자는 죽을 수밖에 없다. 온 세상이 달려들어서 살리려 해도 소용없다. 하지만 바로 그 순간, 레이첼이 깜짝 놀라며 비명을 억누르고, 환자는 저항하며 레이첼을 때리고 머리채를 움켜잡지만, 결국엔 머그잔을 빼앗긴다.

스티븐이 의자에서 벌떡 일어나며 소리쳤다.

"레이첼, 이 끔찍한 밤에 내가 꿈을 꾸는 거요, 깨어난 거요?"

"이제 됐어요, 스티븐. 내가 깜빡 잠들었네요. 세 시가 거의 되었을 거예요. 쉿! 종소리가 들려요."

바람이 교회 종소리를 창문으로 실어왔다. 가만히 듣는 사이에 종이 세 번 울렸다. 스티븐은 레이첼을 쳐다보았다. 얼굴은 창백하고 머리칼은 엉망이고 이마에는 빨간 손톱자국까지 어린 걸 보니 자신이 보고 들은 건 현실이 분명하다. 심지어 한쪽 손에 머그잔까지 들었다.

"애초에 세 시가 다 됐을 거란 생각을 했어요."

레이첼이 말하더니, 머그잔 내용물을 대야에 가만히 부어서 아까 그런 것처럼 아마포 조각에 적시며 말했다.

"내가 머물러서 정말 다행이에요! 이제 다 됐어요, 이것만 붙이면. 자! 이제 환자도 가만히 있네요. 대야에 남은 건 버려야겠어요. 아무리 적은 양이라도 그대로 두는 건 너무 위험하거든요."

레이첼이 말하면서 벽난로 재에다 대야를 비우고 벽난로 바닥에다 유리병을 던져서 깨뜨렸다. 이제 레이첼이 할 일이라곤 숄로 몸을 감싸고 비바람이 부는 바깥으로 나가는 것밖에 없다.

"위험한 시간이니 내가 집까지 바래다줘도 되겠소, 레이첼?"

"아니요, 스티븐. 일 분만 걸으면 집이잖아요."

레이첼이 대답하자, 스티븐은 방문을 함께 나서면서 나지막한 목소리로 말한다.

"당신은 저 여자 옆에 나만 남겨두는 걸 두려워하지 않는구려!"

레이첼이 "스티븐?" 하는 말과 함께 쳐다볼 때, 스티븐은 초라한 계단에서 레이첼 앞에 무릎을 꿇고 숄 끝자락을 입술에 대며 말한다.

"그대는 천사요. 은총이 가득하길, 은총이 가득하길!"

"나는, 아까 말한 대로, 스티븐, 진실한 친구예요. 천사는 나랑 달라요. 약점투성이 여성 노동자와 천사 사이에는 커다란 구렁텅이가[17] 있어요. 여동생은 천사들과 함께하지만 그건 죽었기 때문이에요."

레이첼이 이렇게 말하면서 잠시 눈을 들어 올리더니, 다시 떨어뜨리며 스티븐 얼굴을 다정하고 부드럽게 내려다보았다.

"당신은 사악한 나를 좋은 사람으로 바꾸었소. 당신은 내가 당신을 조금이라도 닮기를 겸손하게 바라도록 인도하고, 이 생명이 끝나서 모든 혼란을 말끔하게 걷어낼 때 당신과 헤어지는 걸 두려워하도록 만들었소. 당신은 천사요. 당신이 내 영혼을 구했소!"

스티븐은 바닥에 무릎을 꿇은 채 여전히 한 손으로 숄을 움켜잡고, 레이첼은 가만히 쳐다보다가 상대편 얼굴이 울먹이는 걸 보고서 나무라는 눈치를 입술에서 지웠다.

"나는 절망감에 쌓여서 집으로 왔소. 아무런 희망도 없이, 투덜대면 무분별한 일손으로 몰릴 뿐이라는 생각에 잔뜩 화난 채 집으로 왔소. 그래서 당신에게 공포에 시달린다고 말했소. 그건 탁자에 있는 독극물 때문이었소. 지금까지 나는 산 생명을 해친 적이 한 번도 없소. 그런데 그걸 보는 순간, '나 자신에게, 아니면 저 여자에게, 아니면 둘 모두에게 내가 무슨 짓을 할지 모르겠다!'는 생각이 갑자기 떠오른 거요."

레이첼은 공포에 질린 얼굴로 스티븐 입을 두 손으로 막아서 그만 말하도록 만든다. 그러나 스티븐은 한 손으로 숄을 여전히 움켜쥔 채 다른 손으로 두 손을 움켜잡으며 황급히 말했다.

"그런데 침대 곁에 앉은 당신을 보았소, 레이첼. 내가 그대를 본 거요, 밤새도록. 어수선하게 잠자는 동안에도 당신이 여전히 거기에 있다는 사실을 느꼈소. 앞으로도 나는 거기에 있는 당신을 떠올릴 거요.

17) 루가 16:26. 지옥에 있는 부자와 천국에 있는 나자로 사이를 가르는 구렁텅이에서 나온 말이다. 여기에서는 삶과 죽음을 가르는 구렁텅이를 말한다.

저 여자가 보이거나 생각날 때면 바로 곁에 있는 당신을 떠올릴 거요. 앞으로 불쾌한 걸 보거나 불쾌한 생각이 나면 나보다 훨씬 훌륭한 당신이 그 옆에 있다는 생각을 떠올릴 거요. 그래서 마침내 그대와 함께 커다란 구렁텅이 너머까지 먼 길을 떠나 당신 여동생이 머무는 천국에서 함께 거닐 시간을 꿈꾸며 기다릴 거요."

스티븐은 이렇게 말하고 숄 끄트머리에 키스한 다음에 놓아준다. 레이첼은 울먹이는 목소리로 잘 자라 말하고 거리로 나섰다.

조금 후에는 태양이 떠오를 방향에서 바람이 부는데, 여전히 강했다. 강한 바람은 하늘을 깨끗하게 청소하고 빗방울은 모두 퍼부었거나 다른 데로 날아가서 밤하늘에 별이 반짝인다. 스티븐은 도로에서 모자조차 안 쓰고 맨머리로 가만히 선 채 레이첼이 빠르게 사라지는 모습을 지켜본다. 화려하게 빛나는 별이 레이첼이라면 창가에서 둔하게 타오르는 촛불은 스티븐 자신이 살아가는 초라한 일상이었다.

14장. 위대한 제조업자

코크타운에서 시간은 사방에 가득한 기계류처럼 정확하게 흐른다. 수많은 원료를 가공하고 수많은 연료를 소비하고 수많은 노동자에게 진을 빼고 수많은 돈을 번다. 하지만 시간은 철이나 쇠나 놋쇠처럼 무정하지 않으니, 연기와 벽돌만 황량한 공간으로 사계절이란 걸 몰아오며 비참할 정도로 획일적인 코크타운에 유일하게 저항했다.

"루이사가 이제 거의 숙녀가 되었군."

그래드그라인드 선생이 말했다. 시간은 누가 뭐라고 해도 개의치 않고 엄청난 힘을 발휘하며 끊임없이 일하더니, 어린 토마스를 부친이 마지막으로 바라볼 때보다 키가 삼십 센티미터나 커다란 청년으로 만들었다. 그래서 그래드그라인드 선생이 또 말했다.

"토마스도 이제 거의 청년이 되었어."

시간은 지식공장에서 다람쥐처럼 맴도는 시기를 끝내고, 토마스는 아버지가 곰곰이 생각하는 동안 뒷자락이 기다란 외투 차림으로 목깃을 뻣뻣하게 세운 채 가만히 서서 기다린다.

"바운더비에게 가서 일을 배울 때가 정말 된 것 같아."

시간은 다시 흘러서 토마스를 바운더비 은행으로 보내고 바운더비 저택에서 거주하게 하고 생전 처음으로 면도기를 사게 하고 무엇이든 이해득실을 따져서 판단하도록 열심히 훈련시킨다.

시간만큼이나 위대한 제조업자는 다양한 진행 단계에 따라 언제나 할 일이 엄청나게 많으니, 씨씨 역시 자신이 운영하는 지식공장에 보내서 정말 아름다운 제품으로 갈고 닦으려고 애쓴다. 그러다가 하루는 이런 말이 흘러나온다.

"주프, 너는 학교에서 공부를 계속해도 소용이 없을 것 같구나."

"안타깝지만 제 생각도 그렇습니다, 선생님."

씨씨가 공손하게 대답하자, 그래드그라인드 선생은 이마에 주름을 잔뜩 잡으며 말했다.

"네가 학교에서 공부한 결과가 실망스럽다는 사실을, 대단히 실망스럽다는 사실을 너에게 숨길 수 없구나, 주프. 남자 선생님과 여자 선생님에게 지도를 받고도 너는 내가 원하는 지식을 극히 일부만 습득했어. 그래서 구체적인 지식이 너무 부족해. 숫자를 파악하는 능력도 극히 모자라고. 너는 지진아야, 평균치를 밑도는."

"정말 죄송합니다만, 선생님, 저도 잘 압니다. 그래도 힘껏 노력했습니다, 선생님."

"그래, 맞아. 네가 힘껏 노력했다는 사실은 나도 인정해. 쭉 지켜보았는데, 그 점에서는 하자를 찾을 수 없더구나."

"고맙습니다, 선생님."

씨씨가 대답하더니 잠시 주저하다가 다시 말했다.

"저도 가끔 생각했는데, 혹시 제가 너무 많이 배우려는 건 아닌가, 따라서 공부를 조금 덜 해도 된다는 허락을 받을 수 있다면……"

하지만 그래드그라인드 선생은 정말 단호하고 정말 탁월하게 실용적인 방식으로 머리를 흔들며 대답했다.

"아니야, 주프, 아니야. 네가 하는 공부는 시스템에 따라서 하는 건데, 시스템에 대해선 다시 왈가왈부할 것 없어. 현 상황에서 나로선 네가 어린 시절을 보낸 환경이 이성적인 사고력을 키우기에 지나치게 불리한 데다, 공부를 너무 늦게 시작했다고 추측할 수밖에 없어. 아무리 그래도 실망스러운 건 어쩔 수 없지만……앞서 말한 대로."

"의지가지없는 불쌍한 여자애를 모른 척하셔도 되는데 친절하게 거두시고 키워주셔서 더할 나위 없이 감사합니다, 선생님."

"울지 마라. 울지 마. 너를 탓하자는 게 아니다. 너는 인정도 있고 성실하고 착해. 이 정도로 충분히 만족해야 해."

"정말 고맙습니다, 선생님."

씨씨가 말하는데, 감사하는 마음이 그대로 묻어나왔다.

"너는 그래드그라인드 부인에게 많은 도움을 주고 대체로 가족 모두에게 쓸모가 많아. 루이사 아가씨도 그렇게 말하고, 내가 보기에도 그래. 따라서 너도 이런 관계에 만족할 수 있으면 좋겠구나."

"당연하지요, 굳이 바라는 게 있다면……"

"아직도 아버지 얘기를 한다는 거 나도 잘 안다. 기름병을 아직 보관한다는 말을 루이사에게 들었어. 아아! 지금까지 학문을 공부하면서 조금 더 구체적인 성과를 올렸다면 그 문제를 그만큼 더 현명하게 처리할 수 있을 텐데. 하지만 이제 두 번 다시 말하진 않겠다."

그래드그라인드 선생은 씨씨를 정말 좋아한 나머지 조금도 경멸하지 않았다. 그런 것만 아니라면 계산능력이 많이 떨어진다는 이유로 충분히 깔볼 수도 있을 터였다. 그런데 씨씨에겐 도표 형식으로 평가할 수 없는 무엇인가 있다는 생각마저 들기도 했다. 사물을 정의하는 능력은 형편없고 수학지식 역시 부족한 건 사실이지만, 의회 조사항목에 따라 씨씨를 분류하라는 요구를 받는다면 어느 쪽으로 분류할지 애매했다.

인간이란 옷감을 만들다 보면 일정한 단계에서 시간이 아주 급하게 흐르는 법이다. 어린 토마스와 씨씨도 이런 단계에서 일이 년 사이에 엄청난 변화를 겪었다. 하지만 그래드그라인드 선생은 아무런 변화도 없었다. 성장 과정 자체가 멈춘 것 같았다.

딱 하나가 변하긴 했는데, 지식공장을 꼭 거쳐야 하는 변화는 아니다. 시간이 그를 약간 시끄럽고 비교적 지저분한 기계에 밀어 넣더니, 코크타운을 대표하는 국회의원으로, 파운드 도량 사용을 주장하는 존경스러운 국회의원 가운데 하나로, 곱셈표를 대표하는 국회의원 가운데 하나로, 존경하는 귀머거리 국회의원, 존경하는 벙어리 국회의원, 존경하는 장님 국회의원, 존경하는 절름발이 국회의원, 존경하는 식물 국회의원 기타 등등 가운데 하나로 만든 것이다. 이런 게 없다면 구세주가 오신지 천팔백 년 하고도 상당한 시간이 지난 지금까지 우리가 어떻게 기독교 국가에서 살겠는가?

이렇게 세월이 흐르는 동안 루이사는 황혼 녘에 환한 불꽃이 받침쇠에 떨어지고 재로 변하다 사라지는 모습을 수없이 지켜보며 조용하게 지내니, 아버지는 루이사를 보고 숙녀가 거의 되었다고 말한 게 바로 어제 같은데 이후에 아무런 관심도 안 보이다가 갑자기 여인으로 성장한 딸을 발견하곤 이렇게 말한다.

"이야! 이제 여인이 다 됐구나!"

이런 사실을 발견한 직후에 그래드그라인드 선생은 평소보다 깊은 생각에 잠기면서 며칠 동안 한 가지 문제에 열중하는 것 같았다. 그러다가 하루는 밤에 밖으로 나갈 때 딸 루이사가 잘 다녀오시라 인사하러 온 걸 보고 늦게 돌아올 예정이라 아침까지 볼 수 없을 것 같아, 두 팔로 꼭 껴안고 다정하게 바라보며 말했다.

"이제 여인이 다 됐어, 루이사!"

루이사는 자신이 서커스를 훔쳐보다 들킨 날 밤처럼 탐색하는 눈치로 아버지를 가만히 살피다가 시선을 내리깔며 대답했다.

"네, 아버지."

"얘야, 너랑 단둘이서 진지한 얘기를 나누고 싶구나. 내일 아침 식사를 마친 다음에 내 방으로 오겠니?"

"네, 아버지."

"손이 너무 차갑구나, 루이사. 몸이 안 좋니?"

"좋아요, 아버지."

"기분도 좋니?"

아버지가 다시 묻는 말에 루이사는 다시 쳐다보고 독특한 미소를 머금으며 대답했다.

"평소만큼은 좋아요, 아버지, 늘 그런 것처럼."

"다행이구나."

그래드그라인드 선생은 딸에게 키스한 다음에 나가고, 루이사는 이발소처럼 차분한 방으로 돌아와서 한 손으로 다른 손 팔꿈치를 받치고 다시 바라보는데, 앞에서 불꽃이 순간적으로 반짝이다가 사그라지며 재로 변한다.

“여기에 있어, 누나?”

동생 토마스가 소리치며 방문을 열었다. 쾌락을 추구하는 젊은 신사는 분명한데, 그렇게 매력적인 인물은 아니다.

루이사가 일어나서 동생을 포옹하며 말했다.

“톰, 정말 오랜만에 누나를 보러 오는구나!”

“응, 저녁이면 이런저런 일이 많거든, 누나, 낮에는 바운더비 노인네에게 붙잡히고. 하지만 너무 심하다 싶을 때마다 누나 얘기를 살짝 꺼내서 자극하는 식으로 그럭저럭 지낼 만해. 그런데 오늘이나 어제, 아버지가 무슨 특별한 말씀을 안 하셨어, 누나?”

“아니, 톰. 하지만 내일 아침에 그러고 싶다고 오늘 저녁에 말씀하셨어.”

“아! 내 말이 바로 그 말이야. 아버지가 오늘 밤에 어디 가시는지 알아?”

토마스가 묻는데, 표정이 매우 진지했다.

“아니.”

“그럼 내가 알려주지. 바운더비 노인네를 만나러 가시는 거야. 은행에서 정기적으로 만나시거든. 그런데 은행에서 만나는 까닭이 뭐 같아? 으음, 내가 또 알려주지. 스파싯 부인 귀에 최대한 안 들어가게 하려고 그러는 것 같아.”

루이사는 동생 어깨에 한 손을 올린 채 가만히 서서 불길을 꾸준히 바라본다. 동생은 그런 누나 얼굴을 평소보다 흥미롭게 바라보더니, 한쪽 팔로 누나 허리춤을 감아서 잡아당기며 다정하게 물었다.

“누나는 나를 정말 좋아하지, 그치?”

"당연하지, 톰. 아주 오랜만에 찾아오는 것만 빼면."

"누나가 그렇게 말하는 걸 보면 나랑 생각이 비슷한 것 같아. 우리는 훨씬 자주 만날 수 있어…… 그치? 항상 함께 지낼 수도 있고…… 그치? 내가 생각하는 쪽으로 누나가 마음을 먹으면 정말 좋겠어. 나에게 아주 중요하거든. 그러면 더할 나위 없이 즐거울 거야!"

루이사는 깊은 생각에 잠기고 토마스는 교활하게 살피지만 헛수고였다. 누나 얼굴에서 무엇도 알아낼 수 없었다. 그래서 한쪽 팔로 꼭 껴안고 뺨에 키스하자, 누나도 키스로 답례하지만 두 눈은 여전히 불길만 바라본다.

"이렇게 찾아와서 지금 진행되는 일을 누나에게 귀띔이라도 하고 싶었어! 하지만 누나 역시 대충 짐작할 거야, 정확한 건 모른다 해도. 이제 나는 가야 해. 오늘 밤에 친구들을 만나기로 했거든. 누나가 나를 좋아한다는 사실은 절대 안 잊을 거지?"

"당연히 안 잊지, 톰."

"정말 좋은 누나야. 잘 있어, 누나."

토마스가 작별인사를 하자, 루이사 역시 다정하게 작별인사를 하고 대문까지 나가서 배웅하는데, 멀리서 코크타운 불빛이 화려하게 보였다. 루이사는 가만히 서서 멀리 떨어진 불빛을 꾸준히 바라보며 멀어지는 발소리에 귀를 가만히 기울인다. 발소리는 '돌 저택'을 벗어나서 즐거운 듯 순식간에 사라졌다. 동생은 사라지고 사방에 적막이 깔린 다음에도 루이사는 거기에 그대로 가만히 있다. 오랜 옛날부터 만물을 만들어온 시간이란 방직기가 이미 여인으로 만들어놓은 자신을 앞으로 어떻게 뒤흔들지 처음에는 집 안 벽난로 불길에서 찾더니 지금은 바깥에 펼쳐진 화려한 불빛에서 찾으려고 애쓰는 것 같다. 하지만 시간이란 공장은 은밀한 곳에서 소리 없이 움직이고, 거기에서 일하는 일손은 모두 벙어리였다.

15장. 아버지와 딸

그래드그라인드 선생은 '파란 수염'을[18] 닮은 건 아니지만, 선생이 쓰는 방은 파란색 정부 보고서가 가득한 나머지 온통 파랗게 보였다. 무엇이든 자신이 원하는 방향으로 내용을 정리해서 파란 보고서를 꾸준히 만드는 게 마치 병사를 끊임없이 충원해서 힘을 키우는 군대 같았다. 이렇게 마법에 걸린 방에서 복잡한 사회문제를 끌어올려 정확하게 집계하고 최종적으로 정리한다. 관련자 모두 이런 모습을 구체적으로 볼 수 있다면 정말 좋을 것 같다. 천체 관측소에 창문 하나 없어도 된다는 듯, 그리고 안에서 연구하는 천문학자는 펜과 잉크와 종이만 가지고 별이 총총한 우주를 조사해도 된다는 듯, 그래드그라인드 선생 역시 다른 국회의원과 마찬가지로 자신만 있는 관측소에서 주변에 무수히 많은 인간에게 눈길 한번 안 주고도 석판에 분필을 끄적거리며 계산해서 이들의 운명을 결정하고 더러운 스펀지 조각 하나로 이들이 흘린 눈물을 모두 닦아주었다.

이런 관측소로, 끔찍하게 정확한 시계가 관 뚜껑을 일 초에 한 번씩 톡톡 두드리는 것처럼 엄숙한 방으로, 루이사는 약속한 아침에 찾아갔다. 창문 하나가 코크타운을 바라보는 터라 루이사는 아버지 책상 옆에 앉더니 멀리서 기다란 꼬리를 그리며 묵직하고 우중충하게 솟구치는

18) 동화에 나오는 인물로, 부인에게 방문 하나를 절대 열지 말라고 당부한다. 그런데 부인은 남편이 없는 틈을 타서 방문을 몰래 열어, 살해당한 전처 시신 여러 구를 발견한다.

연기와 높다란 굴뚝을 바라보고, 아버지는 이렇게 말했다.

"친애하는 루이사, 오늘 아침에 대화를 나누자고 어젯밤에 미리 얘기한 까닭은 네가 그만큼 진지하게 생각하길 바라기 때문이야. 지금까지 너는 훈련을 착실히 받고 다행히도 교육받은 대로 행동하니, 아버지는 네 판단력을 완벽하게 믿는다. 너는 충동적이지도 않고 낭만적이지도 않으며 이성과 산술계산에 근거해서 사물을 냉정하게 바라보는 데 익숙해. 그러니까 지금부터 내가 말하는 내용을 오로지 그런 견지에서 바라보고 판단할 거라고 믿는다."

그러더니 딸이 무슨 말을 하면 좋겠다는 듯 잠시 기다렸다. 하지만 루이사는 한마디도 안 했다.

"루이사, 우리 딸, 너와 결혼하고 싶다는 청혼이 들어왔단다."

다시 기다렸으나, 이번에도 루이사는 한마디 안 했다. 그래서 그래드그라인드 선생은 많이 놀라 "청혼 말이다, 얘야" 하고 억지로 부드럽게 반복했다. 그러자 루이사는 아무런 감정도 안 드러내며 대답했다.

"저도 들었습니다, 아버지. 집중해서 듣고 있습니다."

그래드그라인드 선생은 순간적으로 당황해서 어쩔 줄 모르더니, 미소를 머금으며 다시 말했다.

"으음! 내가 생각한 이상으로 차분하구나, 루이사. 혹시 이런 말을 들을 준비가 아직 안 된 거니?"

"내용을 다 듣기 전까진 뭐라고 대답할 수 없네요, 아버지. 준비되었든 안 되었든 당장은 내용부터 듣고 싶어요, 아버지가 저에게 직접 하시는 말씀을."

딸이 침착하게 말했다. 하지만 그래드그라인드 선생은 순간적으로 이상하게 흔들렸다. 그래서 종이 자르는 칼을 집어 이리저리 살피다가 내려놓더니, 다시 집어서 칼날을 쭉 살피며 어떻게 이야기할까 궁리하다가 입을 열었다.

“네 말이 전적으로 타당하구나, 루이사. 내가 너에게 전달할 말은, 한마디로, 네가 지금까지 성장하는 모습을 바운더비 사장이 오랫동안 바라보며 특별한 관심과 기쁨을 느꼈다는, 그래서 너에게 청혼할 순간이 오기만 오랫동안 희망했다는 사실이다. 그래서 오랫동안 흔들림 없이 학수고대하며 기다리던 순간이 드디어 왔다는 사실이다. 바운더비 사장이 너에게 청혼하고 나에게 전달하면 고맙겠다면서, 네가 호의적으로 받아들이면 좋겠다는 희망을 드러냈단다.”

아버지와 딸 사이에 침묵이 흘렀다. 끔찍하게 정확한 시계가 공허한 소리를 냈다. 멀리 공장 굴뚝에서 피어오르는 연기가 까맣고 묵직하다.

“아버지는 제가 바운더비 사장님을 사랑한다고 생각하세요?”

루이사가 불쑥 묻는 말에 그래드그라인드 선생은 엄청나게 당황해서 더듬거린다.

“으음, 얘야, 나는……정말……그에 관해 뭐라고 말할 수 없구나.”

하지만 루이사는 여전히 차분한 목소리로 추궁했다.

“그럼 아버지는 저에게 바운더비 사장님을 사랑하도록 요구하시는 건가요?”

“아니다, 루이사. 아니야. 나는 아무것도 요구하지 않아.”

“그럼 바운더비 사장님이 자신을 사랑하라고 저에게 요구하는 건가요, 아버지?”

“정말이지, 그건 대답하기 어렵구나……”

“그렇다, 아니다로 대답하기 어렵다는 건가요, 아버지?”

루이사가 다시 묻는 말에 그래드그라인드 선생은 새로운 근거를 발견하고 다시 힘내며 말했다.

“그렇단다, 얘야. 왜냐하면, 거기에 대한 대답은 어떻게 표현하느냐에 따라 많이 다르기 때문이다. 바운더비 사장이 무얼 특별히 좋아하거나 환상을 품거나 (똑같은 말이지만) 감정을 품은 자체는 너를 부당하게 대한 것도 아니고 자신에게 부당하게 처신한 것도 아니다. 만일 바운더비 사장이 자신은 물론이고 네 생각에 합당하게 행동하는 걸 잊어버리고 거기에 근거해서 그런 말을 했다면 네가 성장하는 과정을 지켜본 게 아무런 의미도 없다고 할 수 있겠지. 그렇게 본다면 - 내 생각일 뿐인데 - 표현 자체가 약간 틀렸을지도 모르겠구나."

"그렇다면 그것 대신 어떤 표현을 제안하시겠어요, 아버지?"

루이사가 묻자, 그래드그라인드 선생이 대답하는데 이번에는 기운을 완전히 차린 상태다.

"그렇게 물으니까 대답하겠는데, 이 문제 역시 네가 지금까지 모든 문제를 처리할 때 그런 것처럼 구체적인 사실 가운데 하나로 받아들이는 거야. 무식하고 경솔한 사람은 이런 문제가 나올 때마다 제대로 보면 아무런 실체도 없는 - 정말 아무런 실체도 없는 - 괴상망측한 논리와 부적절한 환상으로 복잡하게 바라보지만, 너는 그냥 칭찬하는 말이 아니라 지금까지 많은 걸 배웠잖아. 그렇다면 이번 사례에서 구체적인 사실은 무얼까? 어림잡아서 말한다면 너는 스무 살이고 바운더비 사장은 어림잡아서 말한다면 쉰 살이야. 나이에 상당한 불일치가 존재하지. 그러나 재산이나 사회적 지위에서는 아무런 차이도 없어. 아주 적당하다고 할 수 있지. 그렇다면 '앞에서 말한 차이는 결혼하면 안 될 정도로 커다란 건가?' 하는 문제가 발생해. 이 문제를 판단할 때 영국과 웨일스에서 지금까지 집계한 결혼 통계를 고려하는 건 매우 중요해. 그래서 자료를 조사하면, 결혼한 부부는 대부분 서로 나이가 많이 다르며 나이가 많은 건 3/4 이상이 신랑 쪽이란 사실을 발견할 수 있단다. 여행자를 통해 최근에 확인한 통계를 보면 대영제국이 통치

하는 인도 원주민이나 중국 대부분이나 타타르족 사이에서도 비슷한 결과가 나오는데, 이것은 이런 전통이 광범위하게 퍼졌다는 사실을 나타내는 증거라고 볼 수 있지. 따라서 앞에서 언급한 차이는 다시 보면 차이가 될 수 없고, 따라서 고려할 가치 역시 없는 셈이야."

이렇게 만족스러운 결론에 루이사는 아무런 영향을 안 받고 차분하게 물었다.

"그래서 아버지는 제가 사용한 표현 대신에 어떤 걸 제안하시는 건가요? 약간 틀렸다는 표현 대신에요?"

"루이사, 내가 보기에는 이보다 간단할 수 없구나. 구체적인 사실에 국한한다면, 네가 스스로 검토할 구체적인 문제는 '바운더비 사장이 나에게 청혼했는가?' 하는 거야. 그래, 청혼한 게 맞아. 그렇다면 이제 남은 건 '내가 그 사람이랑 결혼할 것인가?' 하는 거지. 이보다 더 단순한 문제는 있을 수 없지?"

"내가 그 사람이랑 결혼할 것인가?"

루이사가 그대로 반복하며 깊이 생각하자, 아버지가 다시 말했다.

"그래, 바로 그거야. 그런데 너는 다른 평범한 여성과 달리 이런 문제를 고리타분한 마음가짐이나 생활습관에 근거해서 판단하지 않을 거로 생각하니, 아버지로서 마음이 놓이는구나."

"네, 아버지. 저는 다르니까요."

"이제는 너 스스로 알아서 판단하렴. 나는 실용적인 생각을 품은 사람이 흔히 그러는 식으로 너에게 말했어. 나와 네 어머니가 결혼하는 문제를 놓고 당시에 사람들이 언급한 방식 그대로. 이제는 네가 결정하는 것만 남았구나."

딸은 처음부터 가만히 앉아서 아버지만 뚫어지게 바라보았다. 그래서 그래드그라인드 선생은 의자에 등을 기대고 움푹 들어간 눈동자로 바라보는 순간, 딸이 순간적으로 흔들리면서 아버지 가슴에 얼굴을 파묻고 마음에 가득한 말을 뱉어내고 싶어 한다는 사실을 알아챌 수도 있었다. 하지만 그걸 알아채려면 오랫동안 쌓아온 장벽을 뛰어넘고 마지막 나팔 소리가 울릴 때까지[19] 번창할 대수학 논리를 허물어뜨려서 인간이 지닌 난해한 본질을 이해해야 한다. 하지만 장벽이 너무 많고 너무 높아서 도저히 허물어뜨릴 수 없었다. 결국 그래드그라인드 선생은 단호하고 실용적이고 무미건조한 얼굴로 딸의 마음을 다시 딱딱하게 만들고, 그 순간 자체는 깊이를 알 수 없는 과거로 파고들어 거기에서 죽어가는 다양한 가능성 속에 묻히고 말았다.

루이사가 아버지에게서 시선을 돌려 가만히 앉은 자세로 도시 쪽만 오랫동안 바라보자, 마침내 아버지가 물었다.

"코크타운 공장에 쭉 늘어선 굴뚝이랑 상의하는 거니, 루이사?"

"굴뚝마다 우울하고 단조로운 연기만 가득한 것처럼 보여요. 하지만 밤에는 불꽃이 나온답니다, 아버지!"

루이사가 재빨리 대답하며 아버지를 쳐다보았다.

"그건 나도 잘 알아, 루이사. 그런데 지금 그런 말을 하는 까닭이 뭔지 모르겠구나."

실제로 그래드그라인드 선생은 그 까닭을 조금도 이해할 수 없지만, 루이사는 손을 가볍게 흔들어서 외면하고 모든 관심을 아버지에게 다시 기울이며 "인생은 아주 짧다는 생각이 들어요" 하고 말했다. 그래드그라인드 선생이 좋아하는 토론 주제 가운데 하나였다.

"그래, 인생은 정말 짧아. 하지만 최근에 평균수명이 대폭 늘어났다는 사실을 확인했어. 여기저기에서 조사한 것 가운데 생명보험사와 연금회사 자료가 제일 정확하단다."

---

19) 고린도서 15:52, 종말이나 마지막 심판을 뜻한다.

"저는 제 인생을 말하는 거예요, 아버지."

"그래? 하지만 너 역시 평균수명이란 원칙에 적용받는 거 아니니?"

"살아있는 동안이라도 제가 할 수 있는 걸, 저에게 적합한 걸 조금이라도 할 수 있으면 좋겠어요. 하지만 아무려나 무슨 상관이겠어요?"

"상관? 무슨 상관?"

그래드그라인드 선생은 딸이 마지막으로 한 말을 이해할 수 없어서 쩔쩔매며 반문하고, 루이사는 못 들은 척하면서 직설적으로 차분하게 말했다.

"바운더비 사장님이 저에게 청혼했어요. 문제는 '내가 그 사람이랑 결혼할 것인가?' 하고 저 자신에게 물어야 한다는 거예요. 그렇지 않은가요, 아버지? 아버지는 그렇게 말씀하셨어요. 아닌가요?"

"그래, 그렇게 말했다, 얘야."

"그럼 그렇게 하라고 하세요. 바운더비 사장님이 저를 데려가고 싶다니, 청혼을 기꺼이 받아들이겠어요. 그러니 제가 그렇게 대답하더라고 최대한 빨리 전하세요, 아버지. 가능하다면 빼지도 더하지도 말고 그대로 전하세요, 제가 한 말을 그대로 알리고 싶으니까."

그러자 아버지는 매우 만족스러운 표정으로 대답했다.

"그래, 얘야, 정확한 게 좋겠지. 네가 지극히 타당하게 요청한 대로 하마. 결혼 시기에 대해서 특별히 원하는 게 있니, 얘야?"

"없어요, 아버지. 아무려나 무슨 상관이겠어요!"

그래드그라인드 선생은 의자를 끌며 딸에게 다가가서 한 손을 꼭 잡았다. 하지만 딸이 자꾸 이상하게 말하는 어투가 귀에 거슬렸다. 그래서 가만히 쳐다보다가 손을 그대로 잡고 물었다.

"루이사, 너에게 물어볼 필요도 없다고 생각한 게 하나 있어. 가능성 자체가 전혀 없을 것 같았기 때문이야. 하지만 물어보는 게 좋을 것 같구나. 혹시 다른 사람에게 남몰래 청혼을 받은 적이 있니?"

"아버지, 제가 다른 사람에게 어떤 청혼을 받겠어요? 제가 누굴 만나기나 했나요? 제가 어디를 다녀온 적이나 있나요? 제가 한 번이라도 가슴앓이를 한 적이나 있나요?"

루이사가 경멸스럽다는 표정으로 반문하자, 그래드그라인드 선생은 다행이라는 듯 만족스러운 어투로 대답했다.

"루이사, 내가 잘못 물은 걸 네가 정확히 지적하는구나. 나로선 그저 의무를 다하고 싶었을 뿐이란다."

"아버지, 제가 무얼 알겠어요, 취향이나 취미도 모르고, 열망이나 애정도 모르고, 흥겨운 느낌을 모두 배제해서 이제 제 본성조차 모르는데? 입증 가능한 문제나 파악 가능한 현실에서 제가 언제 벗어난 적이 있던가요?"

루이사는 차분하게 말하면서도 단단한 물체라도 잡으려는 듯 무의식적으로 한 손을 움켜잡더니 뿌연 먼지나 재라도 털어내려는 듯 다시 천천히 벌리고, 아버지는 탁월하게 실용적으로 동의했다.

"그 말이 맞구나, 그 말이 맞아."

"그래요, 아버지, 저에게 그런 건 이상한 질문일 수밖에 없어요! 아이들은 천진난만하다는 말을 흔히 하는데, 저는 그렇게 천진난만한 적이 한 번도 없어요. 아버지가 많은 관심을 기울이신 나머지, 저는 천진난만한 마음을 떠올린 적이 한 번도 없어요. 아버지가 많은 훈련을 시키신 나머지, 저는 천진난만한 꿈을 꾼 적이 한 번도 없어요. 아버지가 현명하게 처리하신 나머지, 저는 요람에 있을 때부터 지금 이 순간까지 천진난만한 믿음이나 천진난만한 공포를 느낀 적이 한 번도 없어요."

그래드그라인드 선생은 자신이 성공했다는 구체적인 증언을 듣고 깊이 감동하며 대답했다.

"우리 딸 루이사, 아버지가 보인 관심에 네가 충분히 보답하는구나. 아버지에게 키스하렴, 우리 소중한 딸."

그래서 딸이 키스하자, 아버지는 꼭 껴안으며 말했다.

"이제야 말하지만 나는 네가 올바른 결정을 내려서 정말 기쁘단다, 우리 소중한 딸. 바운더비 사장은 훌륭한 사람이니, 행여나 두 사람이 약간 차이 난다는 말이 나올지라도 네가 그동안 갈고닦은 능력으로 충분히 덮을 수 있을 거야. 아버지는 네가 아주 어릴 때부터 상대 나이가 어떻든 지금처럼 어울리도록 성장하는 걸 목적으로 교육했다고 할 수 있단다. 한 번 더 키스하렴, 루이사. 자, 이제 너희 어머니를 만나러 가자꾸나."

두 사람이 응접실로 내려가자, 속으로 '실없는 생각을 안 하는' 존경스런 부인은 평소처럼 소파에 기대어 앉고 씨씨는 옆에서 열심히 거들었다. 두 사람이 나타난 걸 보고 부인은 순간적으로 활력이 돋는 표정을 희미하게 머금다가 일어나 앉으면서 흐릿한 투명인간으로 변신하고, 남편은 부인이 묘기를 부려서 일어나 앉기만 인내하며 기다리다가 마침내 입을 열었다.

"그래드그라인드 부인, 당신에게 바운더비 부인을 소개하는 바이오."

"아! 드디어 당신이 해냈군요! 그래, 건강하길 바란다, 루이사. 너 역시 모든 여자애처럼 사람들이 모두 부러워할 거로 생각하겠지만, 결혼하자마자 머리가 갈라지기 시작하면, 엄마가 그런 것처럼, 사람들이 부러워하질 않거든. 어쨌든 참 기쁘구나, 얘야…… 지금까지 공부한 내용을 앞으로 잘 이용하면 좋겠어, 정말이야! 축하 키스를 해야겠구나, 루이사. 하지만 오른쪽 어깨는 건들지 말렴, 무언가 거기로 온종일 달려드는 느낌이니까."

그래드그라인드 부인이 투덜대더니, 다정한 의식을 치르고 나서 숄을 고쳐 쓰며 덧붙였다.

"너도 알겠지만 이제부터 나는 아침마다 정오마다 저녁마다 그 사람을 뭐라고 불러야 할지 고민하겠구나!"

"그래드그라인드 부인, 그게 무슨 뜻이오?"

남편이 엄숙하게 묻자, 그래드그라인드 부인은 공손하면서도 짜증스런 어투로 대답했다.

"그 사람이 루이사랑 결혼하면 나 역시 그 사람을 어떤 식으로든 불러야 하잖아요, 그래드그라인드 선생님! 그 사람이랑 이야기를 주고받으면서 아무런 호칭도 안 부를 순 없잖아요. '조사이아'란 이름을 부를 순 없어요, 나로선 도저히 그렇게 부를 수 없으니까. 당신 역시 그렇게 못 부를 거란 사실을 잘 알잖아요. 그렇다고 해서 사위를 '선생님'이라고 부를 순 없고요! 최소한 나는 불구자가 돼서 모든 가족에게 짓밟히는 시기가 올 때까진 그렇게 부를 수 없어요. 그렇다면 내가 그 사람을 뭐라고 불러야 하냐고요!"

이토록 긴급한 문제에 아무도 해결책을 제시하지 않자, 그래드그라인드 부인은 자신이 한 말에다 이렇게 덧붙이는 거로 현실 세상에서 잠시 물러났다.

"결혼식에 대해서 내가 하고 싶은 말은, 루이사, 가슴 깊숙한 곳에서 우러나와 발바닥까지 떨릴 정도로 하고 싶은 말은, 빨리 해치우라는 거야. 그러지 않으면 쓸데없는 소문만 무성하게 돌아다니다가 어떻게 끝날지 모르거든."

그래드그라인드 선생이 바운더비 부인을 처음 소개할 때 씨씨는 깜짝 놀라며 동정하는 눈으로, 슬픈 눈으로, 의심스러운 눈으로, 다양한 감정이 복잡하게 드러난 눈으로 바라보았다. 루이사도 그걸 느끼고 확인했지만, 씨씨를 쳐다보진 않았다. 바로 그 순간부터 냉정하고 거만하고 쌀쌀맞은 성격으로 변해서 씨씨를 완벽하게 멀리했을 뿐이다.

16장. 남편과 아내

바운더비 사장이 행복한 소식을 전달받는 순간에 제일 먼저 걱정한 건 스파싯 부인에게 알려야 한다는 사실이다. 하지만 어떻게 전달해야 하고 어떤 결과가 나올지를 판단할 수 없었다. 스파싯 부인이 당장 짐을 싸서 고모할머니 스캐저스 귀부인댁으로 갈지 집에서 한 발짝도 안 움직이려고 할지, 애처롭게 하소연할지 저주를 퍼부어댈지, 눈물을 흘릴지 마구 덤벼들지, 비탄에 잠길지 거울을 깨뜨릴지 애매했다. 하지만 어차피 알려야 할 사실이며 바운더비에게 선택의 여지는 없었다. 그래서 편지를 쓰려고 몇 차례 시도하다가 모두 실패하고 결국엔 자기 입으로 직접 털어놓기로 했다.

이런 일을 처리하려고 특별히 벼르던 초저녁에 바운더비는 집으로 가다가 일종의 예방조처로 약국에 들러서 아주 강력한 자극제[20] 한 병을 구매하곤 "맙소사! 기절해서 냄새를 맡게 하면 코에서 살갗이 벗겨지겠군!" 하고 중얼거렸다. 하지만 미리 단단히 준비했는데도 자기 집으로 들어갈 즈음에 모든 용기는 사라지고, 그래서 조마조마한 마음으로 부인에게 다가가는 모습은 식품창고로 몰래 들어갔다가 지금 막 나오는 강아지 같았다.

"어서 오세요, 바운더비 사장님!"

---

20) 사람이 기절하면 냄새를 맡아서 정신을 차리게 하는 약품으로, 탄산암모늄이 주성분이다.

"잘 있었소, 부인?"

바운더비가 대답하며 의자를 잡아끌자, 스파싯 부인은 자기 의자를 뒤로 뺐다. '벽난로 앞은 사장님 자리라는 걸 당연히 인정합니다. 사장님이 원하신다면 당연히 벽난로 앞에 앉아야지요' 하고 말하는 것 같았다.

"찬 곳으로 가지 마시오, 부인!"

"고맙습니다, 사장님."

스파싯 부인이 대답하며 돌아오는데, 벽난로 바로 앞자리는 아니었다.

바운더비 사장은 가만히 앉아서 쳐다보고, 부인은 뭔지 모를 장식을 만들 목적으로 뾰족한 송곳과 날카로운 가위를 들고 삼베 조각 여기저기에 구멍을 뚫었다. 짙은 눈썹과 매부리코로 구멍을 열심히 뚫는 모습은 매 한 마리가 조그만 새를 열심히 쪼아대는 것 같았다. 스파싯 부인이 그렇게 몰두하며 작업하다가 몇 분이 지난 다음에 고개를 드는 순간, 바운더비 사장이 재빠른 고갯짓으로 주의를 끄는데, 두 손은 주머니에 넣어서 오른손으로 조그만 약병 코르크 마개를 언제라도 열려고 준비하였다.

"스파싯 부인, 굳이 말할 필요는 없겠는데 당신은 고귀한 가문 출신에다 분별력도 상당히 갖추었어요."

"예전에도 선량한 마음으로 지금과 비슷한 의견을 말씀하시는 영광을 저에게 베푸신 적이 있답니다."

"스파싯 부인, 지금 나는 당신이 깜짝 놀랄 말을 하려고 하오."

"그래요, 사장님?"

스파싯 부인이 질문하는 어투로 대답하는데, 자세가 더할 나위 없이 침착했다. 평소에 장갑을 낄 때가 많은데, 지금도 일감을 내려놓더니 장갑을 쓰다듬기 시작했다.

"나는 토마스 그래드그라인드 따님과 결혼할 예정이오, 부인."

"네, 사장님. 결혼 생활이 행복하시길 바랍니다. 아, 정말로 행복하길 바랍니다, 사장님!"

스파싯 부인이 대답하는데, 극히 정중하면서도 정말 불쌍하다는 어투에 바운더비 사장은 부인이 일감을 거울에 던지거나 기절해서 바닥에 쓰러진 이상으로 당혹스런 나머지 주머니에 있는 자극제 뚜껑을 꼭 눌렀다. '혼란스럽군. 저 여자가 이런 식으로 나올지 누가 짐작이나 했겠어!' 하는 생각이 절로 들었다.

"온 마음을 다해 사장님이 모든 점에서 정말 행복하길 바랍니다."

스파싯 부인이 다시 말하는데, 참으로 거만한 태도는 지금 막 상대를 불쌍하게 여길 권리라도 생긴 것 같았다.

"으음, 부인, 정말 고맙소. 나도 그러길 바라오."

바운더비가 대답했다. 약간 화난 표정인데도 쪼그라드는 어투 역시 또렷하다.

"그래요, 사장님! 당연히 그러셔야죠."

스파싯 부인이 상냥하게 하는 말에 바운더비 사장은 어색하게 침묵했다. 그러자 스파싯 부인은 차분한 표정으로 하던 일에 다시 몰두하면서 가끔 잔기침하는데, 꼭 참을 힘을 기르려고 가만히 애쓰는 느낌이다.

"으음, 부인, 상황이 이러니만치 이 집에 남아있는 게 부인 성격에 안 맞을 것 같구려. 그대로 머물겠다면 나로선 대환영이지만 말이오."

바운더비가 말하자, 스파싯 부인은 극히 거만하게 머리를 흔들더니, 내면에서 솟구치는 예언자 정신을 꾹 누르려는 듯 잔기침 소리까지 살짝 바꾸면서 대답했다.

"어이쿠, 아닙니다, 사장님. 그럴 생각은 조금도 없습니다."

"그렇다면 부인, 은행에 숙소가 있으니, 상류층 출신 귀부인이 그곳을 지켜준다면 나로선 더할 나위 없이 좋겠소. 조건은 똑같고……"

"죄송합니다만, 사장님, 그런 표현은 고맙게도 '매년 전하는 감사의 표시'로 대체하겠다고 약속하셨는데요."

"으음, 그래요, 매년 전하는 감사의 표시. 거기에서 매년 전하는 감사의 표시를 받는다면, 우리가 헤어질 필요는 없을 것 같군요."

"사장님다운 제안인데, 제가 은행에서 맡는 일이 사회적 지위를 낮추는 역할만 아니라면……"

"당연하지요, 부인. 그렇지 않다면 내가 상류층 출신 부인에게 어떻게 제안하겠소. 부인도 잘 알다시피, 나는 상류층에 대해서 아무런 관심도 없는데 부인은 다르잖소."

"바운더비 사장님, 정말로 자상하세요."

"부인에게 전용 숙소를 제공하겠소. 전용 석탄과 전용 양초 같은 생필품도 지급하고, 하녀 한 명을 배정해서 시중들도록 하고, 심부름꾼도 한 명 배정할 터이니, 내가 단언하건대 매우 편하게 지낼 수 있을 거요."

바운더비가 말하자, 스파싯 부인이 대답했다.

"이제는 말하지 마세요, 사장님. 여기가 아니라고 해서 남에게 의존하며 빵을……"

부인은 갈색 소스가 참으로 맛있는 송아지 요리를 제일 좋아하는 터라 '송아지 요리'라고 하려다 '빵'으로 재빨리 바꾸며 계속 말한다.

"먹어야 할 필요성까지 사라지는 게 아니라면 사장님에게 기대는 편이 저는 좋습니다. 따라서 사장님 제안을 고맙게 받아들이면서 지금껏 베푸신 은혜에 정말 감사하단 말을 진심으로 전하고 싶습니다. 그리고 그래드그라인드 아가씨가 사장님 배필로 합당하길 진심으로 바라는 바입니다!"

스파싯 부인이 다시 불쌍하단 어투로 돌아가며 마무리했다. 그 무엇도 스파싯 부인에게 이런 태도를 버리도록 할 순 없었다. 바운더비가 허세를 부리거나 커다랗게 소리쳐도 스파싯 부인은 그를 피해자로 여기며 불쌍하게 여기기로 작정한 게 분명하다. 여전히 예의 바르고 다정하고 명랑하고 희망차지만, 부인이 이런 모습으로 나올수록 바운더비는 의지할 데 없는 피해자요 희생 제물로 보였다. 그래서 부인이 불쌍한 표정으로 다정하게 바라볼 때마다 바운더비는 빨갛고 커다란 얼굴에 식은땀을 흘렸다.

이러는 사이에 결혼식을 8주 후에 엄숙하게 치르기로 하고, 바운더비 사장은 매일 초저녁마다 약혼자 자격으로 '돌 저택'을 방문했다. 그럴 때마다 팔찌 같은 물건으로 사랑을 표시하는 등, 약혼 기간 내내 대량 생산 시스템을 갖추었다. 결혼 예복을 만들고, 보석류를 만들고, 다양한 케이크와 다양한 장갑을 만들고, 신혼집을 만드는 등, 결혼에 필요한 조건을 모두 구체적인 현실로 만들었다. 처음부터 끝까지 모든 게 구체적인 현실이었다. 멍청한 시인이 약혼 기간을 묘사한 것과 달리 시간은 장밋빛 느낌 하나 없이 지났다. 시계가 평소보다 빠르게 가거나 느리게 가지도 않았다. 그래드그라인드 관측소에서도 끔찍하게 정확한 시계는 일 초 일 초를 예전 그대로 새롭게 만들고 죽이면서 항상 그런 것처럼 규칙적으로 묻어 나갔다.

오직 이성에 집착하는 사람에게 수많은 날이 찾아오듯 결혼식 날 역시 찾아오고, 코크타운 유지 조사이아 바운더비는 지역 국회의원이자 '돌 저택' 주인 토마스 그래드그라인드 장녀 루이사와 관습에 따라 꽃으로 장식한 교회에서 결혼했다. 그래서 두 사람이 신성한 결혼으로 하나가 된 다음에는 앞에서 말한 '돌 저택'으로 식사하러 갔다.

경사스런 날을 맞이하여 하객이 모였는데, 자신들이 먹고 마시는 걸 어디에서 생산하고 어떻게 수입하거나 수출하고 분량은 얼마고 화물선은 무엇이며 국산인지 외국산인지 등, 알만한 건 모두 아는 사람들이다. 신부 들러리는 막냇동생 제인 그래드그라인드를 포함해 지식이란 관점에서 '계산의 천재'[21]라는 소년과 모두 어울릴 만하니, 엉뚱하게 생각하는 사람은 하나도 없었다.

식사를 마치자, 신랑은 하객 앞에서 이런 식으로 인사했다.

"신사 숙녀 여러분, 저는 코크타운의 조사이아 바운더비입니다. 행복하고 건강하게 살도록 저희 부부에게 건배하는 영광을 베푸셨으니, 저 역시 똑같이 답례해야 마땅하겠지요. 하지만 여러분 모두 제가 누구며 성격은 어떻고 출신 성분은 어떤지 잘 아시니, 저처럼 기둥을 보면 '저건 기둥이다' 말하고 펌프를 보면 '저건 펌프다' 말할 뿐 기둥을 펌프라 말하지 않고 펌프를 기둥이라 말하지 않으며 이쑤시개라고도 말하지 않는 사람에게 별다른 연설을 기대하진 않을 겁니다. 이 자리에서 연설을 듣고 싶으시다면 저에게 친구며 장인이신 토마스 그래드그라인드 국회의원이 계시니, 그분에게 기대하십시오. 저는 거기에 부응할 수 없으니까요.

하지만 지금 이 자리를 둘러보면서 감격한 나머지, 제가 누더기 거지 차림으로 거리를 돌아다니다가 펌프를 만나야 얼굴을 씻는데 그게 이 주일에 한 번일 때만 해도 톰 그래드그라인드 선생 따님과 결혼할 생각은 조금도 못했다는 이야기를 꺼내더라도 부디 용서하시기 바랍니다. 그리고 이런 감정을 좋게 받아주시기 바랍니다. 하지만 그렇지 않는다고 하더라도 저로선 어쩔 도리가 없습니다. 지금 저는 감개무량한 게

21) '조지 비더'를 말하는데, 당시에 계산능력이 뛰어난 소년으로 유명했다.

확실하니까요.

지금 제가 언급하고 여러분께서 말씀하신 것처럼 저는 오늘 톰 그래드그라인드 선생 따님과 결혼했습니다. 그래서 정말 기쁩니다. 오래전부터 이런 순간을 기다렸습니다. 저는 신부가 성장하는 모습을 쭉 지켜보았기에 저에게 걸맞은 훌륭한 신부라고 확신합니다. 여러분에게 솔직히 말씀드린다면, 저는 저 역시 신부에게 걸맞은 정말 훌륭한 신랑이라고 확신합니다. 그래서 저는 여러분이 저희에게 베푸신 호의에 양가를 대표해서 감사드리고자 합니다. 그리고 이 자리에 참석한 미혼남녀에게 이런 소망을 전하고 싶습니다. 여기에 참석한 모든 총각은 내가 그런 것처럼 훌륭한 신부를 맞이하고, 여기에 참석한 모든 처녀는 제 아내가 그런 것처럼 훌륭한 남편을 맞이하라고 말입니다."

두 사람은 리옹으로 신혼여행을 떠나 바운더비 사장이 그 지역 일손은 어떤지, 그들 역시 황금 숟갈로 음식을 먹으려고 하는지 알아볼 예정이라서 인사말이 끝나자마자 철도역으로 가야 했다. 그래서 신부는 여행복으로 갈아입고 계단을 내려오다가 자신을 기다리는 동생 톰을 발견하는데, 흥분해서 그런지 포도주를 마셔서 그런지 얼굴이 빨갰다.

"누나는 정말 대단해. 최고로 좋은 누나야!"

톰이 속삭이고, 루이사는 그날 하루 동안 성격이 훨씬 좋은 사람들을 껴안듯 동생을 껴안는데, 차분한 자세가 처음으로 살짝 흔들린다.

"바운더비 노인네는 준비를 마쳤어. 이제 떠날 시간이야. 잘 다녀와, 누나! 누나가 돌아오면 많이 도와줄게. 정말이야! 아, 진짜 기뻐!"

제2권: 수확하기[22]

1장. 은행에서 일어난 일

화창한 여름날이다. 코크타운에도 이런 날이 가끔 있다.

이런 날씨에 멀리서 보면 코크타운은 도시에서 일어나는 뿌연 안개를 뒤집어써서 햇빛조차 스며들 수 없을 것처럼 보인다. 우중충하고 커다란 건물을 보고 나서야 비로소 거기에 도시가 있다는 사실을 짐작할 뿐이다. 도시가 없으면 저렇게 커다란 건물도 있을 수 없으니 말이다. 바람이 위로 솟구치거나 밑으로 가라앉거나 이리저리 방향을 바꿀 때마다 뿌연 안개와 검댕은 하늘로 솟구치다가 땅바닥을 음산하게 기고 이쪽으로 움직이다 저쪽으로 나아가며 엷게 퍼지는 햇살을 받아서 뒤엉키니, 보이는 거라곤 새까만 덩어리가 전부다. 먼 거리에서 코크타운은 자신을 이렇게 드러낼 뿐 벽돌 한 장 안 보여준다.

정말 대단한 건 코크타운이 그대로 존재한다는 사실이다. 툭하면

22) 갈라디아서 6:7 '사람은 무엇을 심던지 자신이 심은 것을 그대로 거둔다.'

파산하는 끔찍한 충격을 수없이 겪으면서도 버티어낸다는 게 정말 놀랍다. 코크타운이 만들어낸 공장주들처럼 금방 깨지는 그릇은 어디에도 없다. 아무리 살살 다루어도 금방 깨져서 산산조각이 나듯 파산하는 걸 보면 처음부터 흠결이 있던 게 아닌가 의심스러울 정도다. 이들은 노동하는 아동을 학교로 보내라는 요구를 받아도 파산하고, 조사관을 지정해서 작업환경을 살핀다 해도 파산하고, 노동자를 기계로 갈가리 찢어발길 수밖에 없는지 의심스럽다고 조사관이 언급해도 파산하고, 연기를 항상 이렇게 많이 배출하지 않아도 될 것 같다는 주장이 나와도 완벽하게 파산한다.

코크타운에는 바운더비가 툭하면 주장하는 황금 숟갈 말고도 가짜가 광범위하게 돌아다니는데, 가끔은 협박하는 형식까지 취한다. 코크타운 공장주는 자신이 부당한 대우를 받는다고 느낄 때마다, 즉, 하고 싶은 대로 하도록 놔두지 않고 행위에 관한 결과를 책임지라는 주장이 나올 때마다, '차라리 모든 재산을 대서양에 처넣고 말겠다'는 식으로 끔찍한 협박을 퍼부어대기 때문이다. 그래서 내무장관이 무서워서 덜덜 떨다가 반쯤 죽었다 살아난 게 한두 번이 아니다.

하지만 코크타운 공장주는 모두가 대단한 애국자니, 재산을 대서양에 모두 처넣기는커녕 거기에 모든 관심을 쏟아부으며 최선을 다해서 관리한다. 그래서 코크타운은 뿌연 안개에 묻힌 상태로 끊임없이 번창하고 발전한다.

여름날이면 거리마다 열기와 먼지가 폴폴 날리고, 태양은 너무 밝은 나머지 코크타운 상공에 묵직하게 깔린 연기까지 뚫고서 환하게 비추어 오랫동안 쳐다볼 수 없을 정도다. 화부는 불길에 석탄을 퍼붓다가 나지막한 지하 출구에서 공장 마당으로 나와, 계단이나 기둥이나 난간에 걸터앉아서 가무잡잡한 얼굴을 닦으며 석탄 더미를 바라본다.

도시 전체가 기름 속에서 펄펄 끓는 것 같다. 뜨거운 기름 냄새가 사방에서 숨을 턱턱 막는다. 기름은 증기기관에 묻어서 번들거리고 일손마다 작업복에 묻어서 얼룩진 거로 모자라 공장마다 층층이 배어 나온다. 동화 속 궁전은 어디든 사막의 모래 열풍에 휩싸인 것 같고, 노동자는 사막의 열기에 지친 상태에서 없는 기운을 억지로 짜내며 일한다. 하지만 아무리 무덥다 해도 코끼리는 음울한 광기를 늘리거나 줄이는 법이 없다. 비가 오든 안 오든, 좋은 날씨든 나쁜 날씨든, 덥든 춥든, 지겨울 정도로 똑같이 머리를 올리고 내린다. 그래서 코크타운은 숲이 울창한 그림자 대신 자로 잰 것처럼 움직이는 그림자를 드리우고, 여름이면 곤충이 윙윙거리는 소리 대신 월요일 새벽부터 토요일 저녁까지 일 년 내내 기계가 윙윙거리는 소리를 들려준다.

이렇게 화창한 날이면 기계는 윙윙거리는 소리를 공장 벽으로 끊임없이 뱉어내, 바깥에서 벽을 따라 지나는 사람을 훨씬 무덥고 나른하게 만든다. 상점이 늘어선 거리는 차양도 설치하고 물도 뿌려서 약간 시원하지만, 마당이나 골목은 뜨거운 열기가 살을 굽는다. 염료가 흘러들어 까맣게 변한 강물에서는 한가한 아이 몇 명이 – 흔한 광경은 아니지만 – 열심히 노를 젓는데, 배는 앞으로 나아가면서 뒤에다 거품을 만들고 노는 강물에 담길 때마다 악취를 풍긴다.

아무리 관대한 태양이라도 코크타운에서는 혹독한 추위보다 못하니, 사방이 꽉 막힌 지역을 열심히 들여다보면서 생명이 아니라 죽음을 키운다. 그래서 하늘에 떠오른 눈은 사악한 눈으로 돌변한다, 태양이 축복하는 사물과 태양 사이로 힘없고 비천한 일손이 끼어들기라도 하면.

스파싯 부인은 은행에서 오후 시간을 보내는 공간에 앉았는데, 기름이 펄펄 끓는 거리에서 응달진 곳이라 그나마 시원했다. 업무시간은 끝났다. 그래서 날씨가 유난히 더운 시간이면 매장 위층 중역실을 자신의 상류층 출신 신분으로 장식한 것이다. 하지만 부인이 전용으로 사용하는 숙소는 한 층 위로, 매일 아침이면 거기에서 창가를 내다보며 바운더비 사장이 도로를 건널 때까지 기다리다가 불쌍한 마음으로 위로하며 반겼다. 결혼하고 벌써 일 년이 지났건만 지금까지 바운더비 사장을 단 한 번도 불쌍하게 여기지 않은 적은 없었다.

은행 건물은 전체적으로 단조로운 도시 풍경에 조금도 벗어나지 않았다. 빨간 벽돌 건물도 똑같고, 바깥쪽엔 까만 차양을 안쪽엔 초록색 차양을 단 것도 똑같고, 하얀 계단 두 개 위 까만 정문과 놋쇠 명패와 놋쇠로 만든 동그란 손잡이 마침표도 똑같다. 건물 규모는 바운더비 사장 저택보다 두 배가 크니, 다른 집보다 네 배에서 여덟 배는 큰 셈인데, 모든 점에서 엄격한 형식에 충실하게 따랐다.

스파싯 부인은 자신이 초저녁마다 책상과 필기도구가 있는 중역실로 들어오는 걸 사무 공간에 귀족적이면서도 여성적인 우아함을 부여하는 거로 생각했다. 바느질감이나 뜨개질감을 들고 창가에 앉아서 귀부인답게 행동하면 사무적인 딱딱한 분위기를 부드럽게 바꿀 수 있다는 환상에 빠진 것이다. 흥미진진한 성격에서 나오는 독특한 환상에 따라 스파싯 부인 자신을 일종의 '은행 요정'으로 여길 정도다. 하지만 사람들은 은행을 오가다가 거기에 앉은 부인을 보고 '은행 괴물'이 광산에 가득한 보물을 감시한다고 생각했다.

보물이 무언지는 사람들도 모르고 스파싯 부인도 모른다. 금화와 은화, 귀중한 서류, 세상에 나오면 누군지 모를 사람이 (가능하다면 보기 싫은 사람이) 뭔지 모를 치명타를 입을 이런저런 비밀 등이 주로 떠오르는 품목이다. 여기에다 업무 시간 이후에 사무실 가구 전체는 물론 쇠로 만들어서 자물쇠를 세 개나 채운 금고까지 자신이 관리한다고 생각하는데, 심부름꾼은 철제 금고실 입구에다 바퀴 달린 간이침대를 매일 밤 갖다 놓고 머리를 누이다가 새벽이면 치웠다.

스파싯 부인은 자신이 지하에 설치한 다양한 금고를 우월하게 관리해서 외부세계가 약탈하는 걸 철저하게 막는 데다, 잉크 자국과 다 쓰고 버린 펜촉과 봉투와 갈가리 찢어발긴 종이 등 일과가 남긴 자국까지 관리한다고 생각하는데, 자국마다 새긴 흥미진진한 이야기는 아무리 애써도 파악할 수 없다.

마지막으로, 사무실 벽난로 선반 위 벽면 한 곳에 단도와 카빈총을 섬뜩하게 배치한 조그만 무기고를 지키고, 돈벌이가 되는 사업장에서 결코 빼놓을 수 없는 훌륭한 전통을, 불끄기용 물통을 일렬로 세워놓는 전통을, 현실적으로 아무런 소용도 없지만 그걸 보는 사람에게는 심리적으로 금괴 비슷한 안정감을 주는 전통을 수호했다.

여기에다 귀머거리 하녀와 심부름꾼 한 명까지 끼어들어서 스파싯 부인 제국을 완성한다. 귀머거리 하녀는 코크타운 하층민 사이에서 부자라는 소문과 함께 많은 재산 때문에 은행이 문을 닫는 밤에 살해당할 거라는 말이 몇 년째 나돌았다. 죽을 때가 오래전에 지났으니 벌써 죽어야 한다고 생각하는 사람이 정말 많은데도, 하녀는 줄기찬 고집으로 다양한 분노와 좌절을 양산하며 지금까지 자신의 목숨과 일자리를 굳세게 지킨다.

업무 시간이 끝나면 스파싯 부인은 간식을 먹는 습관이 있어, 심부름꾼이 다리 세 개짜리 정교하고 아름다운 다과상에다 차와 간식을 가져와서 중역실 한가운데를 차지한 탁자에 놓는다. 기다란 모양에 가죽까지 씌워서 엄숙하게 보이는 탁자다. 심부름꾼은 이번에도 차와 간식을 차려놓고 존경한다는 표시로 손가락을 이마에 대고 인사했다.

"고맙네, 비쩌."

스파싯 부인이 말했다.

“고맙습니다, 부인.”

심부름꾼이 대답했다. 얼굴이 매우 창백했다. 이십 번 여학생을 대신해서 눈을 껌뻑거리며 말에 대해 정의할 때처럼 말이다.

“문은 모두 닫았나, 비쩌?”

“네, 모두 닫았습니다, 부인.”

비쩌가 대답하자 스파싯 부인이 차를 따르며 물었다.

“그래, 오늘은 새로운 소식이 없나? 아무거든?”

“으음, 부인, 특별히 들은 소식은 없습니다. 사람들이 나쁜 짓을 저질렀는데, 불행하게도 새로운 소식은 아니니까요.”

“천박한 사람들이 잠시도 가만히 못 있고 이번엔 또 무슨 짓을 저질렀는데?”

“예전에 하던 짓과 똑같습니다, 부인. 단결하고 동맹하고 서로 도와주기로 약속하는 거요.”

“공장주들이 하나로 단결하고도 그런 계급이 결속하는 걸 허용하다니 정말 유감이야.”

스파싯 부인이 엄숙하게 말하면서 매부리코와 짙은 눈썹을 한층 굳세게 만들었다.

“맞습니다, 부인.”

“자기네끼리 단결했으면 서로 단결하는 노동자를 고용하는 일이 없도록 단호하게 조처해야지.”

“그렇게 했지만 실패했습니다, 부인.”

비쩌가 말하자, 스파싯 부인이 점잔빼며 대답했다.

“나는 그런 걸 아는 척하지 않아. 나는 완전히 다른 부류에 속한데다, 우리 남편 역시 파울러 가문이라서 그런 갈등에 끼어든 적이 없거든. 내가 아는 건 그런 사람을 모두 제압해야 한다는 사실, 바로 지금 그렇게 해서 완벽하게 뿌리 뽑아야 한다는 사실이 전부야."

"맞습니다, 부인. 더할 나위 없이 명쾌한 말씀이세요, 부인."

비쩌가 대답하면서 스파싯 부인의 예언자적 권위에 상당한 존경심을 드러냈다. 평소에도 이런 시각에 스파싯 부인과 은밀한 잡담을 나누는 터라, 상대편 눈빛에서 자신에게 무언가 물어볼 게 있다는 사실을 파악하고 비쩌는 스파싯 부인이 차를 마시고 간식을 먹으며 열린 창문 사이로 거리를 내다보는 동안 옆에서 잉크스탠드와 자 같은 사무용품을 정리하는 척하면서 머뭇거렸다.

"온종일 바쁘게 보냈나, 비쩌?"

"많이 바쁘진 않았습니다, 마님. 평소랑 비슷했습니다."

비쩌는 부인이란 호칭 대신 마님이란 표현을 가끔 사용해서 스파싯 부인의 고귀한 혈통과 신분을 존중하는 마음을 드러냈다.

스파싯 부인이 왼손 장갑에서 눈에 안 보이는 빵조각을 조심스럽게 털어내며 물었다.

"행원들은 당연히 시간을 잘 지키며 믿음직스럽게 열심히 일하겠지?"

"네, 부인, 열심히 일합니다, 부인. 이번에도 한 명만 빼고."

비쩌는 은행 내부에서 첩자나 정보원 노릇을 자발적으로 훌륭하게 하고, 대가로 주마다 주급을 받는 건 물론 크리스마스에 선물까지 받는다. 지금까지 극히 똑똑하고 조심스럽고 신중한 젊은이로 성장한 터라 앞으로 출세할 가능성도 컸다. 마음을 정확하게 통제하니 애정이나 열정 같은 건 하나도 없고, 무엇이든 최선을 다해서 냉정하게 계산하고 행동하니, 스파싯 부인은 지금껏 만난 가운데서 원칙이 가장 확고한 젊은이라고 툭하면 칭찬하는데, 근거가 없는 말은 아니다. 아버지가 사망한 뒤에 어머니에게 코크타운에 거주할 권리가 있다는 사실을 확인하자, 젊고 훌륭한 경제학자라는 원칙에 강하게 집착하며 그럴 권리를 줄기차게 주장해서 어머니를 구빈원으로 보내 곧바로 가두어버린 것이다. 그리곤 어머니에게 일 년에 차 200g을 보내는데, 그건 비쩌에게 커다란 약점이란 사실을 인정하지 않을 수 없다. 왜냐하면, 수많은 철학자가 세상을 살아가는 가장 중요한 원칙으로 확실하게 주장한 것처럼, 첫째로, 선물이라는 건 받는 사람을 더욱 가난하게 만드는 경향이 있고,[23] 둘째로, 비쩌에게 차를 합리적으로 처리하는 방법이란 최대한 싼값에 사들여서 최대한 비싼 값에 되파는 것밖에 없기 때문이다.

"네, 부인, 열심히 일합니다, 부인. 이번에도 한 명만 빼고."

비쩌가 다시 말하자, 스파싯 부인이 찻잔을 들고 머리를 끄덕이며 한 모금 기다랗게 마시다가 중얼거렸다.

"아하!"

"토마스 선생 말입니다, 부인. 토마스 선생은 행동거지 하나하나가 의심스러운 게 정말 마음에 안 들어요, 부인."

이 말에 스파싯 부인이 강한 어조로 물었다.

"비쩌, 이름을 구체적으로 언급하는 문제에 대해서 내가 뭐라고 했는지 잊었니?"

"죄송합니다, 부인. 이름을 구체적으로 언급하는 건 옳지 않으니, 되도록 피하는 게 좋다고 말씀하셨습니다."

비쩌가 대답하자 스파싯 부인이 당당하게 말했다.

"나는 여기에서 일정한 책임이 있다는 사실을 항상 명심하도록. 여기에서 바운더비 사장님은 나에게 책임을 맡겼어. 몇 년 전만 하더라도 바운더비 사장님이 나를 후원하며 감사의 표시를 매년 한다는 건 양쪽

---

23) 실제로 영국에서 1834년에 제정한 '신빈민법'은 자선 행위가 역효과를 낸다고, 그래서 도움받는 사람을 더욱 가난하게 만든다고 규정한다.

모두 생각조차 못 했지만, 지금은 그런 사실을 인정할 수밖에 없어. 바운더비 사장에게서 사회적 지위와 출신 가문에 합당한 인정과 사례를 기대하는 만큼 받으니 말이야. 아니, 기대하는 이상으로. 따라서 나는 모든 점에서 후원자에게 충실하게 행동해야 한다고."

스파싯 부인이 명예와 도덕성을 최대한 강조하는 표정으로 덧붙였다.

"그런데 같은 지붕 밑에서 불행하게도 - 정말 불행하게도 - 의심할 여지 없이 - 사장님과 관련된 사람의 이름을 언급하도록 허용하는 건 충실한 행동으로 간주할 수도 없고 간주하지도 않겠어."

비쩌가 손가락을 이마에 다시 대며 거듭 용서를 빌자, 스파싯 부인이 다시 말했다.

"그래, 비쩌. 그런 사람이 있다는 식으로 말하는 건 내가 기꺼이 들어주겠지만, 토마스 선생이라고 말하는 건 들어줄 수 없어."

그러자 비쩌가 다시 말했다.

"네, 부인. 부인, 이번에도 열심히 일하지 않는 사람이 한 명 있습니다."

비쩌가 다시 말하자, 스파싯 부인이 찻잔을 들고 머리를 끄덕이며 한 모금을 기다랗게 마시다가 똑같이 중얼거렸다.

"아하!"

"그 사람은, 부인, 여기에 처음 들어온 때부터 지금까지 자신이 할 일을 제대로 한 적이 한 번도 없습니다. 방탕하게 살면서 돈을 함부로 쓰는 게으름뱅이 난봉꾼에 불과합니다. 봉급을 받을 자격 자체가 없습니다, 부인. 중역진에 가까운 친척이 없다면 그런 자리에 들어올 수도 없었을 겁니다."

"아하!"

스파싯 부인이 중얼거리며 다시 한번 우울하게 머리를 끄덕이고, 비쩌는 계속 말했다.

"제가 바라는 건, 부인, 가까운 중역 친척이 그 사람에게 그렇게 살아갈 수단을 더는 제공하지 말아야 한다는 사실입니다. 그 돈이 누구 주머니에서 나오는지 우리 모두 잘 아니까요, 부인."

"아하!"

스파싯 부인이 중얼거리며 또다시 우울하게 머리를 끄덕였다.

"그 사람은 비참하게 살아야 합니다, 부인. 제가 지금 암시하는 사람은 정말 비참하게 살아야 합니다, 부인."

"맞아, 비쩌. 나 역시 과대망상증에 빠진 사람은 비참하게 살아야 한다고 언제나 생각했어, 언제나."

스파싯 부인이 동조하자, 비쩌는 의자를 가까이 끌어당겨서 목소리를 낮추며 계속 말했다.

"그 사람은 주변에 사는 수많은 노동자처럼 앞날에 대한 생각 자체가 없습니다. 노동자가 아무렇게나 살아간다는 건 부인께서도 잘 아시잖습니까. 그런 사실을 부인같이 고귀한 마님만큼 잘 아는 사람은 어디에도 없을 겁니다."

"사람들이 너를 본받으면 정말 좋겠어, 비쩌."

"고맙습니다, 부인. 말이 나왔으니 말인데, 저를 한 번 보십시오, 부인. 저는 조금이나마 저축도 한답니다, 부인. 크리스마스 때 받은 선물은 지금껏 손도 안 댔습니다, 부인. 매주 받는 봉급을 다 쓴 적도 없습니다, 봉급이 많은 건 아니지만, 부인. 그 사람들이 저처럼 못하는 까닭은 무얼까요, 부인? 제가 할 수 있는 거라면 다른 사람도 할 수 있는데요."

이것 역시 코크타운에 떠도는 허구 가운데 하나다. 그곳 자본가는 누구나 자신은 육 펜스로 육만 파운드를 벌었는데 육만 명에 달하는 일손은 육 펜스로 육만 파운드를 못 버는 까닭이 무언지 궁금하다고 항상 뇌까리는 식으로 자신처럼 성공하지 못한 일손을 하나같이 비난한다. 자신이 그렇게 했으니 너희도 똑같이 하라면서 말이다.

"그들에게 휴식이 필요하다는 것 역시 말도 안 되는 주장입니다. 저는 휴식이 필요하지 않습니다. 지금까지 그랬고 앞으로도 그럴 겁니다. 저는 휴식을 싫어하니까요. 그들이 힘을 합치는 것도 그렇습니다. 상대를 감시하고 정보를 제공해 돈이든 좋은 인상이든 이익을 가끔 챙겨서 생활 수준을 향상할 기회가 많다는 건 의심할 여지가 없습니다. 그런데 그렇게 안 하는 까닭이 무엇입니까, 부인! 이성을 지닌 인간이라면 제일 먼저 원하는 게 바로 그것이고, 그 사람들 역시 바로 그걸 원하는 척하면서 말입니다."

"맞아, 원하는 척만 하지!"

"그 사람들은 자기네 아내와 가족에 대한 걱정을 끝없이 늘어놓지요, 지겨울 정도로 말입니다. 저를 보세요, 부인! 저는 아내도 가족도 원치 않아요. 그런데 그 사람들은 왜 그럴까요?"

"그건 앞날에 대한 생각 자체가 없기 때문이야."

"맞아요, 부인, 바로 그거예요. 앞날을 생각하고 고집을 덜 부린다면, 부인, 그 사람들이 어떻게 말할까요? 남자든 여자든 '나는 딸린 식솔이 없으니까 한 명만 먹여 살리면 돼, 바로 나 자신 말이야' 하고 말할 거예요."

"당연히 그러겠지."

스파싯 부인이 대답하며 머핀을 먹자, 비쩌는 상대가 공감한 것에 감사하는 표시로 손가락을 이마에 다시 대며 말했다.

"고맙습니다, 부인. 뜨거운 물을 더 갖다 드릴까요, 부인? 또 필요한 거 있으신가요?"

"당장은 없네, 비쩌."

"감사합니다, 부인. 부인께서 음식을 드실 때는, 좋아하시는 간식을 드실 때는 더더욱, 방해하고 싶은 생각이 없습니다만……"

비쩌가 선 자리에서 고개를 살짝 빼고 거리 쪽을 쳐다보며 계속 말했다.

"하지만 저기에서 어떤 신사가 일 분 넘게 여기를 올려다보더니, 도로를 건너는 자세가 은행 문을 두드릴 것 같습니다. 그러네요, 지금 문을 두드리네요, 부인."

비쩌가 창가로 가서 머리를 내밀고 밖을 내다보다가 머리를 다시 집어넣으며 물었다.

"맞아요, 부인. 저 신사를 안으로 안내할까요, 부인?"

"어떤 사람이 찾아왔는지 모르겠군."

스파싯 부인이 말하면서 입을 닦고 장갑을 꼈다.

"저도 처음 보는 사람입니다, 부인."

"잘 모르겠지만, 낯선 사람이 이런 시간에 은행을 찾아온다는 건 중요한 업무가 있는데 시간이 너무 늦었다는 의미가 분명해. 그런데 나는 바운더비 사장님에게 이곳에 대한 책임을 위임받았으니, 맡은 일을 회피하진 않겠어. 저런 사람을 만나는 게 내가 받아들인 책임 가운데 일부라면 기꺼이 만나야겠지. 자네가 판단하도록, 비쩌."

바로 이 순간에 방문객은 스파싯 부인이 관대하게 하는 말도 모르고 대문을 커다랗게 다시 두드려서 심부름꾼은 계단을 급히 내려가고, 스파싯 부인은 나름대로 준비한답시고 조그만 다과상에 그릇을 모두 담은 채 찬장에 숨기고 필요하다면 훨씬 위엄 있게 등장하고자 위층으로 급히 올라갔다.

“실례합니다만, 부인, 신사께서 만나시겠답니다.”

비쩌가 소리치며 색이 엷은 한쪽 눈을 방문 열쇠 구멍에 대고 들여다 보았다. 그래서 스파싯 부인은 짧은 순간을 이용해 모자를 매만진 다음, 우아한 자태를 뽐내며 계단을 다시 내려와서 중역실로 들어서는데, 로마 귀부인이 로마를 침략한 장군과 담판하려고 도시성벽 밖으로 나가기라도 하는 것 같았다.[24)]

하지만 방문객은 어슬렁거리며 창가로 다가가서 바깥을 태평하게 내다보느라, 귀부인이 이렇게 인상적으로 들어서는 모습에 아무런 감동도 못 받았다. 모자를 그대로 쓰고 침착한 자세로 가만히 서서 혼자 휘파람을 부는데, 무더운 여름에 과하게 고상한 척하느라 피곤한 기색이 또렷하다. 모든 걸 따분하게 여기고 믿음이라곤 악마 루시퍼 정도에 불과한 모습을 보면 시대를 대변하는 완벽한 신사라는 사실을 한눈에 알 수 있었다.

“나를 만나겠다고 하셨나요?”

스파싯 부인이 묻자, 상대가 몸을 돌리고 모자를 벗으며 대답했다.

“실례하겠습니다. 용서하십시오.”

그러자 스파싯 부인이 무릎을 정중하게 구부려서 인사하는데 ‘으음! 나이는 서른다섯, 잘생긴 얼굴, 균형 잡힌 몸매, 튼튼한 이, 좋은 목소리, 좋은 예절, 좋은 옷, 까만 머리칼, 또렷한 눈동자’라는 생각이 절로 들었다. 이 모든 걸 여성 특유의 방식으로 – 머리를 물동이에 넣었다가 다시 들어 올리는 순간에 세상사를 꿰뚫은 이집트 술탄처럼[25)] – 단번에 파악한 것이다. 그리곤 이렇게 말했다.

---

24) 셰익스피어 ‘코리올레이너스’에서 코리올레이너스 어머니 볼럼니아는 아들이 군대를 이끌고 로마를 공격하자, 아들 진영으로 찾아가서 공격 중단을 요구한다.

25) ‘터키 이야기’에 나오는 내용으로, 이집트 술탄은 머리를 물동이에 넣는 순간, 훨씬 나중에 자신이 바다에 가라앉아서 벌어질 내용을 모두 파악한다.

"의자에 앉으시지요, 선생."

"고맙습니다만 괜찮습니다."

사내는 스파싯 부인이 앉도록 의자를 잡아줄 뿐, 자신은 회의 탁자에 편하게 기댔다.

"하인에게 역전에 남아서 짐을 꾸리도록 하고 – 열차가 정말 기다란 데다 짐칸에는 화물이 꽤 많아서 – 저는 천천히 산책하며 주위를 구경했더랍니다. 도시가 정말 이상하더군요. 여기는 항상 이렇게 까만지 물어도 괜찮을까요?"

"평상시엔 훨씬 까맣답니다."

스파싯 부인이 당당한 어조로 대답하자, 상대가 감탄하며 다시 물었다.

"그럴 수가! 죄송합니다만 부인은 이곳 출신이 아닌 것 같은데요?"

"그렇답니다, 선생. 내가 미망인이 되기 전에는 완전히 다른 세상에서 살았다는 게 행운일 수도 있고 불운일 수도 있지요. 남편이 파울러 가문이었답니다."

"네? 어떤 가문……?"

"파울러 가문."

스파싯 부인이 다시 대답하자, 낯선 사람은 잠시 생각하는 표정으로 "파울러 가문이라!" 중얼대고 스파싯 부인은 그렇다는 신호를 보내자 낯선 사람이 나름대로 결론 내리며 훨씬 피곤한 표정을 떠올렸다.

"그렇다면 부인은 여기가 아주 따분하겠군요!"

"저 역시 환경의 노예라서 주변에 적응하려고 계속 노력한답니다."

"아주 철학적이고 아주 모범적이며 건전한……."

낯선 사람이 말하더니, 마무리할 가치를 못 느끼는 듯 따분한 표정으로 시곗줄만 만지작거리자, 스파싯 부인이 물었다.

“무슨 일로 찾아오셨는지 물어도 괜찮을까요, 선생?”

“물론이죠. 방문 목적을 상기시켜주셔서 고맙습니다. 저에겐 은행가 바운더비 사장님에게 드릴 소개장이 있습니다. 그래서 온통 시꺼먼 도시를 걷다가, 호텔에서 저녁 식사를 준비하는 동안, 한 사람을 우연히 만나서 물었습니다. 노동계급으로, 아주 껄끄러운 물건으로 샤워한 것처럼 보이는데, 제 생각엔 가공하지 않은 원료를 그대로…….”

스파싯 부인이 머리를 끄덕이고, 상대는 계속 말했다.

“그 사람에게 은행가 바운더비 사장님이 사는 곳을 물었습니다. 그러자 은행가라는 말을 오해하고 나에게 은행을 가르쳐주더군요. 하지만 제가 지금 이렇게 설명하는 영광을 누리는 공간에서 은행가 바운더비 사장님이 사시는 건 아니겠지요?”

“그렇습니다, 선생. 여기에 사시는 건 아닙니다.”

“고맙습니다. 어차피 소개장을 당장 전달할 생각은 아니라, 시간도 죽일 겸 은행까지 산책하다가, 창문에서……”

신사가 창문 쪽으로 손을 느긋하게 흔들고 가볍게 허리 숙여서 인사하며 말을 이어나갔다.

“아주 고귀하고 상냥한 귀부인 모습을 목격하는 행운을 누린 결과, 무례를 무릅쓰고 은행가 바운더비 사장님이 사시는 곳을 귀부인에게 묻는 게 제일 좋겠다고 생각했습니다. 그래서 이렇게 실례한 걸 정중하게 사과드리는 바입니다.”

스파싯 부인은 상대가 존경하는 마음을 정중하고 느긋하게 드러내는 걸 보니, 경솔하고 태평스러운 자세를 충분히 용서할 수 있을 것 같았다. 예를 들어, 지금 이 순간에 회의 탁자에 걸터앉아서 상체를 앞으로 나른하게 숙이며 바라보는 모습 자체가 스파싯 부인에게는 자신이 지닌 매력을 한껏 찬양하는 것처럼 보였다.

"내가 알기로 은행은 의심이 많은데 업무상 그럴 수밖에 없겠지요. 그러니, 제가 지닌 소개장은……여기에 있는데……이 지역 출신 그래드그라인드 국회의원께서……런던에서 직접 뵙는 기쁨을 누렸는데……직접 작성하셨다는 말씀을 드리는 게 좋겠네요."

스파싯 부인이 필체를 알아보고 확인할 필요까진 없다는 신호를 보내더니, 바운더비 사장 댁 주소와 방향 등 필요한 정보를 모두 알려주자, 낯선 사내가 말했다.

"정말 고맙습니다. 물론 부인께서도 그분 은행가를 잘 아시겠지요?"

"그렇소, 선생. 그분에게 의탁한 생활이 벌써 십 년째니까요."

"정말 오랜 세월이네요! 그분이 그래드그라인드 국회의원 따님과 결혼했다던데요?"

"그렇소. 그분이 그런……영광을 누렸다오."

스파싯 부인이 말하다가 갑자기 입술을 깨물었다.

"따님이 대단한 철학자라면서요?"

"정말 그럴까요, 선생?"

스파싯 부인이 반문하며 눈썹을 씰룩거리자, 낯선 사람은 미안하다는 어투로 재빨리 말했다.

"주제넘게 굴어서 죄송합니다. 하지만 부인께서는 그 가족을 아시고 세상 물정을 아십니다. 이제 저는 그 가족을 만나서 많은 일을 함께할 가능성이 큽니다. 그래서 말인데, 그 부인이 정말 그렇게 대단합니까? 그분 아버님께서 무서울 정도로 엄격하게 교육했다는 소문이 돌아서 정말 그런지 알고 싶습니다. 가까이 접근할 수 없을 정돈가요? 놀라울 정도로 똑똑하고 쌀쌀맞은가요? 그렇게 웃으시는 걸 보니, 부인께서는 생각이 다르시다는 걸 알겠습니다. 불안한 영혼에다 부인께서 기름을 붓는군요. 그렇다면 나이는, 서른다섯? 마흔?"

스파싯 부인이 노골적으로 웃으며 대답했다.

"어린애라오. 결혼할 때만 해도 스무 살이 채 안 됐으니까."

"명예를 걸고 말씀드리는데 제 평생 이렇게 놀란 건 처음입니다, 파울러 부인!"

낯선 사람이 감탄하며 탁자에서 일어났다. 더할 나위 없이 놀란 것 같았다. 그래서 상대편을 가만히 쳐다보며 놀란 마음을 속으로 새기는 것 같더니, 많이 지친 표정으로 말했다.

"저는 아버님 태도를 보고서 따님이 돌처럼 딱딱하고 냉정하며 나이도 많을 거로 생각했더랍니다. 엉뚱한 착오를 바로 잡아주셔서 정말 고맙습니다, 파울러 부인. 제가 무례하게 찾아온 걸 용서하십시오. 대단히 고맙습니다. 안녕히 계십시오!"

신사는 인사한 다음에 나가서 응달진 도로를 느긋하게 따라가며 도시를 이리저리 둘러보고, 스파싯 부인은 창문 커튼에 숨어서 가만히 지켜보았다. 그리곤 다과상을 치우러 온 심부름꾼에게 물었다.

"자네는 저 신사를 어떻게 생각하나, 비쩌?"

"의상에 돈을 엄청나게 썼네요, 부인."

"의상이 멋있다는 사실은 인정해야 할 거야."

"네, 부인, 돈 가치가 그만큼 있다면요."

비쩌가 말하더니, 탁자를 닦다가 다시 말했다.

"게다가, 부인, 제 눈엔 도박하는 사람처럼 보이네요."

"도박은 나빠."

"멍청하기도 하고요, 이길 가능성이 없는 걸 하니까."

더워서 일할 수 없기 때문인지 일이 손에 안 잡히기 때문인지, 스파싯 부인은 그날 밤에 아무 일도 안 했다. 창가에 가만히 앉아서 연기 너머로 가라앉는 태양을 바라보았다. 그렇게 가만히 바라보는데, 연기가 붉게 타오르다가 차츰 엷어지면서 어둠이 땅바닥에서 천천히 일어나며 위로 오르고 또 오르다가 지붕 꼭대기까지 덮고, 교회 첨탑까지 덮고, 공장 굴뚝 꼭대기까지 덮고, 하늘까지 덮는 것 같았다. 스파싯 부인이 방에 촛불조차 안 켜고 아무런 생각 없이 창가에 멍청히 앉아서 두 손을 앞으로 모으고 가만히 있는 사이에 사내아이들이 외치는 소리, 개들이 짖는 소리, 바퀴가 구르는 소리, 사람들이 지나는 발소리와 목소리, 거리에서 커다랗게 부르는 소리, 퇴근 시간에 나막신이 포장도로를 밟는 소리, 상점에서 셔터를 닫는 소리 등, 초저녁 특유의 소리가 다양하게 일어났다. 그러다가 저녁 식사로 송아지 요리를 준비했다고 심부름꾼이 알려줄 때 비로소 스파싯 부인은 몽상에서 깨어나, 깊이 명상하는 동안 주름이 잔뜩 잡혀서 다림질로 펴야 할 것 같은 까만색 짙은 눈썹을 추켜들고 위층을 바라보았다. 그리곤 혼자 저녁 식사를 하다가 "멍청한 바보!"라고 중얼거렸다. 누구에게 하는 말인지 몰라도 송아지 요리에게 하는 말이 아닌 건 분명하다.

2장. 제임스 하트하우스 선생

그래드그라인드 일파가 세 자매 여신의[26] 숨통을 막는 데에는 많은 도움이 필요했다. 그래서 사람을 끊임없이 모집하는데, 좋은 가문 출신으로 세상사 모든 걸 가치 없다 여기고 색다른 걸 찾아 나서는 신사만큼

26) 그리스신화에 나오는 여신으로 예술과 아름다움과 우아함을 담당하며 사람들에게 기쁘고 다정한 마음을 전달한다. 세 여신의 숨통을 막는다는 건 예술과 문화를 억압한다는 뜻이다.

좋은 대상은 어디에도 없었다.

게다가 그래드그라인드 일파가 보기에도 고상한 위치에 올라선 건강한 영혼은 정말 매력적이었다. 그래서 출신이 좋은 신사를 선호했다. 겉으로는 아닌 척하지만 속으로는 그랬다. 신사를 흉내 내느라 피곤한 표정을 떠올리고 신사처럼 따분하다는 어투로 말하고 곰팡이가 살짝 슨 정치경제학을 제자들에게 노곤한 표정으로 전달했다. 그러면서 예전에 없던 놀라운 잡종이 지구에 새롭게 생겨나기 시작했다.

그래드그라인드 일파에 발을 살짝 들여놓은 신사 가운데에는 가문도 훌륭하고 외모도 잘 생기고 유머 감각도 훌륭해, 열차 사고에 대한 자신의 (그리고 이사진의) 견해를 밝혀서 하원 전체를 즐겁게 만든 국회의원이 있다. 지금까지 들어본 가운데 가장 진보적인 경영진이 지금까지 들어본 가운데 가장 조심스러운 기관사를 고용해서 지금까지 발명한 가운데 가장 최신식 기관을 조종하며 지금까지 건설한 가운데 가장 훌륭한 철로를 달리다가 다섯 사람이 죽고 서른두 명이 부상했는데, 이런 사고가 없었다면 극히 우수한 철도 시스템에 문제가 있다는 사실 자체를 몰랐을 거라는 견해다. 그런데 암소도 한 마리 죽고 이리저리 나뒹구는 물건 가운데에는 미망인 모자도 있었다. 존경스런 국회의원은 그걸 보고 암소에게 모자를 씌우는 섬세한 유머 감각을 발휘하고, 덕분에 하원에서는 사고 현장을 자세히 살피지도 않은 채 환호성과 폭소로 사건을 마무리할 수 있었다.

그런데 이 국회의원에게는 훨씬 잘 생긴 동생이 있는데, 기병대 장교로 근무하다가 따분한 나머지 영국 공사 수행원으로 해외에 나갔다가 그것 역시 따분해서 예루살렘을 구경하러 갔는데, 그곳 역시 따분해서 요트를 타고 전 세계를 돌면서 가는 곳마다 따분하게 여기던 작자다. 이런 동생에게 하루는 고상하고 익살맞은 국회의원이 형으로서 이렇게 말했다.

"구체적인 사실을 추구하는 사람들이 있는데, 지금 사람을 구하는 중이야, 제임스. 거기에서 통계 관련 분야를 담당하는 자리에 뛰어드는 건 어때?"

제임스는 새로운 변화를 갈망하던 참에 좋은 생각 같아서 통계 분야든 다른 분야든 가리지 않고 '뛰어들려고' 준비했다. 그리고 뛰어들었다. 자신은 의회보고서 한두 권을 참고하며 준비하고, 형은 구체적인 사실을 추구하는 사람들에게 그 내용을 전달하며, "여러분이 연설을 끝내주게 잘하도록 도와줄 멋진 청년을 어떤 자리든 채용하고 싶다면, 우리 동생 제임스가 적합하니, 잘 살펴보시오" 하고 홍보했다. 공적인 자리에서 그렇게 몇 차례 홍보하자, 그래드그라인드 국회의원을 비롯한 원로 모임에서 제임스를 받아들이고 코크타운으로 내려보내, 그곳과 인근 지역에 얼굴을 알리기로 결의했다. 이런 과정을 거쳐서 제임스는 간밤에 스파싯 부인에게 보여준 소개장을 지금 바운더비 사장에게 전달하는데, 이런 내용이다.

코크타운 유지며 은행가 조사이아 바운더비에게 제임스 하트하우스를 특별히 소개하는 바이오. 국회의원 토마스 그래드그라인드.

이런 소개장과 제임스 하트하우스 명함을 전달받자, 바운더비 사장은 한 시간도 안 돼서 모자를 쓰고 호텔로 찾아갔다. 제임스 하트하우스는 너무 적적한 나머지 다른 일에 '뛰어들까?' 하는 유혹을 조금씩 느끼며 창을 내다보는 중이었다.

"나는 코크타운의 조사이아 바운더비라고 하오."

찾아간 사람이 먼저 말하자, 제임스 하트하우스는 오랫동안 학수고

대하던 사람을 만나서 정말 기뻤다. 하지만 그런 느낌을 조금도 안 드러내고, 바운더비는 의자에 악착스럽게 앉으며 이어 말했다.

"코크타운은 선생이 지금까지 본 도시와 완전히 다르오. 그러니 괜찮다면 - 나는 솔직한 사람이니 괜찮지 않아도 상관없는데 - 본론으로 들어가기 전에 이곳에 대해서 약간 알려주겠소."

이 말에 제임스 하트하우스가 매혹적인 도시라고 대답하자, 바운더비는 이렇게 말했다.

"너무 자신만만하게 말하지 마시오. 나는 그렇게 장담할 수 없소. 다른 무엇보다 자욱한 연기를 보시오. 저건 우리에게 제일 즐거운 낙이오. 저건 어느 모로 보나 세상에서 우리 몸에 가장 좋은 건데, 폐에 특히 좋소. 우리에게 연기를 줄이라고 주장하는 사람이 많은데 나는 생각이 다르오. 영국과 아일랜드에 나도는 다양한 헛소문과 달리, 우리는 모든 연료를 더할 나위 없이 완벽하게 연소하기 때문이오."

그러자 제임스 하트하우스는 전적으로 '뛰어들' 생각을 다지며 대답했다.

"바운더비 사장님, 저 역시 사장님 생각에 전적으로 완벽하게 동의합니다. 확실합니다."

"그 말을 들으니 기분이 좋구려. 아마 당신도 우리 공장에서 일하는 것에 대한 소문을 많이 들었을 거요. 그렇죠? 좋소. 내가 당신에게 사실대로 말하리다. 공장 작업은 세상에서 가장 즐겁고 가장 편하며 돈벌이도 가장 좋소. 게다가 작업환경은 얼마나 좋은지, 터키산 카펫을 바닥에 깔아야 작업환경을 개선했다는 말이 나올 정도인데, 아직 우리는 그럴 계획이 없소."

"바운더비 사장님, 당연하신 말씀입니다."

"마지막으로, 우리 일손에 대해 말하겠소. 여기에서는 남자든 여자든 어린애든 일손이란 일손은 누구나 세상을 살아가는 목적이 궁극적으로 단 하나요. 황금 숟갈로 자라 수프와 사슴고기를 먹는 거 말이오. 하지만 그들 가운데 황금 숟갈로 자라 수프와 사슴고기를 먹을 사람은 아무도 없소. 이 정도면 코크타운을 충분히 파악한 거요."

코크타운 문제 전반에 대해 핵심 내용을 간추려서 알려주어 정말 고맙다고 제임스 하트하우스가 말하자, 바운더비 사장이 대답했다.

"으음, 당신도 알겠지만 나는 사람을 사귈 때 서로 완벽하게 이해하도록 애쓰는 성격이오, 공적인 관계로 만나는 사람은 더더욱. 따라서 우리 친구 톰 그래드그라인드가 작성한 소개장에 대해 부족한 능력이나마 최선을 다해서 답변하는 즐거움을 누리기 전에 당신에게 한 가지만 더 말하고자 하오, 제임스 하트하우스 선생. 당신은 훌륭한 가문 출신이오. 하지만 나 역시 좋은 가문 출신이란 착각은 조금도 마시오. 나는 누더기를 걸치고 살던 더러운 하층민 출신이니 말이오."

바운더비 사장이 한 말 가운데에서 관심이 솟구치는 게 있다면 바로 지금 막 들은 내용이다. 그래서 제임스 하트하우스가 그렇게 말하자, 바운더비는 이렇게 대답했다.

"그렇다면 이제 우리 두 사람이 대등한 조건으로 악수합시다. 대등한 조건이라고 말한 까닭은, 내가 천민 출신이며 따라서 예전에 살던 도로변 도랑 깊이를 누구보다 잘 알지만, 그래도 당신만 한 자부심은 있기 때문이오. 그렇소, 지금 나에게는 당신만 한 자부심이 있소. 내가 자수성가한 사실을 적당히 밝혔으니, 이제 당신은 여기를 어떻게 여기는지 알고 싶은데, 마음에 쏙 들면 좋겠소."

제임스 하트하우스는 악수하면서 코크타운 공기가 몸에 좋아서 더할 나위 없이 마음에 든다 대답하고, 바운더비 사장은 기쁘게 받아들였다. 그리고 말했다.

"내가 톰 그래드그라인드 따님과 결혼했다는 걸 당신이 알 수도 있고 모를 수도 있겠군. 특별히 할 일이 없어서 나와 함께 시내까지 걸을 수 있다면 톰 그래드그라인드 따님을 당신에게 기꺼이 소개하리다."

"바운더비 사장님, 제가 무얼 바라는지 잘 아시는군요."

두 사람은 다시는 아무 말도 않고 밖으로 나오더니, 바운더비 사장은 자신과 또렷하게 대비되는 새로운 인물을 안내하며, 바깥쪽엔 까만 차양을 안쪽엔 초록색 차양을 달고 하얀 계단 두 개 위에 까만 정문이 있는 빨간 건물로 데려갔다. 저택 응접실에 들어서자, 제임스 하트하우스가 지금까지 본 여성 가운데 제일 눈에 띄는 소녀가 나타났다. 소녀는 어색한 표정이면서도 느긋하고, 수줍은 표정이면서도 잔뜩 경계하고, 극히 차갑고 거만하면서도 남편이 과도하게 겸손한 척할 때마다 – 칼에 찔리거나 주먹으로 맞은 것처럼 움찔하며 – 창피스러워하는데 제임스 하트하우스로서는 그런 소녀를 보는 자체가 대단한 감동이었다. 얼굴도 행동거지만큼이나 눈에 띄었다. 이목구비는 잘 생겼지만, 거기에 담긴 감정은 단단히 가두어서 진짜 표정을 짐작하는 건 불가능할 것 같았다. 몸은 함께 있어도 마음은 아주 멀리 떨어진 터라 자기 속에 완벽하게 빠져들어 극단적으로 무관심하니, 당황한 표정은 아니지만 편안한 표정도 아니었다. 모든 점에서 완벽하게 차단한 터라, 잠시나마 소녀를 이해하려고 '뛰어들었지만' 아무런 소용이 없었다.

방문객은 주택 안주인에게서 집안으로 시선을 돌렸다. 그런데 여성 손길이 닿은 흔적은 하나도 없었다. 우아한 장식이나 귀여운 무늬 어디에도 안주인이 손을 댄 느낌은 없었다. 부자라는 특징만 고집스럽고 화려하게 늘어놓아 쓸쓸하고 음산한 응접실이 지금 거기에 모인 사람들을 가만히 바라보지만, 여성이 사용한다는 이유로 조금이나마 부드럽고 편하게 변한 느낌은 전혀 없었다. 바운더비 사장은 한가운데에서고 엄숙한 수호신은 각자 자기 자리에서 바운더비 사장을 에워싸, 서로를 인정한 모습이 그럴싸하게 어울리는 정도였다.

"이쪽은 우리 집사람, 바운더비 부인이자 톰 그래드그라인드 장녀요. 루이사, 이쪽은 제임스 하트하우스 선생. 당신 아버지 모임에 합류했어. 이분은 설사 당신 아버지와 합류하지 않는다 해도 오래지 않아 인근 지역에 널리 명성을 떨칠 게 분명해. 당신도 알겠지만 우리 집사람은 나보다 많이 어리다오, 제임스 하트하우스 선생. 집사람이 나에게 어떤 매력을 발견하고 결혼했는지 모르겠지만 무얼 발견하긴 했을 거요. 그렇지 않다면 결혼을 안 했을 테니까. 우리 집사람은 고상한 공부를 많이 했다오, 정치 분야든 다른 분야든. 당신이 무엇을 급히 배워야 한다면 나로선 우리 집사람보다 훌륭한 선생님을 추천할 수 없을 거요."

바운더비 사장이 말하고 제임스 하트하우스 역시 이런 선생님 밑에서 공부한다면 더는 바랄 게 없을 것 같다는 생각을 하는데, 집주인이 다시 말했다.

"당신에게 남을 찬양하는 능력이 있다면 여기에서 성공할 거요, 경쟁할 상대가 없으니까. 나 자신은 남을 추어올리는 법을 배운 적이 없는 데다 도무지 그런 능력을 익히고 싶은 생각 자체도 없다오. 사실, 나는 그런 걸 경멸하오. 하지만 나는 밑바닥에서 성장했어도 당신은 완전히 다른 분위기에서 성장했소! 당신은 신사지만 나는 그런 척하지 않소. 나는 코크타운의 조사이아 바운더비며, 그것으로 만족하오. 그래서 예의범절이나 신분에 영향을 안 받지만, 우리 집사람은 다를 수도 있소. 우리 집사람에겐 내가 지닌 장점이 - 단점이라고 부르는 사람도 있지만 나는 장점으로 여기는데 - 없으니, 장담하건대 당신은 힘을 쓸데없이 낭비할 일이 없을 거요."

그러자 제임스가 루이사를 바라보고 빙그레 웃으며 말했다.

"바운더비 사장님은 상당히 자연스러운 상태에서 고상하게 사시네요, 저처럼 관습이란 굴레에 안 얽매이고 완전히 벗어나서."

"당신은 남편을 대단히 존경하는군요. 하기야 그러는 게 자연스러울 수도 있겠지요."

루이사가 차분히 대답하는 말에, 제임스 하트하우스는 세상 경험이 많은 신사인데도 한 방 제대로 맞고 당황하며 '이제 내가 어떻게 대답해야 하지?' 하고 생각하는데, 루이사는 제임스 앞에 그대로 서서 극히 차분한 모습으로 극히 불편한 모습과 독특한 대조를 이루며 덧붙였다.

"남편이 한 말로 추측건대, 당신은 앞으로 조국을 위해 헌신하겠군요. 온갖 난관을 헤쳐나가도록 조국에 다양한 방법을 제시하면서 말이에요."

그러자 제임스 하트하우스가 웃으면서 대답했다.

"바운더비 부인, 맹세코 아닙니다. 저는 부인을 그런 식으로 속이진 않겠습니다. 지금까지 여기저기 돌아다니면서 세상을 조금이나마 구경하다가, 모든 사람이 그런 것처럼 - 일부는 솔직하게 고백하고 일부는 아니지만 - 세상사 중요한 게 하나도 없다는 사실을 깨달았습니다. 존경하는 부인 부친 의견에 따르는 까닭도 사실은 특별한 의견을 선택할 수 없어 뒤에서 그저 돕기나 하려는 겁니다."

"당신 의견은 하나도 없나요?"

"선입견은 하나도 없습니다. 분명히 말씀드리지만, 저는 어떤 의견을 조금이라도 더 중요하게 여기지 않습니다. 지금까지 따분한 일을 다양하게 체험한 결과, 저는 어떤 의견이든 다른 의견만큼 좋을 수 있고 나쁠 수 있다고 확신합니다. ('확신'이란 표현이 지금까지 세상을 게으르게 살아온 저에게 안 어울리긴 합니다만.) 어떤 영국인 가족은 정말 매혹적인 이탈리아 표어를 가훈으로 삼았다더군요. '될 대로 되라.'[27] 세상에 존재하는 진리는 이것 하나밖에 없습니다!"

제임스 하트하우스가 보기에 이런 식으로 불성실한 자세를 성실한 자세로 꾸미는 사악한 언변을 – 매우 위험하고 매우 치명적이면서도 너무 흔하게 등장하는 사악한 언변을 – 상대방이 조금은 좋아하는 것 같았다. 그래서 기회를 안 놓치고 최대한 유쾌한 어투로 계속 말했다. 상대방이 의미를 부여할 수도 있고 아닐 수도 있는 어투였다.

"제가 보기엔 수십, 수백, 수천 단위로 연속해서 증명하는 쪽이 재미도 좋고 성공 가능성도 많은 것 같습니다. 저는 이런 통계에 전적으로 집착합니다, 확실하게 믿는 것처럼. 저 역시 언제라도 이런 통계에 뛰어들 수 있습니다, 확실하게 믿는 것처럼. 하지만 제가 확실하게 믿는다 해서 그 이상 할 수 있는 게 무어겠습니까!"

"정치인치고는 아주 독특하시군요."

"죄송합니다만 저에겐 그런 장점조차 없습니다. 제가 분명히 말하는데, 바운더비 부인, 우리 같은 부류가 임시로 선택한 대열에서 모두 빠져나와 하나로 모인다면 이 나라에서 가장 커다란 집단이 될 겁니다."

바운더비 사장은 침묵하느라 속이 터질 것 같다가 여기에서 재빨리 끼어들어, 저녁 식사를 여섯 시 반으로 정하고, 나중에 시간이 날 때 제임스 하트하우스를 데리고 코크타운과 인근 지역에서 투표권도 있고 관심도 가는 저명인사를 차례대로 방문하겠다고 제안했다. 그래서 제임스 하트하우스는 나중에 순회 방문을 하며 의회보고서 내용을 신중하게 활용해서 커다란 성과를 올리는데, 극히 따분하게 여기는 자세는 변함이 없었다.

---

27) '될 대로 되라'는 이탈리아어로 'Che sera sera'인데, 19세기 중엽에 영국 총리를 지낸 찰스 디킨스 친구 존 러셀 경은 이걸 가훈으로 삼았다.

어쨌든, 저녁이 돼서 세 사람이 식탁에 앉는데, 식사는 4인분을 준비한 상태다. 바운더비 사장으로선 여덟 살 때 거리에서 푼돈으로 사 먹은 뱀장어 요리에 대해, 그리고 뱀장어를 닦은 더러운 물로 먼지를 가라앉힌 것에 대해 떠벌릴 좋은 기회였다. 그런 다음에는 자신이 젊어서 먹은 가짜 소시지를 모두 합산하면 최소한 말 세 마리는 될 거라고 손님에게 자랑하며 수프와 생선을 먹었다. 이런 이야기가 나올 때마다 제임스는 무관심한 태도로 "대단하네요!" 하는 대답으로 대응하는데, 루이사에 대한 호기심이 조금만 적었더라도 당장 내일 아침 예루살렘에 가는 쪽으로 '뛰어들' 것만 같았다. 그러면서 식탁 머리에 앉은 루이사를 - 조그맣고 호리호리한 체구에 극히 우아한 모습이 분위기에 안 맞는 젊은 부인을 - 살짝살짝 쳐다보며, '저 얼굴에 특별한 표정이 깃들게 할 방법은 없단 말인가?' 하고 생각했다.

방법이 있다! 모종의 방법이 있는데, 지금 그게 뜻밖의 형태로 갑자기 찾아왔다. 톰이 나타난 것이다. 그래서 문이 열리는 순간에 루이사가 환한 미소를 머금은 것이다.

미소가 정말 아름다웠다. 그렇게 대단하지 않을 수도 있겠지만, 제임스 하트하우스는 무표정한 루이사 얼굴을 오랫동안 힐끔거리며 궁금증을 품지 않았던가! 루이사가 한 손을 - 예쁘고 귀엽고 다정한 손을 - 내밀더니, 동생 손을 꼭 잡는 모양이 금방이라도 자기 입술로 가져갈 것 같았다. 이런 생각이 절로 들었다.

'아, 아! 저 건달이야말로 젊은 부인이 관심을 가지는 유일한 대상이야. 그래, 맞아!'

건달이 소개받고 의자에 앉았다. 건달이란 호칭이 좋은 건 아니지만 부당한 것도 아니었다.

"내가 처남 나이일 때는 시간을 칼처럼 지켰어, 아니면 밥을 못 먹거든!"

바운더비가 말하자, 톰이 대답했다.

"매형이 내 나이일 때는 엉뚱하게 작성한 대차대조표를 수정할 필요도 없고, 제대로 정리할 필요도 없었잖아요."

"그만하자."

바운더비가 말하자, 톰이 투덜댔다.

"그럼 먼저 시작하지 마세요."

제임스 하트하우스는 대화 밑바닥에 깔린 갈등을 완벽하게 파악하고 이렇게 물었다.

"바운더비 부인, 동생 얼굴이 눈에 익네요. 해외에서 보았을까요, 사립학교에서 보았을까요?"

"동생은 지금까지 해외로 나간 적이 없습니다. 공부도 집에서 했답니다. 사랑하는 동생 톰, 제임스 하트하우스 선생에게 네가 해외에 나간 적이 없다는 말을 하는 거야."

루이사가 흥미롭다는 어투로 말하자, 톰이 끼어들었다.

"그런 행운을 누린 적은 없답니다, 선생님."

사실, 루이사가 동생을 보는 순간에 얼굴이 환하게 밝아질 까닭은 거의 없다. 성격이 찌무룩한 데다 누나에게 버릇도 없기 때문이다. 하지만 루이사는 마음이 너무 외로운 나머지 누군가 애정을 쏟을 상대가 필요한 게 분명했다. 그래서 제임스 하트하우스는 '그렇다면 젊은 부인이 관심을 보이는 대상은 저 건달 한 명밖에 없을 가능성이 커. 그럴 가능성이 매우 커'라는 생각을 머릿속으로 하고 또 했다.

건달은 자기 누나가 있어도 자리를 비워도 상대방에게 안 들킬 자신이 있을 때마다 얼굴을 찡그리거나 한쪽 눈을 감는 식으로 바운더비 사장을 열심히 모욕했다. 제임스 하트하우스는 이런 행위를 모른 척하고 건달을 저녁 내내 칭찬하면서 상당한 호감을 표시했다. 그러다가 마침내 호텔로 돌아가려고 일어나, 깜깜한 밤에 제대로 찾아갈지 모르겠다고 살짝 걱정하자, 건달이 대뜸 길 안내를 자청하더니, 함께 나가서 호텔까지 바래다주었다.

3장. 건달

모든 걸 입체적으로 끊임없이 규제하는 환경에서 젊은이가 부자연스럽게 성장하다가 결국에는 위선자로 돌변했다는 사실이 정말 놀랍지만, 톰은 확실히 그랬다. 오 분 이상 연속으로 스스로 판단하고 결정한 적이 한 번도 없는 젊은이는 결국 자신조차 책임질 수 없게 된다는 사실이 독특한데, 톰은 확실히 그랬다. 아주 어린 시절부터 상상력을 교살당한 젊은이는 관능적인 욕망에 끊임없이 시달릴 수밖에 없는 까닭이 무언지 모르겠는데, 톰이 그런 괴물이라는 사실은 의심할 여지가 없었다.

두 사람이 호텔에 도착하자, 제임스 하트하우스가 물었다.

"담배를 태우겠나?"

"당연하지요!"

제임스 하트하우스는 기다렸다는 듯 객실로 올라가자 권하고 톰은 기다렸다는 듯 받아들였다. 그래서 추운 날씨에 차갑게 변해도 도수는 그렇게 약하지 않은 술을 마시고 인근 지역에서 구할 수 없는 희귀한 담배를 피우다 보니, 소파 끝에 걸터앉은 톰은 긴장이 풀리고 기분도 좋다 못해 맞은편 소파 끝에 걸터앉은 색다른 인물을 훨씬 더 숭배하는 경향까지 나타냈다.

그래서 담배를 태울 때는 연기를 옆으로 불고 새로운 인물을 가만히 바라보며 생각했다.

'옷차림에 관심이 없는 것 같으면서도 옷 입는 스타일이 정말 훌륭해. 여유가 대단한 멋쟁이야!'

시선을 우연히 마주칠 때는 제임스 하트하우스가 자신은 술을 안 마신다고 말하면서 여유만만한 자세로 술을 따라주었다.

"고맙습니다, 고마워요. 으음, 제임스 하트하우스 선생님, 오늘 밤에 바운더비 노인네 성향을 충분히 파악했길 바랍니다."

톰이 말하더니 다시 한쪽 눈을 감으면서 잘 알지 않느냐는 표정으로 바라보자, 제임스 하트하우스가 대답했다.

"정말 좋은 분이시더군!"

"그렇게 생각하세요?"

톰이 말했다. 그리고 한쪽 눈을 다시 찡긋 감았다.

제임스 하트하우스가 빙그레 웃더니 소파 끝에서 일어나 텅 빈 벽난로 쇠살대 앞에서 벽난로 선반에 등을 기대고 담배를 태우며 앞에 있는 톰을 내려다보다가 말했다.

"자네는 정말 재미있는 처남이야!"

"그 말은 바운더비 노인네가 정말 재미있는 매형이란 뜻이겠네요?"

"잘도 빈정대는군, 톰."

제임스 하트하우스가 말했다.

꽤 멋진 조끼를 입은 신사와 가까워진다는 건, 그래서 꽤 다정한 어투에 꽤 다정한 목소리로 톰이라고 불린다는 건, 구레나룻이 꽤 멋진 신사와 이렇게 빨리 스스럼없는 사이가 된다는 건 정말 유쾌한 일이라서 톰은 날아갈 것 같은 기분으로 말했다.

"아! 바운더비 노인네를 말하는 거라면 나는 그 사람이 싫어요. 나는 그 사람을 말할 때는 언제나 바운더비 노인네라 칭하고 마음속으로도 그렇게 생각해요. 바운더비 노인네에게 예의를 갖출 생각은 없거든요. 그러기엔 너무 늦었어요."

"그런 건 아무래도 상관없는데 그 사람 부인이 옆에 있을 때는 조심해야지."

"그 사람 부인요? 우리 누나요? 맙소사!"

톰이 웃으면서 차가운 술을 조금 더 마셨다.

제임스 하트하우스는 똑같은 곳에 똑같은 태도로 계속 기댄 채 특유의 느긋한 방식으로 담배를 태우면서 건달을 유쾌하게 바라보는데, 자신이 기분 좋은 악마라는 사실을, 그래서 주변을 맴돌기만 해도 상대는 영혼까지 내놓을 수밖에 없다는 사실을 잘 안다는 표정이다. 실제로 건달은 그런 영향력에 완전히 빠져들고 말았다. 그래서 상대를 은근히 바라보기도 하고 존경스런 눈으로 바라보기도 하고 대담하게 바라보기도 하다가 한쪽 다리를 소파에 올리며 다시 물었다.

"우리 누나요? 우리 누나는 바운더비 노인네를 아주 싫어했어요."

"그건 과거시제잖아, 톰. 우리는 현재시제로 대화하는 중이고."

제임스 하트하우스가 대답하곤 새끼손가락으로 담배 끝에 매달린 재를 톡 치자, 톰이 말했다.

"자동사, 싫어하다. 직설법, 현재시제. 일인칭 단수, 나는 싫어한다. 이인칭 단수, 너는 싫어한다. 삼인칭 단수, 우리 누나가 싫어한다."

"훌륭하군! 대단해! 하지만 진심은 아닐 거야."

"진심이에요. 맹세해요! 맙소사, 우리 누나가 바운더비 노인네를 좋아하는 것처럼 보인다고 말하려는 건 설마 아니겠죠?"

"여보게, 두 사람이 결혼해서 서로 어울리며 행복하게 살아가는 모습을 보면 당연히 그렇게 생각하는 거 아닌가?"

톰은 이미 소파에 두 발을 다 올린 상태였다. 이미 두 번째 다리를 안 올렸더라면 상대가 '여보게'라고 부르는 순간에 그렇게 해서 극적인 효과를 냈을 게 분명하다. 하지만 벌써 올려놓았으니, 뭔가 다른 동작이라도 해야 할 것 같아 몸을 기다랗게 쭉 펴서 소파 끝에 뒷머리를 기대곤 더할 나위 없이 느긋한 자세로 담배를 태우다가 평범한 얼굴에 상당히 취한 눈을 돌려서 상대방 얼굴을 바라보며 대답했다. 극히 무관심하면서도 강렬하게 톰을 내려다보는 얼굴이었다.

"선생님도 우리 아버지를 아시니, 우리 누나가 바운더비 노인네와 결혼한 건 어찌 보면 당연한 결과란 걸 짐작할 거예요. 누나는 남자를 모르고 아버지는 바운더비 노인네를 추천하고, 그래서 결혼한 거지요."

"자네 누나는 흥미진진하면서도 순종적이군."

"그래요. 하지만 내가 아니었다면 그렇게 순종하지 않고, 그렇게 쉽게 결혼하지도 않았을 거예요."

악마가 눈썹만 살짝 추켜세우는데도 건달은 열심히 털어놓을 수밖에 없으니, 잘난 척하는 말이 계속 흘러나왔다.

"내가 누나를 설득했어요. 당시에 나는 원치도 않는 바운더비 은행에 꼼짝없이 처박혔는데, 누나가 바운더비 노인네를 외면하면 내가 고생할 게 분명하거든요. 그래서 내가 부탁하고, 누나는 들어주었어요. 누나는 나를 위해서라면 무엇이든 할 거예요. 대단한 누나예요, 그죠?"

"정말 대단하군, 톰!"

"나에겐 중요해도 누나에게 중요한 건 아니었어요. 나에겐 자유롭고 편안한 생활과 승진 같은 게 달렸는데 누나에겐 사랑하는 남자가 없고 집에 머무는 건 감옥 같았지요…… 내가 떠난 다음엔 더더욱. 바운더비 노인네 때문에 다른 남자를 포기한 건 아니지만, 누나는 참 착해요."

"정말 대단하군. 그런데도 그렇게 침착하게 살아가다니."

제임스가 말하자, 톰은 또 잘난 척하면서 대답했다.

"아, 누나는 진짜 여자라서 그래요. 여자는 어디서든 잘 지내잖아요. 누나는 새로운 삶에 정착해서 이제 아무런 상관도 안 해요. 다른 생활이나 그 생활이나 똑같으니까요. 그런데 누나가 여자긴 해도 평범한 여자는 아니에요. 내가 자주 목격한 바에 의하면, 가만히 앉아서 불길을 바라보고 한 시간 이상 내면세계에 깊이 빠져들며 명상에 잠길 수 있거든요."

"그래! 내면세계가 정말 풍부하군."

제임스가 말하며 조용히 담배를 빨았다.

"선생님이 생각하는 만큼은 아니에요. 우리 아버지가 쓸데없는 잡동사니를 잔뜩 집어넣었거든요. 그게 아버지 시스템이에요."

"친딸에게 자기 생각만 잔뜩 주입했다는 뜻인가?"

"친딸만 그랬겠어요? 다른 사람도 많아요. 나도 마찬가지고!"

"말도 안 돼!"

제임스가 깜짝 놀라자, 톰이 머리를 흔들면서 말했다.

"하지만 사실이에요. 나 역시 집을 처음 나와서 바운더비 노인네 은행에 들어갈 때만 해도 임시고용직만큼이나 어리벙벙하고 인생 자체에 대해 누구보다 아는 게 적었다고요."

"그러지 마, 톰! 도저히 믿을 수 없어. 농담은 농담으로 끝내자고."

"아니에요. 지금 나는 진지해요. 정말이에요! 맹세해요!"

톰이 말하더니, 극히 진지하고 엄숙하게 담배를 빨다가 매우 만족스러운 어투로 덧붙였다.

"아! 그 뒤로 조금씩 배웠어요. 그건 부정하지 않아요. 하지만 나 혼자 배운 거니까 우리 아버지하고는 상관없어요."

"그럼 지적인 자네 누나는?"

"지적인 누나는 옛날과 비슷해요. 여자라면 누구나 의지할 상대가 있는 법인데 자신은 그럴 상대가 없다고 예전에 툭하면 불평했거든요. 요새는 어떤지 모르겠지만."

톰이 말하더니, 담배 연기를 다시 내뿜으며 잘난 척했다.

"하지만 누나는 상관하지 않아요. 여자는 어떤 식으로든 버티잖아요."

"어제저녁에 바운더비 사장님 주소를 물어보러 은행에 갔다가 나이 많은 부인을 만났는데, 자네 누나를 상당히 높이 평가하는 것 같더군."

제임스가 말하면서 다 태우고 남은 꽁초를 멀찌감치 던졌다.

"그럼, 스파싯 부인을 벌써 만났단 말이에요?"

제임스가 고개를 끄덕이자, 톰은 입에서 담배를 빼 들고 의미심장한 표정으로 (벌써 풀리기 시작한 눈으로) 한쪽 눈을 감으며 찡긋하더니, 손가락으로 자기 코를 톡톡 치다가 말했다.

"내가 보기에 스파싯 부인은 우리 누나를 높이 평가하는 이상이에요. 헌신적으로 사랑한다고나 할까? 스파싯 부인은 바운더비 노인네가 총각일 때 유혹한 적이 한 번도 없답니다. 단 한 번도!"

건달은 이렇게 말한 다음에 꾸벅꾸벅 졸다가 깊은 잠에 빠져들었다. 그래서 누가 장화 신은 발로 톡톡 차는 꿈이 기분 나쁜 데다 "일어나, 늦었네. 그만 가보게!" 하고 말하는 소리까지 들려서 깨어나더니, 소파에서 엉거주춤 일어나며 말했다.

"으음! 하지만 이제 가야겠어요. 담배가 정말 좋네요. 하지만 맛이 너무 순해요."

"그래, 맛이 너무 순해."

"맛이 어이없을 정도로 순해요. 문이 어딘가? 안녕히 계세요!"

톰은 호텔 심부름꾼이 자신을 데리고 안개를 뚫고 나아가며 힘들게 고생하는 이상한 꿈을 꾸는데, 꿈은 갑자기 거리로 변하고 자신은 혼자였다. 그래서 집까지 느긋하게 걸어갔다. 하지만 새로 만난 사람에게서 받은 강력한 인상과 영향력까지 떨쳐낸 건 아니었다. 공중 어딘가를 맴돌면서 여전히 느긋한 표정으로 자신을 내려다보는 느낌이었다.

건달은 집으로 가서 잠자리에 들었다. 그날 밤에 자신이 한 짓을 이해한다면, 그래서 건달기는 줄어들고 남매간의 정은 늘어난다면, 도중에 방향을 돌려서 까맣게 변해 악취가 진동하는 강가로 내려가, 강바닥으로 들어가서 더러운 물에 머리를 처박고 다시는 세상으로 안 나올게 분명했다.

4장. 노동하는 형제들

"아, 힘들게 짓밟히며 일하는 코크타운 동지 여러분! 아, 압제와 착취와 폭정에 노예처럼 살아가는 동지 여러분! 아, 함께 고생하고 함께 노동하며 함께 살아가는 동지 여러분! 여러분에게 선포하노니, 때가 왔습니다, 자본가 계급을 타도할 때가 왔습니다! 우리 모두 손을 마주 잡고 하나로 단결해서 우리 가족을 착취하고, 우리 이마에 송골송골 맺힌 땀, 열심히 일한 우리 두 손, 힘을 발휘한 우리 근육, 인간이 천부적으로 타고난 위대한 권리, 노동조합의 신성하고 영원한 권리를 착취한 덕분에 온갖 사치를 누리는 자본가 계급을 타도해야 합니다!"

"찬성이오!" "옳소, 옳소, 옳소!" "만세!" 등 다양하게 외치는 소리가 수많은 사람이 질식할 것처럼 빼곡히 들어찬 비좁은 강당 여기저기에서 일어나고, 연사는 연단에서 가슴 속에 가득한 분노를 열심히 뱉어냈다. 뜨거운 열기에 대고 마구 뱉어내느라 몸이 달아오르고 목이 쉰다. 너울대는 불빛 아래서 목청껏 소리치고 주먹을 불끈 움켜쥐고 이맛살을 찡그리고 이를 악물고 두 팔로 탁자를 내려치느라 결국엔 진이 빠져서 연설을 잠시 멈추고 마실 물을 요청했다.

연단에서 연사가 물을 마시며 잔뜩 달아오른 얼굴을 식히는데, 그 모습이 연사를 열심히 바라보는 군중에 비해 상당히 흉하게 보였다. 겉으로는 자신이 올라선 연단 높이만큼 군중보다 뛰어나 보이지만, 사실은 인간 됨됨이 등 다양한 측면에서 훨씬 떨어졌다. 정직하지 않고, 남자답지 않고, 성격도 좋은 편은 아니고, 소박한 군중과 달리 교활하고, 묵직한 군중과 달리 가벼웠다. 인상은 나쁘고, 목에 힘은 잔뜩 들어가고, 이마는 잔뜩 찡그리고, 얼굴은 습관적으로 찌푸리고, 알록달록한 옷은 군중이 걸친 소박한 작업복에 비해 아주 흉했다. 귀족이든 평민이든 자기만족에 빠져든 사람이 지루하게 연설하는 내용을, 무슨 말인지 이해할 수 없도록 연설하는 내용을 수많은 사람이 잔뜩 집중하며 듣는 장면은 언제 봐도 이상한데, 성실하고 소박한 사람들이, 편견 없이 제대로 본다면 본질적으로 정직한 사람들이, 이런 선동가 연설에 흥분하는 장면을 보면 참으로 이상한 나머지 구슬픈 기분까지 든다.

"찬성이오!" "옳소, 옳소, 옳소!" "만세!" 군중이 소리치며 높은 관심과 의지를 내보이는 장면이 정말 인상적이다. 느긋한 자세도, 늘쩍지근한 자세도, 쓸데없는 호기심도 없다. 이런 집회에서 흔히 나타나는 무관심한 표정 역시 어디에서도 찾아볼 수 없다. 모두 각자가 처한 현실을 어떤 식으로든 열악하게 느낀다는 사실, 모두 힘을 합쳐서 이런 현실을 극복해야 한다고 느낀다는 사실, 주변에 가득한 동지와 하나로 단결하는 걸 유일한 희망으로 모두가 느낀다는 사실, 옳든 그르든 (불행하게도 이번에는 그르지만) 이런 신념을 모두가 확고하고 진지하고 철저하게 품었다는 사실이 현장 분위기를 있는 그대로 바라보려는 사람에게 천장에 드러난 대들보나 하얗게 칠한 벽돌 담장만큼이나 또렷했다. 이런 사람이 보기에, 집회 자체는 엉뚱한 방향으로 빠져드는데도 모든 사람이 아주 바람직하고 긍정적인 품성으로 해석해도 충분한 자질을 위대하게 드러낸다는 사실을, (극히 평범하면서도 보편적인 진실에 근거해) 그들이 엉뚱한 길로 들어서서 명분과 합리성을 모두 잃었다고 주장하는 건 불을 안 피워도 연기가 난다거나 태어나지 않아도 죽는다거나 씨앗을 안 뿌려도 수확한다거나 무에서 유를 만들어낸다고 주장하는 것과 마찬가지라는 사실을 가슴 깊이 느낄 수밖에 없었다.

기운을 회복한 연사는 여러 겹 접은 손수건으로 주름진 이마를 왼쪽에서 오른쪽으로 몇 차례 닦아내고 되살린 힘을 하나로 모아서 경멸스럽기도 하고 비참하기도 하다는 표정으로 비웃으며 다시 말했다.

"그런데, 아, 동지 여러분! 아, 이리저리 짓밟히며 고생스럽게 일하는 코크타운 동지 여러분! 노동자라는 위대한 이름을 더럽히는 인물이 있으니 우리는 그 사람에게 뭐라고 해야 하겠습니까, 이 땅에서 누구보다 중요한 노동자가 고통과 학대 속에서 살아간다는 사실을 너무나 잘 알 뿐 아니라 여러분 모두 노동자총연맹에 조합비를 내고 여러분에게 바람직한 내용이라면 총연맹에서 어떤 명령을 내리든 모두 따르겠다고 만장일치로 당당하고 고상하게 결정해서 자본가 계급을 덜덜 떨도록 만든다는 사실을 잘 알면서도 이렇게 중요한 순간에 자리를 비우고 깃발을 팔아먹는 사람에게, 이렇게 중요한 순간에 배신자며 비겁자며 겁쟁이로 돌아서는 사람에게, 이렇게 중요한 순간에 자신은 함께하지 않겠다고, 자유와 정의를 쟁취하기 위해 당차게 벌이는 싸움에 동참하지 않겠다고 여러분 앞에서 창피한 줄도 모르고 노예처럼 나약하게 떠들어대는 사람에게, 우리가 뭐라고 해야 하는지 본인은 여러분에게 묻고자 합니다."

여기에서 군중이 갈렸다. 야유하고 비난하는 소리도 일지만, 명예를 중시하는 사람 대부분은 당사자 말을 들어보지도 않고 비난할 순 없었다. 그래서 "당신 말이 맞는지 확인합시다, 슬랙브리지!" "당사자를 연단에 올리시오!" "당사자 말을 들어봅시다!" 하는 말이 사방에서 터져 나오더니, 마지막으로 굵직한 목소리가 울려 퍼졌다.

"그 사람이 여기에 있소? 여기에 있다면, 슬랙브리지, 당신 말이 아니라 그 사람 말을 직접 들어봅시다."

이 말에 많은 사람이 호응하며 환호하자, 연사 슬랙브리지는 상대를 압도하는 미소를 머금으며 주변을 둘러보다가 (이런 사람이 흔히 그러듯) 오른손을 쭉 뻗어서 술렁이는 바다를 가라앉히더니, 주변에 침묵이 깔릴 때까지 기다리다가 정말 경멸스럽다는 표정으로 머리를 절레절레 흔들며 말했다.

"아, 동지 여러분! 노동으로 단련된 여러분으로선 그런 사람이 존재한다는 사실을 의심하는 게 당연합니다. 하지만 구약에는 팥죽 한 그릇에 장자의 권리를 팔아넘긴 에사오가 존재하고 신약에는 예수를 팔아먹은 유다가 존재하고 현실에는 노동자를 학살한 카슬레이가 존재하듯, 그 사람도 존재합니다!"

연단 근처에서 사람들이 밀치며 잠시 동요하더니, 결국에는 한 사내가 연사 옆으로 올라가서 군중을 바라보았다. 창백한 얼굴을 살짝 떠는데 입술이 특히 그랬다. 하지만 가만히 서서 왼손을 턱에 댄 채 주변이 조용하기만 기다렸다. 집회에는 모든 절차를 관장하는 의장이 있어서 지금 이 문제를 해결하려고 앞으로 나서며 말했다.

"동지 여러분, 본인은 의장으로서, 이 사람 스티븐 블랙풀이 말하는 동안, 이 문제로 약간 지나치게 흥분한 것처럼 보이는 우리 친구 슬랙브리지에게 자리에 앉도록 권하는 바이오. 이 사람 스티븐 블랙풀은 여러분 모두가 잘 압니다. 이 사람은 주변에 평판이 좋지만 개인적으로 커다란 불행에 시달린다는 사실 역시 여러분은 잘 압니다."

의장은 이 말과 함께 상대와 스스럼없이 악수하고 다시 자리에 앉았다. 슬랙브리지도 마찬가지로 자리에 앉아서 뜨겁게 달아오른 이마를 훔치는데, 매번 왼쪽에서 오른쪽으로 문질렀다. 오른쪽에서 왼쪽으로 문지른 적은 한 번도 없었다.

이윽고 사방이 쥐죽은 듯 조용한 가운데 스티븐이 입을 열었다.

"동지 여러분, 지금까지 나에 대해서 하는 말을 들었는데, 수정할 부분은 없는 것 같습니다. 하지만 나에 관한 이야기는 다른 사람이 아니라 내 입으로 직접 전하고 싶습니다. 많은 사람 앞에 서면 머리가 멍하고 입이 떨리지만 말입니다."

슬랙브리지가 역겹다는 표정으로 절레절레 머리를 흔들고, 스티븐은 계속 말했다.

"새로운 규약에 동참하지 않는 일손은 바운더비 공장에서 나 한 명밖에 없습니다. 그런데 나는 거기에 동참할 수 없습니다. 동지 여러분, 나는 새로운 규약이 여러분에게 도움이 될까 의심스럽습니다. 오히려 해를 끼칠 가능성이 크다고 생각합니다."

슬랙브리지가 웃으며 팔짱을 끼고 빈정거리듯 인상을 찡그렸다.

"하지만 내가 동참하지 않는 까닭은 그게 아닙니다. 다른 까닭이 없다면 나 역시 여러분과 함께했을 겁니다. 그러나 나에겐 뒤로 빠질 수밖에 없는 까닭이 - 개인적인 까닭이 - 있습니다, 지금만 그런 게 아니라 앞으로 죽을 때까지 계속!"

슬랙브리지가 벌떡 일어나서 옆으로 가더니 이를 부드득 갈며 소리쳤다.

"아, 동지 여러분, 내가 여러분에게 말하지 않았습니까? 아, 동지 여러분, 내가 여러분에게 경고하지 않았습니까? 부당한 법 때문에 오랫동안 고통을 겪는다는 사람이 어떻게 이리도 비굴할 수 있단 말입니까? 아, 동지 여러분, 본인은 여러분에게 묻고 싶습니다, 여러분 가운데에서 매수당한 사람이 어떻게 나올 수 있단 말입니까, 그래서 자기 자신과 여러분은 물론 여러분 자녀와 후손까지 파멸의 구렁텅이로 몰아넣을 수 있단 말입니까?"

환호하는 소리와 비난하는 소리가 곳곳에서 일어나지만, 군중 대부분은 침묵했다. 그래서 지칠 대로 지친 스티븐 얼굴을 쳐다보다가 모든 게 꾸밈없이 드러나는 표정에 동정심을 느꼈다. 화가 나는 게 아니라 마음이 아팠다. 천성이 착한 사람들이었다.

스티븐이 다시 말했다.

"저 사람은 연설하는 게 직업이고 연설해서 돈을 버니, 자신이 무얼 어떻게 해야 하는지 잘 압니다. 그러니 자기 일에나 신경 쓰라고 하세요. 내가 감당할 문제에는 신경을 끊으라고 하세요. 그건 저 사람 몫이 아닙니다. 그건 오로지 나 혼자서 감당할 몫입니다."

스티븐이 하는 말에 위엄이 있다고 말할 순 없지만 나름대로 군중이 집중하며 귀를 기울이도록 하는 힘은 있었다. 그래서 굵직한 목소리가 "슬랙브리지, 저 사람이 계속 말하도록 당신은 입을 다무시오!" 하고 다시 소리치고, 주변은 놀라울 정도로 조용하게 변했다. 그러자 스티븐이 작지만 또렷한 목소리로 말했다.

"함께 일하는 동료며 형제 여러분, 여기에 계신 이분과 달리 나에게 여러분은 동료요 형제니, 내가 여러분에게 한마디만 하고 싶은데, 온종일 말하라고 해도 내가 할 수 있는 말은 이것 한 마디밖에 없습니다. 나는 지금 눈앞에서 벌어지는 사태를 잘 압니다. 이번 문제에 동참하지 않는 사람과 모든 관계를 단절하기로 여러분이 결의했다는 사실도 잘 압니다. 내가 길가에 쓰러져서 죽어간다 해도 여러분은 외국인이나 이방인 보듯 그냥 지나치게 될 거란 사실 역시 잘 압니다. 내가 자초한 것이니, 나로선 최선을 다해서 견디는 방법밖에 없겠지요."

의장이 일어나서 권했다.

"스티븐 블랙풀, 다시 생각하게. 오랫동안 알고 지내던 친구들이 모두 등을 돌리기 전에 다시 생각하라고, 이 사람아."

모두가 같은 마음으로 웅성거리는 소리는 일어나지만 또렷하게 말하는 사람은 없었다. 모든 시선이 스티븐 얼굴에 꽂혔다. 스티븐이 결심을 뒤집고, 그래서 모두가 마음의 부담을 덜어내길 간절하게 원했다. 스티븐도 주위를 둘러보다가 이런 분위기를 느꼈다. 동료들에게 나쁜 감정은 하나도 없었다. 겉으로 드러나는 다양한 오해와 오류 밑바닥 깊은 곳에서 함께 노동하는 사람 특유의 동질감을 충분히 느낄 수 있었다.

"나도 적잖게 생각했습니다, 의장님. 하지만 동참할 수 없습니다. 나는 내 앞에 놓인 길을 따라가야 합니다. 여기에서 모두와 작별해야 합니다."

스티븐이 두 팔을 들어서 모두에게 정중하게 인사하며 잠시 침묵하다가 시선을 천천히 돌려서 모두를 쳐다본 다음에 비로소 입을 다시 열었다.

"내가 지금보다 젊고 근심도 적을 때 여러 사람과 즐거운 얘기를 많이 나누었는데, 그 사람들 얼굴이 여기에서 많이 보이는군요. 나는 세상에 태어나서 같은 노동자와 말다툼을 벌인 적이 지금까지 한 번도 없습니다. 지금도 내가 원해서 이러는 게 아니란 사실은 하느님이 아십니다. 당신은 내가 배신자라고 했어요. 물론, 까닭을 알려고 애쓰기보다 그냥 그렇게 부르는 편이 훨씬 편하겠지요. 그렇다면 그렇게 마음대로 부르세요."

스티븐이 슬랙브리지에게 말하더니, 연단에서 한두 걸음 내려오다가 미처 말 못 한 내용을 떠올리곤 다시 올라가, 주름진 얼굴로 군중을 천천히 둘러보며 한 명 한 명에게 전하듯 다시 말했다.

"이 문제로 토론하고 결론을 내리면 내가 함께 일하는 걸 여러분 모두 거부하는 사태까지 생기겠지요. 나는 그런 시간이 오기 전에 죽거나, 그런 시간이 올 때까지 여러분 속에서 외롭게 일하길 바랄 뿐입니다. 나 역시 일해야 하니까요. 동지 여러분, 여러분과 맞서기 위해서가 아니라 먹고 살기 위해서. 일하지 않으면 먹고 살 도리가 없으니까요. 여기에서 일하지 않으면 내가 도대체 어디로 가겠습니까, 어릴 때부터 여기 코크타운에서 일하던 내가? 앞으로 따돌림당하고 무시당하고 외면당해도 나는 불평하지 않겠습니다. 여기에서 일만 할 수 있으면 좋겠습니다. 나에게 권리라는 게 있다면 바로 그거라고 나는 생각합니다, 동지 여러분."

누구도 입을 안 열었다. 강당 전체가 조용했다. 앞으로 아는 척하면 안 되는 사람이 지나도록 길을 비켜주느라 강당 한가운데에서 부스럭대는 소리가 살짝 일어나는 게 전부다. 스티븐 영감은 머리에 온갖 걱정만 가득한 채 아무에게도 눈길을 안 주고 발걸음을 힘없이 꾸준히 떼어내며 집회 현장을 초라하게 떠났다.

스티븐이 사라지는 동안 슬랙브리지는 군중 사이에서 잔뜩 달아오르는 동정심을 무한한 노력과 엄청난 정신력으로 가라앉히려는 듯 연사 특유의 자세로 한쪽 팔을 뻗고 가만히 있다가 분위기를 새롭게 띄우려고 애썼다.

아, 동지 여러분, 로마에서 브루투스는 로마를 배신한 친아들을 두 명이나 사형시키고, 아, 이제 곧 승리할 동지 여러분, 스파르타 어머니는 도망치는 자식을 적군의 창검으로 내몰지 않았습니까? 그렇다면 우리 코크타운 노동자가 앞서 살아간 선배를 위해, 함께 일하는 훌륭한 동료를 위해, 우리 뒤를 이어나갈 후손을 위해, 신성하고 거룩한 조직에서 배신자를 내쫓는 건 극히 당연하면서도 신성한 의무 아니겠습니까? 하늘에서 일어나는 바람도 그렇다고 대답하며 동서남북으로 퍼져나갑니다. 그러니 우리 모두 노동자총연맹을 위해 만세삼창을 외칩시다!

슬랙브리지가 선창하자, 다소 양심에 찔려서 모호한 표정을 짓던 군중이 환한 얼굴을 떠올리며 그대로 따라서 외쳤다. 어차피 개인적인 감정보다는 공동 목적이 더 중요하지 않은가? 만세! 군중이 해산할 때까지 지붕에서 만세 소리가 울렸다.

스티븐 블랙풀은 외롭게 살아갈 운명으로, 친숙한 군중 속에서 고독하게 살아갈 운명으로 너무 쉽게 빠져들었다. 원래는 가까운 친구였으나 이제 외면하는 얼굴을 매일 열 명씩 지나치는 신세보다 낯선 땅에서 수만 명을 들여다보아도 아는 척하는 얼굴 하나 찾을 수 없는 이방인 신세가 훨씬 편할 것 같았다. 이런 따돌림을 스티븐은 작업장에서, 출퇴근하는 길에서, 집 앞에서, 창가에서, 사방에서 겪어야 했다. 심지어 사람들은 스티븐이 습관적으로 걸어 다니는 도로 한쪽 보도까지 피하니, 수많은 노동자 가운데 오직 스티븐 한 명만 그 길로 다닐 정도였다.

스티븐은 원래 차분하고 조용한 사람으로 다른 사람과 별다른 교류 없이 자기 생각에 깊이 빠져 지낼 때가 많았다. 하지만 사람들이 고개를 끄덕이고 눈길을 주고 말을 건네며 아는 척하는 게 자신에게 매우 커다란 힘이 된다는 사실을, 가벼운 인사가 가슴으로 하나씩 파고들며 마음을 편안하게 한다는 사실을 예전엔 미처 몰랐다. 그게 전부가 아니다. 함께 일하는 동료에게 따돌림당할 때마다 솟구치는 수치심을 마음에서 삭여내는 게 정말 믿을 수 없을 정도로 힘들었다.

너무나 길고 힘든 나흘을 처음 겪고 나니, 스티븐으로선 앞으로 살아갈 날이 끔찍하게 두려울 수밖에 없었다. 그동안 레이첼을 못 보기도 했으나 행여나 마주칠 기회가 있으면 스스로 피했다. 따돌림 방침을 공장에서 일하는 여성 노동자까지 확대한 건 아니란 사실은 알지만, 예전에 알고 지내던 여성 노동자 일부가 자신에 대한 태도를 바꾼 걸 보니, 다른 여성 노동자와 접촉하는 자체도 두려운데, 행여나 자신이 함께 있다가 들키면 레이첼까지 따돌림당할까 두려웠다. 그래서 나흘 동안 혼자 지내면서 아무하고도 말을 않다가 밤에 퇴근하자, 안색이 매우 창백한 젊은이 한 명이 거리에서 다가오며 말을 걸었다.

"아저씨가 블랙풀인가요?"

스티븐은 누가 말을 걸어온 게 고맙기도 하고 갑작스럽기도 해서 얼굴을 붉히며 모자를 벗었다. 그리고 모자 안감을 손가락으로 매만지는 척하면서 대답했다.

"그렇소."

"모두에게 따돌림받는 일손이 아저씬가요?"

안색이 정말 창백한 비쩌가 다시 묻고, 스티븐은 "그렇다"고 다시 대답했다.

"사람들이 아저씨를 멀리하는 걸 보고 그럴 거라 짐작했습니다. 바운더비 사장님이 만나자고 하십니다. 사장님 저택을 알지요?"

스티븐은 또다시 "그렇다"고 대답했다.

"그렇다면 지금 당장 찾아가세요, 알겠죠? 사장님이 기다리시니, 하인에게 아저씨 이름만 밝히면 돼요. 나는 은행 소속이에요. 사장님이 아저씨를 데려오라고 하셨는데, 아저씨가 혼자 찾아간다면 나는 거기까지 걸어가는 수고를 덜 수 있을 거예요."

그쪽 길은 자신이 가던 방향과 반대지만 스티븐은 의무감에 뒤로 돌아서 바운더비 거인이 사는 빨간 벽돌 성으로 향했다.

5장. 노동자와 고용주

바운더비가 평소처럼 수다스럽게 말했다.

"어이쿠, 스티븐, 지금 들리는 소리는 어떻게 된 건가? 버러지만도 못한 자식들이 자네에게 무슨 짓을 한 건가? 어서 들어와서 말하게."

스티븐은 응접실에 들어섰다. 상에는 차와 간식을 차려놓고, 바운더비 사장 말고도 젊은 부인과 처남과 런던에서 온 훌륭한 신사까지 있었다. 스티븐은 이들에게 인사한 다음, 방문을 닫고 그 옆에서 모자를 벗어 한 손에 들었다.

"저 사람이 내가 말한 사람이오, 제임스."

바운더비 사장이 말하자, 신사는 소파에 앉아 바운더비 부인과 대화하다가 일어나서 느긋한 어투로 "그래요?" 하고 말하더니, 바운더비 사장이 서 있는 벽난로 앞으로 느긋하게 다가가고, 바운더비는 다시 말했다.

"어서 말하게!"

나흘을 힘들게 보낸 스티븐 귀에 이 말이 너무 무례하고 거만하게 내리꽂혔다. 상처 입은 마음을 한층 더 아프게 쑤셔댈 뿐 아니라, 슬랙브리지 말대로 자신을 이기적으로 배신한 사람처럼 여기는 것 같기도

했다.

"저에게 알고 싶으신 게 무언데요, 사장님?"

스티븐이 묻자, 바운더비가 대답했다.

"이미 얘기했잖아. 자네는 사내니, 시원하게 털어놓게. 그래서 자네와 조직 사이에 벌어진 일을 그대로 알려주게."

"죄송합니다만, 사장님, 그 문제에 대해선 드릴 말씀이 없습니다."

스티븐이 대답하자, 평소에도 바람을 불어대길 좋아하던 바운더비 사장은 뭔가 있다 생각하고 정면으로 바람을 불어댔다.

"여길 보시오, 제임스, 일손이 어떤지 잘 보여주는 표본이 여기에 있소. 이 사람이 전에 여기에 왔을 때 나는 나쁜 외지인이 - 발견하는 즉시 교수형에 처해야 할 사람들이 - 접근하는 걸 항상 조심하라고, 까딱하면 나쁜 방향으로 접어든다고 경고했소. 그런데 그런 사람들에게 낙인찍힌 지금까지 노예처럼 매여서 그들에 대해 말하는 걸 두려워한다면 당신은 믿을 수 있겠소?"

"할 말이 없어서 할 말이 없다고 한 겁니다, 사장님, 말하는 게 두려운 게 아니라."

"할 말이 없어서 할 말이 없다고 했다! 그래! 무슨 말인지 알겠어. 무슨 뜻인지도 알고. 말과 뜻이 언제나 똑같은 건 절대 아니거든! 완전히 달라. 우리에게 당장 털어놓는 게 좋아, 슬랙브리지라는 작자는 우리 도시 출신이 아닌데도 사람들에게 반란을 선동하고, 정상적인 자격을 갖춘 지도자도 아니며, 정말 지독한 악당이란 사실을. 우리에게 당장 털어놓는 게 좋아. 나를 속일 순 없어. 자네도 우리에게 그렇게 말하고 싶잖아. 그러니 어서 말하라고."

그러자 스티븐이 머리를 흔들며 대답했다.

"사람들을 이끄는 지도자가 나쁜 건 저 역시 사장님만큼이나 안타깝습니다. 하지만 위에서 내려온 사람이니 어쩔 수 없습니다. 더 좋은 지도자를 구할 수 없다는 게 사람들에게 커다란 불행일 뿐이지요."

바람이 거세게 일어나기 시작했다. 바운더비 사장이 이렇게 말한 것이다.

"지금 당신은 맛보기 인물이 정말 대단하단 생각을 할 거요. 맛보기 인물이 상당히 강인하단 생각을 할 거요. 내가 장담하는데, 지금 당신은 우리 친구들이 다룰 맛보기 인물로 딱 어울린다는 생각을 할 거요. 하지만 이건 아무것도 아니오! 이 사람이 대답하는 말을 들어보시오."

바람이 빠르게 불어 닥쳤다.

"스티븐, 조직에 가담하는 걸 거부한 까닭이 뭔지 물어도 괜찮겠나?"

"거부한 까닭이요?"

"그래, 거부한 까닭."

바운더비 사장이 대답하며 양쪽 옷소매에 엄지손가락을 걸치더니, 고개를 홱 돌려서 두 눈을 꼭 감는 표정이 마치 맞은편 벽과 은밀한 대화라도 나누는 것 같았다.

"그 얘긴 하고 싶지 않습니다, 사장님. 하지만 사장님은 계속 물으시고 나는 버릇없이 굴고 싶은 마음이 없으니, 대답하지요. 약속 때문입니다."

"하지만 나에게 약속한 건 아니야."

바운더비가 말했다. (돌풍이 부는 날씨에도 바람이 잔잔할 때는 있다. 지금이 그랬다.)

"그래요. 사장님에게 약속한 건 아니에요."

스티븐이 대답하자, 바운더비는 벽에게 비밀이라도 속삭이듯 말했다.

"자네가 그렇게 한 건 나를 생각했기 때문이 조금도 아니야. 문제가 코크타운의 조사이아 바운더비 하나밖에 없다면 자네는 조금도 주저하지 않고 거기에 가담했겠지?"

"그렇습니다, 사장님. 그 말씀이 맞습니다."

스티븐 대답에 바운더비 사장이 갑자기 강풍을 몰아쳤다.

"악당과 반역자가 가득해서 모두 유배형을 보내도 모자란다는 사실을 잘 아는 사람이 이런답니다! 당신은 여러 나라를 돌아다녔는데, 제임스, 축복받은 우리나라 말고 다른 나라에서도 이런 사람을 본 적 있소?"

그리곤 바운더비 사장이 한번 살펴보라며 손가락으로 스티븐을 가리키는데, 잔뜩 화난 표정이었다.

스티븐은 자신에게 가한 비난을 완강하게 부인하더니, 본능적으로 루이사 얼굴을 쳐다보며 하소연했다.

"아닙니다, 마님. 반역자도 없고 악당도 없습니다. 그런 사람은 하나도 없습니다, 마님, 하나도 없어요. 사람들이 저를 다정하게 대하지 않는다는 사실은 저도 잘 압니다. 하지만 노동자 전체와 자신을 위해서 어쩔 수 없다고 생각하기 때문이지, 좋아서 그러는 사람은 열 명, 아니 여섯 명도 안 됩니다. 평생을 함께 일하고 함께 살고 함께 먹고 마시고 함께 대화하고 함께 고생하며 사랑한 사람들을 내가 제대로 모른다는 건 있을 수 없습니다! 말도 안 됩니다!"

신분과 성격에 걸맞게 투박하고 솔직한 어투, 동료들은 외면하더라도 자신은 노동자 계급에 대한 신념이 확실하다는 사실에 자부심이 깃든 굵직한 어투였다. 하지만 지금 자신이 어디에 있는지 잘 알기에 목소리를 키우진 않았다.

"아닙니다, 마님, 아닙니다. 모두가 서로를 믿고 신뢰하며 사랑합니다, 죽는 한이 있더라도. 먹을 게 떨어지거나 병들거나 돈 때문에 가난한 집에 슬픈 일이 닥치기라도 하면 모든 사람이 다정하게 다가가서 함께 슬퍼하고 함께 기도하며 위로합니다. 확실합니다. 그들은 산산이 부수어질지언정 절대로 변하지 않습니다."

"한마디로 말해서, 그들은 온갖 미덕을 지녀서 자네를 따돌린다는 뜻이로군. 이왕 시작한 김에 끝까지 말하도록. 계속해."

바운더비 사장이 다그치고 스티븐은 다시 말하는데, 이번에도 루이사 얼굴을 피난처로 삼는 것 같았다.

"우리 노동자들이 이렇게 훌륭한 미덕을 지녔는데도 어째서 고통과 불행과 실수로 이어지는지는 정말 모르겠습니다, 마님. 하지만 훌륭한 미덕을 지닌 건 확실합니다. 제가 잘 압니다, 저 연기 너머에 하늘이 있다는 사실만큼이나 잘 압니다. 우리는 참을성이 강하며, 대부분 올바르게 살아가길 원합니다. 그래서 저는 이런저런 문제가 생기는 건 우리 때문이 아니라고 생각합니다."

스티븐이 자신을 외면한 채 다른 사람에게만 호소하는 것 같아서 바운더비는 더할 나위 없이 화난 표정으로 소리쳤다.

"여보게, 나에게 잠시만 기회를 준다면 자네하고 한두 마디 얘기하고 싶군. 자네는 이 문제에 대해서 할 말이 하나도 없다고 조금 전에 말했는데, 지금도 그런가? 더 얘기하기 전에 이것부터 확인하자고."

"네, 사장님, 그렇습니다."

스티븐이 대답하자, 바운더비 사장은 엄지손가락을 등 뒤로 돌려서 제임스 하트하우스를 가리키며 말했다.

"런던에서 오신 신사가 여기에 계시네. 나는 우리가 나눌 대화를 잘 알아. 나보다 잘 아는 사람은 없으니 명심하도록! 그래서 나는 신사분이 핵심내용만 듣거나 내가 대신 전달하는 내용을 듣는 대신, 자네와 내가 직접 대화하는 내용을 조금이라도 들려주고 싶네."

스티븐은 런던에서 온 신사에게 머리를 숙이는데, 불안한 기색이 평소보다 많이 드러났다. 그래서 자신도 모르게 피난처 얼굴을 쳐다보다가 (짧지만 의미심장한 표정을 보고) 바운더비 사장에게 시선을 고정했다.

"그래, 자네는 불만이 뭔가?"

바운더비 사장이 묻자, 스티븐이 말했다.

"저는 불만이 있어서 여기에 온 게 아닙니다. 사장님이 찾으신다고 해서 온 겁니다."

그러자 바운더비 사장이 팔짱을 끼며 다시 물었다.

"그렇다면 자네 같은 노동자들은 대체 불만이 뭔가?"

스티븐은 잠시 주저하는 눈빛으로 쳐다보다가 마음을 정한 듯 입을 열었다.

"제가 제대로 말씀드린 적은 없지만 나름대로 느낀 건 있습니다, 사장님. 지금 우리 주변은 모든 게 엉망진창입니다, 사장님. 도시를 둘러보세요. 돈이 넘쳐나지요. 하지만 수많은 노동자를 보세요. 먹고 살려고 여기까지 와서 천을 짜고 보풀을 뜯으면서, 한평생 일만 하면서 힘들게 살다가 무덤으로 들어가지요. 우리가 살아가는 모습을, 우리가 살아가는 공간을, 아무런 가능성도 없이, 좁은 공간에 다닥다닥 붙어서 항상 똑같이 살아가는 우리를 보세요. 공장이 돌아가는 모습을, 우리를 끊임없이 혹사하며 한 곳으로 몰아가는 모습을, 죽음으로 몰아가는 모습을 보세요. 사장님들이 우리를 어떻게 생각하고, 어떤 글을 쓰고, 어떻게 말하고, 대표단을 구성해서 여러 장관님을 찾아다니며 이런저런 내용을 협의하고, 사장님들은 항상 옳고 우리는 항상 틀리며, 우리에겐 이성을 찾을 수 없는 까닭이 무언지 보세요. 해를 거듭하고 세대를 거듭할수록 이런 문제가 어떻게 늘어나면서 광범위하게 퍼져나가는지 보세요. 이런 걸 보고도 엉망진창이 아니라고 당당하게 말할 사람이 과연 있을까요?"

바운더비 사장이 대답했다.

"물론 있다마다. 어쨌든 이번에는 (자네가 말한) 엉망진창을 어떻게 풀어야 하는지 저 신사에게 말해 보게."

"모릅니다, 사장님. 저로선 어림짐작할 수도 없습니다. 해결방법을 찾는 건 제가 할 일이 아닙니다, 사장님. 그걸 찾아야 할 사람은 우리 위에 군림하는 사람, 노동자 머리 위에 군림하는 사람들입니다. 그 사람들이 그런 일도 안 하면 도대체 무슨 일을 한단 말입니까?"

바운더비 사장이 대답했다.

"내가 거기에 대해서 한마디 하지. 슬랙브리지 같은 사람 대여섯 명을 본보기로 삼는 거야. 중죄로 기소해서 멀리 유배를 보내는 식으로 말이야."

스티븐이 근심스런 표정으로 머리를 절레절레 흔들자, 바운더비 사장이 다시 말하는데, 이번엔 태풍이 불어 닥쳤다.

"우리가 못 할 것 같나? 두고 봐, 확실히 처리할 테니까!"

그러자 스티븐은 확실한 태도로 차분하게 대답했다.

"사장님, 슬랙브리지 같은 사람 백 명을 – 나타나는 족족 수백 명이라도 – 잡아서 자루에 담아 깊은 바다에 빠뜨려 세상에 두 번 다시 못 나오게 한다고 해도 엉망진창은 그대로일 수밖에 없습니다."

스티븐이 걱정스러운 미소를 머금으며 계속 말했다.

"나쁜 외지인! 우리는 이 말을 귀에 못이 박이도록 들었습니다! 하지만 문제를 일으키는 건 이 사람들이 아닙니다, 사장님. 나는 이 사람들을 좋아하지도 않고 좋아할 이유도 없지만, 이들이 노동운동할 명분 자체를 해소하는 대신 이들이 노동운동을 못 하게 하는 건 성공 가능성이 조금도 없습니다! 제가 들어오기 전부터 여기 응접실에 물건이 있고 제가 떠나도 그대로 있는 것처럼 말입니다. 저 시계를 배에 태워서 뉴질랜드 남쪽 조그만 섬으로 보내도 시간은 똑같이 흘러가는 것처럼 말입니다. 슬랙브리지 같은 사람도 마찬가집니다."

스티븐은 피난처 얼굴로 돌아가서, 출구를 조심스럽게 가리키는 시선을 발견했다. 그래서 뒤로 물러나 한 손을 손잡이에 올렸다. 하지만 지금까지 자신이 이렇게 말한 건 의지와 욕구가 있었기 때문이 아니라, 최근에 동료들이 따돌리며 상처를 주긴 했어도 자신은 마지막까지 노동자로 최선을 다해서 고상하게 행동하고 싶었기 때문이다. 그래서 동작을 멈추고 마음에 담긴 말을 마저 뱉어냈다.

"사장님, 노동자 계급 가운데에는 이런 문제를 개선할 방도에 대해 저 신사에게 말씀드릴 사람이 있겠지만, 저는 배움도 없고 천한 사람이라서 그럴 능력이 없습니다. 하지만 문제 해결에 아무런 도움이 안 되는 것에 대해선 말씀드릴 수 있습니다. 강경한 수단은 아무런 도움이 안 됩니다. 상대를 폭력으로 억누르는 방법 역시 마찬가집니다. 한쪽 말은 아무리 어이가 없어도 항상 옳다며 받아들이고 한쪽 말은 아무리 옳아도 항상 틀렸다며 외면하는 방식 역시 절대 아무런 도움이 안 됩니다. 그렇다고 해서 그냥 내버려 두는 방법 역시 절대로 도움이 안 됩니다. 수천수만에 달하는 노동자가 한계선상에서 힘들게 살아가며 진흙탕에 빠져드는데도 사장님들이 모른 척한다면 도저히 건널 수 없는 암흑세계가 중간에 생겨나, 이런 차이를 해결할 때까지 양쪽 모두 다양한 고통에 시달릴 수밖에 없습니다. 다양한 문제에 시달리면서도 서로에게 가까이 다가서고 다양한 고통에 시달리면서도 서로를 격려하는 사람들에게 적극적으로 다가가서 인내심을 가지고 친절하게 행동하지 않는다면 – 좁은 소견으로 보기에 저 신사분이 해외를 돌아다닐 때도 이렇게 훌륭한 사람은 못 봤을 것 같은데 - 태양이 얼음으로 변할 때까지 아무런 문제도 해결할 수 없습니다. 인간은 사랑하는 마음도 있고 좋아하는 감정도 있고 기억도 있고 취향도 있고 따분한 영혼도 있고 희망적인 영혼도 있는데, 이런 걸 모두 무시한 채, 능력에 따라 등급을 매기고 인간을 생산수단이나 기계로 여기고 모든 게 조용히 흘러가길 바라면서 부려 먹다가 문제가 생기면 그때 비로소 인간성이 부족하다는 식으로 비난하는 방식 역시 절대 아무런 도움이 안 됩니다, 사장님, 하느님이 세상을 끝내실 때까지."

스티븐은 열린 문을 한 손으로 잡고 가만히 서서 상대방이 더 듣길 원하는지 살피는데, 바운더비 사장이 뻘겋게 달아오른 얼굴로 소리쳤다.

"이제 그만해. 지난번에 나는 자네가 불만이 있어서 여기에 왔을 때 나쁜 길로 들어서지 말고 빠져나오는 게 좋다고 했어. 자네가 기억하는지 모르겠지만, 황금 숟갈을 바라는 일은 없도록 특히 조심하라는 말도 하고."

"저는 그런 걸 바란 적이 없습니다, 사장님. 확실합니다."

"아니야, 자네 역시 언제나 불만으로 가득한 부류라는 사실이 명확하게 드러났어. 그래서 여기저기 돌아다니며 씨를 뿌려서 불만을 부추기는 거야. 자네가 주로 하는 일은 그거라고."

스티븐은 고개를 저어서 자신이 하는 일은 그런 게 아니라고 말없이 항변하고 바운더비 사장은 계속 말했다.

"잘 알겠지만, 자네는 무례하고 거칠고 성질도 나쁜 사람이야. 노동조합 측에서도 그걸 알기 때문에 자네를 따돌리는 거야. 나는 그쪽 사람들이 제대로 판단하는 건 하나도 없다고 생각했는데, 그게 아니군! 이번만큼은 의견이 같으니, 나 역시 자네와 관계를 끊어야겠네."

스티븐은 재빨리 고개를 들어서 상대 얼굴을 쳐다보고, 바운더비 사장은 의미심장하게 고개를 끄덕이며 말했다.

"그래, 지금 하는 일까지만 마무리하고 다른 데에서 일자리를 알아보게."

"사장님, 여기에서 쫓겨나면 다른 데서 일자리를 구할 수 없다는 걸 사장님도 잘 아시잖습니까!"

스티븐이 호소하지만 돌아온 대답이라곤 이게 전부다.

"내가 아는 건 내가 아는 거고 자네가 아는 건 자네가 아는 거야. 이제 더는 할 말이 없네."

스티븐이 다시 힐끗 쳐다보는데 루이사는 이번엔 눈길을 안 주었다. 그래서 스티븐은 한숨을 내쉬더니 "하늘이시여, 이 땅에서 살아가는 우리를 도우소서!" 하고 조그맣게 중얼거리며 밖으로 나왔다.

6장. 사라지다

바운더비 저택에서 나올 즈음에 땅거미가 지기 시작했다. 밤 그림자가 빠르게 몰려들어 스티븐은 대문을 닫고, 주변을 둘러보지도 않고 길을 따라 곧장 걸었다. 예전에 이 집을 찾았다가 만난 이상한 할머니는 생각조차 못 했는데, 뒤에서 발소리가 들리는 것 같아 고개를 돌리니 할머니가 레이첼과 함께 다가오는 게 보였다.

처음에는 레이첼만 보이고 발자국도 레이첼 소리만 들렸다.

"아, 레이첼! 아, 할머니도 함께 계시네요!"

"그래요. 그런데 젊은 사람이 정말 깜짝 놀라는군. 하기야 무리도 아니겠지. 하지만 이렇게 다시 찾아왔다오."

할머니가 대답하자, 스티븐은 두 사람 사이로 들어가서 양쪽을 번갈아 쳐다보며 걷다가 물었다.

"그런데 레이첼하고 어떻게……?"

스티븐이 묻자, 할머니가 도맡아서 쾌활하게 대답했다.

"지난번에 당신과 걸을 때와 마찬가지로 이번에는 여기에 있는 훌륭한 아가씨와 걸었다오. 올해는 평소보다 늦었는데, 숨이 가빠서 날씨가 쾌청하고 따듯할 때까지 미루다가 이렇게 되었다오. 똑같은 까닭으로, 당일치기로 여행할 수 없어서 이틀로 늘여, 철도역 아래쪽 '여행자 숙소'에서 (깨끗하고 좋은 집이라오) 오늘 밤을 보내고 내일 아침 여섯 시에 의회 열차로 돌아갈 예정이라오. 으음, 그런데 그게 여기에 있는 착한 아가씨와 무슨 관계가 있느냐고 묻고 싶지요? 나는 바운더비 사장이 결혼했다고 들었다오. 신문에서 읽었는데, 정말 대단하고 훌륭하게 보이더군!"

할머니가 이상할 정도로 애정이 가득한 어조로 감탄하며 계속 말했다.

"그래서 새색시를 보고 싶었다오. 아직 한 번도 못 봤거든. 당신이 믿을지 모르겠지만, 오늘 정오부터 계속 기다리는데 새색시는 밖으로 한 번도 안 나왔다오. 그래도 너무 쉽게 포기할 수 없어서 마지막으로 조금 더 기다리는데, 여기 착한 아가씨와 두세 차례 스치며 지나다가 얼굴이 다정하게 보여서 말을 걸었더니, 아가씨가 대답했다오. 이게 전부라오! 이제 당신이 말해 보시구려, 훨씬 짧아도 괜찮으니!"

이번에도 스티븐은 할머니를 외면하고 싶은 본능을 억눌러야 했다. 게다가 할머니가 보여주는 모습 역시 더할 나위 없이 진지하고 소박했다. 레이첼과 마찬가지로 스티븐 역시 천성적으로 친절한 사람이라서 할머니가 보이는 관심사에 대해 언급하지 않을 수 없었다.

"그래요, 할머니. 새색시를 보았는데, 젊고 잘 생긴 분이에요. 맑고 까만 눈동자는 생각이 깊은 것 같고 자태는 차분하지요. 그런 분은 생전 처음 보았답니다."

할머니가 매우 좋아하며 커다랗게 소리쳤다.

"젊고 잘 생겼다! 잘됐군! 장미처럼 고울 거야! 새색시가 정말 행복하겠군!"

"네, 할머니, 아마 그럴 거예요."

스티븐이 말하면서 레이첼에게 아닐 수도 있다는 눈빛을 던졌다. 하지만 할머니가 반박했다.

"아마 그럴 거라니? 당연히 행복할 수밖에. 사장님이랑 결혼했으니."

스티븐이 고개를 끄덕이며 동의하더니, 레이첼을 다시 힐끗 쳐다보며 말했다.

"하지만 나는 사장님하고 모든 관계를 단절했답니다. 사장님하고는 완전히 끝났어요."

레이첼이 걱정스러운 어투로 재빨리 물었다.

"직장을 관둔 거예요, 스티븐?"

"아아, 레이첼, 내가 직장을 관둔 건지 직장이 나를 내쫓은 건지 모르지만, 결과는 똑같겠지요. 같은 직장을 다시는 다닐 수 없으니까. 당신이 나 때문에 입방아에 오를 걸 생각하면 차라리 잘된 거예요. 직장에 남으면 이런저런 문제만 끊임없이 일어날 거예요. 내가 관두는 편이 많은 사람한테 좋을 테고 어쩌면 나한테도 좋을지 모르겠소. 어쨌든 이제 여기에선 다 끝났소. 당장으로선 코크타운을 떠나 새로운 운명을 찾아서 새롭게 시작하는 방법밖에 없을 것 같소."

"어디로 가는데요, 스티븐?"

레이첼이 묻자, 스티븐은 모자를 벗어서 숱이 적은 머리칼을 손바닥으로 매만지며 대답했다.

"오늘 밤은 모르겠소. 하지만 오늘 밤이나 내일 떠나진 않을 거요, 레이첼. 어디로 갈지 정하는 건 쉬운 일이 아니지만, 용기를 내야 하겠지요."

여기에서도 남을 먼저 생각하는 태도는 스티븐 자신이 마음을 정리하는 데 도움이 되었다. 바운더비 저택 대문을 나오기 훨씬 전부터 자신이 멀리 떠날 수밖에 없는 처지가 된 게 레이첼에게 좋을 거로, 자신을 따돌리지 않는다는 까닭으로 곤경에 빠지는 일은 없을 거로 생각한 것이다. 레이첼과 헤어지는 게 정말 고통스럽고 자신을 비난하는 꼬리표가 따라오지 않을만한 지역을 찾아내기도 쉽지 않지만, 지난 나흘 동안 힘들게 견딘 상황에서 쫓겨나 또 다른 고통과 고난의 가시밭길로 들어서야 한다는 사실이 오히려 다행스러울 정도였다. 그래서 스티븐은 "지금 나는 믿을 수 없을 정도로 마음이 가볍다오, 레이첼" 하고 진심으로 말할 수 있었다. 그런데 레이첼은 스티븐에게 부담을 주려는 사람이 아니라서 편안한 미소로 대답하고, 세 사람은 함께 나란히 걸었다.

가난한 사람들은 노인네가 스스로 노력하며 힘껏 살아가려고 애쓸 때마다 더욱 많은 관심을 보이며 배려한다. 할머니 역시 전에 스티븐하고 만날 때보다 기운이 눈에 띄게 떨어졌지만 그런 걸 대수롭지 않게 여기는 데다 점잖으면서도 열심히 살아가는 모습에 두 사람 모두 관심을 느꼈다. 다른 무엇보다 우선 열심히 걸으니, 일부러 걸음을 늦추며 보조를 맞출 필요가 없는 데다 자신에게 말을 거는 사람이 있다는 사실에 몹시 기뻐하고 수다를 떨며 이야기하는 것도 매우 좋아했다. 두 사람이 사는 구역에 들어설 즈음에도 할머니는 여전히 더할 나위 없이 활달하고 쾌활했다. 그래서 스티븐이 권했다.

"누추하지만 제가 사는 곳으로 가셔서 차나 한잔 드시지요, 할머니. 그러면 레이첼도 따라올 거예요. 그런 다음에 제가 '여행자 숙소'까지 안전하게 모셔다드릴게요. 레이첼, 이제 우리가 다시 만나려면 아주 오랜 시간이 흘러야 할 거예요."

결국, 두 사람은 초청에 응하고, 스티븐은 자신이 사는 집으로 인도했다. 좁은 골목으로 들어설 때는 적막한 집을 볼 때마다 늘 그렇듯 두려움 가득한 눈으로 창문을 쳐다보았다. 그런데 창문이 열렸다. 자신이 집에서 나오던 모습 그대로다. 그동안 아무도 안 온 것이다. 스티븐에게 달라붙어서 오랫동안 괴롭히던 악령은 몇 개월 전에 또 훌쩍 사라지더니 두 번 다시 안 보였다. 악령이 마지막으로 다녀간 흔적은 훌쩍 줄어든 실내 가구와 스티븐 머리에 훌쩍 늘어난 백발이 전부였다.

스티븐은 촛불을 켠 다음, 조그만 쟁반을 내놓고 아래층에서 뜨거운 물을 가져오고 근처 상점에 가서 차와 설탕 약간과 빵 한 덩어리와 버터를 사 왔다. 빵은 이제 막 구워서 바삭바삭하고 버터는 신선하고 설탕은 귀한 손님에게만 내놓는다는 각설탕이니, 코크타운 유지들이 흔히 말하듯 노동자가 왕자처럼 화려하게 사는 모습을 그대로 보여주었다. 레이첼은 차를 만들고 (사람이 한 명 늘어서 찻잔도 하나 빌려오고) 할머니는 마음껏 즐겼다. 집주인으로선 오랜만에 열어보는 사교모임이었다. 그래서 스티븐 역시 힘들게 걸어야 할 가시밭길이 앞에 있는데도 마음껏 즐겨, 노동자는 미래에 대한 생각이 조금도 없다는 코크타운 유지들 주장을 그대로 증명했다.

"아직 성함을 여쭐 생각조차 못 했네요."

스티븐이 묻자, 할머니는 자신을 "페글러 부인"이라고 대답했다.

"혼자 사시나 보죠?"

"그래요, 아주 오래전부터!"

페글러 부인이 대답했다. 그리고 (역사상 가장 훌륭한) 남편은 스티븐이 태어나기 훨씬 전에 사망했다는 말도 덧붙였다.

"그렇게 훌륭한 남편을 잃으셨으니, 정말 마음이 아팠겠네요. 자녀분은요?"

스티븐이 물었다.

들고 있던 찻잔이 받침 접시에서 달가닥거리며 흔들리는 걸 보면 페글러 부인이 많이 긴장한 게 분명하다.

"없어요. 지금은, 지금은."

"죽었어요, 스티븐."

레이첼이 넌지시 말하고, 스티븐은 사과했다.

"괜한 말을 물어서 미안해요. 아픈 상처를 건드릴 생각은 없었답니다. 제가……제가 잘못했어요."

스티븐이 사과하는 동안, 할머니는 찻잔을 계속 달가닥거리며 만지다가 입을 여는데, 슬픈 표정이 아니라 이상할 정도로 괴로운 표정이었다.

"아들이 있었다오. 아주 대단했지, 정말 훌륭할 정도로. 하지만 괜찮다면 이런 이야기는 관두는 게 좋겠구려. 아이는……."

할머니가 찻잔을 내려놓고 두 손을 움직이는 모습이 "죽었다!"는 말을 행동으로 덧붙이는 것 같았다. 그러더니 커다랗게 말했다.

"나는 아이를 잃었다오."

할머니를 고통스럽게 만들었다는 충격에서 스티븐이 못 헤어나올 때 건물주인 아주머니가 좁은 계단을 힘들게 올라와서 문가로 불러내, 귀에 대고 속삭였다. 그런데 페글러 부인은 귀머거리가 아닌지라

한 마디를 알아듣고 식탁에서 벌떡 일어나며 숨죽인 목소리로 울부짖었다.

"바운더비라고! 아, 나를 숨겨주세요! 무슨 일이 있어도 눈에 띄면 안 돼요. 내가 숨기 전에 못 올라오게 하세요. 제발, 제발!"

할머니가 극도로 흥분하며 덜덜 떨더니 레이첼이 진정시키려고 하자 그 뒤로 재빨리 숨는데, 도대체 어떻게 해야 좋을지 모르겠다는 표정이다. 그래서 스티븐이 깜짝 놀라서 말했다.

"그러지 말고 잘 들어보세요, 할머니. 바운더비 사장이 아니라 부인이에요. 부인을 두려워하는 건 아니잖아요. 한 시간 전만 해도 무척 보고 싶다고 하셨잖아요."

"그렇다면 부인이 분명한가요, 사장이 아니라?"

할머니가 물으며 여전히 덜덜 떨었다.

"물론이죠."

"으음, 그렇다면 구석에 가만히 있을 터이니, 나에게 말을 걸거나 아는 척은 마시오."

스티븐이 고개를 끄덕이고 레이첼을 쳐다보는데, 특별한 설명을 들을 순 없었다. 그래서 촛불을 들고 아래층으로 내려가더니, 잠시 후에 루이사에게 불을 비춰주며 방으로 들어왔다. 루이사 바로 뒤에서 건달도 들어왔다.

레이첼은 벌써 일어나서 숄과 보닛 모자를 손에 든 채 한쪽에 비켜서고, 스티븐은 뜻밖의 방문에 깜짝 놀란 표정으로 식탁에 촛불을 내려놓았다. 그리곤 꼭 움켜쥔 주먹을 식탁에 올리고 무슨 말이 나오기만 기다렸다.

루이사가 코크타운 일손이 사는 집에 들어온 건 생전 처음이다. 일손 한 명과 얼굴을 마주한 것 역시 생전 처음이다. 지금까지 알던 일손은 수백 수천 단위였다. 지금까지 알던 일손은 일정한 숫자를 작업에 일정한 기간 투입하면 나오는 결과물 정도였다. 지금까지 알던 일손은 개미나 딱정벌레처럼 둥지에서 우르르 몰려나왔다가 다시 들어가는 존재였다. 지금까지 책을 통해서 배운 건 이런저런 인간 남녀가 노동하며 힘겹게 사는 방식이 아니라 이런저런 곤충이 힘들게 일하며 사는 방식이었다.

일정하게 일하고 일정한 보수를 받으면 끝나는 존재, 수요공급의 법칙에 따라 모든 걸 결정 당하는 존재, 이 법칙에 이리저리 채이며 허우적대다가 나락으로 빠져드는 존재, 농산물값이 비싸면 허리띠를 잔뜩 조이다가 농산물값이 떨어지면 허겁지겁 먹어대는 존재, 늘어나는 비율만큼 빈민과 범죄 비율도 똑같이 늘어나는 존재, 도매금으로 취급당하면서도 엄청난 재물을 만들어내는 존재, 바다처럼 가끔 일어나서 (주로 자신에게) 커다란 손해를 끼치고 다시 가라앉는 존재. 바로 이게 루이사가 아는 코크타운 일손이다. 하지만 바다를 물방울 하나하나로 나눌 생각을 않는 것처럼 지금까지 일손 전체를 한 명 한 명 나눠서 생각한 적은 없다. 루이사는 가만히 서서 실내를 둘러보았다. 의자 몇 개와 책 몇 권, 평범한 인쇄물 몇 장과 침대, 여인 두 명, 스티븐 순서였다.

"조금 전에 들은 내용 때문에 할 말이 있어서 왔어요. 괜찮다면 당신을 도와주고 싶어요. 이분은 당신 부인인가요?"

레이첼이 두 눈을 들어서 아니란 눈빛을 충분히 보여준 다음에 다시 떨어뜨리고, 루이사는 실수를 깨닫고 얼굴을 벌겋게 물들이며 다시 말했다.

"다시 생각하니 당신이 가정에 문제가 있다고 말하는 걸 들었던 기억이 나는데, 그때만 해도 별다른 관심이 없었답니다. 여기에 있는 분에게 그런 걸 물어서 상처를 줄 생각은 애초에 조금도 없었답니다. 행여나 그런 질문으로 상처를 주었다면 그건 내가 제대로 묻는 방법을 몰라서 랍니다."

아까는 스티븐이 루이사에게 본능으로 말했다면 이번에는 루이사가 레이첼에게 본능으로 말하는데, 무뚝뚝하고 퉁명스러우면서도 소심하고 수줍은 자세였다.

"저분이 우리 남편하고 나눈 이야기를 당신에게도 했겠죠? 제일 가까운 분처럼 보이니 말입니다."

"결론만 들었습니다, 마님."

레이첼이 대답하자, 루이사가 다시 물었다.

"노동자가 고용주에게 쫓겨나면 다른 고용주도 거부한다고 들었는데, 맞나요? 저분이 그렇게 말한 것 같았거든요."

"고용주 사이에서 평이 나쁜 사람은 일자리를 구할 가능성이 거의 없답니다."

"평이 나쁘다는 게 무슨 뜻인가요?"

"골칫거리로 찍힌단 뜻입니다."

"그렇다면 저분은 노동자 계급에서도 편견으로 따돌림당하고 자본가 계급에서도 편견으로 따돌림당하는 건가요? 두 계급 사이에 틈새가 깊은 도시 어디에도 정직한 노동자가 설 자리는 없다는 건가요?"

레이첼이 말없이 고개를 끄덕이자, 루이사가 다시 말했다.

"저분이 동료 방직공 사이에서 의심을 산 까닭은 같은 편에서 싸우지 않겠다고 선언했기 때문이에요. 내가 보기에 저분이 그렇게 하겠다고 약속한 당사자는 당신이 분명해요. 저분이 그렇게 약속한 까닭을 물어도 괜찮을까요?"

레이첼이 눈물을 터트리며 대답했다.

"제가 그런 약속을 요구한 건 아니에요. 괜한 문제에 휩싸여서 쓸데없이 고생하지 말라고 간청한 것뿐이에요. 그것 때문에 이런 일을 겪으리란 생각은 조금도 못하고. 하지만 저 사람은 자신이 한 약속을 어기느니 차라리 백번이라도 죽는 쪽을 선택할 사람이지요. 이번에 확실히 깨달았어요."

스티븐이 한 손으로 턱을 받치고 평소처럼 깊이 생각하는 표정으로 듣다가 드디어 입을 여는데, 평소만큼 차분한 어조는 아니었다.

"제가 레이첼을 얼마나 사랑하고 존경하고 존중하며 그 까닭은 무언지 저 말고 아무도 모릅니다. 저는 레이첼에게 약속하면서 내 삶을 이끌어주는 천사라고 진심으로 말했습니다. 이건 매우 엄숙한 약속이니, 저는 무슨 일이 있어도 지켜야 합니다, 영원히."

루이사가 스티븐을 쳐다보고 새롭게 솟아나는 존경심에 고개를 숙였다. 그리고 레이첼을 다시 쳐다볼 때는 표정이 훨씬 부드럽게 변했다. 그리고 스티븐에게 묻는데, 목소리 역시 훨씬 부드러웠다.

"앞으로 어떻게 하실 건가요?"

스티븐은 미소를 떠올리며 최선을 다해서 대답했다.

"으음, 마님, 하던 일을 마무리하면 이 지역을 떠나서 다른 지역으로 가야 하겠지요. 행운이 기다릴지 불행이 기다릴지 모르지만, 다시 도전하는 수밖에요. 도전하지 않으면 할 수 있는 일이 없으니까…… 자리에 누워서 죽는 외에는."

"여행 수단은 뭔가요?"

"두 발입죠, 친절하신 마님, 두 발."

루이사는 얼굴을 붉히며 지갑을 꺼내더니, 은행권 고액지폐 한 장을 바스락거리며 펼쳐서 식탁에 올려놓고 말했다.

"레이첼, 당신은 저분을 모욕하지 않고 말하는 법을 알 터이니, 저분에게 이걸 받으시라고, 그래서 먼 길을 갈 때 사용하시라고 전해주겠어요? 저분에게 이걸 받도록 간청해 주겠어요?"

하지만 레이첼은 머리를 돌려서 외면하며 대답했다.

"저는 그럴 수 없습니다, 마님. 불쌍한 스티븐에게 다정하게 배려하시니 축복받으실 겁니다. 하지만 마음을 살피고 거기에 따라서 올바로 행동하는 건 스티븐 몫입니다."

스티븐은 대화를 나누는 내내 상당한 자제력을 발휘하며 소박하고 차분한 자세를 유지하다가 순간적으로 평정심을 잃고 그대로 서서 한 손으로 얼굴을 가리니, 루이사는 의아하기도 하고 두렵기도 하면서 갑작스러운 동정심에 휩싸였다. 그래서 상대를 어루만지며 달래려는 듯 손을 내밀다가 자제하며 멈췄다.

이윽고 스티븐이 손을 내리고 다시 얼굴을 똑바로 들더니, 이렇게 말했다.

"레이첼도 마음만 가득할 뿐 실제로 이렇게 친절한 도움을 베풀 순 없을 겁니다. 저는 이성도 없고 감사할 줄도 모르는 인간이 아니라는 사실을 보여드리기 위해 2파운드만 받겠습니다. 이번에 빌렸다가 나중에 꼭 갚겠습니다. 이렇게 고마운 도움은 지금까지 없고 앞으로도 없을 테니, 제가 영원히 고마워할 거란 사실을 다시 한번 말씀드리겠습니다."

결국, 루이사는 고액권 지폐를 다시 집어넣고 대신 상대가 말한 조그만 액수를 꺼냈다. 어느 모로 보나 품격이 뛰어난 사람도 아니고 잘생긴 사람도 아니고 멋있는 사람도 아니지만 2파운드를 받는 자세는, 그리고 말없이 고마워하는 모습은, 체스터필드 경이 자기 아들에게 백 년을 가르쳐도[28] 안 될 정도로 우아했다.

---

28) 체스터필드 경은 '아들에게 보내는 편지'를 출간해서 귀족 남성이 갖춰야 할 예의범절에

대화를 진행하는 동안 톰은 침대에 걸터앉아 무관심한 표정으로 지팡이 손잡이에 입술을 대고 한쪽 다리를 흔들다가 자기 누나가 떠날 채비를 갖추는 걸 보고 벌떡 일어나며 말했다.

"잠깐만, 누나! 떠나기 전에 저 사람에게 할 말이 있어. 좋은 생각이 떠올랐거든. 계단으로 나오면 내가 알려주겠소, 스티븐."

톰이 말하더니, 스티븐이 초를 가지러 찬장으로 가는 걸 보고 짜증스럽게 덧붙였다.

"촛불은 신경 쓰지 마시오! 그런 건 없어도 괜찮소."

그래서 스티븐이 뒤따라 나가자, 톰은 방문을 닫고 손잡이를 한 손으로 잡은 다음에 속삭였다.

"잘 들으시오! 당신에게 도움이 될 수도 있을 것 같소. 어떤 건진 묻지 마시오, 아무런 도움이 안 될 수도 있으니. 하지만 실패한다 해도 손해 볼 건 없소."

톰이 내뿜는 숨결이 스티븐 귀에 불꽃처럼 뜨겁게 다가왔다.

"오늘 밤에 당신에게 전갈을 전한 사람은 우리 은행 심부름꾼이오. 내가 우리 은행 심부름꾼이라고 부른 까닭은 나 역시 은행에서 일하기 때문이오."

스티븐은 상대가 '두서없이 말한다'는 생각이 절로 들었다. 무슨 말인지 극히 혼란스러웠다.

"으음! 자, 여길 보시오! 언제 떠날 예정이오?"

톰이 묻자, 스티븐은 가만히 생각하며 대답했다.

"오늘은 월요일이니까…… 금요일이나 토요일 즈음이 되겠네요, 나리."

"금요일이나 토요일이라. 내 말 잘 들으시오! 내가 당신에게 바람직

대해 설명했는데, 찰스 디킨스는 그 내용을 경멸하며 비판했다.

한 도움을 줄 수 있을지는 확실치 않소…… 오늘 여기까지 찾아온 사람은, 당신도 알겠지만, 우리 누나요…… 하지만 가능할 거요, 하지만 안 된다고 해서 손해 볼 건 없소. 그러니 내가 방법을 말하리다. 우리 심부름꾼을 다시 보면 알아보겠소?"

"물론입죠."

"좋소. 오늘부터 떠나는 전날까지 밤에 퇴근하면 은행 주변에서 한두 시간씩 어슬렁거리시오, 알겠소? 심부름꾼이 당신을 보더라도 특별한 용무는 없는 척하시오. 당신에게 도움이 될 만한 수단을 찾을 때까지 나는 심부름꾼을 안 보낼 테니 말이오. 수단을 찾은 다음에만 쪽지나 전갈을 보내겠소. 무슨 말인지 알아듣겠소?"

톰이 말하며 어둠 속에서 스티븐 외투 단춧구멍에 손가락 하나를 넣고 빙빙 돌려 주변을 빡빡하게 말아 올리는 어이없는 행동을 연출하고, 스티븐은 대답했다.

"알겠습니다, 나리."

"내 말 명심하고 실수하지 마시오. 내가 생각한 내용을 집으로 가는 사이에 말하면 누나도 좋아할 거요. 모두 충분히 알아들었지요? 그럼 좋소. 누나, 이제 가자!"

톰이 문을 열고 누나를 부르더니, 실내로 들어가거나 불빛이 좁은 계단을 밝힐 때까지 기다리지도 않았다. 그래서 루이사가 계단을 내려갈 즈음에는 바닥에 도달해, 거리로 나선 다음에 비로소 동생 팔을 잡을 수 있었다.

페글러 부인은 모서리에 가만히 있더니, 오누이가 떠나고 스티븐이 한 손에 촛불을 들고 돌아온 다음에야 바운더비 부인을 말로 다할 수 없을 정도로 칭송하다가, 종잡을 수 없는 할머니답게, "바운더비 부인이 정말 착하다"며 흐느꼈다. 하지만 그렇게 숭배하는 인물이 행여나 돌아오거나 다른 사람이 나타나지나 않을까 불안한 나머지, 쾌활한 모습을 다시는 못 찾았다. 게다가 아침 일찍 일어나서 힘들게 일하는 사람에겐 너무 늦은 시간이라 차를 마시는 모임도 끝나고 말았다.

스티븐은 레이첼과 함께 이상한 할머니를 '여행자 숙소' 입구까지 바래다주었다. 그리고 레이첼이 사는 거리 모퉁이를 향해 걷는데, 목적지가 다가올수록 침묵이 짙게 깔렸다. 가끔 만날 때마다 헤어지던 어두운 모퉁이가 나타나서 걸음을 멈춘 다음에도 두 사람은 조용한 게, 말하는 자체를 두려워하는 것 같았다.

"떠나기 전에 한 번 더 찾아오도록 애쓰겠지만, 레이첼, 설사 못 만나더라도……"

"당신이 안 찾아온다는 거, 나도 잘 알아요, 스티븐. 서로에게 마음을 열고 솔직하게 말하는 게 좋잖아요."

"당신 말은 언제나 옳소. 그게 훨씬 좋고 확실하겠소. 그동안 계속 생각했는데, 레이첼, 앞으로 하루 이틀밖에 안 남았으니, 나와 함께 있다가 다른 사람에게 들키는 일은 없어야 하오. 까딱하다간 괜히 당신까지 고생할 수 있소."

"나에게 중요한 건 그게 아니에요, 스티븐. 우리가 한 약속을 당신도 기억하잖아요. 나에게 중요한 건 바로 그거에요."

"아아, 어쨌든, 조심하는 게 훨씬 좋소."

"편지를 보내서 어떻게 사는지 모두 알려주겠지요, 스티븐?"

"그렇소. 하지만 지금 말할 수 있는 건 하늘이 당신을 보살피고, 하늘이 당신을 축복하고, 하늘이 당신에게 은총으로 보답하길 바란다는 것뿐이오!"

"당신이 어디를 가든 하늘이 보살피사, 결국엔 평안과 평화만 가득하길 바라요!"

"그날 밤에 나는 훨씬 훌륭한 당신까지 고통을 겪는 건 절대로 못 참을 거라고 말했소. 그런데 지금 당신도 그런 고통을 느껴요. 그래서 나는 현실을 훨씬 냉정하게 바라보게 되었소. 축복이 가득하길 바라오. 잘 있어요, 안녕히!"

지극히 평범한 길에서 급하게 헤어지는 것에 불과하지만, 지극히 평범한 두 사람에게는 참으로 성스러운 과정이었다. 공리주의 경제학자, 형식만 중시하는 학교 선생, 구체적인 사실을 중시하는 지방 행정관, 점잖은 체하면서도 교활한 무신론자, 닳고 닳은 신조를 마냥 지껄이는 수다쟁이들아, 가난한 사람은 언제나 너희 곁에 있을 것이다.[29] 아직 시간이 있을 때 이들이 지닌 상상력과 애정을 최고로 멋들어지게 계발하라. 그래서 장식이 너무나 부족한 이들의 삶을 아름답게 꾸며라. 그러지 않으면 너희가 승리하는 날에, 그래서 이들의 영혼이 낭만을 완전히 잊는 날에, 그래서 이들이 냉엄한 삶을 직면하는 날에, 현실은 잔인하게 돌변해서 너희를 끝장내고 말리라!

스티븐은 다음 날도 그 다음 날도 근무하지만 말 한마디 건네는 사람이 없고, 오다가다 마주치는 사람 역시 모두 시선을 피했다. 둘째 날이 끝날 때는 육지가 나타나고[30] 셋째 날이 끝날 때는 방직기에 걸린 실을 모두 썼다.

처음 이틀은 저녁마다 은행 앞 도로변에서 정한 시간 이상으로 많은 시간을 보냈지만, 좋은 일이든 나쁜 일이든, 아무 일도 없었다. 하지만 자신이 맡은 역할에 최선을 다한다는 차원에서 세 번째 날과 마지막 날 밤에도 두 시간씩 꼬박 기다리기로 작정했다.

29) 마태오 26:11 '가난한 사람들은 언제나 너희 곁에 있겠지만 나는 너희와 언제나 함께 있지는 않을 것이다.'

30) 육지가 나타나기 시작하면 기나긴 항해가 끝나는 게 보이듯 스티븐 역시 공장에서 할 일이 끝나는 게 보인다는 뜻이다.

바운더비 사장 저택을 관리하던 부인은 예전에 스티븐이 보았던 모습 그대로 이 층 창가에 앉았다. 심부름꾼도 있는데 부인 옆에서 대화를 나누기도 하고, 아래쪽에 '은행' 간판이 있는 블라인드 너머를 쳐다보기도 하고, 현관으로 나와 계단에서 신선한 공기를 마시기도 했다. 심부름꾼이 처음 나올 때만 해도 스티븐은 자신을 찾을 거란 생각에 일부러 근처를 지나기도 했다. 하지만 심부름꾼은 살짝 윙크하는 눈으로 쳐다볼 뿐, 아무 말도 안 했다.

온종일 힘들게 노동한 다음에 두 시간을 어슬렁거린다는 건 쉬운 일이 아니다. 스티븐은 현관 계단에 앉기도 하고 아치 밑 담장에 등을 기대기도 하고 이리저리 거닐기도 하고 교회 종소리에 귀를 기울이기도 하고 도로변에 멈춰서 아이들이 노는 모습을 구경하기도 했다. 사람은 누구나 이런저런 목적이 있는 법이니, 하는 일 없이 어슬렁거리는 사람은 이상하게 보일 수밖에 없다. 따라서 처음 한 시간을 보내니, 스티븐은 자신이 정말 꼴사나운 존재로 보일 수밖에 없겠다는 느낌까지 들어서 불편했다.

이윽고 가로등 등불을 밝히는 사람이 나타나더니, 환한 불빛이 거리를 따라 두 줄로 기다랗게 뻗어 나가다가 아주 멀리서 하나로 모이며 사라졌다. 스파싯 부인은 이 층 창문을 닫고 블라인드를 내리고 위층으로 올라갔다. 그와 함께 불빛도 부인을 쫓아가는데, 처음에는 방문 위 채광창을 지나더니 이윽고 계단 창문 두 개를 지나며 계속 올라갔다. 곧이어 삼 층 블라인드 모서리가 흔들리는 게 마치 스파싯 부인 한쪽 눈이 거기에 있는 것 같고, 다른 쪽 모서리 역시 흔들리는 게 거기에는 심부름꾼 한쪽 눈이 있는 것 같았다. 그런데도 스티븐에게 전하는 소식은 하나도 없었다. 마침내 두 시간이 그렇게 지나자 스티븐은 크게 안심하고 오랫동안 어슬렁거린 것에 보상이라도 하려는 듯 빠르게 걸으며 떠나갔다.

스티븐이 할 일이라곤 집주인 아주머니에게 작별인사를 한 다음에 바닥에다 임시로 만든 침상에 눕는 게 전부였다. 보따리는 이미 싸두고 내일 출발할 준비도 모두 마친 상태다. 아주 이른 시각에, 일손들이 거리로 쏟아져 나오기 전에 도시를 완전히 벗어날 생각이었다.

스티븐이 슬픈 표정으로 실내를 마지막으로 둘러보며 언제 다시 올 수 있을까 궁금한 표정으로 작별하고 밖으로 나온 건 먼동이 살짝 터올 즈음이다. 도시에는 인기척 하나 없는 게, 모든 주민이 스티븐 자신에게 말을 거느니 차라리 도시를 포기한 것 같았다. 무엇이든 창백하게 보이는 시각이다. 떠오르는 태양조차 하늘을 쓸쓸한 바다처럼 창백하게 물들였다.

자신이 가는 방향이랑 다른데도 스티븐은 일부러 레이첼이 사는 곳을 지나고, 빨간 벽돌 건물이 쭉 늘어선 거리를 지나고, 덜컹거리는 느낌이 완전히 가라앉아 거대한 침묵에 휩싸인 공장 단지를 지나고, 점차 밝아오는 햇빛에 경고등 불빛이 희미하게 변하는 철로를 지나고, 건물이 반쯤 무너지고 반쯤 일어선 철로 주변 빈민가를 지나고, 빨간 벽돌 호화주택이 드문드문하고 뿌연 연기에 상록수마다 지저분한 코담배 흡연자처럼 먼지가 뽀얗게 쌓인 동네를 지나고, 석탄가루가 깔린 길과 다양하게 추악한 풍경을 지나, 언덕 꼭대기로 올라서 뒤를 돌아보았다.

어느덧 태양은 도시 전역을 환하게 밝히고 여기저기에서 일어나는 종소리는 아침 작업을 재촉했다. 가정집은 화덕에 불을 아직 안 지펴서 높다란 공장 굴뚝만 하늘을 차지했다. 거기에서 지독하게 뿜어 나온 연기가 얼마 안 가서 하늘을 가리겠지만 삼십 분 동안은 수많은 창문을 황금빛으로 번뜩여, 자욱한 연기에 영원히 가린 태양을 코크타운 사람들에게 잠시나마 보여주었다.

굴뚝만 가득한 도시에서 새들이 지저귀는 야외로 나온 기분이 참으로 야릇했다. 석탄가루 대신 흙이 발바닥에 밟히는 기분 역시 참으로 야릇했다. 이렇게 오랜 세월을 살았는데 여름날 아침에 어린애처럼 새롭게 시작한다는 사실이 참으로 야릇했다! 이런 생각을 가슴에 품고 보따리는 겨드랑이에 끼운 채, 스티븐은 상냥한 표정으로 큰길을 따라 걸었다. 머리 위에서 가로수가 아치를 만들며, 저 사람은 진정으로 사랑하는 사람을 두고 떠난다고 속삭인다.

7장. 화약

제임스 하트하우스는 자신이 선택한 무리를 위해 '타석에 들어서서' 점수를 올리기 시작했다. 정치지도자에게는 조금 더 조언하고, 일반인에게는 조금 더 점잖게 무관심한 척하고, 불성실한 자세는 상류사회에서 치명적인 죄악 가운데 효과가 제일 좋고 후원자도 제일 많으니, 그럴싸하게 솔직한 것처럼 꾸미면서 전도유망한 인물로 빠르게 부상했다. 성실한 자세에 관심조차 없다는 건 제임스가 지닌 커다란 장점으로, 구체적인 사실만 엄격하게 추구하는 사람들하고는 태어날 때부터 같은 부류처럼 어울리며 다른 부류를 이중인격자로 낙인찍어서 바다에 내던질 수 있었다.

"친애하는 바운더비 부인, 세상에는 우리를 안 믿는 무리와 자신을 안 믿는 무리가 있답니다. 미덕이나 선행이나 자선 등을 중시하는 사람과 우리 사이에 다른 점이 있다면, 우리는 그게 무의미하다는 사실을 알고 그렇게 말하는데 그들은 그걸 알면서도 그렇게 말하지 않는다는 사실입니다."

이런 말을 끊임없이 반복한다고 해서 루이사가 충격을 받거나 경계할 까닭이 무어란 말인가? 부친도 지금까지 똑같은 원칙을 제시하고 어릴 때 받은 교육도 마찬가지니 놀랄 게 무어란 말인가? 양쪽 모두 루이사를 물질적인 현실에 붙잡아 매고 다른 것에 대한 믿음은 말살하니, 도대체 다를 게 무어란 말인가? 토마스 그래드그라인드가 루이사를 아무것도 모를 때부터 이렇게 키웠으니, 제임스 하트하우스가 파괴할 영혼이란 게 도대체 어디에 있겠는가!

루이사에게 고통스러운 건, 탁월하게 실용적인 아버지에게 주입 당하기 훨씬 전부터 마음속에 뿌리박힌 성향 때문에 이제껏 자신이 배운 이상으로 고상하고 훌륭한 인간성을 믿으려고 몸부림칠 때마다 다양한 의심과 분노가 끊임없이 치밀어 오른다는 사실이다. 의심이 치미는 건 가슴에 가득한 열망을 어린 시절에 파괴당했기 때문이고, 분노가 치미는 건 진실이라도 되는 양 속삭이며 자신을 나쁜 길로 몰아갔기 때문이다. 그래서 모순에 파묻혀 자신을 억압하는 게 오랫동안 익숙한 루이사에게 제임스 하트하우스가 주장하는 철학은 극히 편안하게 다가올 수밖에 없었다. 세상만사 무엇이든 공허하고 무가치하다면 루이사 역시 잃은 것도 없고 희생한 것도 없다. 루이사는 부친이 제안한 결혼을 승낙하면서 '아무러면 무슨 상관이겠냐!'고 대답했다. 이번에도 '아무러면 무슨 상관이겠냐!'고 똑같이 대답하고 싶었다. 그래서 루이사는 무슨 일이 있을 때마다 냉소 어린 표정으로 '아무러면 무슨 상관이겠냐!'고 자문하며 계속 나아갔다.

그런데 무엇을 향해서? 루이사는 자신이 모종의 목적지를 향해 오르막길과 내리막길을 조금씩 내디뎠기 때문에 제 자리에 꼼짝도 않고 가만히 있다고 생각했다. 반면에 제임스 하트하우스는 자신이 어느 방향으로 가든 아무런 관심도 없고 생각도 없고 신경도 안 썼다. 앞일에 대해 특별한 계획이나 구상도 없고, 무언가를 정열적으로 추구해서 권태감을 몰아내는 법도 없었다. 좋은 가문 출신에 걸맞게 현재를 즐기며 관심을 보이는데, 모든 것에 무관심하다는 평판이 안 어울릴 정도였다. 그래서 바운더비 부부를 만난 직후에는 명예롭고 익살스러운 국회의원 형에게 밋밋한 편지를 보내서 바운더비 부부가 '정말 재미있다'고, 특히 바운더비 부인은 자신의 예상과 달리 매우 젊고 놀라울 정도로 아름답다고 말할 만큼 관심을 보였다. 그런 다음에는 바운더비 부부에 대한 편지를 안 보내고 시간이 날 때마다 그 집에서 지냈다. 코크타운 지역을 방문할 때마다 그 집을 찾아가고, 바운더비 사장 역시 적극적으로 반겼다. 바운더비 사장이 세상에 대고 기회가 있을 때마다 허풍떨길, 자신은 상류층 인사에 대해 아무런 관심도 없지만, 부인이자 톰 그래드그라인드 큰딸이 관심을 보일 수 있으니 그런 사람과 교류하는 걸 언제나 환영한다면서 말이다.

그러는 사이에 제임스 하트하우스는 건달을 볼 때마다 루이사 얼굴이 아름답게 변하듯 자신을 볼 때도 그러면 좋겠다는 생각이 들기 시작했다. 그래서 눈치가 빠르고 관찰력이 충분한 데다 기억력이 좋은 사람답게 남동생이 털어놓는 비밀을 한 마디도 안 잊고, 남동생이 바라본 누나를 이리저리 분석하는 식으로 루이사를 파악해 나갔다. 물론 루이사가 지닌 훨씬 훌륭하고 심오한 성향은 이해할 수 없었다. 본질적으로 얕은 바다는 깊은 바다를 이해할 수 없으니 말이다.[31] 하지만 나머지는 학생이 공부하듯 열심히 깨우쳐 나갔다.

---

31) 시편 42:7 '당신의 벼락치는 소리에 깊은 바다가 서로 노호하고, 당신의 파도와 물결이 뭉치가 되어 이 몸을 휩쓸고 지나갑니다.'

바운더비 사장은 시내에서 약 25㎞ 떨어진 거리에 전원주택과 정원이 있으니, 이삼 킬로미터 주변에는 다양한 아치를 지나면서 시골로 뻗어 나가는 철로가 있고 황폐한 탄갱이 있어, 밤이면 탄갱 입구에서 기계가 돌아가는 불빛과 함께 새까만 형체가 보인다. 하지만 전원저택이 있는 동네로 다가올수록 황량한 풍경은 점차 부드럽게 변하다가 풍경이 돌변해, 봄이면 황금빛 히스와 새하얀 산사나무가 활짝 펴고 여름이면 무성한 잎사귀가 사방에 그늘을 드리웠다. 코크타운 유지 가운데 한 명이 짧은 기간에 일확천금을 벌겠다 작심하고 이십만 파운드를 무리하게 투기하느라 은행에 저당 잡혔다가 빼앗긴 주택이다. 이런 사고는 통제력이 뛰어난 가문에선 자주 일어나지만, 앞일을 생각할 줄 모르는 노동자 계급은 이런 식으로 파산당하는 경우가 전혀 없다.

바운더비 사장은 아늑하고 편안한 전원주택에서 지내며 화원에다 양배추를 기르는 겸손까지 과시하는 걸 굉장히 좋아한다. 우아한 가구에 둘러싸여서 군대식으로 사는 것도 좋아하고, 그림을 볼 때마다 자신의 출신 성분을 떠벌이며 손님에게 이렇게 말하는 것도 좋아한다.

"글쎄, 선생, (전 주인) 니키츠가 금화를 칠백 냥이나 주고 저 해변 그림을 샀다고 들었습니다. 그런데 솔직히 말하자면, 내가 평생을 살면서 저 그림을 한 번 보는데 금화 백 냥씩 쳐서 과연 일곱 번이나 볼까 의심스럽습니다. 맞아요, 그런 일은 절대 없을 겁니다! 나는 코크타운의 조사이아 바운더비라는 사실을 잊은 적이 없습니다. 예전에 내가 훔치지 않고서 어떤 식으로든 수중에 넣은 그림이라곤 어떤 사내가 구두 광택을 거울삼아 면도하는 판화 그림이[32] 전부였답니다. 내가

32) 디킨스 자신이 구두약 공장에서 일한 시절을 회상하며 다양한 작품에 자서전처럼 자주 언급하는 표현이다.

벼르고 벼르다가 구한 까만 구두약 병에 달라붙은 그림이었지요. 나는 그걸로 신나게 구두를 닦다가 구두약이 떨어지면 동전 한 닢에 기꺼이 팔았답니다!"

제임스 하트하우스에게도 툭하면 똑같은 식으로 말했다.

"당신은 여기에 말 두 필을 끌고 오는데, 제임스, 원한다면 여섯 필을 끌고 와도 공간이 넉넉할 거요. 이 집에는 말 열두 필을 수용할 마구간이 있거든. 니키츠가 거짓말한 게 아니라면 그는 마구간을 말 열두 필로 가득 채웠다오. 한 다스 말이오. 그 사람은 어릴 때 웨스트민스터 학교에 다녔다오. 그 사람이 왕실 장학생으로 웨스트민스터 학교에 다닐 때 나는 쓰레기를 주워 먹고 시장바구니에서 잠을 잤단 말이오. 아, 그런 내가 설사 말 열두 필을 기르고 싶다 해도 - 한 마리면 충분하니 그럴 일은 절대 없는데 - 여기 마구간이 말로 가득한 꼴을 어떻게 보겠소, 예전에 잠자던 곳을 생각하면. 그러니 말이 잔뜩 있는 걸 보면 모두 내쫓으라고 명령할 수밖에 없겠지요. 물론 상황은 많이 변했소. 여기를 보시오. 이 집이 어떤 집입니까! 영국이든 어디든 - 어떤 나라든 상관없이 - 이만한 규모로 이보다 완벽하게 지은 저택은 없을 겁니다. 그런데 바로 여기를, 이 집 한가운데를, 구더기가 견과류 한가운데를 파고들 듯, 조사이아 바운더비가 파고들었단 말이오.

니키츠가 웨스트민스터 학교에서 라틴어 연극을 공연할 때마다 대법원 판사를 비롯한 귀족들은 얼굴이 빨갛게 달아오르도록 환호성을 보냈다더군요. 그런 사람이 (어제 은행에 들른 사람에게 들은 바에 의하면) 지금은 좁고 어두운 앤트워프 뒷골목 육 층에서 허송세월한다는 거요……허송세월!"

제임스 하트하우스가 처음 보는 순간부터 감탄을 자아내던 얼굴을 자세히 살피며 자신 때문에도 변할 수 있는지 시험한 건 바로 이 한적한 저택 나뭇잎 그늘 밑이었다.

"바운더비 부인, 여기에 홀로 계신 걸 발견하다니 우연치곤 정말 운이 좋네요. 오래전부터 부인과 단둘이 얘기하고 싶었거든요."

이 시간은 루이사가 항상 혼자 지낼 때고 여기는 루이사가 제일 좋아하는 휴식처라, 제임스 하트하우스가 여기에서 루이사를 발견한 건 놀라운 우연이 절대 아니다. 나무는 여기저기에 쓰러지고 그늘은 짙은 숲속 공터로, 루이사는 거기에 앉아서 작년에 떨어진 낙엽을 말없이 바라보는 게 낙이었다, 친정집 벽난로에서 떨어지는 불꽃과 재를 바라보듯.

제임스 하트하우스는 바로 옆에 앉아서 상대편 얼굴을 힐끗 쳐다보며 입을 열었다.

"부인 남동생. 젊은 친구 톰은……"

루이사 얼굴이 갑자기 환하게 변하면서 관심이 가득 일어나는 표정으로 쳐다보자, 제임스 하트하우스는 '얼굴이 이렇게 환하게 변하는 것처럼 황홀하고 매혹적인 모습은 평생 본 적이 없어!'라는 생각이 절로 들었다. 이런 생각은 얼굴에 그대로 드러났다. 하지만 저절로 드러난 게 아니라 일부러 꾸민 것 같기도 했다.

"죄송합니다만, 동생에게 관심을 드러내는 표정이 정말 아름답네요. 톰은 이런 누나를 정말 자랑스럽게 여겨야 해요. 이러면 안 된다는 걸 알면서도 숭배하는 마음이 절로 일어나는군요."

"충동적으로 말씀하시네요."

루이사가 차분하게 말하자, 제임스 하트하우스가 대답했다.

"아닙니다, 바운더비 부인. 겉치레로 하는 말이 아닙니다. 부인도 아시다시피, 나는 가격만 맞으면 언제든 나 자신을 팔아넘길 인간, 천성이 지저분해서 순수하게 행동하는 건 조금도 모르는 인간입니다."

"동생에 관한 이야기나 하시지요."

"부인이 나에게 엄격하시니 그럴 수밖에요. 나는 부인이 아시는 것처럼 쓸모없는 개자식이니까요, 거짓말을 안 한다는 사실만 빼면…… 하지만 부인 동생에 대한 주제에서 벗어난 건 부인이 나를 깜짝 놀라게 했기 때문입니다. 나는 부인 동생에게 관심이 많습니다."

"당신에게도 관심이라는 게 있나요, 제임스 하트하우스 선생?"

루이사가 물었다. 한편으론 못 미더우면서도 한편으론 고마운 눈치였다.

"내가 여기에 처음 올 때만 해도 그렇게 물으셨다면 나는 없다고 대답했을 겁니다. 하지만 지금은 그렇다고 대답해야겠네요, 겉으로만 그런 척하는 것 같아서 부인이 미심쩍게 생각할 수 있겠지만."

루이사가 살짝 움직이는 게 무슨 말을 하려는 것 같은데 목소리가 안 나왔다. 그러다가 마침내 "제임스 하트하우스 선생, 제 동생에게 관심이 많다는 말을 믿겠어요" 하는 말이 나왔다.

"고맙습니다. 나는 그런 말을 들을 자격이 있습니다. 부인도 아시다시피, 나는 무얼 주장하는 경우가 거의 없지만, 이번만큼은 그러고 싶으니까요. 부인은 동생에게 정말 많은 걸 해주고, 동생을 정말 좋아하고, 지금까지 동생을 위해 살아온 모습은 참으로 매혹적이며 헌신적이라…… 다시 사과드립니다…… 주제에서 또 벗어났네요. 나는 부인 동생에게 바람직한 측면에 관해서 관심이 많답니다."

루이사가 몸을 최대한 살며시 움직이는 게, 당장에라도 황급히 일어나서 떠나려는 것 같았다. 그러자 제임스 하트하우스는 재빨리 말을 바꾸고 루이사는 그대로 남았다.

"바운더비 부인, 동생처럼 젊은 사람이 아무리 경솔하고 분별없이 사치 행각을 벌인다고 해도, 시쳇말로 약간 방탕하다고 해도, 그건 돌이킬 수 없는 잘못이 아니에요. 그죠?"

제임스 하트하우스가 쾌활한 어투로 다시 말하는데, 억지로 꾸민 어투가 조금 전보다 훨씬 의미심장하게 들렸다.

"네."

"실례를 무릅쓰고 솔직히 말하겠습니다. 부인은 동생이 도박하는 걸 아시나요?"

"내기하는 건 압니다."

루이사가 대답하더니, 제임스 하트하우스가 대답이 불충분하다는 듯 가만히 기다리자, 이렇게 덧붙였다.

"네, 도박하는 걸 압니다."

"당연히 돈을 잃는다는 사실도요?"

"네."

"내기하는 사람은 누구나 잃지요. 동생이 그렇게 쓸 돈을 부인이 자주 건네실 가능성도 크겠지요?"

루이사는 가만히 앉아서 바닥만 바라보더니, 질문을 듣는 순간에 고개를 들어서 약간 화난 표정으로 상대방을 쳐다보았다.

"무례한 호기심을 용서하세요, 친애하는 바운더비 부인. 톰이 깊은 늪으로 점차 빠져드는 것 같아, 저 자신이 예전에 겪은 체험에 근거해서 도움의 손길을 내밀고 싶은 마음에 이러는 겁니다. 동생을 위해서란 말을 또 해야 하는 건가요? 꼭 그래야 하는 건가요?"

루이사가 대답하려는 것 같은데, 아무런 목소리도 안 나왔다. 그러자 제임스 하트하우스는 다시 한번 쾌활한 어투로 말하려고 애썼다.

"내 생각을 솔직하게 말한다면, 톰에게 과연 장점이 많은지 의심스럽다는 고백을 할 수밖에 없습니다. 능력이 탁월하신 부친하고 톰이 (너무 솔직한 걸 용서하세요) 과연 얼마나 대단한 신뢰관계를 쌓았는지 말입니다."

여기에 대해선 루이사 자신이 너무나 잘 아는 터라 얼굴을 붉히며 대답했다.

"그런 건 거의 없을 거예요."

"내가 이러는 까닭을 부인께서 완벽하게 이해하신다는 걸 믿고서 드리는 질문인데, 그렇다면 극히 존경받는 매형과 톰 사이는요?"

루이사는 얼굴이 더욱 빨갛게 변하더니, 마침내 새빨갛게 달아오른 얼굴로 희미하게 대답했다.

"그것도 마찬가질 거예요."

제임스 하트하우스는 잠시 침묵하다가 다시 물었다.

"부인에게 속마음을 좀 더 털어놓아도 괜찮을지 모르겠는데, 바운더비 부인, 톰은 지금까지 부인에게 상당한 액수를 빌렸지요?"

루이사는 대화하는 내내 다소 애매하고 불안해도 속마음을 단단히 유지하는 자세는 그대로였다. 그래서 잠시 망설이다가 대답했다.

"선생께서 묻는 내용에 설사 내가 대답한다고 해서 불만이 있거나 후회스러워서 그런 건 아니란 사실을 알아두면 고맙겠습니다. 나는 지금까지 무엇에 불만을 품은 적도 없고 내가 한 행동을 조금이나마 후회한 적도 없으니까요."

제임스 하트하우스는 '정말 대단하다!'는 생각이 절로 들었다.

"나는 결혼 직후에 동생이 벌써 상당한 빚더미에 올랐다는 사실을 발견했어요. 동생이 갚기엔 상당히 버거운 액수, 내가 장신구를 팔아야 할 정도로 버거운 액수 말이에요. 그래서 기꺼운 마음으로 장신구를 팔았어요. 이런 건 희생이 아니에요. 나에겐 아무런 가치도 없는 물건, 아무짝에도 쓸모없는 물건이니까요."

장신구는 남편이 선물한 거란 사실을 제임스 하트하우스가 알아차렸다는 걸 얼굴에서 느꼈는지 아니면 제임스 하트하우스가 안다는 사실에 양심의 가책을 받았는지, 루이사는 말을 멈추고 얼굴을 다시 빨갛게 물들였다. 제임스 하트하우스가 실제보다 훨씬 둔한 사람이라서 그런 사실을 미처 몰랐다 해도 이제 충분히 깨달을 정도였다.

"그래서 나는 쓸 수 있는 돈이 생기는 대로, 아니, 품에 돈이 들어오는 대로, 여러 차례에 걸쳐서 동생에게 주었습니다. 선생께서 동생에게 관심이 많다고 고백하신 말을 믿고 모두 털어놓겠는데, 나는 어중간하게 손을 뗄 생각이 없습니다. 선생께서 여기를 자주 출입하신 이래, 동생은 지금까지 금화 백 냥에 달하는 돈을 요구했습니다. 물론 나는 그만한 돈을 건넬 수 없었지요. 동생이 깊은 늪에 빠져드는 것 같아서 계속 불안했지만, 지금껏 비밀을 지키다가 선생을 믿고 털어놓는 겁니다. 지금까지 누구에게도 속내를 안 털어놓은 까닭은…… 이제 선생도 짐작하시겠지요."

루이사가 갑자기 말을 끊었다.

제임스 하트하우스는 눈치가 빠른 사람이다. 그래서 남동생 흉내를 살짝 내며 남동생이 바라보는 누나 모습을 루이사에게 보여줄 기회를 엿보다가 포착했다.

"비록 나는 세속에 물들어서 염치도 모르지만, 분명히 말씀드리는데, 부인이 지금까지 하신 말씀에 지대한 관심을 느낍니다, 바운더비 부인. 나는 부인 동생을 매몰차게 대할 마음이 없습니다. 그래서 동생이 저지른 잘못에 부인이 지혜롭게 대처한 방식을 충분히 이해하고 공감합니다. 그래드그라인드 국회의원님과 바운더비 사장님 두 분을 매우 존경하지만, 동생은 교육을 제대로 받는 행운을 못 누린 것 같습니다. 나이에 맞는 사회활동을 끊임없이 억제당하며 성장한 결과, 처음부터 나쁜 의도로 그런 건 당연히 아니겠지만, 지금까지 한쪽 극단을 강요받다가 반대쪽 극단으로 치달으니까요. 바운더비 사장님은 솔직하고 훌륭하고 독립심이 강한 영국인으로 극히 매력적인 성격이지만 – 우리가 잘 알듯이 – 속내를 털어놓고 싶은 사람은 아닙니다. 성격이 어긋나고 능력은 엉뚱해서 이런저런 실수를 저지른 젊은이가 상담을 통해서 앞으로 살아갈 방향을 설정하고 마음의 평안을 찾으려면 상당히 섬세한 사람이 필요한 법인데, 감히 말씀드리자면, 현재로썬 이런 사람이 세상에 거의 없다는 게 내 의견입니다."

루이사는 가만히 앉아서 앞을 곧장 바라보아 해가 밝게 비추던 숲 너머 풀밭에 그늘이 어리는 모습을 지켜보고, 제임스 하트하우스는 자신이 또렷하게 밝힌 의견에 관해 곰곰이 생각하는 표정을 루이사 얼굴에서 발견하고 다시 말했다.

"모든 가능성을 고려해야 합니다. 하지만 톰에게는 도저히 용서할 수 없는 커다란 잘못이 하나 있으니, 거기에 대해서는 무거운 책임을 물어야 하겠습니다."

루이사는 고개를 돌려서 쳐다보며 그게 무어냐 묻고, 제임스 하트하우스는 대답했다.

"내가 너무 많이 말한 것 같네요. 애당초 이런 말은 안 꺼내는 편이 훨씬 좋을 걸 그랬어요."

"괜히 불안하네요, 제임스 하트하우스 선생. 그게 무언지 알려주세요."

"불필요한 불안감을 덜어드리기 위해, 그리고 부인 동생에 관해 우리 둘이 서로 속내를 털어놓는 소중한 과정이 있었기에, 말씀대로 하겠습니다. 톰이 누구보다 훌륭한 은인에게, 이타적으로 모든 걸 희생하고 헌신하는 은인에게 감사하는 마음이 말과 표정과 행동 하나하나에서 조금도 배어 나오지 않는 모습을 나는 절대 용서할 수 없습니다. 그동안 쭉 관찰한 바에 의하면 톰이 누나에게 감사하는 마음은 정말 보잘것없습니다. 누나가 지금까지 도와준 것에 대해 톰은 언짢은 표정과 변덕이 아니라 항상 사랑하고 감사하는 마음으로 보답해야 합니다. 비록 나는 세상일에 관심이 없지만, 동생이 누나에게 저지르는 잘못까지 모르는 척하거나 사소한 실수로 간주하고 넘어갈 정도로 냉정한 건 아닙니다."

루이자 앞에서 숲이 부풀어 올랐다. 두 눈에 눈물이 맺혀서다. 오랫동안 억누르던 눈물이 깊은 샘에서 솟구치고, 마음속에는 눈물로도 지울 수 없는 고통이 가득했다.

"한마디로, 내가 갈망하는 건 부인 남동생이 그런 자세를 고치는 겁니다. 이제 동생이 처한 상황을 충분히 파악한 데다, 동생이 그런 상황에서 빠져나오도록 옆에서 도우며 충고하다 보면 - 말썽을 훨씬 크게 피우던 사람이 하는 충고라서 훨씬 유익하길 바랄 뿐인데 - 나에게 동생을 좌지우지할 영향력이 생길 수도 있으니, 그런 영향력은 오직 앞에서 말한 목적을 달성하는 데만 사용하겠습니다. 나는 이제 얘기를 충분히, 아니 충분한 이상으로 했습니다. 그러고 보니, 마치 나 자신을 좋은 사람이라고 주장하는 것 같은데, 분명히 말하지만, 나에겐 그럴 의도가 조금도 없으니, 나는 그렇게 좋은 사람이 전혀 아니라는 사실을 솔직하게 밝히고자 합니다."

제임스 하트하우스가 말하더니, 지금까지 루이사만 내려다보던 시선을 들어서 주변을 둘러보며 계속 말했다.

"저쪽, 나무 사이에, 부인 동생이 지금 막 나타난 게 분명합니다. 이쪽으로 어슬렁거리며 다가오는 것 같으니, 우리가 그쪽으로 걸어가다가 중간에서 만나는 것도 좋겠군요. 최근에 부인 동생은 수심에 잠겨서 말없이 지낸답니다. 동생으로서 양심이 찔려서 그럴 수도 있습니다…… 양심이란 게 있다면. 하지만 명예를 걸고 말씀드리는데, 나는 양심이란 걸 안 믿는답니다."

제임스 하트하우스는 팔을 내밀고 루이사는 일어나서 그 팔을 잡더니, 건달을 향해 나란히 나아갔다. 건달은 천천히 걸으며 지팡이로 나뭇가지를 톡톡 때리거나 허리를 숙이고 나뭇등걸에서 이끼를 잔인하게 벗겨냈다. 지금도 이끼를 벗겨내는데 몰두하다가 두 사람이 나타난 걸 갑자기 깨닫고 깜짝 놀라서 안색이 하얗게 변한 채 더듬거리며 말했다.

"맙소사! 선생님이 여기에 있는 줄 몰랐어요."

제임스 하트하우스가 톰 어깨를 한 손으로 짚고 방향을 돌려서 세 사람 모두 집을 향해 나란히 걸으며 물었다.

"나뭇등걸에 누구 이름을 새겼나?"

"누구 이름이요? 아! 아가씨 이름을 말하는 건가요?"

"나뭇등걸에 아름다운 미녀 이름을 새기는 것처럼 의심쩍게 보였다네, 톰."

"그런 거 없어요, 제임스 하트하우스 선생님, 상당한 재산을 마음대로 처분할 수 있는 미인이 나를 좋아하기 전까진. 아니, 얼굴은 흉해도 돈만 많으면 나를 잃을 염려는 없을 거예요. 이름도 원하는 만큼 새겨줄 거고요."

"자네는 돈을 지나치게 좋아하는 것 같아서 걱정이야, 톰."

"돈을 지나치게 좋아해요? 그럼 돈을 싫어하는 사람도 있나요? 우리 누나 빼곤 없을 거예요."

"나는 그게 문제라는 말을 하려는 거니, 톰?"

루이사가 물었다. 하지만 불만스럽고 짜증스런 흔적은 그게 다였다.

"내 말이 맞는지 안 맞는지는 누나가 잘 알잖아. 맞는 말은 받아들이라고."

남동생이 짜증스런 어투로 대답하자, 제임스 하트하우스가 끼어들었다.

"권태증을 느끼는 사람이 흔히 그러는 것처럼 톰은 오늘도 염세적인 분위기로군. 저 친구 말을 곧이곧대로 믿지 마세요, 바운더비 부인. 진심이 아니니까요. 계속 저렇게 퉁명스럽게 나온다면 동생이 누나를 얼마나 좋아하는지 내가 알려드리지요. 평소에 한 말이 있거든요."

그러자 톰이 자신의 후원자를 존중하는 마음에 부드럽게 변한 어투로, 하지만 머리는 여전히 무뚝뚝하게 흔들면서 말했다.

"그래도 내가 누나는 돈을 참 좋아하는 사람이라고 칭찬했다는 말은 못 하겠지요. 하지만 정반대 성격이라고 칭찬한 적은 있을 거예요. 필요하다면 지금 다시 말할 수도 있고요. 하지만 이런 얘기는 그만두죠. 선생님에게 재미있는 문제도 아닌 데다 나는 생각만 해도 지겨우니까요."

세 사람이 계속 걷다가 집에 도착하자, 루이사는 손님 팔에서 손을 거두고 안으로 들어갔다. 손님은 가만히 서서 바라보더니, 루이사가 계단을 오르다가 현관문 그늘 안으로 사라진 다음에 비로소 루이사 남동생 어깨에 한 손을 다시 올리고 은밀한 고갯짓으로 함께 정원을 걷자고 제안하며 말했다.

"여보게, 톰, 자네에게 하고 싶은 말이 있네."

두 사람은 장미가 어지럽게 편 한가운데에서 걸음을 멈추더니 – 니키츠가 가꾸던 장미밭 규모를 줄인 것 역시 바운더비 사장이 겸손을 자랑하는 방법 가운데 하난데 – 톰은 테라스 난간에 걸터앉아 장미를 마구 꺾어서 꽃잎을 뜯어내고, 힘이 넘치는 악마는 가만히 서서 한 발을 난간에 올리고 팔을 무릎에 댄 채 몸뚱이를 편하게 기대며 톰을 굽어보았다. 루이사 방 창문에서 그대로 보이는 지점이었다. 루이사가 지켜볼 가능성이 컸다.

"톰, 문제가 뭐야?"

제임스 하트하우스가 묻자, 톰이 앓는 소리를 내며 대답했다.

"아! 제임스 하트하우스 선생님. 모든 게 힘들고 짜증 나서 못 살겠어요."

"여보게, 나 역시 그래."

"선생님이요? 선생님은 모든 걸 충분히 누리잖아요. 하지만 지금 나는 모든 게 엉망진창이라고요. 지금 내가 어떤 상황에 빠져들었는지 선생님은 몰라요. 우리 누나가 도와주었다면 애초에 이런 상황에 빠져들지도 않았을 거예요."

톰이 말하면서 장미 봉오리를 물어뜯더니, 이에 달라붙은 꽃잎을 노인네처럼 덜덜 떨리는 손으로 떼어냈다.

제임스 하트하우스는 그런 톰을 가만히 살피다가 명랑한 분위기로 말했다.

"톰, 자네는 생각이 부족해. 자네 누나에게 너무 많은 걸 기대한다고. 지금까지 누나에게 망나니처럼 돈을 받아갔다는 사실은 자네도 인정하겠지?"

"아, 선생님, 그건 저도 인정해요. 하지만 내가 돈을 어디에서 구하겠어요? 바운더비 노인네는 나만 할 때 동전 두 닢으로 한 달을 살았다는 식으로 툭하면 자랑만 늘어놓고, 아버지는 내가 갓난아기 때부터 줄을 드리워서 꼼짝달싹 못 하게 꽁꽁 묶어놓고, 어머니는 지병 말고 가진 게 하나도 없어요. 그런 내가 돈을 구하려면 누나 말고 어디로 가겠어요?"

톰이 우는 소리로 말하면서 장미 봉오리 수십 개를 흩뿌리고, 제임스 하트하우스는 옷소매를 잡으며 달랬다.

"하지만 여보게 톰, 자네 누나도 돈이 없다면……"

"돈이 없어요, 선생님? 나도 누나에게 돈이 있다는 말은 아니에요. 하지만 누나가 가진 돈 이상을 내가 원할 수도 있잖아요. 그러면 누나가 그 돈을 구해야지요. 누나는 돈을 구할 수 있잖아요. 선생님에게 이미 모든 걸 말했으니, 인제 와서 비밀인 척하는 건 아무런 소용도 없어서 하는 말인데, 우리 누나가 바운더비 노인네랑 결혼한 건 누나 자신을 위한 것도 아니고 바운더비를 위한 것도 아니며 바로 나 자신을 위한 거예요. 그렇다면 내가 원하는 돈을 바운더비에게서 빼내야 하는 거 아닌가요, 나를 위해? 누나는 그 돈으로 무얼 할 건지 말할 필요도 없다고요. 아주 영리하니까 마음만 먹으면 노인네를 구슬려서 마음껏 빼낼 수 있다고요. 그러니, 내가 돈을 못 구하면 어떻게 되는지 다 말하면 누나가 그렇게 해야 하잖아요. 그런데 아니에요. 남편 옆에 돌처럼 가만히 앉아만 있더라고요, 사근사근하게 굴어서 돈을 받아낼 생각은 않고. 선생님이라면 그걸 보고 어떻게 생각할지 모르지만 나는 정말 몰인정한 행동이라고 생각합니다."

난간 바로 밑으로 장식용 냇물이 흐르는데, 제임스 하트하우스는 거기에다 톰을 처박고 싶은 충동을 강하게 느꼈다, 코크타운 공장주들이 기분 나빠서 모든 재산을 대서양에 처넣겠다고 협박하듯 말이다. 하지만 겉으로는 느긋한 태도를 유지한 덕분에, 석조난간 밑으로 단단한 물체 대신 부드러운 장미 꽃잎만 떨어져서 조그만 섬처럼 쌓이며 흘러갔다.

"여보게 톰, 내가 자네 은행 역할을 하겠네."

"맙소사, 은행이란 말은 꺼내지도 마세요!"

제임스 하트하우스 말에 톰이 갑작스럽게 대답하는데, 하얗게 질린 얼굴이 빨간 장미와 좋은 대조를 이루었다.

제임스 하트하우스는 철저한 교육을 받고 상류사회에 익숙한 터라, 순간적으로 영향은 받을지언정 깜짝 놀랄 사람이 아니다. 그런데 눈꺼풀을 살짝 추켜올리는 모양이 깜짝 놀란 것 같았다. 깜짝 놀라는 건 자신이 배운 원칙에도 많이 어긋나고, 그래드그라인드 학파에서 가르치는 원칙에도 어긋나는 데 말이다.

"지금 필요한 건 얼마야, 톰? 세 자리 숫자? 어서 털어놔. 얼만지 말하라고."

이 말에 톰이 급기야 울음을 터트리며 대답하는데, 그 모습이 불쌍하기는 해도 눈물을 흘리는 게 남을 해치는 것보다는 훨씬 바람직할 터였다.

"선생님, 이제 늦었어요. 이제 돈은 필요 없어요. 진작 알았더라면 도움이 되었겠지만 이제 소용없어요. 하지만 말만 들어도 정말 고맙습니다. 선생님은 정말 좋은 분입니다."

제임스 하트하우스는 '정말 좋은 분이라! 건달아, 건달아! 너는 정말 멍청하구나!' 하고 생각하는데, 톰이 그 손을 덥석 움켜잡으며 다시 말했다.

"선생님 말씀을 고맙게 받아들이겠습니다, 정말 고맙게, 선생님."

"으음, 나중에 필요할 수도 있겠지. 어쨌든 여보게, 앞으로 어려운 일이 생기면 나한테 솔직하게 털어놓게. 혼자 고민하는 것보다 훨씬 좋은 방법을 내가 알려줄 테니까."

"고맙습니다. 선생님을 훨씬 일찍 알면 좋을 걸 그랬어요."

톰이 말하곤 우울한 표정으로 머리를 흔들며 장미 봉오리를 씹고, 제임스 하트하우스는 장미 한두 송이를 던져서 조그만 섬을 키우며 결론 내리고, 섬은 본토와 합치려는 듯 벽을 향해 꾸준히 나아갔다.

"자네도 알겠지만, 톰, 인간은 어떤 행동을 하든 이기적인 목적이 있는 법이고, 이건 나 역시 마찬가지야."

느긋하게 말하던 어투가 갑자기 열정적인 어투로 변하며 흘러나왔다.

"나는 자네가 당연히 그래야 하듯, 자네 누나를 부드럽게 대하길 바라는 마음이 강해. 자네가 당연히 그래야 하듯, 자네 누나에게 사랑스럽고 싹싹한 남동생으로 살아가길 바라는 마음도 강하고."

"알겠습니다, 선생님."

"현재만큼 소중한 시간은 없네, 톰. 당장 시작하도록."

"당연히 그러겠습니다. 우리 누나도 똑같이 말할 겁니다."

톰이 대답하자, 제임스 하트하우스는 "그렇다면 서로 약속했으니, 톰, 지금은 헤어졌다가 저녁 식사 때 다시 만나세"라고 말하며 손으로 상대 어깨를 툭 쳐서 상대가 편하게 해석할 여지를 주고, 어리석은 바보는 자신에게 부담을 줄여주려고 편하게 제시한 조건으로 제멋대로 받아들였다.

톰은 저녁 식사 전에 나타났는데, 마음은 무거워 보이지만 몸은 민첩했다. 그래서 바운더비 사장보다 먼저 나타나서 한 손을 내밀고 누나에게 키스하며 말했다.

"누나에게 심술부릴 생각은 없었어. 나는 누나가 좋아하는 걸 알고 누나는 내가 좋아하는 걸 알잖아."

그러고 나서 바로 그날, 루이사 얼굴에 미소가 떠올랐다, 다른 사람에게. 아아, 다른 사람에게!

제임스 하트하우스는 자신이 첫날 바라본 아름다운 부인 얼굴을 떠올리며, '이제 부인이 좋아하는 사람은 건달 하나가 아니야. 건달 하나가 아니야'라고 생각했다.

8장. 폭발

다음 날 아침은 늦도록 잠자기에 너무 화창해서 제임스 하트하우스는 일찍 일어나 옷 갈아입는 방에서 햇살이 비치는 내달이창에 앉아 담배를 태웠다. 어린 건달에게 영향을 상당히 끼친 희귀한 담배였다. 동양산 담배 향은 사방에 가득하고 연기는 공중으로 꿈결처럼 번지고 여름철 향기는 풍성하고 부드러우며 햇살은 기분 좋은 가운데 제임스 하트하우스는 승자가 전리품을 정리하듯 자신이 새롭게 확보한 영역을 하나씩 느긋하게 따져보았다. 당장은 싫증이 조금도 안 나서 마음을 온전히 쏟아부을 수 있었다.

다른 무엇보다, 자신은 루이사와 신뢰관계를 형성하고 거기에서 남편을 배제했다. 그건 부인이 남편에게 완벽하게 무관심하며 부부가 서로 뜻을 맞출 가능성은 현재든 나중이든 조금도 없다는 사실에 근거한 신뢰관계다. 자신은 상대 마음속 가장 미묘한 부분까지 확실하게 이해한다는 사실을 루이사에게 교묘하면서도 또렷하게 납득시켰다. 그래서 상대의 가장 부드러운 감성을 건드리며 접근해서 자신을 그런 감성의 일부로 만든 결과, 지금까지 루이사가 숨어들던 보호벽은 완전히 사라졌다. 모든 게 아주 이상하면서도 극히 만족스러운 상황이 아닐 수 없었다!

제임스 하트하우스가 아직 어떤 사악한 목적을 마음에 품은 건 아니지만, 이런 사람은 매사에 목적 없이 무관심하게 지내는 편보다 자신이 속한 군대와[33] 함께 계획적으로 나쁜 짓을 저지르는 편이 공적으로나 사적으로나 자신이 살아가는 시대에 훨씬 바람직할 터였다. 배를 파괴

---

33) 마르코 5:9 '예수께서 "네 이름이 무엇이냐?" 하고 물으시자, 악령은 "군대라고 합니다. 숫자가 많아서 그렇습니다" 하고 대답했다.'

하는 건 조류에 몸을 맡긴 채 이리저리 흘러가는 유빙이니 말이다.

악마가 으르렁대는 사자처럼[34] 돌아다닌다면 야만인이나 사냥꾼이 아니고선 아무도 관심을 안 보인다. 하지만 악마가 유행에 따라 단장하고 치장해서 눈가림한다면, 그래서 악도 지겹고 미덕도 지겨운 나머지 지옥의 유황불도 싫고 천국의 환희도 싫다면, 빨간 테이프를[35] 나누어 주든 빨간 불꽃을 피우든, 그때 비로소 진정한 모습이 나타난다.

그래서 제임스 하트하우스 역시 내단이창에 기대서 느긋하게 담배를 태우며, 지금까지 자신이 걸어온 길을 한 걸음 한 걸음 따져보았다. 이렇게 나가다 보면 결국엔 어떻게 될지 또렷하게 보이지만, 귀찮아서 일일이 따져보진 않았다. 될 대로 되라지.

그날은 말을 타고 조금 멀리 나가서 공적인 업무를 처리해야 하는데, 그래드그라인드 일파를 위해 타석에 들어설 좋은 기회라서, 제임스 하트하우스는 아침 일찍 옷을 입고 아침 식사를 하러 아래층으로 내려갔다. 밤사이에 루이사가 예전처럼 냉정한 모습으로 돌아갔는지 어서 확인하고 싶었다. 하지만 아니다. 어젯밤에 헤어지던 모습 그대로다. 자신을 흥미롭게 바라보던 표정도 마찬가지다.

힘든 상황에서 흔히 그런 것처럼, 제임스 하트하우스는 그날 하루를 매우 만족스럽게 (혹은 매우 불만족스럽게) 보낸 다음, 오후 여섯 시에 말을 타고 돌아왔다. 저택에 도착하려면 팔백 미터 거리를 완만하게 돌아야 하는 지점이 있어, 니키츠가 만든 부드러운 자갈길을 따라 말을 몰고 천천히 나아가는데, 관목 사이에서 바운더비 사장이 갑자기 튀어나오는 바람에 말이 깜짝 놀라며 도로 한쪽으로 피신했다.

"제임스! 들었소?"

---

34) 베드로 5:8 '정신을 바싹 차리고 깨어 있으십시오. 여러분의 원수인 악마가 으르렁대는 사자처럼 먹이를 찾아 돌아다닙니다.'

35) 빨간 테이프는 관료주의, 형식주의, 무능력을 상징한다.

바운더비 사장이 소리치자, 제임스 하트하우스는 말을 달래고 속으로 욕설을 퍼부으며 되물었다.

"무얼 들어요?

"그렇다면 아직 못 들었군!"

"나도 그렇고 말도 그렇고 사장님 소리는 들었지만 다른 소리는 못 들었답니다."

제임스 하트하우스가 말하자, 바운더비 사장은 돌발사건을 훨씬 효과적으로 드러내기 위해 도로 한가운데에 딱 버티고 서서 빨갛게 달아오른 얼굴로 말머리를 가로막으며 선언했다.

"은행이 도적한테 털렸소!"

"설마요!"

"지난밤에 도적을 당했소. 정말 이상하게 도적을 당했소. 위조 열쇠로 도적을 당했소."

"많이요?"

"아니요, 아니요. 많은 돈은 아니오. 하지만 그럴 수도 있었지."

바운더비 사장은 이렇게 대답할 수밖에 없는 현실을 안타깝게 여기는 것 같았다. 사건을 최대한 큼직하게 포장하고 싶기 때문이다.

"얼만데요?"

상대가 다시 묻자, 바운더비가 짜증스런 어투로 대답했다.

"아! 당신이 액수에 집착하는 것 같아서 하는 말인데, 액수 자체는 백오십 파운드를 넘지 않소. 하지만 중요한 건 액수가 아니오. 무엇보다 중요한 건 은행이 도적을 당했다는 사실이오. 당신이 그걸 모른다니, 정말 놀랍구려."

그러자 제임스는 말에서 내려 고삐를 하인에게 건네주며 변명했다.

"친애하는 바운더비 사장님. 나도 그걸 압니다. 그래서 상상만 해도 사장님이 생각하는 이상으로 섬뜩합니다. 그렇지만, 괜찮다면, 훨씬 많은 돈을 안 잃은 것에 대해서 진심으로 축하하고 싶습니다."

"고맙소. 하지만 내가 분명히 말하는데, 이만 파운드를 도적 당할 수도 있었단 말이오."

바운더비가 무뚝뚝한 어투로 짤막하게 반발했다.

"당연히 그럴 수도 있었겠지요."

"당연히 그럴 수 있었다! 맙소사, 당신은 그렇게 생각할 수도 있겠지."

바운더비 사장이 말하더니, 위협적으로 고개를 끄덕이기도 하고 흔들기도 하면서 덧붙였다.

"하지만 이만 파운드 곱절이 될 수도 있었단 말이오. 확실한 건 도적이 들었다는 사실 하나뿐, 도적맞은 액수가 얼마까지 될 수 있는지, 그래서 얼마까지 지킬 수 있는지는 아무도 모른다오."

어느새 루이사가 옆으로 다가오고 스파싯 부인과 비찌도 나타나니, 바운더비가 더욱 거세게 몰아붙였다.

"당신은 몰라도, 여기에 있는 톰 그래드그라인드 따님은 얼마나 도적맞을 수 있는지 잘 안다오. 이런 일이 있었다는 말을 듣는 순간에 총이라도 맞은 것처럼 쓰러졌으니 말이오! 전에는 그런 적이 한 번도 없었다오. 내가 보기엔, 현재와 같은 상황에서 가장 명예로운 행동이었소!"

루이사는 아직도 얼굴이 창백한 게 기운이 하나도 없어 보였다. 그래서 제임스 하트하우스는 자기 팔을 잡도록 간청하더니, 함께 천천히 조심스레 걸으면서 루이사에게 도적이 어떻게 들었는지 물었다. 그러자 바운더비가 짜증스런 표정으로 스파싯 부인에게 팔을 내밀면서 말했다.

"내가 알려주겠소. 당신이 구체적인 액수에 집착하지 않았다면 벌써 말했을 거요. 여기에 계신 진짜 귀부인, 스파싯 부인은 알죠?"

"예전에 만나 뵙는 영광을……"

"좋소, 좋아. 그리고 여기에 있는 젊은이 비쩌도 함께 보았죠?"

제임스 하트하우스가 그렇다는 뜻으로 머리를 숙이고 비쩌는 이마에 손가락을 댔다.

"좋소, 좋아. 두 사람은 은행에서 산다오. 당신도 두 사람이 은행에서 산다는 걸 알지요? 좋소, 좋아. 어제 오후, 영업시간이 끝난 다음에 평소처럼 문단속했다오. 이 젊은이가 입구에서 잠자는 철제 금고실에는 얼마가 들었든 상관없소. 그런데 톰이 사용하는 방 조그만 금고에, 자잘한 용도로 사용하는 금고에, 백오십 파운드 남짓이 있었소."

"백오십사 파운드 칠 실링 일 페니입니다."

비쩌가 끼어들자, 바운더비가 걸음을 멈추고 뒤로 빙글 돌며 야단쳤다.

"그만해! 자네가 끼어들 자리는 아니잖아. 자네가 편안하게 코를 골며 자는 동안 도적 당한 거로 충분해, 칠 파운드씩 네 차례에 걸쳐서 받는 월급으로는 사태를 바로잡을 수 없으니 말이야. 내가 분명히 말하는데, 나는 자네 나이 때만 해도 코를 안 골았어. 코를 골 정도로 음식을 못 먹었다고. 한 달에 네 차례나 받는 칠 파운드 주급도 없고. 설사 그만한 돈을 받았다 해도 코를 골진 않았을 거야."

비쩌가 굽실대며 이마에 손가락을 다시 대는데 바운더비 사장이 도덕적으로 절제하던 사례를 말하는 순간에 깊은 감동과 좌절을 느낀 것처럼 보이고, 바운더비 사장은 계속 말했다.

"백오십 파운드 남짓한 금액을 톰은 자기 금고에 넣어두었소. 아주 튼튼한 금고는 아니지만 그건 문제가 안 되오. 다른 금고는 모두 괜찮으니 말이오. 한밤중 몇 시 즈음인지, 저 젊은이가 코를 골며 잠자는 동안…… 스파싯 부인, 저 친구가 코 고는 소리를 들었다고 했죠?"

"사장님, 저 친구가 코 고는 소리를 정확하게 들었다고 말할 순 없으니, 그런 식으로 단정할 순 없습니다. 하지만 겨울날 저녁에 저 친구가 식탁에 누워서 깊은 잠에 빠져들 때마다 숨이 막히는 것 같은 소리를 들은 건 확실합니다. 가끔은 독일 시계 비슷한 소리도 들리고요."

스파싯 부인이 증거를 구체적으로 대겠다는 듯 당당한 느낌으로 계속 말했다.

"저는 저 친구를 도덕적으로 비난할 생각이 조금도 없습니다. 아니, 정반대입니다. 저는 비쩌를 가장 올바른 원칙에 근거해서 살아가는 젊은이라고 항상 생각했는데, 제 증언이 그 사실을 입증하는 데 도움이 되길 바랍니다."

그러자 바운더비가 잔뜩 화난 어투로 소리쳤다.

"맙소사! 저 친구가 잠자면서 코를 골든가 숨이 막히든가 독일 시계 소리를 내든가 다른 어떤 소리를 내는 동안, 어떤 놈들이 은행에 미리 숨어들었다가 톰 금고에 다가가서 강제로 열고 내용물을 빼갔단 말이오. 그러곤 불안한 마음에 서둘러 도망쳐, 현관을 나오면서 현관 자물쇠를 (평소에도 이중으로 잠그고 열쇠는 스파싯 부인 베개 밑에 두는데) 위조 열쇠로 원래대로 이중으로 잠갔으니, 바로 그 열쇠를 오늘 열두 시 경에 은행 근처 도로변에서 발견했단 말이오. 경보기는 안 울렸소, 이 친구 비쩌가 오늘 아침에 일어나서 문을 열고 영업 준비를 시작할 때까지. 그러다가 톰 금고문이 살짝 열린 걸 발견하고 자물쇠를 억지로 열어서 돈을 빼간 걸 확인한 거요."

"그런데 톰은 어디에 있나요?"

제임스 하트하우스가 물으며 주변을 둘러보자, 바운더비가 대답했다.

"지금 은행에 남아서 경찰 수사를 돕는 중이오. 내가 톰 나이 때 녀석들이 나를 털려고 했다면 정말 좋겠소. 내가 장담하는데, 도적질을 하려고 18펜스를 투자해도 결국엔 빈털터리로 끝나고 말았을 테니 말이오."

"의심 가는 사람은 있나요?"

"의심 가는 사람? 의심 가는 사람이야 당연히 있겠지요. 제기랄!"

바운더비가 말하더니, 스파싯 부인의 팔을 놓고 뜨겁게 달아오른 머리를 훔치며 계속 말했다.

"코크타운의 조사이아 바운더비가 도적질을 당했는데 의심 가는 사람이 없을 순 없겠지요. 그럼, 그렇고말고!"

의심 가는 사람이 누구냐고 제임스 하트하우스가 묻자, 바운더비는 걸음을 멈추고 고개를 돌려서 모두를 똑바로 바라보며 대답했다.

"으음, 좋소, 내가 말하지. 다른 데서 말하면 안 되오. 어디에서도 말하지 말아야 하오. 도적놈이 (여럿인데) 경계심을 늦추도록 해야 하니 말이오. 그러니 비밀을 꼭 지키시오."

바운더비가 머리를 다시 훔치면서 "가만있자, 당신은 뭐라고 하겠소?" 하고 말하더니, 갑자기 격하게 흥분하며 덧붙였다.

"일손 한 명이 여기에 관여했다면?"

"우리 친구 블랙팟은 아니겠지요?"

제임스 하트하우스가 느릿느릿 말하자, 바운더비가 대답했다.

"팟 대신 풀을 넣으면 정확하게 말한 거요."

루이사가 깜짝 놀라며 믿을 수 없다는 말을 가느다랗게 뱉어내자, 바운더비가 그 소리를 듣고 대뜸 말했다.

"그렇소! 내가 알아! 내가 잘 안다고! 나는 그런 일에 익숙하거든. 내가 그런 건 아주 잘 안다고. 정말이지, 세상에서 가장 멋진 놈들이야, 그놈들은. 정말이지, 말솜씨가 대단해, 그놈들은. 자기네가 원하는 건 자기네 권리를 정확히 알고 싶은 것뿐이라고 말하지, 그놈들은. 하지만 내가 장담하는데, 불만이 가득한 일손 한 명만 데려오면, 그놈이 나쁜 짓을 능히 저지른다는 사실을 단번에 보여주겠소, 그게 무슨 짓이든."

이건 코크타운에 널리 퍼진 또 다른 허상인데, 오랫동안 공들인 덕분에 많은 사람이 진짜라고 믿는다.

"하지만 나는 이놈들을 잘 알아. 이놈들 마음속을 손바닥처럼 들여다본다고. 스파싯 부인, 내가 한 가지만 물어보리다. 그놈이 우리 집에 발을 처음 들여놓고 자신이 찾아온 목적은 종교를 뒤흔들고 교회를 뒤집어엎는 방법을 알고 싶어서라고 할 때 내가 뭐라고 경고했소? 스파싯 부인은 혈연관계로 볼 때 귀족 수준인데, 내가 그놈에게 '나를 속일 순 없다. 너는 내가 좋아하는 부류가 아니다. 너는 성공할 수 없다'고 말했소, 안 했소?"

"극히 인상적인 방식으로, 사장님, 확실히 그렇게 경고했습니다."

스파싯 부인이 대답하자, 바운더비가 다시 물었다.

"그놈 때문에 충격을 받아서 마음에 상처를 입었지요?"

스파싯 부인이 순순히 머리를 끄덕이며 대답했다.

"네, 사장님, 분명히 그랬습니다. 제가 마음이 그리 약하거나 멍청한 사람은 아닌데, 당시에도 그렇고 이번에도 그렇고 정말 놀랐단 말씀을 드리고 싶습니다."

바운더비 사장이 의기양양한 표정으로 제임스 하트하우스를 물끄러미 쳐다보는 게 마치 '이렇게 대단한 부인을 지배하는 주인이 바로 나라오'라고 말하는 것 같더니, 다시 입을 열었다.

"당신이 있는 자리에서 한 말이니 당신도 잘 알 거요. 나는 그놈에게 모든 걸 솔직하게 말했소. 나는 일손에게 모호하게 말하는 사람이 아니오. 나는 일손이 어떤지 아오. 아주 잘 아오. 그러고 나서 그놈은 사흘

만에 도망쳤소. 완전히 사라졌소, 아무도 모르는 곳으로. 내가 갓난아기일 때 우리 어머니가 그런 것처럼. 다른 게 있다면 그놈이 우리 어머니보다 나쁜 작자라는 거요. 도망치기 전에 한 짓을 보시오!"

바운더비 사장이 모자를 벗어서 손에 들고 탬버린처럼 톡톡 치는 식으로 박자를 맞추며 계속 말했다.

"그자가 밤마다 은행을 살피던 광경을……어둠이 깔린 다음에 숨어서 지켜보던 광경을……목격한 사람이 있다면……스파싯 부인에게 아무런 까닭도 없이 숨어서 살핀다는 느낌을 주었다면……스파싯 부인이 비쩌까지 불러서 확인했다면……오늘, 주변을 조사한 결과……이웃에서도 그놈을 목격한 사실이 드러났다면, 당신은 뭐라고 하겠소?"

절정으로 치닫는 순간에 바운더비 사장은 동양 댄서처럼 탬버린을 머리에 걸치고,[36] 제임스 하트하우스는 이렇게 말했다.

"정말 의심스럽군요."

바운더비는 의기양양하게 고개를 끄덕이며 대답했다.

"내 생각도 그렇소, 선생. 하지만 공범이 또 있소. 노파요. 나쁜 일이 생기기 전엔 별다른 소식을 못 듣고, 말을 도적 당하기 전엔 마구간 문이 엉성하단 사실을 모르듯, 노파에 관한 얘기 역시 이제 비로소 나오는 거요. 가끔 빗자루를 타고 시내로 날아오는 것처럼 보이는 노파라오. 은행을 그놈이 살피기 전에 노파가 온종일 살폈소. 그리고 당신이 그놈을 본 날에는 노파가 그놈과 함께 슬그머니 사라져서 음모를 꾸몄는데, 내가 보기엔 빌어먹을 노파가 충분히 살폈다는 말을 한 것 같소."

루이사는 그날 밤 그 방에 그런 할머니가 있었는데 남의 눈에 안

36) 당시 런던에서 동양 출신 댄서와 음악가들은 탬버린을 모자처럼 머리에 올린 채 톡톡 치는 식으로 공연이 끝났다는 사실을 알리며 구경꾼 사이를 돌아다녀서 동전을 구걸했다.

띄려고 애쓰던 기억을 떠올리고, 바운더비는 의미심장한 표정으로 고개를 끄덕이며 계속 말했다.

"우리가 이미 파악한 두 사람 말고도 공범은 또 있소. 하지만 당장으로선 이만큼 말한 거로 충분하오. 여러분 모두 입을 꼭 다물고 아무에게도 말하지 않으면 고맙겠소. 시간을 들여서라도 도적놈을 전부 잡아야 하오. 따라서 당장은 아무것도 모르는 척해야 하니, 특별히 반대할 사람은 없을 거요."

"당연히, 그런 사람은 정부에서 공고한 대로 가장 가혹한 형벌을 가해서 본보기로 삼아야 합니다. 은행을 턴 자는 누구든 책임지도록 만들어야 합니다. 그렇지 않으면 아무나 은행을 털려고 할 테니까요."

제임스 하트하우스가 말하는데, 어느덧 루이사 손에서 양산을 다정하게 빼앗아 대신 들어주고, 루이사는 양산 밑에서 걷는데 주변을 비추는 햇살은 조금도 없고, 남편은 이렇게 말했다.

"당장은 여기에 계시는 스파싯 부인부터 돌봐드려야 하오, 루이사. 이번 사건 때문에 신경이 곤두섰으니, 우리 집에서 하루 이틀 머물며 안정을 찾아야 할 것이오."

"대단히 고맙습니다, 사장님. 하지만 제가 편하게 지내도록 신경 쓰실 필요는 없답니다. 저는 아무래도 괜찮으니까요."

스파싯 부인이 조심스럽게 말했다. 그런데 스파싯 부인이 그 집에서 지내는데 한 가지 문제가 있다면 그건 바로 자신에게 지나치게 무관심하지만 다른 사람에겐 폐가 될 정도로 과도하게 신경을 쓰는 거란 사실이 곧바로 드러났다. 자신이 묵을 방을 보는 순간에는 너무 아늑한 곳이라며 끔찍할 정도로 수선을 떠는 게, 세탁실 탈수기에 누워서 밤을 보내는 걸 훨씬 좋아한다는 인상까지 주었다. 스파싯 부인이 기회가 있을 때마다 말한 바에 의하면, 그리고 하인이 있는 자리에서 특히 강조한 바에 의하면, "파울러 가문이나 스캐저스 가문 사람은 화려한 생활에 익숙한 게 사실이오. 하지만 나는 현재의 나와 과거의 내가 다르단 사실을 항상 명심한다오. 남편이 파울러 가문 사람이며 나 자신은 스캐저스 가문과 관계가 있다는 기억을 완전히 지워서, 아니, 그런 사실을 완전히 무효로 돌려서, 가문도 평범하고 혈연관계도 평범한 사람이 될 수 있다면 나는 기꺼이 그렇게 하겠소. 현재와 같은 상황에서는 그렇게 하는 게 올바른 것 같으니" 말이다.

은둔자처럼 보이는 마음 상태는 저녁 식사를 할 때 다양한 요리와 포도주를 극구 사양하게 하니, 바운더비 사장은 여러 차례 강권할 수밖에 없었다. 그러면 스파싯 부인은 "정말 친절하시네요, 사장님" 하고 말한 다음, 공개적이고 공식적으로 선언한 결심을 "양고기 요리만 조금 먹겠습니다"로 바꾼다. 마찬가지로, 소금을 청할 때도 깊이 사과하고, 신경이 곤두섰다고 바운더비 사장이 한 말을 최대한 입증해야 한다는 의무감에 가끔 의자에 몸을 깊이 파묻고 조용히 우니, 그럴 때마다 커다란 눈물방울이 수정 귀고리처럼 매부리코로 흘러내리는 게 보였다. (아니, 너무 티 내는 바람에 주변 사람 모두 억지로 쳐다보아야 했다.)

하지만 스파싯 부인에게, 시종일관, 무엇보다 두드러진 건 바운더비 사장을 불쌍하게 여기겠다는 확실한 다짐이었다. 그래서 바운더비 사장을 보다가 가끔 자신도 모르게 머리를 가로젓는 모양은 마치 햄릿이 친구 시신을 보고 "아아, 불쌍한 요릭!" 하며 한탄하는 것 같았다. 그래서 이런 감정을 모두 또렷하게 드러낸 다음에는 명랑하고 쾌활하고 재치가 번뜩이는 모습을 억지로 자아내며 "여전히 기운이 넘쳐서 정말 다행이에요, 사장님" 하고 말하거나, 아직 꿋꿋하게 버티는 건 하늘이 베푸신 은총이라며 호들갑을 떨었다.

스파싯 부인에게는 특이한 버릇이 있어서 그것 때문에 툭하면 사과하는데, 도저히 고칠 수 없는 것 같았다. 바운더비 부인을 '그래드그라인드 아가씨'라고 부르는 이상한 버릇이 바로 그것인데, 하룻저녁에만 육십 번에서 팔십 번은 그렇게 불렀다. 이런 실수를 하도 반복하다 보니, 스파싯 부인도 혼란스러워, '그래드그라인드 아가씨'라고 부르는 게 오히려 자연스러울 정도다. 어린 시절부터 보던 젊은 아가씨가 진짜 바운더비 부인으로 변신할 수 있다는 사실을 도저히 받아들일 수 없는 것 같았다. 이런 버릇이 정말 특이한 건 이 문제를 깊이 생각하면 할수록 받아들일 수 없는 마음 상태는 그만큼 더 심하게 변하는 것 같다는 사실이다. 스파싯 부인 말에 따르면 "나이 차이가 너무 크기" 때문이다.

저녁 식사를 마친 다음에 바운더비 사장은 응접실에서 도적 당한 사례를 심리하고 증인을 심문하고 증거를 살펴서 용의자에게 유죄를 선언하고 법에서 규정한 형벌을 최대치로 선고했다. 그런 다음에 비로소 비쩌는 톰에게 역마차를 타고 집으로 오란다는 전갈을 지니고 시내로 떠났다.

여기저기에 촛불을 갖다 놓고, 스파싯 부인은 "기운 내세요, 사장님. 예전처럼 명랑한 모습을 보고 싶어요, 사장님" 하고 속삭이니, 바운더비 사장은 지극한 위로에 힘이 솟구친 나머지, 어색하고 완고한 방식으로 감상을 드러내며 커다란 바다 동물처럼 한숨을 내쉬었다. 그러자 스파싯 부인이 다시 말했다.

"이런 모습을 보니까 마음이 아프네요, 사장님. 주사위 놀이라도 하는 건 어떨까요, 제가 예전에 한 지붕 밑에서 지내는 영광을 누릴 때 흔히 그런 것처럼."

"그때 이후로 주사위 놀이를 한 번도 못 했다오."

바운더비가 말하자, 스파싯 부인이 달래는 어투로 대답했다.

"그렇겠지요, 사장님. 그런 놀이를 안 하실 줄 알았어요. 그래드그라인드 아가씨는 그런 놀이에 관심이 없었던 기억이 나거든요. 하지만 저는 사장님과 함께 주사위 놀이를 하는 영광을 누린다면 정말 행복하겠어요."

그래서 두 사람은 정원이 내다보이는 창문을 열고 바로 옆에 앉아서 주사위 놀이를 시작했다. 멋진 밤이었다. 달빛은 없어도 향기가 좋고 후덥지근했다. 루이사는 제임스 하트하우스와 밖으로 나가서 정원을 거니는데, 주변이 조용해서 목소리가 들렸다. 하지만 내용까지 들리는 건 아니었다. 스파싯 부인이 주사위 놀이를 하면서도 눈에 잔뜩 힘주고 창문 바깥쪽 어둠을 열심히 쳐다보니, 바운더비 사장이 물었다.

"왜 그러세요, 부인? 설마 어디에 불난 건 아니겠죠?"

"맙소사, 아니에요, 사장님. 이슬을 염려했어요."

"이슬이 부인하고 무슨 상관인데요?"

"저 때문이 아니라 그래드그라인드 아가씨가 감기에 걸릴까 걱정스러워서요."

"그 사람은 감기에 절대 안 걸려요."

"정말요, 사장님?"

스파싯 부인이 대답했다. 그러다가 목에 사레가 걸려서 기침했다.

잠자리에 들 시간이 다가오는 가운데 바운더비 사장이 물을 한 잔 마시자, 스파싯 부인이 물었다.

"아니, 사장님? 백포도주에 레몬 껍질과 육두구 열매를 넣고 따듯하게 데워서 마시질 않으시네요?"

"이제 그걸 마시는 습관도 없어졌다오, 부인."

"정말 안타깝네요, 사장님. 좋은 습관을 모두 잃으셨어요. 기운 내세요, 사장님! 그래드그라인드 아가씨만 허락하신다면 제가 예전처럼 한 잔 만들어 드리겠어요."

그래드그라인드 아가씨는 무엇이든 내키는 대로 하라며 기꺼이 허락하고, 인정 많은 스파싯 부인은 백포도주를 데워서 바운더비 사장에게 건네며 말했다.

"마시면 좋으실 거예요, 사장님. 심장을 따듯하게 데워주거든요. 사장님은 이런 걸 마셔야 해요."

그래서 바운더비 사장이 "부인의 건강을 위해서!"라고 말하자, 스파싯 부인 역시 기분 좋게 대답했다.

"고맙습니다, 사장님. 사장님도요, 그리고 행복하시길."

마지막으로 스파싯 부인은 엄청난 연민을 느끼며 잘 주무시라 인사하고, 바운더비 사장은 잠자리에 드는데, 뭔가 부드러운 게 가슴에 꽉 들어차는 느낌이 들었다. 하지만 그게 무언지 딱 꼬집어 말할 순 없었다.

루이사는 옷을 벗고 잠자리에 누운 다음에도 동생이 도착하는 소리가 나기만 오래도록 기다렸다. 새벽 한 시 전에는 힘들 거란 사실을 알지만, 전원주택 특유의 조용한 분위기가 다른 건 몰라도 불안감을 달래는 데에는 아무런 도움이 안 되고 시간은 더디게 흘렀다. 그렇게 몇 시간이 지나고 어둠과 고요가 훨씬 깊어진 다음에 비로소 대문 종소리가 들렸다. 동녘이 틀 때까지 그렇게 울리면 좋겠다는 생각이 드는데, 종소리가 끝나면서 마지막 파장이 공중으로 희미하게 번져나가다가 결국엔 또다시 완벽한 침묵으로 가라앉았다.

루이사는 곰곰이 생각하며 십오 분을 더 보냈다. 그러다가 벌떡 일어나서 헐렁한 잠옷을 걸치고 깜깜한 어둠으로 나가 계단에 올라서 동생 방으로 갔다. 그리곤 닫힌 방문을 가만히 열어 동생을 부르며 침대로 조용히 다가갔다.

루이사는 침대 옆에 무릎을 구부리고 한쪽 팔로 동생 목을 휘감으며 끌어당겨서 자기 얼굴에 댔다. 하지만 동생은 자는 척하고 루이사는 그걸 알면서도 가만히 있었다.

잠시 후에 동생이 이제 막 깨어났다는 듯 깜짝 놀라는 척하며 누구냐고, 무슨 일이냐고 물었다.

"톰, 누나에게 할 말이 없니? 네가 지금까지 누나를 한 번이라도 사랑한 적이 있다면, 그리고 사람들에게 숨기는 게 있다면 누나에게 털어놔."

"무슨 말을 하는 거야, 누나? 지금 잠꼬대하는 거야?"

톰이 반박하자, 루이사는 동생 옆에 나란히 누워서 자신을 제외한 모든 사람에게 동생을 숨기려는 듯 기다란 머리칼로 동생 얼굴을 덮으며 말했다.

"사랑하는 동생, 누나에게 말할 게 하나도 없니? 네가 마음이 동해도 누나에게 말하고 싶은 게 하나도 없니? 네가 무슨 말을 해도 누나는 변하지 않아. 아, 톰, 누나에게 사실대로 말해!"

"도대체 무슨 말을 하는 거야, 누나!"

"이렇게 우울한 밤에 여기에 홀로 누운 것처럼, 톰, 다른 데에서 이런 밤에 혼자 외롭게 누워야 해, 내가 그때까지 안 죽고 살았더라도 네가 멀리 떠나면. 나 역시 지금 여기 바로 네 옆에서 맨발에 옷조차 제대로 안 입고 어둠과 구분도 안 되는 상태로 누워있듯 밤이면 밤마다 홀로 누워야 해, 온몸이 썩어서 흙으로 변할 때까지. 이런 시간을 두고 부탁하니, 톰, 지금이라도 누나에게 사실대로 말해!"

"누나가 알고 싶은 게 뭔데?"

톰이 묻자, 루이사는 사랑의 힘으로 어린애를 껴안듯 동생을 가슴에 꼭 껴안으며 대답했다.

"네가 무슨 말을 해도 누나는 너를 나무라지 않아. 누나는 너를 끊임없이 사랑하며 최선을 다할 거야. 누나는 어떤 대가를 치르더라도 너를 구할 거야. 아, 톰, 누나에게 할 말이 하나도 없니? 조그맣게 속삭여. '있다'고만 말해. 그러면 누나가 알아들을게!"

루이사가 동생 입술에 귀를 대지만, 동생은 고집스럽게 입을 다물었다.

"한마디도 안 돼, 톰?"

"누나가 하는 말이 무슨 뜻인지도 모르는데 내가 어떻게 '있다', '없다' 대답하겠어? 누나는 용감하고 다정해. 나보다 훨씬 좋은 동생을 가질 자격이 충분하단 생각마저 들어. 하지만 나는 이제 할 말이 없어. 그만 가서 잠이나 자."

"지쳤구나."

루이사가 곧바로 속삭였다. 평소와 비슷한 어투였다.

"그래, 완전히 지쳤어."

"오늘 불안한 마음에 이리저리 허둥대서 그런 거야. 새로 알아낸 내용은 없니?"

"누나가 지금까지 들은 게 전부야…… 그 사람에게."

"톰, 우리가 그 사람을 찾아가서 세 사람이 함께 있는 걸 보았다는 말을 다른 사람에게 했니?"

"안 했어. 누나가 나에게 거기에 함께 가자고 부탁하면서 비밀을 지켜달라고 특별히 요구하지 않았나?"

"요구했지. 하지만 그건 이런 일이 벌어질 걸 모를 때잖아."

"그건 나도 마찬가지야. 내가 어떻게 알겠어?"

톰이 대뜸 반박하자, 루이사는 동생에게서 떨어져 천천히 일어나더니, 침대 옆에 가만히 서며 물었다.

"이런 일이 일어났으니, 내가 거기에 찾아간 이야기를 해야 할까? 말해야 할까? 해야 할까?"

"맙소사, 누나는 나에게 그런 걸 물어보는 사람이 아니잖아. 하고 싶은 대로 해. 누나가 비밀을 지키면 나도 비밀을 지키고, 누나가 그걸 폭로하면 비밀은 그걸로 끝이니까."

너무 어두워서 상대편 얼굴이 안 보였다. 하지만 둘 다 잔뜩 집중해서 곰곰이 생각하며 말하는 것 같았다.

"톰, 내가 돈을 준 남자가 정말로 이번에 돈을 훔쳤다고 생각하니?"

"모르겠어. 아니라고 장담할 수도 없잖아."

"아주 정직한 사람 같았어."

"누나가 보기에 정직하지 않은 사람이 사실은 정직할 수도 있어."

잠시 침묵이 흘렀다. 톰이 망설이다가 입을 다문 것이다. 그러다가 마음을 정한 듯 다시 말했다.

"단도직입적으로 말해서, 누나는 그렇게 봤는지 모르겠지만 나는 정반대로 보여서 그 사람을 방문 밖으로 불러 조용히 말한 거야, 우리 누나에게 돈을 받고 횡재해서 부자가 된 거로 착각하지 말라고, 그 돈을 제대로 사용하면 좋겠다고 말이야. 그 이상도 이하도 아니야. 게다가 나는 그 사람에게 해가 될 말은 한마디도 안 했어. 실제로 꽤 좋은 사람일 수도 있으니까. 잘 모르겠지만, 나도 그 사람이 좋은 사람이면 좋겠어."

"네가 그렇게 말할 때 그 사람이 불쾌하게 여기든?"

"아니야, 좋게 받아들였어. 예의 바른 사람이야. 어디에 있는 거야, 누나?"

톰이 침대에서 일어나 앉더니 누나에게 키스하며 말했다.

"잘 자, 누나, 잘 자."

"더 할 말은 없니?"

"없어. 내가 왜 할 말이 있어야 하지? 나에게 거짓말하라는 건 아니잖아!"

"지금까지 보낸 수많은 밤도 그렇고 오늘 밤도 그렇고, 누나는 너에게 거짓말하라는 게 아니야. 네가 앞으로 훨씬 많은 밤을 더욱 행복하게 보내길 바랄 뿐이야."

"고마워, 사랑하는 누나. 정말 피곤해서 그만 가서 잠자라는 말도 못 할 것 같아. 그만 가서 자, 어서, 누나."

톰이 말하더니, 누나에게 다시 키스하고 돌아누워 시트로 머리까지 덮고는 누나가 처음 다가올 때처럼 꼼짝을 안 했다. 루이사는 침대 옆에 한동안 있다가 천천히 나가서 방문을 연 다음에 뒤를 돌아보고, 누나를 불렀느냐고 동생에게 물었다. 하지만 동생은 여전히 꼼짝을 않고 루이사는 방문을 살며시 닫은 다음에 자기 방으로 돌아갔다.

그러자 비열한 배신자는 조심스레 고개를 들고 살펴서 누나가 떠난 걸 확인하고 침대에서 기어 나와 방문을 꼭 잠그고 베개로 몸을 다시 던지더니, 머리칼을 쥐어뜯고, 구슬프게 울고, 마지못한 마음으로 누나를 사랑하고, 자신을 증오하고 경멸하지만 뉘우치진 않아, 세상의 좋은 사람 전부를 쓸데없이 증오하고 경멸했다.

9장. 어머니 유언을 듣다

스파싯 부인이 곤두선 신경을 달래려고 바운더비 저택에 머물며 밤이고 낮이고 반원형 눈썹을 내리깔아 날카로운 눈초리로 주변을 끊임없이 살피는 모습은, 차분한 태도만 아니라면, 두 눈동자가 등대 한 쌍처럼 암초투성이 해안을 밝혀서 신중한 뱃사람 모두에게 딱딱하고 어두운 얼굴 주변에 널린 암초와 매부리코를 조심하라고 경고하는 것 같았다. 밤이면 그저 잠자리에 드는 척 흉내만 낸다고 할 순 없겠지만, 두 눈은 고전적으로 생긴 게 가혹할 정도로 빈틈없고 억센 코는 무슨 일이 있어도 잠기운에 맞서 싸울 것 같지만, 불편하고 깔깔한 (쇠줄로 듬성듬성 엮은 고기 선반처럼 시원하게 짠) 벙어리장갑을 매만지며 가만히 앉은 모습이나, 한 발로 무명실을 밟고서 미지의 목적지를 향해 천천히 나아가는 모습은 완벽하게 평온했다. 자연이 변덕을 부려서 부리가 갈고리처럼 생긴 비둘기로 변신한 건 아닌가 하는 착각까지 일어날 정도였다.

스파싯 부인은 집안을 온통 헤집고 다니는데 탁월한 실력을 발휘했다. 한 층에서 다른 층으로 번쩍번쩍 이동하는 모습은 도저히 파악할 수 없는 신비였다. 고귀한 혈통에 점잖은 신분이니 난간 너머로 뛰어내리거나 난간을 미끄럼처럼 타고 내려온다고 의심할 순 없겠지만, 동에 번쩍 서에 번쩍하는 모습을 보면 그런 의심이 안 들 수 없었다. 스파싯 부인에게 두드러진 또 다른 특징은 절대 서둘지 않는다는 점이다. 꼭대기 층에서 일 층까지 엄청난 속도로 총알처럼 내려오는데도 현관에 도착할 즈음이면 호흡과 위엄을 평상시처럼 완벽하게 유지했다. 게다가 엄청난 속도로 이동하는 모습 자체를 목격한 사람 역시 어디에도 없었다.

스파싯 부인은 제임스 하트하우스를 매우 좋게 생각하고, 그래서 저택에 도착하고 얼마 안 돼서 꽤 유쾌한 대화를 함께 나누었다. 아침 식사를 들기 직전에 정원에서 마주치자, 우아하게 인사하며 이렇게 말한 것이다.

“선생께서 바운더비 사장님 주소를 알려고 친히 찾아오시어, 은행에서 만나는 영광을 누린 게 바로 어제 같네요.”

“그런 영광은 저 역시 아주 오랜 세월이 흐른 다음에도 못 잊을 겁니다.”

제임스 하트하우스가 답례하며 최대한 느긋한 분위기로 고개를 숙이자, 스파싯 부인이 다시 말했다.

“우리가 사는 세상은 정말 이상하네요, 선생.”

“그렇게 멋있는 표현은 아니지만, 저 역시 비슷한 의도로 자랑스럽게 말하는 영광을 우연히 누린 적이 있답니다.”

제임스 하트하우스가 말하자, 스파싯 부인은 까만 눈썹을 내리깔아서 칭찬에 답례하며 말하는데, 목소리는 감미로워도 표정은 전혀 아니었다.

“이상한 세상이란 말은, 전혀 모르던 사람들이 갑자기 친밀한 사이로 변한다는 뜻입니다. 당시에 선생께서 그래드그라인드 아가씨에 대해 상당히 걱정스럽게 말씀하신 생각이 나서요.”

“부인께서 놀라운 기억력으로 별 볼 일 없는 저에게 체면을 세워주시네요. 당시에 부인께서 자상하게 알려주신 내용을 듣고 제가 제대로 모르는 내용을 교정했는데, 부인께서 지적하신 내용이 완벽하게 정확했다는 사실은 말할 필요도 없겠지요. 스파싯 부인께서는 무엇이든 정확하게 파악하는 능력에다 강인한 마음과 훌륭한 가문까지 있어서 의문의 여지를 하나도 안 남기는 것 같습니다.”

제임스 하트하우스는 이런 칭찬을 늘어놓는데 턱없이 졸린 상태로 말을 오랫동안 이어가니, 말을 마친 다음에는 정신이 오락가락했다.

“그래드그라인드 아가씨는 – 바운더비 부인이란 호칭은 너무 어색해서 차마 입이 안 떨어지는데 – 내가 설명한 대로 정말 젊지요?"

스파싯 부인이 다정하게 묻자, 제임스 하트하우스가 대답했다.

"설명이 완벽했습니다. 말씀하신 모습 그대로예요."

"아주 매혹적이죠, 선생."

스파싯 부인이 말하며 벙어리장갑을 천천히 돌렸다.

"정말 그렇더군요."

"사람들은 그래드그라인드 아가씨에게 활력이 부족한 것 같다고 하던데, 그런 부분은 내가 보기에 상당히 놀라울 정도로 개선된 것 같아요. 아, 바운더비 사장님이 실제로 오시네요."

스파싯 부인이 말하며 고개를 마냥 끄덕였다. 지금까지 다른 사람이 아닌 바운더비에 대해 말하던 중이기라도 한 것처럼 말이다.

"오늘 아침엔 기분이 어떠세요, 사장님? 예전처럼 명랑한 모습을 보여주세요, 사장님."

스파싯 부인이 이런 식으로 부담을 줄이고 고통을 덜려고 끊임없이 노력하다 보니, 바운더비 사장 역시 나름대로 영향을 받으면서 스파싯 부인에게는 평소보다 부드럽게 대하지만, 루이사를 비롯한 다른 사람에게는 평소보다 딱딱하게 대하기 시작했다. 그래서 스파싯 부인이 억지로 쾌활한 척하면서 "아침 식사를 하셔야 하니, 사장님, 그래드그라인드 아가씨께서 금방 나와서 거들어주실 게 분명해요"라고 말해, 바운더비 사장은 "우리 마누라가 거들려면 세상 끝나는 날까지 기다려야 할 게 분명하니, 번거롭겠지만 부인께서 찻주전자를 준비해 주세요"라고 대답하자, 스파싯 부인은 기꺼이 승낙하고 식탁으로 가서 자신이 예전에 앉던 자리를 차지했다.

이런 상황은 훌륭한 여성을 극히 감상적으로 만든다. 게다가 매우 겸손하기도 해서, 루이사가 나타나는 순간, 대뜸 일어나며, 처음부터 이런 자리에 앉을 생각은 아니었다고, 그런데 그래드그라인드 부인이 - 아니, 용서하라고, 자기 말은 바운더비 아가씨란 뜻이라고 - 아니, 정말 죄송하다고, 아직은 정확한 호칭이 입에 안 붙어도 시간이 지나다 보면 입에 붙을 게 분명하다고 - 현재와 같은 위치에 오르기 전에는 바운더비 사장님이 아침에 식사하는 걸 자신이 옆에서 거드는 영광을 자주 누렸다고 변명했다. 그러면서, 자신이 실례를 무릅쓰고 사장님 요구에 응한 까닭은 오직 하나, 그래드그라인드 아가씨가 조금 늦는 것 같은데, 사장님은 시간을 아주 소중하게 여기시는 분이며, 자신은 사장님이 제시간에 식사하시는 걸 옛날부터 아주 중요하게 여긴 데다 옛날부터 사장님 말씀을 법처럼 여겼기 때문이라고 덧붙였다. 바로 여기에서 바운더비 사장이 끼어들었다.

"그 정도만 하세요! 더 말할 거 없어요, 부인. 그 정도만 해요! 바운더비 부인은 번거로운 일이 줄어서 좋아할 테니 말이오."

그러자 스파싯 부인이 엄숙하기까지 한 어투로 반박했다.

"그렇게 말하지 마세요, 사장님. 그런 말은 바운더비 부인에게 너무 몰인정하니까요. 그리고 몰인정한 행동은 사장님답지 않으니까요."

"알았으니 진정하시오, 스파싯 부인. 이런 일은 당신도 가볍게 받아들일 수 있는 거 아니오, 루이사?"

바운더비 사장이 말하는데, 자기 부인에게 호통이라도 치는 것 같았다.

"물론이죠. 그렇게 대단한 것도 아니잖아요. 이런 걸 내가 무엇 때문에 중요하게 여기겠어요?"

루이사 말에, 바운더비 사장은 모욕감을 느끼고 잔뜩 화난 표정으로 덧붙였다.

"이런 걸 다른 사람이 중요하게 여겨야 할 까닭은 뭐요, 스파싯 부인?

당신이 이런 일에 너무 커다란 의미를 부여하는 거요, 부인. 제기랄, 당신 생각 가운데 일부는 썩었어요. 구식이라고요. 톰 그래드그라인드 자식들보다 시대에 뒤떨어진 거라고요."

"왜 그러는 건데요? 무엇 때문에 화를 내는데요?"

루이사가 차가운 표정으로 놀라며 묻자, 바운더비가 대답했다.

"화를 내! 그럼 나는 화가 나도 문제를 지적해서 제대로 고치라고 요구하면 안 된다는 거요? 나는 솔직한 사람이오. 변죽만 울리진 않는단 말이오."

"어느 사람도 당신을 내성적이거나 소심한 성격으로 여기지 않아요. 나 역시 그런 문제를 당신에게 제기한 적이 없고요, 어릴 때나 어른이 된 다음이나. 당신이 화내는 까닭을 모르겠네요."

루이사가 침착하게 말하자, 바운더비 사장이 대답했다.

"화내는 까닭? 없소. 그런 게 있다면, 나 코크타운의 조사이아 바운더비가 화내는 까닭을 당신 루이사가 완벽하게 파악하지 않겠소?"

바운더비가 식탁을 내리쳐서 찻잔이 흔들리자, 루이사는 제임스 하트하우스가 보기에 예전과 다르게 당당한 안색으로 가만히 쳐다보며 말했다.

"오늘 아침에는 당신을 정말 이해할 수 없군요. 괜히 설명하려고 애쓰지 마세요. 왜 그러는지 알고 싶은 마음은 조금도 없으니까. 아무래도 상관없어요."

이 문제에 관한 대화는 이걸로 끝나고 제임스 하트하우스는 아무래도 좋은 문제로 느긋하고 쾌활하게 화제를 돌렸다. 하지만 이날 이후로 바운더비 사장에 대한 스파싯 부인의 배려는 루이사에게 제임스 하트하우스와 더욱 가깝게 지내도록 하고, 남편을 위협할 정도로 꺼림칙하게 여기며 불신하는 분위기는 한층 강화하는데, 이런 분위기로 조금씩 워낙 미세하게 빠져들다 보니, 설사 되돌리고 싶은 마음이 생겼다 해도 되돌릴 수 없을 정도였다. 아니, 이런 마음이 생겼는지 자체가 의심스러울 정도였다.

스파싯 부인은 이런 독특한 상황에 깊이 감동하고 아침 식사 후에 바운더비가 모자를 쓰도록 도와주느라 현관 통로에 단둘이 머물 때 그 손에다 순결한 키스 도장을 찍으며 "은인이시여!" 하고 속삭인 다음에 슬픔에 압도당한 표정으로 물러났다. 하지만 바운더비가 바로 그 모자를 쓰고 저택을 나선 지 오 분이 안 돼서 스캐저스 가문의 후손에다 결혼을 통해 파울러 가문까지 인연을 맺은 여인은 바운더비 초상화를 향해 오른손 벙어리장갑을 흔들고 경멸스런 표정으로 얼굴을 찡그리며 "네놈이 당한 걸 보니까 속이 다 후련하다, 멍청한 자식아!" 하고 욕한 것 역시 의심할 여지 없는 사실이다.

바운더비 사장이 집을 나서고 얼마 안 돼서 비쩌가 나타났다. 과거와 현재의 탄갱이 사방에 널려서 황량한 시골 여기저기에 아치가 걸터앉은 기다란 철로를 따라 빽빽 소리치며 덜거덕거리는 기차를 타고 내려왔는데, 몸에는 '돌 저택'에서 보낸 속달우편을 지녔다. 그래드그라인드 부인이 위독하다는 사실을 루이사에게 알리는 속달이다. 루이사가 보기에도 어머니는 건강한 적이 없지만 지난 며칠 사이에 하루가 다르게 나빠지다가 이제는 병상에서 일어나려는 의지조차 사라지면서 임종을 앞둔 상태였다.

루이사는 그래드그라인드 부인이 죽음의 문을 두드릴 때 그 문을 지키면 딱 어울릴 정도로 핏기가 없는 심부름꾼을 대동하고 열차에 올라서 과거와 현재의 탄갱을 지나 덜커덩대며 코크타운으로 향하다가 연기만 자욱한 아가리로 빨려들었다. 그리곤 심부름꾼을 돌려보내고 혼자 마차에 올라서 친정집으로 향했다.

루이사는 결혼한 이후로 친정집을 찾은 적이 거의 없다. 아버지는 평상시에 런던에서 의회 잿더미를 체로 거르고 또 거르는데 (쓰레기더미에서 소중한 내용을 찾아낸 사례는 거의 없는데) 지금도 국립 쓰레기장에서 체를 열심히 거르고 또 거르며 시간을 보내고, 어머니는 소파에 누워서 지낼 뿐 누가 찾아오는 걸 아주 귀찮게 여기고, 어린 동생은 쉽게 어울릴 수 없으며, 씨씨에 대해선 자신이 바운더비 사장과 결혼한다고 발표한 순간에 바라보던 표정을 아직도 용서할 수 없었다. 한마디로 친정을 찾아가고 싶은 마음 자체가 없을 수밖에 없었다.

자신이 어린 시절을 보낸 집으로 다가가는데도 루이사는 별다른 감흥이 안 일었다. 어린 시절에 흔히 떠올리던 다양한 꿈은 – 환상적인 동화 이야기, 우아하고 아름답고 감미로우며 도저히 불가능할 것 같은 세상 이야기, 어린 시절에는 대뜸 믿어서 좋고 어른이 된 다음에는 추억으로 떠올려서 좋으며, 아무리 사소한 내용이라도 가슴속에서 위대한 사랑으로 성장하다가 세상 한가운데로 자연스럽게 뛰어들어, 사방에 가득한 고통을 순진한 손으로 헤쳐나가고,[37] 그래서 아담의 후손 모두가 세속적인 지혜보다 소박한 믿음으로 밝은 태양을 좀 더 자주 바라보도록 하는 이야기는 – 자신과 아무런 상관이 없었다.

자신을 비롯해 순수한 어린이 수백만이 갈망하고 상상하던 매혹적인 경로를 통해 얼마 안 되는 지식이나마 습득하던 황홀한 기억은, 희생제물의 손과 발을 잔인하고 냉혹하게 묶는 우상을, 거대한 지레 장치가 아니면 움직일 수 없고 앞도 못 보는 멍청하고 거대하고 무자비한 우상을 거부하고 '환상'이라는 부드러운 빛을 통해서 '이성'을 처음 만나 자비로운 신을 발견하고 자비로운 만큼 위대한 신에게 흠뻑 빠져들던

37) 마르코 10:15 '누구든지 어린이와 같이 순진한 마음으로 하느님 나라를 받아들이지 않으면 결코 거기에 들어가지 못할 것이다.'

황홀한 기억은, 자신과 아무런 상관이 없었다.

루이사에게 집에서 보낸 어린 시절이라곤 어린 가슴에서 샘물이 가끔 솟구치다가 순식간에 말라버린 기억밖에 없다. 황금의 물은 어디에도 없었다. 황금의 물은 가시나무에서 포도를 따고 엉겅퀴에서 무화과를 딴다는[38] 거짓 예언에 불과했다.

루이사는 묵직하고 단단하게 굳은 슬픔을 안고 친정집으로, 그래서 어머니 방으로 들어섰다. 자신이 집을 떠난 이후로 씨씨는 다른 모든 가족과 동등한 자격으로 지내던 터다. 그런 씨씨가 어머니 옆에 있고 제인도 있었다. 열 살에서 열두 살 사이 막내였다.

그래드그라인드 부인에게 장녀가 찾아왔다는 사실을 알리는 데에는 상당한 노력이 필요했다. 오랜 습관대로 소파에 의지하며 누워서 무력한 존재가 흔히 취하는 자세를 하고 있을 뿐이었다. 침대에 눕는 건 줄기차게 거부하는데, 자신이 그렇게 하면 사람들 입담에 끊임없이 오르내린다는 것이다.

부인이 숄을 여러 장 걸치고 희미하게 읊조리는 목소리는 멀리서 일어나는 것 같고, 다른 목소리가 그 귀에 닿는 데에는 아주 오랜 시간이 걸리는 것 같은 게, 우물 밑바닥에 누운 느낌[39] 그대로다. 불쌍한 부인이 어느 때보다 진실에 가까이 접근했다는 뜻이다.

바운더비 부인이 찾아왔다는 말을 듣고 부인은 동문서답 격으로, 그 사람이 루이사와 결혼한 이후로 자신은 그 사람을 그런 이름으로 부른 적이 한 번도 없다고, 흠잡을 데 없는 호칭이 떠오를 때까지 제이(J)라고

---

38) 마태오 7:15~17 '거짓 예언자를 조심하라. 그들은 양의 탈을 쓰고 너희에게 나타나지마는 속에는 사나운 이리가 들어 있다. 너희는 행위를 보고 그들을 알게 될 것이다. 가시나무에서 어떻게 포도를 딸 수 있으며 엉겅퀴에서 어떻게 무화과를 딸 수 있겠느냐? 이처럼 좋은 나무는 좋은 열매를 맺고 나쁜 나무는 나쁜 열매를 맺게 마련이다.'

39) 그리스 철학자 데모크리토스는 "진실은 우물 밑바닥에 있다"는 말로 진실은 애매해서 발견하기 어렵다고 설파했다.

불렀는데, 영원히 대체할 호칭이 아직도 안 떠오르니, 이번에도 그렇게 불러야 하겠다고 말했다. 그래서 루이사가 옆에 앉아 이런저런 대화를 나눈 다음에 비로소 부인은 상대가 누군지 정확하게 이해했다. 그러더니 한순간에 모든 걸 파악한 것처럼 말했다.

"그래, 우리 딸, 나는 네가 만족스럽게 살아가면 좋겠구나. 모두 너희 아버지가 한 일이란다. 너희 아버지가 그렇게 결정했어. 그러니 너희 아버지도 알아야 해."

"어머니 이야기를 듣고 싶어요, 제 이야기가 아니라."

"내 이야기를 듣고 싶다고, 우리 딸? 누가 내 이야기를 듣길 원하다니, 새롭구나. 그렇게 좋은 편은 아니야, 루이사. 힘이 하나도 없고 어지러워."

"고통스럽진 않나요, 어머니?"

"실내 곳곳에 고통이 가득한 것 같아서 나 자신이 고통스럽다고 말할 순 없구나."

부인은 이상하게 말하더니 한동안 침묵했다. 루이사가 손을 잡아 맥박을 전혀 느낄 수 없어도 거기에 키스하는 순간, 생명줄이 극히 가느다랗게 실룩거렸다. 그러다가 그래드그라인드 부인이 입을 다시 열었다.

"너는 여동생을 거의 안 보는구나. 네가 자랄 때랑 똑같단다. 네 동생을 보면 좋겠구나. 씨씨, 막내를 데려오렴."

막내가 이끌려오더니 언니 손에 잡혀서 가만히 섰다. 씨씨에게는 팔로 목을 껴안더니, 루이사에겐 많이 어색한 느낌이다.

"닮은 점이 보이니, 루이사?"

"네, 어머니, 저랑 비슷한 게 맞겠지요. 하지만……"

루이사가 말하는데, 그래드그라인드 부인이 중간에 갑자기 끼어들며 빠르게 말했다.

"그치! 그래, 내가 항상 그렇게 말했잖아. 그러고 보니 생각나는구나. 너에게…… 너에게 하고 싶은 말이 있어. 얘야, 씨씨, 자리 좀 비켜 다오."

루이사는 동생 손을 놓았다. 자신이 어릴 때보다 얼굴이 훨씬 환하고 명랑하다는 생각이 들었다. 이런 자리 이런 순간조차 화난 감정이 안 일어나는 건 아니지만, 루이사는 동생 얼굴에서 한 방에 있는 또 다른 얼굴과 온화한 표정을 보았다. 믿음이 가는 눈빛에, 병구완이나 동정심보다는 까맣고 풍성한 머리칼 때문에 훨씬 창백해 보이는 얼굴이었다.

단둘이 남자, 루이사는 어머니 얼굴이 끔찍할 정도로 차분하다는 생각이 들었다. 모든 저항을 포기한 채 바다에 표류하며 물살이 가는 대로 떠밀리는 얼굴 같았다. 루이사는 어머니 입술에 손을 다시 살짝 대서 정신을 차리게 하며 말했다.

"저에게 하고 싶은 말씀이 있다고 했잖아요, 어머니."

"응? 그래, 맞아, 우리 딸. 네가 잘 아는 것처럼 너희 아버지는 멀리 떨어져서 지내니, 내가 그것에 대해서 아버지에게 편지를 써야겠다."

"무엇에 대해서요, 어머니? 그게 무언데요? 고생스럽기만 하니까 그러시지 마세요."

"어떤 주제에 관해 무슨 얘기만 하면 사람들 입에 끊임없이 오르내려서 내가 아주 오랫동안 입을 꾹 다물고 지냈다는 사실은 너도 알아야 한다."

"잘 들리니까 계속 말씀하세요, 어머니."

루이사가 말했지만, 사실은 어머니가 가느다랗게 띄엄띄엄 하는 말을 하나로 연결할 수 있었던 건 귀를 숙여서 열심히 들으며 어머니 입술이 움직이는 모습을 자세히 살핀 덕분이다.

"너는 정말 많은 걸 배웠어, 루이사, 네 동생 톰도 그렇고. 아침부터 저녁까지 온갖 학문을 공부했으니까. 이 집에 아직도 누더기로 안 변한 학문이 있다면 그게 어떤 종류든, 내가 말하고 싶은 건, 이름조차 듣고 싶지 않다는 거야."

"잘 들리니까, 힘이 있을 때 계속 말씀하세요, 어머니."

루이사가 말했다. 그래서 아득하게 멀어지는 어머니 정신을 붙잡았다.

"하지만 너희 아버지가 깜빡 잊거나 놓친 게 - 학문은 전혀 아닌데 - 있단다, 루이사. 그런데 그게 뭔지를 모르겠어. 씨씨와 나란히 앉아서 지낼 때면 그런 생각이 자주 떠올라. 그런데 그걸 뭐라고 불러야 할지 모르겠어. 하지만 너희 아버지는 알 거야. 그것만 생각하면 안절부절못하겠어. 너희 아버지에게 편지를 써서 그게 무언지 물어보고 싶어. 펜을 가져오렴, 펜을 가져와."

그래드그라인드 부인은 안절부절못할 힘조차 사라지고 가련한 머리를 좌우로 돌릴 힘만 간신히 남았다. 그런데도 자신이 요구한 대로 됐다고, 자신이 들 수 없는 펜을 손에 움켜쥐었다고 생각했다. 그래서 자신을 덮은 시트에 무언가를 쓰기 시작하는데, 그게 어떤 의미인지는 조금도 중요하지 않다. 얼마 안 가서 손은 멈추고, 불쌍한 얼굴에서 희미하고 흐릿하게 맴돌던 빛도 사라지고, 걸어 다녀도 그림자요 재물을 쌓아도 한낱 입김에 지나지 않는[40] 처지에서 벗어나, 성인이나 현자만큼이나 엄숙한 자태를 갖추었으니 말이다.

---

40) 시편 39:5~6 '내 목숨, 당신 앞에서 아무것도 아님을. 머리를 들어봤자 사람은 모두 한날 입김에 지나지 않는 것임을. 걸어 다닌다지만, 실상은 그림자, 재물을 쌓아도 한낱 입김에 지나지 않으니, 그걸 차지할 자 누구일지 모르는 것을.'

10장. 스파싯 부인이 만든 계단

신경이 정상으로 돌아오는 데 오랜 시간이 걸린 덕분에 훌륭한 스파싯 부인은 바운더비 저택에 몇 주 동안 머물렀다. 위치가 바뀌었다는 사실을 정확히 인식하고 은둔자 같은 마음 자세로 지내면서도, 흔히 말하는 호화로운 숙소와 최고급 요리에 매우 고상하고 의연하게 몸을 맡겼다. 은행을 지키는 자리에서 물러나 여유롭게 지내는 내내 스파싯 부인은 한결같은 자세를 보이니, 바운더비 사장이 쳐다보는 앞에서는 남자가 좀처럼 받을 수 없는 동정심을 끝없이 베풀고, 그 얼굴을 그린 초상화 앞에서는 극히 경멸스런 표정으로 멍청한 자식이라는 욕설을 신랄하게 퍼부었다.

반면에 바운더비 사장은, 스파싯 부인이라면 극히 우수한 여인이니 자신이 대충 떠올린 생각을 (마음을 완전히 결정하기 전부터) 충분히 파악할 거라는, 하지만 자신이 아무리 위대한 결정을 내린다 해도 루이사는 반대할 게 분명하므로 스파싯 부인이 자주 찾아오는 것 역시 반대할 거라는 결론을 충동적으로 내리고, 스파싯 부인을 쉽게 포기할 순 없다고 단단히 결심했다. 그래서 스파싯 부인이 송아지 요리를 다시 당당하게 먹을 정도로 신경을 회복하고, 그래서 떠나기로 한 전날 저녁에는 식사하는 자리에서 이렇게 말했다.

"내가 말할 게 있는데, 스파싯 부인, 날씨가 좋을 때는 토요일마다 여기에 내려와서 월요일까지 머물도록 하시오."

그러자 스파싯 부인은 무엇이든 복종하는 이슬람 신자라도 되는 듯, "말씀대로 따르겠습니다" 하고 대답했다.

스파싯 부인은 시를 좋아하는 여인이 아니지만, 마음속으로 우화 같은 상상력을 펼쳐나갔다. 루이사를 오랫동안 감시해서 속 깊은 행동을 꿰뚫어 보려고 수없이 노력하며 칼날을 날카롭게 갈고 닦는 사이에 나름대로 생겨난 상상력이다. 그래서 마음속으로 극히 강력한 계단을 세우고 바닥에는 수치와 파멸이라는 어두운 구덩이를 파놓은 다음, 계단을 매일 매시간 조금씩 내려가는 루이사를 지켜보았다.

그러다 보니, 계단을 쳐다보는 작업과 루이사가 내려가는 모습을 지켜보는 작업은 스파싯 부인에게 일생일대의 과업이 되었다. 그런데 루이사는 계단을 천천히 내려가기도 하고 빨리 내려가기도 하고 한 번에 여러 계단을 뛰어넘기도 하고 그 자리에 멈추기도 하지만, 뒤로 돌아선 적은 한 번도 없었다. 루이사가 한 번이라도 돌아선다면 스파싯 부인은 비통한 심정에 휩싸여서 그대로 죽어버릴 터인데 말이다.

앞에서 말한 대로 바운더비 사장이 매주 찾아오라고 한 날에도 그전에도 루이사는 계단을 꾸준히 내려가는 중이니, 스파싯 부인은 기분이 좋아서 즐거운 마음으로 입을 열었다.

"그런데 사장님, 실례지만 지금까지 침묵하시는 문제에 관해 감히 묻고 싶은 게 있는데 – 사장님은 어떤 행동을 하시든, 까닭이 있으시니, 정말 무모한 질문일 수 있는데 – 도난 사건에 대해서 새로운 정보를 파악했는지요?"

"으음, 부인, 아직은 없어요. 현재와 같은 상황에서 많은 걸 기대하진 않습니다. 로마는 하루아침에 세운 게 아니니까요, 부인."

"그러네요, 사장님."

스파싯 부인이 대답하며 머리를 끄덕였다.

"일주일 만에 세운 것도 아니고요, 부인."

"맞아요, 사장님."

스파싯 부인이 다시 대답하는데, 약간 우울한 표정이었다.

"나 역시 충분히 기다릴 수 있어요, 부인. 로마를 세운 로물루스와 레무스가 기다릴 수 있다면 조사이아 바운더비 역시 기다릴 수 있는 거예요. 하지만 로물루스와 레무스는 어린 시절을 나보다 잘 보냈답니다. 두 사람에겐 젖을 먹여주는 늑대 암컷이 있었는데, 나에겐 할머니라는 늑대 암컷밖에 없었으니까요. 그래서 젖을 한 번도 안 주고 매만 때렸으니까요. 그런 점에서 '올더니 순종'[41]이라고 할 수 있지요."

"아!"

스파싯 부인이 한숨을 내쉬면서 몸서리치고, 바운더비는 계속 말했다.

"없습니다, 부인. 그것에 대해 새롭게 파악한 내용은 아직 없어요. 하지만 계속 조사하는 중이고 톰이 달라붙어서 돕는데, 나처럼 고생한 적은 없으니 이번에 좋은 공부가 될 겁니다. 내가 내린 명령은 조용히 조사해서 모든 문제를 덮어버린 것처럼 보이라는 겁니다. 꼭 필요한 조사는 비밀리에 하고, 겉으로 조금도 드러내지 말라는 거예요. 그러지 않으면 공범 오십 명이 힘을 모아서 벌써 도망친 범인을 우리 눈에 안 띄는 곳으로 영원히 숨길 테니까요. 하지만 조용히 하면 도적놈들이 자신감을 점차 회복하다가 결국엔 우리 손에 잡히고 말겠지요."

"정말 현명하신 조치입니다, 사장님. 정말 재미있어요. 지난번에 언급하신 노파는, 사장님……"

스파싯 부인이 하는 말을 바운더비는 별거 아니란 생각으로 중간에 자르며 끼어들었다.

"예전에 언급한 노파는, 부인, 아직 안 잡혔지만, 사악한 마음이 동한다면 다시 나타나겠지요. 그러기 전까진, 부인께서 내 의견을 묻는다면, 노파에 관한 이야기 역시 적게 할수록 좋다는 겁니다."

---

41) 올더니 젖소는 식욕이 좋지만 우유는 조금 생산하는 거로 유명하다. 여기서는 나쁜 할머니를 뜻한다.

바로 그날 저녁에도 스파싯 부인은 침실에서 짐을 꾸리다가 창문에 앉아 잠시 쉬면서 자신이 만든 거대한 계단으로 눈길을 돌려 꾸준히 내려가는 루이사를 살폈다.

루이사는 정원 정자에서 의자에 앉아 나지막하게 말하고, 제임스 하트하우스는 선 자세로 루이사에게 상체를 기울이며 속삭이는데 얼굴이 루이사 머리칼에 금방이라도 닿을 것 같았다. 그래서 스파싯 부인은 매처럼 날카로운 눈에 잔뜩 힘주고 쳐다보다가 "닿은 거나 마찬가지군!" 하고 중얼거렸다. 하지만 너무 멀어서 두 사람이 나누는 대화를 들을 수 없는 데다, 표정 말고는 두 사람이 다정한 대화를 나눈다는 사실조차 파악할 수 없었다. 그런데 두 사람은 이런 대화를 나누는 중이었다.

"그 사람이 생각나세요, 제임스 하트하우스 선생님?"

"그럼요, 당연하죠!"

"그 사람 얼굴, 그 사람 태도, 그 사람이 한 말도요?"

"당연하죠. 내가 보기엔 아주 따분한 사람 같았어요. 극단적으로 말이 길고 지루한 사람. 웅변학교에서는 말을 장황하게 늘어놓는 게 겸손한 미덕이라지만, 그 사람을 보니 '여보게, 자네는 말이 정말 많군!' 하는 생각이 절로 떠오르더군요."

"그래도 나쁜 사람이란 생각은 안 들어요."

"친애하는 루이사…… 톰이 말한 대로군요. 당신은 그 사람을 제대로 판단할 수 없지요?"

"네, 그래요."

"그와 비슷한 부류도 그렇지요?"

제임스 하트하우스가 계속 묻자, 루이사는 최근에 보기 힘든 예전의 냉담한 자세로 대답했다.

"남자든 여자든 그들에 대해 아는 게 하나도 없으니, 당연히 그렇겠지요."

"친애하는 루이사, 그렇다면 헌신적인 친구가 하는 말을 그대로 받아들이세요. 그런 부류는 이런저런 분야에 솜씨가 탁월하단 사실을 잘 알고서 하는 말이니까요. 그들은 손에 넣을 수 있는 건 무엇이든 손에 넣는 사소한 결점이 있지만, 실력은 정말 탁월하단 사실을 나로선 인정할 수밖에 없답니다. 그 친구는 이런저런 말을 했어요. 그래요, 그런 부류는 모두 이런저런 말을 해요. 그 친구는 도덕성을 내세웠어요. 그래요, 그런 사기꾼은 누구나 도덕성을 내세워요. 하원부터 시작해 범죄자 수용시설까지 모두 도덕성을 내세우는데, 우리 친구들만 예외랍니다. 바로 이런 예외가 우리 국민을 살맛 나게 하지요. 당신도 그런 사례를 직접 보고 들었어요. 존경하는 우리 친구 바운더비 사장님이 – 우리가 잘 알듯, 거친 일손을 부드럽게 달랠 정도로 섬세한 능력이 없어 – 멍청한 사내를 그 자리에서 단번에 해고한 게 바로 그런 사례니까요. 그 사내는 모욕을 받고 화가 나서 투덜대며 밖으로 나가, 어떤 사람을 만나서 은행을 털어 한몫 잡자는 제안을 받고, 은행에 들어가서 예전에 아무것도 없던 주머니에 무언가를 잔뜩 집어넣으니, 마음이 너무나 편안했던 겁니다. 그 사람이 그런 기회를 안 잡는다면 평범한 사람이 아니라 정말로 비범한 사람이겠지요. 그러니 모든 계획을 직접 세운 걸 수도 있어요, 그럴만한 머리가 있다면."

루이사는 한동안 가만히 앉아서 생각하다가 대답했다.

"당신 말에 기꺼이 동의하는 건, 그래서 당신 말을 듣고 마음에서 부담을 덜어내는 건 옳지 않다는 느낌이 드는군요."

"나는 합리적인 말을 했을 뿐, 나쁜 의도는 없어요. 나는 톰과 속마음을 당연히 완벽하게 터놓고 지내는 사이라서 톰하고도 이 문제를 여러 차례 토론했는데, 톰 역시 내 의견에 전적으로 지지하고 나 역시 톰 의견에 전적으로 지지합니다. 좀 걸을까요?"

루이사는 제임스 하트하우스 팔에 기댄 채 황혼 녘이 점차 희미하게 변하는 오솔길을 따라 거닐었다. 하지만 스파싯 부인이 만든 계단을 자신이 내려가고 또 내려가고 또 내려간다는 생각은 전혀 못 했다.

스파싯 부인은 계단을 밤낮없이 세워놓고 살폈다. 루이사가 바닥에 도달해 소용돌이에 말려서 사라지면 계단 역시 무너지겠지만, 그때까지는 스파싯 부인이 보는 앞에 그대로 있어야 했다. 루이사가 거기에 항상 있어야 했다. 그래서 밑으로 내려가고 또 내려가고 또 내려가야 했다!

스파싯 부인은 제임스 하트하우스가 오고 가는 걸 살피고, 여기저기에서 제임스 하트하우스에 대한 소식을 묻고, 제임스 하트하우스가 끊임없이 연구하는 루이사 얼굴에서 다양한 변화를 살피고, 그 얼굴에 언제 어떻게 먹구름이 끼고 언제 어떻게 맑게 개는지 정확하게 파악했다. 까만 눈동자를 항상 커다랗게 뜨고, 동정심이나 양심의 가책은 조금도 없이, 끝없는 호기심에 마냥 빠져들었다. 옆에서 막아주는 손길 하나 없이 루이사가 거대한 계단 밑바닥으로 점차 다가가는 모습을 지켜보는 느낌이 정말 흥미진진했다.

스파싯 부인은 바운더비 초상화와 달리 바운더비 사장을 진심으로 존경하지만, 루이사가 계단을 내려가는 행위를 간섭할 의사는 조금도 없었다. 결과를 보고 싶은 마음이 굴뚝같으면서도 이런저런 희망이 충분히 성숙하고 완전히 익어서 수확할 때만, 마지막 순간이 다가오기만 기다리며 굳세게 인내했다. 그래서 크나큰 기대감을 품은 채 입을 꾹 다물고 계단을 끊임없이 살폈다, 밑으로 내려가는 인물에게 오른손에 낀 벙어리장갑을 더할 나위 없이 험악하게 흔들어대면서.

11장. 밑으로 또 밑으로

그 인물은 거대한 계단을 내려가고 또 내려가며, 깊은 물에 빠져든 추처럼 밑바닥 검은 소용돌이 주변을 꾸준히 맴돌았다.

그래드그라인드 국회의원은 부인이 사망했다는 통지를 받고 런던에서 급히 돌아와 사무적으로 시신을 매장했다. 그러고 나서 국립 잿더미로 즉각 돌아가서 자신이 원하는 잡동사니를 찾으려 체를 거르고 또 다른 잡동사니를 걸러서 가난한 사람들 눈에다 먼지를 뿌려대는 작업을, 한마디로, 의회 업무를 다시 시작했다.

그러는 동안에도 스파싯 부인은 빈틈없이 살피며 감시했다. 코크타운에서 전원주택으로 이어지는 철로 길이만큼 계단과 일주일 내내 떨어질 수밖에 없지만, 루이사 남편과 동생과 제임스 하트하우스와 이런 저런 편지나 소포 겉봉 등, 계단에 접근하는 생물과 무생물을 모두 살피는 방식으로 루이사를 끊임없이 관찰했다. 그리곤 계단을 내려가는 인물에게 벙어리장갑을 위협적으로 흔들고 "드디어 마지막 계단에 발을 디뎠으니, 부인, 아무리 교묘하게 행동해도 내 눈을 가릴 순 없을 것이오"라며 중얼거렸다.

하지만 교묘한 행동이든 자연스러운 행동이든, 독특한 성격에서 파생한 상황 때문이든, 루이사는 이상할 정도로 침묵해서 스파싯 부인처럼 똑똑한 사람을 자극하는 동시에 좌절시켰다. 제임스 하트하우스도 루이사를 확실히 모를 때가, 자신이 오랫동안 연구한 표정을 도저히 읽을 수 없을 때가, 시종에게 잔뜩 둘러싸인 그 어떤 여성보다도 외로운 표정을 도저히 이해할 수 없을 때가 있을 정도니 말이다.

시간은 그렇게 흐르는 가운데, 바운더비 사장이 업무 때문에 다른 지역으로 출장을 가느라 집을 사나흘 비워야 하는 일이 생겼다. 이런 사실을 바운더비 사장은 은행에서 금요일에 스파싯 부인에게 알리며 말했다.

“하지만 상관하지 말고 내일 집으로 내려가세요, 부인. 내가 집에 있는 것처럼 내려가는 거예요. 부인에겐 아무런 차이가 없으니까요.”

그러자 스파싯 부인이 나무라는 투로 반박했다.

“저에게 제발 그렇게 말씀하시지 마세요, 사장님. 사장님이 안 계신다는 사실은 저에게 엄청난 차이라는 걸 잘 아시잖아요.”

“으음, 부인, 그렇다면 내가 없어도 최대한 잘 지내도록 하시오.”

바운더비 사장이 대답하는데, 기분 나쁜 표정은 아니었다.

“바운더비 사장님, 사장님 말씀은 저에게 법입니다. 그것만 아니라면, 그래드그라인드 아가씨는 내가 찾아가는 걸 사장님처럼 환영하는 대신 탐탁지 않게 여길 게 분명하니, 친절한 사장님 명령을 거부하고 싶은 게 제 마음입니다. 하지만 더는 말씀하지 마세요, 사장님. 사장님 초대를 제가 받아들일 테니까요.”

그러자 바운더비가 눈을 커다랗게 뜨며 말했다.

“그런데 내가 우리 집에 부인을 초대할 때 다른 사람까지 초대하길 기대하진 않길 바랍니다.”

“당연하지요, 사장님. 저는 그런 걸 기대하지 않아요. 더는 말하지 마세요, 사장님. 제가 바라는 건 사장님이 다시 쾌활하게 살아가는 것 밖에 없으니까요.”

“그게 무슨 말인가요, 부인?”

바운더비가 사납게 몰아치자, 스파싯 부인이 바로 대답했다.

“사장님이 예전에 곧잘 떠올리던 명랑한 표정을 다시 보고 싶다는 거예요. 기운 내세요, 사장님!”

부인이 몹시 어려운 청을 하면서 동정하는 눈으로 바라보니, 바운더비 사장은 우스꽝스러운 자세로 말없이 머리만 긁적이다가 나중에는 하찮은 업무를 가지고 야단법석을 떠는 식으로 오전 내내 자신의 존재를 과시했다.

바운더비 사장이 출장을 떠나고 은행이 문을 닫은 오후에는 스파싯 부인이 말했다.

"비쩌, 톰 선생에게 안부를 전하면서, 호두 케첩을 바른 양고기와 인도산 맥주를 들러 오시겠냐고 물어보렴."

톰은 이런 초대에 항상 응하는 편이라서 고맙다 대답하고 곧장 뒤따라오자, 스파싯 부인이 말했다.

"좋은 요리를 차리면 선생이 좋아할 거란 생각이 들었다오."

"고맙습니다, 스파싯 부인."

건달이 대답하고 우울한 표정으로 음식을 먹기 시작했다.

"제임스 하트하우스 선생은 어떠신가요, 톰 선생?"

"잘 지내십니다."

톰이 대답하자, 스파싯 부인은 말을 아끼는 건달에게 속으로 욕설을 퍼붓곤, 가볍게 대화하는 어투로 다시 물었다.

"지금은 어디에 계실까요?"

"요크셔에서 사냥할 겁니다. 어제는 교회 건물 절반 크기는 됨직한 바구니를 누나에게 보냈더군요."

"사격 솜씨가 매우 뛰어난 게 분명하네요."

"명사수지요."

톰이 대답했다. 원래부터 시선을 아래로 내리까는 습관이 있는데, 최근에 이런 특징이 더욱 늘어나니, 상대가 누구든 한 번에 삼 초 이상 쳐다보는 법이 없었다. 그래서 스파싯 부인은 원하는 만큼 충분히 상대를 관찰하다가 다시 말했다.

"제임스 하트하우스 선생을 좋아하는 분이 많은데, 나 역시 아주 좋아한답니다. 그분을 조만간에 다시 만나세요, 톰 선생?"

"그럼요, 내일 만나기로 한 걸요."

건달이 대답하자, 스파싯 부인이 덤덤한 어투로 환호했다.

"잘됐네요!"

"초저녁에 역전에서 만나기로 했으니 함께 저녁 식사를 하겠지요. 그분은 다른 곳에 갈 예정이라서 전원주택에 일이 주일 정도 못 갈 거예요. 말은 최소한 그렇게 했답니다. 하지만 일요일까지 여기에 머물다가 다른 길로 들어서도 이상할 건 하나도 없겠지요."

"그 말을 들으니까 생각나네요! 가능하다면 내가 하는 말을 기억했다가 누나에게 전할래요?"

"그래요? 한 번 해보지요, 긴 내용만 아니라면."

건달이 마지못해 대답하니, 스파싯 부인이 다시 말했다.

"단순한 안부 인사인데, 이번 주에 내가 찾아가서 수고를 끼치지 못할 것 같다는 내용이에요. 아직도 신경이 살짝 곤두서서 혼자 지내는 게 좋을 것 같거든요."

"아! 그게 전부라면 설사 제가 깜빡 잊는다 해도 문제 될 건 없겠네요, 우리 누나는 부인을 만나기 전까진 부인 생각을 떠올릴 가능성이 없으니까요."

톰은 대접받은 대가를 이렇게 기분 좋은 말로 치르고, 비열한 침묵에 빠져들며 열심히 먹고 마시다가 인도산 맥주가 동나자, "으음, 스파싯 부인, 이제 가봐야겠네요!" 하고 말하더니 바로 사라졌다.

다음 날 토요일, 스파싯 부인은 창가에 온종일 앉아서 들어오고 나가는 손님을 쳐다보고 집배원을 관찰하고 거리에 오가는 사람을 막연하게 바라보며 마음속으로 다양한 생각을 떠올리는데, 주로 관심을 기울인 건 자신이 만든 계단이다. 그러다가 초저녁이 찾아오자, 보닛 모자와 숄을 걸치고 밖으로 조용히 나서더니, 요크셔에서 승객이 도착하는 역전 주변을 은밀하게 돌아다니기도 하고 기둥과 모서리에 숨거나 숙녀용 대기실 유리창을 내다보기도 하면서 사방을 몰래 살폈다.

이윽고 톰이 나타나서 주변을 서성이며 열차가 도착하기만 기다렸다. 하지만 제임스 하트하우스는 안 나타나고, 톰은 인파가 사라져서 요란한 소리가 줄어들 때까지 기다리더니, 벽에 붙은 열차 시간표를 살피고 짐꾼에게 이것저것 물었다. 그리곤 이리저리 어슬렁거리다가 도중에 멈춰서 길 앞쪽과 뒤쪽을 살피기도 하고 모자를 벗다가 다시 쓰기도 하고, 하품하다가 기지개를 켜기도 하는 등, 다음 열차가 올 때까지 한 시간 사십 분을 기다려야 하는 사람이라면 당연히 그럴 수밖에 없는, 따분해서 어쩔 줄 모르는 모습을 다양하게 보여주었다.

스파싯 부인은 그런 모습을 가만히 지켜보다가 역전 창문을 급히 떠나며 중얼거렸다.

"동생을 따돌리려고 술책을 쓴 거야. 지금 제임스 하트하우스는 저 아이 누나랑 있어!"

이런 생각이 떠오르는 순간, 스파싯 부인은 자기 생각을 확인하려고 최대한 신속하게 움직였다. 전원주택으로 가는 열차는 시내 건너편 끝에 있는데, 시간은 얼마 없고 길도 좋은 편이 아니다. 하지만 빈 마차에 재빨리 뛰어오르고 재빨리 뛰어내려서 돈과 차표를 황급히 교환하곤 열차로 뛰어올라, 과거와 현재의 탄갱과 아치가 사방에 늘어선 지역을 지나는 모습은 구름에 휩싸여서 회오리바람에 빨려드는 것 같았다.

열차를 타고 가는 내내, 초저녁 하늘에 커다랗게 걸친 전선이 몸뚱이에 달린 까만 눈동자에 오선지 줄처럼 선명하게 보이듯, 마음에 달린 까만 눈동자에도 또렷한 영상이 나타나서 사라질 줄을 모르니, 자신이 만든 계단을 내려가는 인물이다. 이제 조금만 내려가면 새까만 밑바닥에, 심연에 빠질 게 분명하다.

구름이 잔뜩 낀 9월, 이제 막 어스름한 초저녁, 스파싯 부인은 축 늘어진 눈꺼풀 사이로 주변을 살피며 열차에서 미끄러지듯 내려와 조그만 역전 나무계단을 내려서 돌멩이가 널린 도로를 건너 맞은 편 녹색 오솔길에 들어서서 여름내 무성하게 자란 나뭇잎과 잎사귀에 몸을 숨겼다. 새 한두 마리가 둥지에서 졸린 듯 때늦게 지저귀고, 박쥐 한 마리는 부인 곁을 무겁게 지나갔다 지나오고, 벨벳처럼 포근한 흙길을 걸을 때는 먼지가 피어오르는 등, 스파싯 부인은 다양한 장면을 보고 들으며 걷다가 마침내 전원주택으로 살그머니 들어서서 대문을 살그머니 닫았다.

스파싯 부인은 관목 숲에 숨은 채 집으로 다가가서 한 바퀴 돌아, 잎사귀 사이로 아래층 창문을 쭉 훔쳐보았다. 날씨가 더워서 대부분 열렸는데, 불빛은 하나도 없는 데다 모두 조용했다. 그래서 정원을 살피지만, 결과는 마찬가지였다. 그러다가 숲을 떠올리고, 기다란 풀이나 가시덤불도, 이런저런 벌레와 달팽이와 곤충은 물론 이리저리 기어 다니는 다양한 생명체까지 외면한 채 그쪽으로 살그머니 나아갔다. 새까만 눈과 매부리코로 사방을 경계하며 무성하게 자란 덤불을 헤치고 조심스럽게 전진하는데, 목표물에 완전히 집중한 나머지, 숲에 독사가 들끓는다 해도 상관하지 않을 것 같았다.

저 소리를 들어보라!

스파싯 부인이 걸음을 멈추고 귀를 기울이며 반짝이는 눈빛에 작은 새들은 황홀경에 빠져서 둥지 밑으로 금방이라도 떨어질 것 같았다.

바로 옆에서 나지막한 목소리가 일어난다. 사내 목소리와 여자 목소리. 역전에서 만나기로 한 약속은 동생을 따돌리려는 술책이 분명해! 두 사람이 지금 바로 저기에, 쓰러진 나무 옆에 있잖아!

스파싯 부인은 이슬에 젖은 풀 사이로 몸뚱이를 나지막이 숙인 채 두 사람 근처로 나아갔다. 그리곤 야만인을 기습 공격하려는 로빈슨 크루소처럼 나무 뒤로 다가가서 가만히 일어섰다. 한 번만 펄쩍 뛰면, 힘껏 뛰지 않아도, 두 사람과 닿을 만큼 가까운 거리다. 제임스 하트하우스는 저택에 들르지도 않고 거기를 은밀하게 찾았다. 말을 타고 이웃집 들판을 지나온 게 분명하다. 그가 타던 말 역시 울타리 안쪽으로 서너 발자국 거리에 묶여있다.

"아, 내 사랑, 내가 어떻게 하겠습니까? 그대가 여기에 홀로 있는 걸 아는데, 어찌 안 올 수 있겠습니까?"

제임스 하트하우스가 말하는 소리를 듣고 스파싯 부인이 속으로 환호하며 생각했다.

'그대는 조금이라도 더 매력적으로 보이려고 머리를 숙이겠지. 얼굴을 똑바로 들면 볼만한 게 없으니 말이야. 하지만 아, 내 사랑, 지금 누가 지켜보는지 그대는 조금도 모를 거야!'

루이사가 고개를 숙인 건 분명하다. 그러면서 제임스 하트하우스에게 그냥 떠나라 촉구하고, 그냥 떠나라 명령했다. 하지만 얼굴을 들지도, 상대방 얼굴을 쳐다보지도 않았다. 숨어서 상냥하게 지켜보는 여인이 예전에 수없이 목격한 자세 그대로 루이사가 지금 이 순간에도 차분하게 앉았다는 사실이 정말 놀라울 뿐이다. 석상처럼 두 손을 하나로 모은 자세도 그렇고, 말하는 어투 자체도 서두는 기색이 전혀 없었다.

"아, 사랑하는 그대여, 나와 잠시라도 어울리는 걸 그대는 견딜 수 없단 말이오?"

제임스 하트하우스가 말하며 한쪽 팔로 상대를 껴안고, 스파싯 부인은 반가운 눈으로 바라보았다.

"여기선 안 돼요."

"그럼 어디가 좋겠소, 루이사?"

"여기는 아니에요."

"하지만 우리에게 주어진 시간은 극히 적으며, 나는 그대를 미친 듯이 사랑하는 마음에 아주 멀리서 달려왔소. 여주인을 헌신적으로 사랑하면서도 이토록 학대받는 노예는 어디에도 없소. 그대가 환하게 웃으며 반기는 모습을 보고 세상 살아가는 기쁨을 만끽하기만 기대하다가 얼음장처럼 차가운 대접을 받으니, 마음이 찢어지는구려."

"다시 말해야 하나요, 나를 그냥 두고 떠나라는 말을?"

"하지만 우리는 만나야 하오, 루이사. 어디서 만나는 게 좋겠소?"

두 사람이 걷기 시작했다. 엿듣던 사람 역시 따라가는데, 뒤가 켕겼다. 나무 사이에서 다른 사람이 또 엿듣는 것 같았다. 하지만 그건 빗방울로, 처음에는 서서히 떨어지다가 결국엔 마구 퍼부어대는 게 아닌가!

"앞으로 몇 분 후에 말을 몰고 저택으로 갈까요, 바깥주인이 집에 있다가 나를 따듯하게 맞아주길 기대하는 척하면서?"

"안 돼요!"

"그대가 아무리 잔인하게 명령해도 나로선 절대적으로 순종할 수밖에요. 하지만 나는 세상에서 가장 불행한 사람이라오, 지금까지 어떤 여인에게도 눈길을 안 주다가 결국에는 세상에서 가장 아름답고 가장 매력적이고 가장 오만한 여인의 발밑에 바싹 엎드렸으니 말이오. 아, 사랑하는 루이사, 이런 식으로 가혹하게 몰아붙이니, 나 혼자 갈 수도 없고 그대를 떠나보낼 수도 없구려."

스파싯 부인이 가만히 지켜보며 열심히 엿듣는 가운데, 제임스 하트하우스는 한쪽 팔로 상대를 휘감아서 꼭 붙잡으며 열렬히 고백했다, 자신이 루이사를 얼마나 사랑하는지, 루이사를 위해서라면 모든 걸 걸고 기꺼이 모험하고 싶은 마음이 얼마나 간절한지, 자신이 최근에 추구하던 세상일이란 건 루이사에 비하면 너무나 하찮으며, 자신이 거의 움켜잡은 성공 역시 루이사와 비교하면 쓰레기에 불과하니 그냥 내버리겠다고, 하지만 루이사 옆에 있는데 도움이 된다면 그걸 추구하겠다고, 루이사와 멀어져야 한다면 그걸 포기하겠다고, 루이사가 원한다면 함께 도망치겠다고, 루이사가 명령한다면 비밀을 지키겠다고, 루이사가 받아준다면 자신은 어떤 운명, 어떤 숙명이든 상관하지 않겠다고…… 자신은 루이사가 모든 걸 초월했다는 사실을 잘 안다고, 처음 만나는 순간부터 자신으로선 상상할 수도 없는 존경심과 관심을 품었다고, 루이사는 그런 자신을 믿고 속내를 털어놓았다고, 자신은 그런 루이사를 지극히 숭배하고 헌신적으로 사랑한다고.

제임스 하트하우스가 서두는 가운데, 루이사 역시 서두는 가운데, 스파싯 부인이 모든 악의를 충족한 가운데, 그리고 행여나 발각될까 두려운 가운데, 잎사귀 사이로 떨어지는 빗방울 소리는 계속 커지더니 급기야 천둥까지 울리는 가운데, 스파싯 부인은 이런 내용을 모두 들었지만 모든 게 혼란스럽고 불분명한 탓에, 마침내 사내가 울타리를 넘어서 말을 타고 사라지는 순간에는 두 사람이 만날 장소와 시간을 놓치고 말았다. 확실히 들은 건 "그날 밤"이란 말이 전부였다.

하지만 둘 가운데 한 명은 아직 스파싯 부인이 지켜보는 어둠 속에 그대로 있으니, 그 뒤를 쫓으면 문제 될 게 없었다. '아, 사랑하는 그대여, 내가 열심히 지켜본다는 사실을 그대는 조금도 모르겠지요!'라는 생각이 절로 들었다.

스파싯 부인은 루이사가 숲에서 나가는 모습도, 집으로 들어가는 모습도 지켜보았다. 이제 어떻게 하지? 비가 억수로 퍼부었다. 하얀 스타킹은 녹색이 압도하는 가운데 다양한 색깔로 얼룩졌다. 신발은 가시처럼 날카로운 물질이 파고들었다. 애벌레는 그물침대를 만들며 옷에 여기저기 달라붙고 보닛 모자와 매부리코에서는 빗물이 줄줄 흘렀다. 이런 상태에서 스파싯 부인은 이제 어떻게 할까 고민하며 울창한 관목 사이에 그대로 숨었다.

저길 봐, 루이사가 집에서 나오네! 망토를 급히 걸치고 목도리를 두른 채 살그머니 빠져나오는군. 남자랑 도망치려는 거야! 계단 제일 밑바닥으로 떨어져서 소용돌이에 휩싸이려는 거야!

루이사는 빗방울도 무시한 채 단호하고 신속하게 움직이며 도로와 나란히 뻗어 나간 샛길로 들어섰다. 스파싯 부인은 나무 그늘에 숨어서 꽤 가까운 거리를 유지하며 쫓았다. 어둠에 몸을 숨기며 재빨리 나아가는 사람을 시야에서 안 놓친다는 게 쉬운 일은 아니기 때문이다.

루이사가 대문 쪽문을 조용히 닫으려고 멈추는 순간에는 스파싯 부인도 멈추고, 루이사가 앞으로 나아가면 스파싯 부인도 나아갔다. 루이사는 스파싯 부인이 조금 전에 지나온 길을 지나고 녹색 오솔길을 빠져나가 돌멩이가 널린 도로를 건너고 나무계단을 올라서 조그만 역전으로 들어섰다. 코크타운 행 열차가 조금 후에 들어온다는 사실을 스파싯 부인은 잘 안다. 그렇다면 루이사가 지금 당장 찾아가는 첫 번째 목적지는 코크타운이 분명하다.

발을 절고 빗물까지 줄줄 흐르는 터라 굳이 신경 써서 변장할 필요는 없지만, 스파싯 부인은 역전 담장 밑으로 숨어들어 숄을 이리저리 뒤집으며 새로운 모양으로 만들어서 보닛 모자에 덮어썼다. 그래서 발각당할 염려가 없도록 변장한 다음에 역전계단을 올라서 조그만 매표소에 돈을 냈다. 루이사는 모서리에 앉아서 기다렸다. 스파싯 부인은 다른 모서리에 앉아서 기다렸다. 천둥소리가 커다랗게 울리며 두 사람 귓속으로 파고들었다. 빗방울이 역전 지붕과 아치 난간을 후두두 때렸다. 등잔 두세 개에 빗물이 파고들어서 불을 꺼트렸다. 번갯불이 지그재그로 흔들리며 철로에 떨어지는 모습이 그대로 보였다.

기차역이 끊임없이 떨리다가 심장발작까지 일으킬 즈음에 열차가 다가왔다. 불길과 증기와 연기와 빨간 불빛이 보이고, 칙칙 소리, 철커덩 소리, 빽빽 소리가 들렸다. 루이사는 객차에 오르고 스파싯 부인은 다른 객차에 올랐다. 폭풍우에 시달리는 기차역이 한 점 얼룩으로 보인다.

빗물에 젖고 추워서 이가 딱딱 부딪쳐도 스파싯 부인은 더할 나위 없이 기쁘다. 계단을 내려가던 인물이 벼랑으로 떨어지니, 자신은 시체를 감시하는 셈이란 생각마저 든다. 상대를 완벽하게 끝장낼 기회를 오랫동안 모색하던 사람으로서 어찌 기쁘지 않을 수 있겠는가? '루이사가 코크타운에 훨씬 일찍 도착할 거야, 남자가 좋은 말을 모는 게 아니니까. 그렇다면 남자를 어디서 기다릴까? 그래서 함께 어디로 갈까? 침착해. 두고 보면 아니까.'

열차가 목적지에 도착할 즈음에는 엄청나게 퍼부은 빗물로 사방이 혼란에 휩싸였다. 홈통과 배수관이 터지고 배수로가 넘쳐흘러 거리마다 물에 잠겼다. 스파싯 부인은 기차에서 내리자마자 역전에서 기다리는 마차를 심란한 눈빛으로 쭉 살피는데, 마차에 타려는 사람이 많았다. '루이사도 마차에 올라타서 내가 다른 마차를 타고 쫓아가기 전에 사라질 거야. 마차에 치일 위험을 감수하고라도 마차 번호를 확인하고 마부에게 어디로 가자고 하는지 들어야 해.'

하지만 스파싯 부인은 계산이 틀렸다. 루이사는 마차에 올라타기도 전에 사라지고 말았다. 순간적으로 놓친 것이다. 루이사가 타고 온 객차를 새까만 눈동자로 계속 살피지만 어디에서도 찾을 수 없다. 객차 문이 한동안 안 열려서 문 앞을 지나고 또 지나는데 아무도 안 보여 안을 들여다보니 텅 빈 상태다. 스파싯 부인은 뼛속까지 빗물에 젖고, 두 발은 앞으로 내디딜 때마다 신발 속에서 철버덕 찍! 소리를 내고, 고전적인 얼굴에는 빗방울이 잔뜩 달라붙고, 보닛 모자는 너무 익어서 물러터진 무화과 열매 같고, 옷이란 옷은 모두 엉망이고, 단추와 끈과 호크 단추는 축축하게 젖어서 고귀한 친척을 둔 고귀한 부인 등에다 자국을 내고, 몸뚱이에는 곰팡내 나는 오솔길 낡은 공원 울타리처럼 축 늘어진 풀이 잔뜩 달라붙은 채, 스파싯 부인은 비통한 눈물을 흘리며 "놓쳤어!"라고 소리칠 수밖에 없었다.

12장. 밑으로

국립 청소부들이 자기네끼리 시끄럽게 소리치고 사소한 내용으로 수없이 싸우며 재미있게 놀다가 당분간 흩어지자, 그래드그라인드 선생 역시 휴가를 보내러 집으로 돌아왔다.

그는 시계가 끔찍하게 정확한 방에 앉아서 의심할 여지가 없는 사실을 - 착한 사마리아인은 기본적으로 경제관념이 박약하다는[42] 사실을 - 증명하려고 글을 쓰는 중이다. 빗방울 소리는 그다지 방해가 안 됐다.

---

42) 루가 10:29~37. 길가에 쓰러진 사람을 여관에 데려가서 간호하고 여관주인에게 돈을 주면서 '저 사람을 잘 돌보아 주시오, 비용이 더 들면 돌아오는 길에 갚아 드리겠소' 하고 부탁한 사마리아인을 말한다.

가끔 머리를 추켜드는 표정이 폭풍우에 항의하는 것처럼 보이는 정도다. 천둥이 정말 커다랗게 세상을 뒤흔들 때는 높다란 굴뚝이 벼락에 맞을 수도 있겠다는 생각이 문뜩 떠올라서 코크타운을 힐끔 쳐다보며 말이다.

천둥은 멀리서 우르릉거리고 빗방울은 양동이로 퍼붓듯 내리는데, 방문이 스르륵 열리는 바람에 그래드그라인드 선생은 책상에 올려놓은 등잔불에서 고개를 돌리다가 큰딸을 보고 깜짝 놀라서 소리쳤다.

"루이사!"

"아버지, 드릴 말씀이 있어요."

"무슨 일이냐? 네 모습이 정말 이상하게 보이는구나! 맙소사, 폭풍우를 그대로 맞으면서 온 거니?"

그래드그라인드 선생이 물었다. 생각할수록 이상한 느낌이 들었다.

루이사는 옷자락에 두 손을 대곤 그런 사실을 처음으로 깨달은 듯, "네"라고 대답하더니, 머리에 감싼 걸 풀고 망토와 두건을 바닥에 떨어뜨린 채 가만히 서서 아버지를 바라보았다. 안색은 창백하고 머리는 엉망인 데다 절망하고 반항하는 분위기는 가득해, 아버지는 두려운 마음조차 일었다.

"왜 그러니? 무슨 문제가 있는지 어서 말하렴, 루이사."

루이사는 아버지 앞쪽 의자에 풀썩 주저앉아서 차가운 손으로 아버지 팔을 잡았다.

"아버지는 제가 갓난아기 때부터 훈련을 시켰지요?"

"그래, 루이사."

"저는 제가 이런 운명으로 태어난 걸 저주해요."

아버지는 의심과 두려움이 섞인 시선으로 쳐다보며 공허하게 되물었다.

"이런 운명을 저주해? 이런 운명을 저주해?"

"저에게 생명을 주시고서 자잘한 일상사를 어떻게 모두 빼앗아, 죽음 같은 상태로 빠져들게 할 수 있나요? 제 영혼은 어디에서 은총을 받나요? 제 가슴은 어디에서 감정을 품나요? 여기 황량한 황무지에다, 꽃을 활짝 피워서 정원으로 가꾸어야 할 여기에다, 아, 아버지, 도대체 무슨 짓을 하셨나요, 도대체 무슨 짓을!"

루이사가 두 손으로 자기 가슴을 내려치며 계속 말했다.

"여기에 꽃을 활짝 피운 적이 있다면 그 기억 하나로 저는 생활 자체가 진공상태로 모두 빠져드는 걸 막을 수 있었을 거예요. 이런 말까지 하려는 생각은 없었지만, 아버지, 우리가 지난번에 이 방에서 나눈 대화를 기억하세요?"

아버지는 지금 이런 말을 들을 준비가 전혀 안 된 터라 몹시 어렵게 대답했다.

"그래, 루이사."

"당시에 아버지가 저를 조금만 도와주셨다면 지금 하는 말을 당시에도 할 수 있었을 거예요. 아버지를 나무라는 게 아니에요. 나에게 가르치지 못한 건 아버지 역시 못 배운 거니까요. 하지만 아! 아버지가 오래전에 멈추기만 했어도, 아예 나를 내버려 두기만 했어도, 나는 지금보다 훨씬 더 유익하고 행복하게 살았을 거예요!"

온갖 관심을 기울이며 키운 딸에게 이런 말까지 들으니, 아버지는 머리를 숙이고 한 손으로 얼굴을 가린 채 앓는 소리를 절로 커다랗게 뱉어낼 수밖에 없었다.

"지난번 여기에서 대화를 나눌 때 - 가슴에서 자연스럽게 일어나는 감정을 모두 물리치려고 힘껏 싸우는 게 어릴 때부터 제가 한 일이니 - 제가 힘껏 싸우면서도 두려워했다는 사실을 아버지가 알았더라면,

다양한 감수성과 애정이, 장점으로 발전할 수도 있는 약점이, 인간이 지금까지 내린 모든 판단을 거부하고 창조주가 허용하신 이상의 산술 판단을 거부하는 약점이 제 가슴에서 꿈틀거린다는 사실을 아버지가 알았더라면…… 그래도 세상 무엇보다 증오하는 사람을 저에게 남편으로 맺어주시겠어요?"

"아니다. 아니다. 가엾은 우리 딸."

"제가 서리와 마름병에 시도 때도 없이 시달리며 모든 감각을 잃고 망가지도록 하시겠어요? 아무에게도 도움이 안 되는데, 세상을 좀 더 황량하게 만들 뿐인데, 제 인생에서 정신적인 영역을, 제 믿음에서 가장 아름다운 봄과 화려한 여름을, 주변에 널린 더럽고 나쁜 것에서 제가 피신할 피난처를, 제가 좀 더 겸손하게 주변 사람을 신뢰하며 살아가고 그래서 나로 인해 주변 사람 역시 조금이라도 좋아지길 바라며 살아가도록 공부하는 과정을 저에게서 빼앗으시겠어요?"

"아, 아니다, 아니야. 아니야, 루이사."

"그래요, 아버지, 제가 눈이 완전히 멀었다면, 그래서 손으로 더듬으며 나아가야 한다면, 하지만 사물 표면과 모양새를 만지며 자유롭게 상상력을 발휘했다면, 지금 이렇게 눈을 달고 사는 것보다 모든 점에서 백만 배는 현명하고 행복하고 사랑하고 만족하며 인간적으로 더욱 순결하게 살았을 거예요. 제가 애초에 여기에 온 까닭을 이제부터 말할 테니, 잘 들어보세요."

아버지가 팔로 딸을 부축하려고 움직였다. 그러자 딸도 일어나, 두 사람은 마주 서서 서로를 바라보았다. 딸이 한 손을 아버지 어깨에 올려놓고 얼굴을 뚫어지게 쳐다보며 말했다.

"아버지, 저는 단 한 번도 충족시킨 적이 없는 굶주림과 갈증하고 매 순간 싸우며, 줄자와 숫자와 사물에 대한 정의가 그렇게 중요하지 않은 영역을 끊임없이 갈망하는 마음하고 매 순간 싸우며 지금까지 살았어요."

"네가 그렇게 힘든 줄 조금도 몰랐구나, 아가."

"아버지, 저는 제가 힘든 걸 언제나 알았어요. 끝없이 싸우는 가운데 저는 제 몸속에서 천사를 거부하고 파괴하며 악마로 만들었어요. 제가 배운 내용은 제가 모르는 내용을 끊임없이 의심하고 불신하고 깔보고 경멸하도록 만들었어요. 제가 배운 황량한 지식은 인생이란 어차피 끝난다고, 굳이 힘들여서 노력할 정도로 중요한 건 하나도 없다고 생각하도록 만들었어요."

"이렇게 젊은데, 루이사!"

아버지가 한탄했다. 불쌍히 여기는 어투다.

"그래요, 아주 젊지요. 바로 이런 상태에서 - 제 마음이 평소에 무감각하다는 상태에 대해 아무런 두려움이나 편견 없이, 제가 아는 대로 말씀드리는 건데 - 아버지는 남편을 권하고 저는 받아들였어요. 지금까지 아버지나 남편 앞에서 제가 남편을 사랑하는 척한 적은 한 번도 없어요. 제가 한 번도 사랑한 적이 없다는 사실은 저도 알고 아버지도 알고 남편도 알아요. 물론 처음부터 관심이 전혀 없었던 건 아니에요. 톰에게 도움을 줄 수 있겠다고 생각했으니까요. 하지만 그건 무모한 환상이란 사실이 서서히 드러났어요. 그동안 저는 톰만 바라보며 살았어요. 톰이 그렇게 된 건 제가 너무 가련하게 여겼기 때문일 수도 있어요. 하지만 지금 중요한 건 그게 아니에요, 톰이 저지른 잘못에 대해 아버지가 훨씬 너그럽게 생각하도록 도울 수도 있겠다는 사실만 제외하면."

아버지가 꼭 껴안자, 딸은 다른 손을 다른 어깨에 올려서 아버지 얼굴을 여전히 뚫어지게 바라보며 계속 말했다.

"제가 결혼으로 돌이킬 수 없게 되자, 감성을 억누르던 오랜 버릇은 부부관계까지 파고들며 반란을 일으켜, 성격 차이로 불거진 다양한 갈등이, 해부학자에게 제 영혼의 이런저런 비밀에 칼을 대라고 구체적으로 알려주지 않는 한 일반적인 법칙으로는 절대 설명할 수 없는 갈등이 깊어만 갔답니다."

"루이사!"

아버지가 애원하는 투로 불렀다. 지난번에 두 사람 사이에서 오간 대화가 그대로 떠올랐기 때문이다.

"아버지를 나무라는 것도 아니고, 불평하는 것도 아니에요. 제가 여기에 온 건 다른 목적 때문이에요."

"내가 무얼 어떻게 할까, 아가? 원하는 게 있으면 말하렴."

"바로 그걸 말하려고 여기까지 온 거예요, 아버지. 제 인생에 새로운 사람이 우연히 끼어들었어요. 제가 예전에 한 번도 경험한 적이 없는 사람이에요. 세상 물정에 밝고, 명랑하고, 세련하고, 느긋한 사람. 허세를 부리지 않는 사람. 모든 걸 얕잡아보고, 그래서 제가 속으로 약간 걱정하는 사람. 처음 만나고 얼마 안 돼서, 그 깊이와 방식은 모르겠지만, 저를 이해하고 제 생각을 읽는다는 느낌을 주는 사람. 저보다 나쁜 점은 찾을 수 없었어요. 우리 둘은 성격이 잘 맞는 것 같았어요. 저에게 유일하게 의심스러운 건, 세상일에 아무런 관심도 없는 사람이 정말 나에게 이렇게 엄청난 관심을 쏟을 수 있는가였어요."

"너에게, 루이사!"

아버지는 움켜잡은 딸을 본능적으로 놓을 것만 같았다, 딸에게서 모든 힘이 빠져나가는 걸 못 느꼈더라면, 자신을 뚫어지라 바라보는 눈에서 매섭게 일어나는 불꽃을 못 보았더라면.

"그 사람이 자신을 믿어달라고 간절하게 요청했다는 사실은 여기에서 언급하지 않겠어요. 제가 그 사람을 어떻게 믿기 시작했는지는 조금도 중요하지 않아요. 결국 저는 그 사람을 믿었으니까요, 아버지. 제 결혼에 대해서 아버지가 지금에서야 파악한 내용 역시 그 사람은 단번에 파악했으니까요."

아버지는 얼굴이 잿더미처럼 하얗게 변하더니, 딸을 두 팔로 꼭 껴안았다.

"저는 그 이상 나쁜 짓은 안 했어요. 아버지 명예를 더럽히지도 않았어요. 하지만 그 사람을 사랑했는지, 지금도 사랑하는지 물으신다면, 그런 것 같다고 솔직하게 대답하겠어요. 아아, 모르겠어요."

딸은 아버지 어깨에서 갑자기 두 손을 떼어내 자기 옆구리에 댔다. 그와 동시에 얼굴에서, 평소와 다른 얼굴에서, 자신이 할 말은 마지막까지 최선을 다하겠다 결심하곤 가슴을 똑바로 편 모습에서, 오랫동안 억누르던 감정이 터져 나왔다.

"오늘 밤, 남편이 집을 비운 사이에 그 사람이 찾아와서 저를 사랑한다고 선언했어요. 지금 그 사람은 저를 기다리고, 저는 그 사람에게서 벗어나는 방법이 여기에 찾아오는 것밖에 없었어요. 지금 저는 이런 상황을 후회하는지도 모르고, 창피하게 여기는지도 모르고, 제 자존심을 깔아뭉갰는지도 몰라요. 제가 아는 건, 아버지 철학과 가르침은 저를 구할 수 없다는 거예요. 저를 이런 상태로 만든 사람은 바로 아버지예요. 그러니 이제 다른 방법으로 저를 구해주세요!"

아버지는 바닥으로 쓰러지는 딸을 재빨리 붙잡고, 딸은 끔찍한 목소리로 울부짖었다.

"저를 잡으면 그냥 죽어버리겠어요! 바닥에 쓰러지도록 내버려 두세요!"

그래서 아버지는 딸이 쓰러지도록 내버려 두었다. 그리고 자신이 오랫동안 품었던 자부심이자 자신이 세운 시스템의 결정체가 정신을 잃은 채 발밑에 쓰러진 모습을 가만히 바라보았다.

제3권: 저장하기

1장. 또 필요한 거 한 가지

루이사가 혼절 상태에서 깨어나자 자신이 예전에 사용하던 침대와 침실이 시야에 천천히 들어왔다. 여기를 매일 사용하던 날 이후로 벌어진 모든 사건이 처음에는 꿈처럼 애매하더니, 주변 사물이 점차 구체적으로 보이면서 이후에 벌어진 사건도 구체적으로 떠오르기 시작했다.

머리는 아프고 무거워서 움직일 수 없고 두 눈은 콕콕 쑤시며 몸에는 힘이 하나도 없었다. 무기력증이 온몸을 이상하게 휘감아 모든 게 귀찮은 나머지, 어린 여동생이 옆에 있는데도 한동안 관심이 안 갔다. 서로 시선을 마주치고 여동생이 침대 옆으로 다가온 다음에도 루이사는 한동안 가만히 누워 말없이 바라보기만 해서 동생이 잔뜩 망설이다가 힘없는 언니 손을 붙잡을 즈음에 비로소 이렇게 물었다.

"나를 이 방으로 언제 옮겼니?"

"지난밤, 언니."

"나를 여기로 옮긴 사람이 누구니?"

"씨씨일 거야."

"왜 그렇게 생각하니?"

"오늘 아침에 씨씨가 여기에 있는 걸 봤거든. 평소처럼 침대로 깨우러 오지 않아서 내가 씨씨를 찾으러 갔어. 그런데 자기 침실에도 없는 거야. 그래서 집안을 다 뒤지다가 여기에서 언니를 간호하며 이마에서 열을 식혀주는 걸 발견했어. 아버지한테 오시라고 할까? 언니가 깨어나면 아버지에게 알리라고 씨씨가 말했거든."

여동생이 말하며 여전히 망설이는 표정으로 언니에게 키스하려고 허리를 숙일 때 루이사가 말했다.

"얼굴이 참 밝구나, 제인!"

"그래? 언니가 그렇게 말하니까 기분이 좋아. 아마 씨씨 덕분일 거야."

루이사는 여동생 목에 휘감던 팔을 그대로 펴며 말했다.

"아버지에게 알리고 싶으면 그렇게 하렴."

그러더니 여동생을 가만히 바라보다가 물었다.

"이 방을 이렇게 환하게 꾸며서 환영하는 분위기를 갖춘 게 너니?"

"아니야, 언니, 내가 오기 전부터 이런 분위기였어. 이건……"

루이사는 얼굴을 베개에 파묻고 더는 안 들었다. 그리고 여동생이 나간 다음에는 머리를 다시 돌려서 방문을 가만히 바라보았다, 방문이 열리면서 아버지가 들어설 때까지.

아버지는 극히 피곤하고 불안한 표정이며 루이사 손을 움켜잡은 손은 덜덜 떨리는데, 평소에는 침착하던 손이었다. 아버지가 침대 모서리에 앉아, 몸이 어떠냐고 다정하게 묻고는, 어젯밤에 폭풍우에 시달리기도 하고 잔뜩 흥분하기도 했으니 당분간 차분하게 휴식할 필요가 있다고 강조했다. 평상시처럼 단호하게 명령하는 어투가 아니라 근심에 휩싸여서 나지막하게 가라앉은 어투인데, 무슨 말을 해야 좋을지 모르는 것처럼 보일 때도 종종 있었다.

"사랑하는 루이사. 가련한 우리 딸."

이 말을 하고 나서도 무슨 말을 해야 좋을지 몰라서 입을 다물더니, 다시 시도했다.

"불쌍한 딸."

그리고 더는 못 넘어가며 또다시 어려워하다가 말했다.

"지난밤에 갑작스러운 말을 듣고 내가 얼마나 당황했으며 지금도 마찬가지라는 사실을 너에게 말하는 건 아무런 소용이 없을 것 같구나, 루이사. 지금까지 내가 두 발을 딛고 올라있던 단단한 바닥이 단번에 꺼지고 말았어. 내가 몸을 기대던 유일한 버팀목이, 영원히 튼튼한 것 같고 지금도 그런 것 같은 버팀목이 한순간에 무너졌어. 완전히 새로운 사실에 아버지는 어리벙벙하단다. 이렇게 말하는 건 매우 이기적인 것 같은데, 나는 간밤에 너무나 갑작스러운 고백을 듣고 엄청난 충격을 받았단다."

딸은 아버지를 위로할 수 없었다. 자신이야말로 인생 전체가 암초에 부닥쳐서 산산이 깨져나가는 고통에 시달렸기 때문이다.

"내가 저지른 잘못을 네가 오래전에 깨우쳐주는 행운을 누렸더라면 너나 나나 훨씬 좋았을 거라는 식으로, 너도 편하고 나도 편했을 거라는 식으로 말하진 않겠다. 내가 세운 시스템에는 그런 식으로 속마음을 털어놓는 기능이 없다는 사실을 잘 알기 때문이다. 나는 내가 만든 시스템을 나 자신에게 시험하며 엄격하게 집행했으니, 실패한 책임 역시 내가 짊어져야 하겠지. 단지 너에게 믿어달라고 간청하는 건, 내가 제일 좋아하는 딸아, 나 역시 잘하려고 그랬다는 사실이다."

아버지가 진지하게 말하는데, 공평하게 말하자면 그 말은 사실이다. 보잘것없이 조그만 측량막대로 끝없이 깊은 바다를 재고, 잔뜩 녹슬어서 다리가 뻣뻣한 컴퍼스로 광대한 우주를 휘저으며 정말 엄청난 일을 하는 것처럼 착각했을 뿐이다. 세상에 피어나던 꽃을 자신에게 주어진 얼마 안 되는 능력으로 자신이 만난 그 누구보다도 단호하고 뻔뻔하고 완벽하게 꺾어버렸을 뿐이다.

"무슨 말씀인지는 저도 잘 알아요, 아버지. 아버지가 저를 가장 좋아했다는 사실도 알아요. 아버지 의도는 저를 행복하게 하는 거란 사실도 알아요. 저는 지금까지 아버지를 나무란 적이 없고 앞으로도 그럴 거예요."

딸이 손을 내밀자, 아버지는 그 손을 꼭 움켜잡으며 말했다.

"얘야, 책상에 밤새도록 앉아 우리 둘 사이에서 고통스럽게 오간 대화 내용을 곰곰이 생각하고 또 생각했단다. 네 성격을 고려하고, 내가 불과 몇 시간 전에 파악한 내용을 너는 아주 오랫동안 숨겼단 사실을 고려하고, 네가 마침내 이런 사실을 털어놓을 수밖에 없었던 절박한 사정을 고려하니, 나 자신을 도저히 신뢰할 수 없다는 결론이 나오더구나."

자신을 쳐다보는 딸 얼굴을 보니, 아버지는 자신이 다른 말도 덧붙인 것 같다는 생각이 들었다. 딸 이마에서 흘러내린 머리칼을 한 손으로 다정하게 쓸어 넘긴 행위가 커다란 효과를 발휘한 것이다. 극히 사소한 행동이지만, 다른 사람이 그랬다면 정말 사소하게 여길 행동이지만, 아버지가 그랬다는 건 정말 놀라운 변화가 아닐 수 없다. 그래서 딸은 그걸 아버지가 깊이 참회하는 증거로 받아들이고, 그래드그라인드 선생은 모든 게 깨져나간 처참한 심정으로 주저하며 다시 천천히 말했다.

"하지만 과거의 나 자신을 못 믿는 게 타당하다면, 루이사, 현재와 미래의 나 자신도 믿지 말아야 하겠지. 너에게 모든 걸 솔직하게 털어놓는다면, 지금 아버지 심정이 그렇단다. 어제 이맘때만 해도 완전히 다른 느낌이었지만, 지금은 나에게 네가 신뢰할 자격이 있는지, 네가 집에 와서 호소한 내용에 내가 제대로 대응할 방법은 아는지, 나에게 너를 제대로 도와서 제자리에 돌려놓을 감성과 능력은 있는지 - 지금 당장 필요한 능력은 이런 거라고 가정할 때 - 조금도 자신할 수 없구나, 우리 딸."

루이사가 팔을 베개에 대고 얼굴을 묻어서 아버지는 딸 얼굴을 볼 수 없었다. 방황하던 열정은 이제 모두 가라앉았다. 마음이 부드럽게 변해도 눈물까지 흘리진 않았다. 하지만 아버지는 차라리 딸이 울면 훨씬 기쁠 것 같았다. 아버지가 많이 변했다는 사실이 잘 나타나는 부분이다. 그런 아버지가 여전히 망설이는 어투로 다시 말했다.

"사람들은 머리에서 우러나오는 지혜와 가슴에서 우러나오는 지혜가 있다고 믿는다. 그런데 나는 그렇게 생각하지 않았어. 하지만 앞에서 말한 것처럼 이제 나를 못 믿겠구나. 지금까지 나는 머리 하나로 충분하다고 생각했어. 그런데 그걸로 부족한 거야. 지금 이런 상황에서 머리 하나면 충분하다고 내가 감히 어떻게 말할 수 있겠니! 내가 지금까지 무시할 수밖에 없었던 게 다른 유형의 지혜라면, 그런데 지금 필요한 게 바로 그런 지혜라면, 루이사……."

아버지가 모호하게 말했다, 지금 이 순간에도 인정하고 싶지 않은 마음이 절반이라는 듯. 하지만 딸은 아무런 대답도 않고 지난밤에 아버지 방에서 쓰러질 때처럼 어중간한 옷차림으로 침대에 그대로 누웠을 뿐이다. 그러자 아버지가 한 손으로 딸 머리칼을 다시 매만지며 말했다.

"루이사, 최근에 나는 집을 아주 오랫동안 비웠단다. 하지만 네 여동생을…… 시스템……"

아버지가 시스템이란 단어를 껄끄럽게 뱉어내며 계속 말했다.

"……에 따라서 계속 교육했는데. 네 동생 경우에는 아주 어린 나이에 일상에서 만나는 사람이 다르다 보니 상당한 변화가 일어났더구나. 아버지가 잘 몰라서 겸손하게 묻겠는데, 우리 딸, 너는 그게 좋은 쪽으로 변한 거로 생각하니?"

루이사는 꼼짝도 않고 대답했다.

"아버지, 저에게 부족해서 파국으로 이어질 수밖에 없었던 재능이 어린 동생 가슴에서 조화롭게 피어난다면 저처럼 안 된 걸 천만다행으로 여기고 하늘에 감사하는 마음으로 계속 그렇게 행복하게 살아가도록 도와주세요."

아버지가 절망감에 휩싸인 표정으로 말했다.

"아, 우리 딸, 우리 딸! 네가 그렇게 말하는 걸 들으니까 나는 정말 불행하구나! 내가 나를 이렇게 비참하게 자책하는데, 네가 나무라지 않는다 해서 무슨 소용이겠니!"

아버지는 머리를 숙이며 나지막하게 이어나갔다.

"루이사, 사랑하고 감사하는 마음이 이 집에서 커다란 변화를 서서히 일으킬 수도 있겠다는, 머리가 할 수도 없고 하지도 않은 일을 가슴이 말없이 했을 수도 있겠다는 엉뚱한 생각이 드는구나. 정말로 그랬을까?"

딸은 아무런 대답도 안 했다.

"지금 나는 그걸 못 믿을 정도로 오만하지 않아, 루이사. 내가 어떻게 오만할 수 있겠니, 네가 바로 앞에 있는데! 정말 그런 걸까? 정말 그랬을까, 우리 딸?"

모든 걸 포기한 채 가만히 누운 딸을 아버지는 다시 쳐다보다가 더는 한 마디도 않고 밖으로 나갔다. 아버지가 나가고 얼마 안 돼서 문가로 가볍게 다가오는 발걸음 소리가 들리더니, 누군가 바로 옆으로 온다는 느낌이 들었다.

루이사는 머리를 안 들었다. 자신이 괴로워하던 광경을 들켰다는 막연한 분노가, 무심하게 바라보던 표정이 그렇게 싫더니 결국에는 딱 그렇게 되고 말았다는 막연한 분노가 몸에 해로운 불길처럼 스멀스멀 피어올랐다. 어떤 능력이든 꽁꽁 가두면 상대를 갈가리 찢으며 파괴할 수밖에 없다. 대지를 건강하게 만드는 공기도, 대지를 풍요롭게 만드는 물도, 대지를 살찌우는 열기도 우리에 꽁꽁 가두면 대지를 갈가리 찢어발기는 법이다. 지금 루이사 가슴이 그랬다. 극히 탁월한 능력까지도 너무 오랫동안 가두어놓다 보니, 지금은 친구에게 반발하는 고집덩어리로 변하고 만 것이다.

부드러운 손길이 목덜미에 닿은 것도, 자신이 깊이 잠든 거로 여기는 느낌도 괜찮았다. 동정 어린 손길이 불쾌하지 않았다. 손을 떼지 말고 가만히, 그냥 가만히 있어.

목덜미에 닿은 손길이 기분 좋은 추억을 다양하게 일으키고 루이사는 거기에 빠져들었다. 주변이 평온한 데다 누군가 지켜본다는 생각에 마음이 누그러지면서 두 눈에 눈물이 고였다. 상대편 얼굴이 자기 얼굴로 다가오는데, 거기에도 눈물이 고인 걸, 자신 때문에 흘리는 눈물이라는 걸 느낄 수 있었다.

루이사는 잠에서 깨어난 척하면서 일어나 앉고, 씨씨는 뒤로 물러나며 침대 곁에 가만히 섰다.

"저 때문에 깨어난 게 아니면 좋겠어요. 옆에 있어도 되는지 물어보러 왔거든요."

"옆에 있으려는 까닭이 뭐지? 여동생이 너를 찾을 거야. 여동생이 너를 꽤 좋아하거든."

루이사가 말하자, 씨씨가 얼굴을 흔들며 대답했다.

"그래요? 저는 아가씨에게도 그런 사람이 되고 싶어요, 가능하다면."

"뭐?"

루이사가 물었다. 엄한 어투다.

"그럴 수만 있다면 저는 어떤 식으로든 아가씨에게 꼭 필요한 사람이 되고 싶어요. 어떤 일이 있어도 최선을 다해서 그런 사람이 되고 싶어요. 그렇게 되는 게 아무리 힘들더라도 포기하지 않겠어요. 그러니 옆에 머물러도 되나요?"

"아버지가 그렇게 말하라고 너를 보냈구나."

"아니에요. 어르신은 이제 방으로 들어가도 된다고 말씀하신 게 전부예요. 하지만 오늘 아침에는 저에게 이 방에서 나가라고 했답니다…… 어차피……."

씨씨가 망설이다가 입을 다물자, 루이사가 탐색하는 눈으로 쳐다보며 물었다.

"어차피, 뭐?"

"저는 제가 이 방에서 쫓겨나는 게 최선이라고 생각했어요, 제가 여기에 있는 걸 보면 아가씨가 좋아할지 싫어할지 애매했거든요."

"지금까지 내가 너를 그렇게 싫어했니?"

"아니면 좋겠어요, 저는 아가씨를 항상 사랑하고, 아가씨가 그걸 알아주길 항상 원했거든요. 하지만 아가씨는 약간 변했어요, 이 집에서 나가기 직전에. 제가 그걸 이상하게 여긴다는 건 아니에요. 아가씨는 정말 많은 걸 알고 저는 아는 게 거의 없는 데다, 아가씨가 집을 떠나 낯선 곳으로 가게 되어서 그러는 건 너무 당연하니까 저는 불평할 것도 없고 마음에 상처를 입을 것도 없다고 생각했거든요."

씨씨가 급히 서둘러서 겸손하게 말하며 얼굴을 빨갛게 물들이고 루이사는 애정이 가득한 마음을 이해하니 마음이 아팠다.

"한 번 껴안아도 될까요?"

씨씨가 묻더니, 손을 과감하게 들어서 살짝 숙인 목덜미에 댔다.

루이사는 금방이라도 껴안을 것 같은 손을 내려서 자기 손으로 맞잡으며 물었다.

"다른 무엇보다, 씨씨, 너는 내가 어떤 사람인지 아니? 나는 나 자신은 물론 세상 모든 사람에게 너무 거만하고 너무 무정하고 너무 혼란스런 문제만 일으키고, 툭하면 성질부리면서 부당하게 구는 사람이야. 충동적이고 어리석고 사악한 사람이라고. 그런데도 너는 내가 역겹지 않니?"

"네!"

"나는 정말 불행한 사람이야. 행복하게 살아가는 데 필요한 건 모조리 파괴당하다가 이제 비로소 정신을 차린 사람이라면, 그래서 네가 생각하는 만큼 공부를 많이 한 게 아니라 극히 단순한 진실부터 다시 배워야 하는 사람이라면, 바람직한 장점을 갖추려고 그래서 모든 것에 만족하고 명예를 존중하며 평화롭게 살아가는 방법을 찾으려고 누구보다 간절하게 노력해야 하는 사람이라면, 그래도 너는 내가 역겹지 않겠니?"

"네!"

예전에 버림받은 소녀는 용감하면서도 순수한 애정과 헌신적인 정신이 넘쳐흐른 덕분에 아름다운 빛을 발산해서 다른 사람을 휘감은 어둠까지 밝혀주었다.

루이사는 씨씨가 자기 목을 껴안도록 손을 들어 올리고 자기 손으로 깍지를 꼈다. 그리곤 방랑하던 곡마단 아이에게 무릎을 꿇고 쓰러지며 매달려서 잔뜩 숭배하는 표정으로 올려다보며 울부짖었다.

"나를 용서해, 나를 불쌍히 여기고, 나를 도와줘! 내가 궁지에 처한 걸 동정하고 사랑스러운 가슴에 머리를 기대게 해줘!"

씨씨도 함께 울었다.

"아, 그래요, 여기에 기대세요! 여기에 기대세요, 우리 아가씨."

2장. 아주 엉뚱한 제안

제임스 하트하우스는 정신없는 상태에서 하루 밤낮을 허겁지겁 보낸 터라, 아무리 최고급 외알 안경을 낀 상류층 사람이라도 이런 제임스를 존경스럽고 익살스러운 국회의원 동생으로 알아볼 가능성은 거의 없을 것 같다. 그는 정말 정신이 없었다. 똑같은 말을 몇 번씩 강조하는 모습은 천박한 사람을 그대로 연상시켰다. 이해할 수 없는 방식으로 들락날락하는 모습은 아무런 목적도 없는 사람 같았다. 말을 모는 모습은 노상강도 같았다. 한마디로 말해서, 현 상황이 끔찍할 정도로 따분한 나머지 권위자가 처방한 방식대로 따분한 걸 이겨내야 한다는 자체를 잊어버린 게 분명했다.

그는 엎어지면 코 닿을 거리라도 되는 듯 폭풍우를 뚫고 말을 몰며 코크타운으로 달려와, 루이사가 오기만 밤새도록 기다리다 때때로 잔뜩 화나서 종을 울리고 심부름꾼을 불러대, 전갈이나 편지가 당연히 왔을 텐데 직무에 게을러서 제대로 전할 생각을 않는다고, 당장 내놓으라고 요구했다. 하지만 새벽이 오고 아침이 오고 한낮이 와도 편지나

전갈은 하나도 안 오니, 전원주택으로 대뜸 내려갔다. 하지만 거기에서 들은 소식에 의하면 바운더비 사장은 출타 중이고 바운더비 부인은 시내에 있었다. 지난밤에 갑자기 시내로 떠났는데, 하인들은 그런 사실조차 제대로 모르다가 당장으로선 안 돌아갈 것 같다는 전갈만 받았다는 것이다.

제임스 하트하우스가 이런 상황에서 할 수 있는 건 시내로 쫓아가는 게 전부다. 그래서 시내에 있는 바운더비 저택으로 찾아갔다. 바운더비 부인은 거기에도 없었다. 은행으로 찾아갔다. 바운더비 사장도 출타 중이고 스파싯 부인도 출타 중이다. 스파싯 부인이 출타 중이라고? 도대체 이런 괴물을 밖에서 만날 정도로 극단적인 변덕을 부릴 사람이 누구란 말인가!

톰은 이런 사실을 나름대로 불안하게 여길 독특한 까닭이 있는 사람답게 이렇게 대답했다.

"으음! 글쎄요, 나는 몰라요. 오늘 새벽 동틀 녘에 어딘가로 나갔어요. 스파싯 부인은 언제나 수상쩍은 게 나는 정말 싫어요. 안색이 백지장처럼 하얀 심부름꾼도 그렇고요. 두 눈을 깜빡이며 사람을 항상 감시하거든요."

"자네는 지난밤에 어디에 있었나, 톰?"

제임스 하트하우스가 묻자, 톰이 반발했다.

"지난밤에 어디에 있었느냐고요? 맙소사! 정말 대단하네요. 선생님을 기다렸잖아요, 생전 처음 겪는 폭우가 내릴 때까지. 내가 어디에 있었느냐는 말은, 선생님은 어디에 있었느냐는 말이 되겠네요!"

"나올 수 없었어…… 꼭 붙들려서."

"꼭 붙들렸다. 선생님이나 나나 꼭 붙들렸네요. 나는 선생님을 기다리느라 꼭 붙들린 채 수많은 기차를 보냈으니 말이에요. 그런 밤에 우편열차를 타고 내려가서 웅덩이를 건너며 전원주택으로 가면 참 재미있을 거예요. 결국엔 시내에서 잠잘 수밖에 없었지만 말이에요."

"어디에서?"

"어디요? 맙소사, 바운더비 은행 숙소에서요."

"누나를 보았나?"

"누나는 이십오 킬로미터 떨어진 거리에 있는데, 내가 어떻게 보겠어요?"

자신이 지금까지 친절하게 대한 젊은이가 성질을 부리며 반박하는 모습에 제임스 하트하우스는 속으로 욕설을 퍼부으며 인간이 상상할 수 있는 가장 간단한 방법으로 대화를 끝내더니, 이처럼 다양한 상황은 도대체 무엇을 의미하는지 백 번도 넘게 곰곰이 생각하고 또 생각했다. 하나는 확실했다. 루이사가 시내에 있든 시외에 있든, 정말 이해하기 힘든 여인에게 자신이 너무 성급하게 다가갔든 아니든, 루이사가 용기를 잃었든 아니든, 다른 사람에게 들켰든 아니든, 당장으로선 이해할 수 없는 불운이나 실수가 있었든 아니든, 자신은 새로운 운명에 맞닥뜨려야 한다는 사실이다, 그게 무어든. 어쨌든 호텔은 암흑지대로 가라는 저주를 받은 날부터 자신이 묵는 숙소며, 그래서 자신을 꼼짝없이 옭아맨 말뚝이었다. 나머지에 대해선…… 될 대로 되라지.

"그렇다면 적대적인 전갈이든, 밀회든, 회개하라는 항의서든, 바운더비와 진흙탕 싸움이든 – 현재로썬 이럴 가능성이 무엇보다 많은 것 같은데 – 나에게 닥칠 일을 기다리며 저녁 식사부터 해야겠어. 바운더비가 체중에서 훨씬 유리하잖아. 하지만 영국식 규칙을 정할 수도 있으니, 미리 연습하는 것도 나쁠 건 없겠지."

그래서 제임스 하트하우스는 종을 울리곤 소파로 몸을 아무렇게나 날리면서 "여섯 시 경에 넉넉한 저녁 식사…… 비프스테이크를 곁들여서"라고 주문한 다음, 중간에 낀 시간을 나름대로 잘 보냈다. 하지만 특별히 잘 보낸 건 아니다. 모든 게 엄청나게 혼란스런 상태에서 시간이 쭉쭉 흐르는 동안 상황을 파악할 징표는 하나도 안 나타나고 당혹감은 두 배로 늘었기 때문이다.

하지만 제임스 하트하우스는 인간에게 허용되는 선에서 현 사태를 최대한 차분하게 받아들였다. 싸움을 연습하는 우스꽝스러운 광경을 떠올리기도 했다. 한 번은 하품하면서 "웨이터에게 오 실링을 주고 내던지기 연습을 하는 것도 나쁘진 않겠어"라고 중얼거리기도 했다. 한 번은 '아니면 83kg에서 90kg 정도 나가는 사람을 한 시간 고용해서 연습하는 것도 괜찮겠다'는 생각도 떠올랐다. 하지만 마음 졸이는 오후에 이런 농담이 힘을 발휘할 순 없었다. 사실대로 말하자면, 시간과 걱정 모두 끔찍할 정도로 느리게 흘러갈 뿐이다.

저녁 식사를 들기도 전부터 툭하면 양탄자 문양을 따라 걷기도 하고 창문을 내다보기도 하고 방문에 귀를 대고 발소리를 듣기도 하다가 누군지 모를 발자국이 다가오기라도 하면 몸이 바싹 달아오르는 걸 피할 수 없었다. 하지만 저녁 식사를 마치고 날이 저물다가 황혼이 지고 깜깜한 밤으로 변해도 아무런 소식이 없을 때는 제임스 하트하우스 자신 표현대로 "종교재판을 받고 느긋하게 고문당하는" 기분까지 들었다. 하지만 무관심이야말로 상류사회의 진정한 가치라는 신념에 (자신이 지닌 유일한 신념에) 걸맞게, 이렇게 급한 상황에도 촛불과 신문을 주문했다.

신문을 읽으려고 삼십 여분이나 헛되이 노력할 때는 웨이터가 나타나더니 대뜸 사과하는 어투로 이상하게 말했다.

"실례합니다, 손님. 누가 만나고 싶다고 하십니다."

이런 표현은 경찰이 신사 차림 소매치기에게 하는 말이란 생각이 막연히 떠올라, 제임스 하트하우스는 벌컥 화내며 “만나고 싶다니” 도대체 무슨 말이냐고 물었다.

“실례합니다, 손님. 젊은 숙녀분이 바깥에서 손님을 뵙고자 청하십니다.”

“바깥? 어디?’

“바로 방문 앞입니다, 손님.”

제임스 하트하우스는 웨이터에게 악마나 잡아갈 멍청이라고 속으로 욕설을 퍼부으며 급히 복도로 나갔다. 젊은 여인 한 명이 있었다. 생전 처음 보는 여인이다. 옷차림은 수수해도 무척 차분하고 아름다웠다. 그래서 실내로 안내하고 촛불이 환한 곳으로 의자를 권하고 다시 쳐다보니, 처음 생각보다 훨씬 아름다웠다. 얼굴은 젊고 순수하며 표정은 놀라울 정도로 쾌활했다. 자신을 두려워하거나 당황한 기색은 조금도 없다. 자신의 안위보다 자신이 여기까지 찾아온 까닭을 훨씬 중요하게 여기며 집중하는 것 같았다.

“제임스 하트하우스 선생님이신가요?”

여인이 물었다. 단둘만 남은 직후다.

“그렇소.”

제임스 하트하우스가 대답하곤 속으로 덧붙였다.

‘그렇게 묻는 당신 눈은 어떤 눈보다 순수하고 그 목소리는 어떤 목소리보다 진지하고 차분하군.’

씨씨가 빨갛게 달아오른 얼굴로 입을 열기 시작했다.

“다른 문제에서 선생님이 신사로서 얼마나 명예롭게 행동하시는지 저는 이해할 수도 없고 실제로 이해도 못 하지만, 제가 여기에 찾아온 걸 비밀로 하고 제가 앞으로 할 말 역시 비밀로 할 거라는 사실은 믿어도 되겠다는 생각이 드네요. 제가 기꺼이 믿겠습니다, 그 정도는 믿어도 된다고 말씀하신다면……."

"그 정도는 믿어도 괜찮소."

"저는 이렇게 보시는 대로 어린 데다, 저는 이렇게 보시는 대로 혼자입니다. 선생님을 찾아온 건 누구에게 부탁을 받거나 누구와 상의한 게 아니라 저 혼자 판단한 결과입니다."

씨씨가 말하면서 올려다보는 시선을 제임스 하트하우스는 순간적으로 쫓아가는데, '혼자 많이 생각한 게 분명하군!' 하는 생각과 함께 '시작하는 말이 너무 이상해. 무슨 말이 나올지 모르겠어'라는 생각마저 떠올랐다.

"제가 조금 전까지 함께 있던 사람이 누군지 선생님은 벌써 짐작하셨을 겁니다!"

"지난 스물네 시간 동안 (스물네 해나 되는 것처럼 길게 느끼면서) 나는 어떤 부인을 생각하며 엄청난 걱정과 불안에 시달렸소. 당신이 그 부인과 함께 있다가 왔다는 희망이 가슴속에서 피어오르는데, 틀린 건 아닌 것 같소."

"한 시간 전까지 함께 있다가 왔습니다."

"어디에서?"

"부인 친정집에서요."

제임스 하트하우스는 차분한 상태를 유지하는데도 얼굴이 저절로 찡그려지고 당혹감은 늘어났다. '대화 내용이 어디로 흘러갈지 정말 모르겠군' 하는 생각도 들었다.

"부인은 어젯밤에 허겁지겁 도착했습니다. 몹시 흥분한 상태인 데다 밤새도록 인사불성이었습니다. 저는 지금도 그 댁에서 살고, 예전에는 부인도 함께 살았습니다. 선생님께서는 살아평생에 부인을 두 번 다시 못 만난다고 생각하시는 게 좋습니다."

제임스 하트하우스는 숨을 기다랗게 들이켰다. 사람이 무슨 말을 해야 좋을지 모를 때가 있다면 바로 지금이라는 생각이 들었다. 자신을 찾아온 사람이 말하는 자세는 어린애처럼 솔직하고 겸손하지만 두려움을 모르고, 모든 계략을 외면할 정도로 정직하고, 자기 자신을 완전히 잊어버린 채 오로지 찾아온 목적 하나에 진지하고 차분하게 매달리는데, 이런 모든 자세가 자신이 너무 쉽게 내뱉은 약속에 대한 - 생각만 해도 창피한 약속에 대한 - 믿음과 어우러지며, 생전 경험하지 못한, 그래서 자신이 평소에 즐겨 사용하던 무기를 모조리 무력하게 만드는 독특한 분위기를 연출했다. 어떤 말로도 궁지에서 빠져나올 수 없는 분위기였다. 하지만 마침내 입을 열었다.

"그렇게 놀라운 소식을 이렇게 자신만만하게 그것도 당신 같은 사람 입으로 듣다니, 정말 극도로 당혹스럽군요. 지금 우리가 말하는 부인이 당신에게 이렇게 절망적인 소식을 전하라는 임무를 부여했는지 물어도 되겠소?"

"부인께서 지시하신 건 하나도 없습니다."

"물에 빠진 사람은 지푸라기라도 잡는 법이오. 당신 판단을 무시하거나 당신의 정직성을 의심하는 건 아니지만, 부인께서 영원한 추방령을 내린 건 아니니까 나로선 아직은 희망이 있다는 믿음에 매달리고 싶구려."

"그런 희망은 조금도 없습니다. 제가 여기에 찾아온 첫 번째 목적은 선생님께서 부인과 두 번 다시 만날 희망이 없다는 사실을 확실히 믿도록 하는 겁니다. 부인이 어젯밤에 친정집에 오신 직후에 사망해서 그럴 희망 자체가 사라진 것처럼 말입니다."

"확실히 믿도록 하는 것이다? 하지만 그럴 수 없다면…… 천성이 병적으로 고집스럽다면…… 그래서 안 믿겠다면……"

"그래도 사실입니다. 희망은 없습니다."

제임스 하트하우스는 입가에 회의적인 미소를 머금으며 가만히 쳐다보았다. 하지만 씨씨는 마음의 눈으로 그 너머를 바라보는 터라 그런 미소조차 소용이 없었다. 결국, 제임스 하트하우스는 입술을 깨물며 곰곰이 생각하다가 말했다.

"으음! 나름대로 온갖 고통과 수고를 감수하다가 이렇게 씁쓸하게 거부당하면 불행하게 보일 순 있겠지만 내가 부인을 괴롭히는 일은 결코 없을 것이오. 하지만 당신은 부인에게 지시받은 것 역시 하나도 없다고 했지요?"

"저에게 이런 지시를 내린 건 오직 하나, 저도 부인을 사랑하고 부인 역시 저를 사랑하는 마음입니다. 제가 믿는 건 부인이 친정집으로 오신 이후로 제가 쭉 함께 있었다는 사실, 그리고 속내를 저에게 모두 털어놓았다는 사실밖에 없습니다. 또 굳이 믿는 게 있다면 부인의 성격과 부인의 결혼에 대해 제가 많은 걸 안다는 사실입니다. 아, 제임스 하트하우스 선생님에게도 그런 믿음이 있으시겠지요?"

심장이 빠져나간 자리에 – 큰소리로 내쫓지 않았다면 천상의 새가 살았을 게 분명하지만, 지금은 썩은 알만 남은 둥지에 – 자신을 나무라는 소리가 날아와서 아프게 꽂혔다. 그래서 이렇게 대답했다.

"나는 도덕을 중시하는 유형도 아니고 도덕적으로 살아가는 척 꾸민 적도 없소. 나는 필요한 만큼 부도덕한 사람이오. 하지만 우리가 현재 거론하는 부인을 내가 어렵게 만들었다는 점에서, 불행하게도 부인의 명예를 어떤 식으로든 떨어뜨렸다는 점에서, 내가 부인에게 속마음을 드러낸 것 때문에 가정의 화목이 결정적으로 깨져나갈 수도 있다는 – 실제로 그렇게 되었다는 – 점에서, 부인 아버지는 기계 같고 남동생은 건달 같고 남편은 곰 같다는 사실을 어떤 식으로든 이용했다는 점에서,

특별히 어떤 악의가 있어서 그런 게 아니라 한 단계에서 다음 단계로 악마처럼 완벽하고 부드럽게 넘어가다 보니 그렇게 되었다는 사실을, 구체적으로 들여다보기 전까지 내용 자체가 이렇게 심각하게 발전할 거란 생각을 조금도 못했는데 실제로 보니 상상을 초월할 정도였다는 사실을 알아주길 바랄 뿐이오."

제임스 하트하우스는 이런 이야기를 평소처럼 경솔한 어투로 말하는데도 이번만큼은 추악한 표면을 의식적으로 깨끗하게 닦아낸 것 같았다. 그리곤 잠시 침묵하다가 다시 말할 때는 훨씬 차분한 어투였다. 하지만 잔뜩 실망하고 분노한 흔적까지 닦아낼 순 없었다.

"조금도 의심할 수 없는 이야기를 흔치 않게 솔직담백한 방식으로 지금 막 들으니, 당신 말대로 부인이 신뢰하는 분에게 나 역시 고백해야 할 것 같소, 나로선 앞으로 그분과 (예기치 않은 방식으로) 만날 가능성까지 부정할 순 없다는 사실을. 상황이 이렇게 된 건 전적으로 내 탓이나…… 그래도…… 그래도……"

제임스 하트하우스가 총괄적으로 결론 내릴 말을 열심히 찾으며 덧붙였다.

"내가 앞으로 도덕적인 인간이 되겠다거나 도덕적인 인간을 믿겠다는 말은 못 하겠소."

씨씨는 아직도 부탁할 말이 남은 표정이었다. 그래서 고개를 들고 쳐다볼 때 제임스 하트하우스가 다시 말했다.

"첫 번째 목적을 말했으니, 이제 두 번째 목적을 언급할 것 같구려."

"그렇습니다."

"그렇다면 마저 언급하겠소?"

제임스 하트하우스가 하는 말에, 씨씨는 상대를 완전히 굴복시키겠다는 자세로, 그래서 상대는 자신이 원하는 대로 할 수밖에 없다는 어투로 다정하면서도 단호하게 대답하며 상대를 완벽한 궁지에 몰아넣었다.

"제임스 하트하우스 선생님, 이제 선생님은 당장 여기를 떠나서 두 번 다시 안 오는 방법으로 벌충하셔야 합니다. 선생님이 저지른 잘못과 해악을 다른 방법으로 줄일 수 없다고 저는 확신합니다. 바로 그게 지금 선생님 능력으로 할 수 있는 유일한 보상이라고 저는 확신합니다. 그 정도로 충분하다고 볼 순 없겠지만, 최소한으로 필요한 조치는 될 겁니다. 따라서 저는, 저에겐 선생님에게 말씀드린 이상의 권한도 없고 선생님과 저를 제외한 누구도 이 사실을 모르지만, 선생님이 오늘 밤에 여기를 떠나시길, 그래서 다시는 안 돌아오시길 부탁합니다."

자신이 한 말은 진실이며 극히 옳다는 소박한 믿음 이상으로 씨씨가 영향력을 행사했더라면, 씨씨가 조금이라도 흔들리거나 회의하는 느낌을 숨겼더라면, 혹은 바람직한 결과를 도출하기 위해 어느 한 부분을 축소하거나 특별히 강조했더라면, 상대가 깜짝 놀라거나 어이없게 받아들이거나 조롱할 수도 있다는 사실에 조금이라도 신경 쓰는 흔적을 드러내거나 느꼈더라면, 제임스 하트하우스는 그걸 빌미로 반발할 가능성이 컸다. 하지만 깜짝 놀란 표정으로 바라본다고 맑은 하늘을 바꿀 수 없듯, 씨씨 역시 마찬가지였다. 그래서 극히 당혹스런 표정으로 물었다.

"지금 당신이 얼마나 심한 요구를 하는 건지 아시오? 당신은 내가 여기에 공적인 업무로 왔으며, 터무니없는 일이긴 하지만, 나는 헌신적으로 노력하며 최선을 다하기로 맹세하고 여기에 뛰어들었다는 사실을 모르시오? 행여나 당신이 그걸 모른다면, 내가 분명히 말하는데 그건 엄연한 사실이오."

사실이든 아니든 씨씨에겐 아무런 효과도 없었다. 그래서 제임스 하트하우스는 미심쩍은 표정으로 실내를 한두 차례 왔다 갔다 하다가 다시 말했다.

"게다가 그건 정말 어이가 없을 정도로 엉뚱한 방식이오. 공적인 업무로 여기에 뛰어들었다가 이렇게 애매한 까닭으로 빠진다면 사람 꼴이 얼마나 우습겠소?"

"선생님 능력으로 벌충할 방법은 그것밖에 없다고 확신합니다. 저에게 그런 확신이 없다면 애초에 여기에 오지도 않았을 겁니다."

제임스 하트하우스가 씨씨 얼굴을 힐끗 쳐다보더니, 다시 이리저리 걸으며 중얼거렸다.

"아, 아, 뭐라고 말해야 좋을지 조금도 모르겠군! 이건 너무나 어이가 없어!"

이제 비밀을 지켜야 할 필요성은 제임스 하트하우스에게 넘어오고 말았다. 그래서 다시 걸음을 멈추고 벽난로 선반에 등을 기대면서 말했다.

"내가 그렇게 어이없는 짓을 하려면 비밀을 절대적으로 지킨다는 확신이 필요하오."

"저는 선생님을 믿습니다. 그러니 선생님도 저를 믿으십시오."

씨씨가 대답하고, 제임스 하트하우스는 벽난로 선반에 몸을 가만히 기대니, 건달이 옆에 있던 밤이 떠올랐다. 당시에 자신이 기댄 바로 그 벽난로 선반인데, 왠지 오늘 밤에는 자신이 건달로 변한 느낌이 들었다. 그런데도 다른 방법이 안 보였다. 그래서 바닥을 내려다보고 천장을 올려다보다가 웃고 찡그리다가 멀리 가고 다시 돌아오다가 말했다.

"나보다 우스꽝스러운 처지에 빠진 사람은 어디에도 없을 거요. 하지만 다른 방법이 안 보이는구려. 될 대로 되라. 이번에도 어떻게든 되겠지. 내가 떠나야 할 것 같군…… 좋소, 그러겠다고 약속하오."

씨씨가 일어났다. 지금 나타난 결과에 놀란 기색은 전혀 없지만, 행복한 표정이 얼굴에 환하게 빛났다.

"여성이든 남성이든 다른 사람이 찾아왔다면 과연 이만큼 성공했을까 의심스럽다는 말을 하고 싶소. 내가 아주 우스꽝스러운 처지에 빠진 건 물론이고 모든 점에서 완전히 패했다는 생각이 드는구려. 적장이 사용하는 이름을 가슴에 담는 특권을 나에게 허용하시겠소?"

"제 이름이요?"

"오늘 밤에 내가 알고 싶은 유일한 이름."

"씨씨 주프에요."

"헤어지는 시점에서 호기심이 이는 걸 용서하시오. 그 집 가족이나 친척이시오?"

"저는 불쌍한 계집아이일 뿐이에요. 아버지랑 헤어진 다음부터 - 아버지는 여기저기 떠도는 곡마단원인데 - 그래드그라인드 선생님이 불쌍하게 여기신 덕분에 그 집에서 산답니다."

그리고 씨씨는 떠났다.

제임스 하트하우스는 한동안 꼼짝도 않다가 모든 걸 체념한 분위기로 소파에 풀썩 주저앉으며 중얼거렸다.

"패배를 마무리하는 데 결정타가 필요했던 거야. 이제 패배하는 과정 자체도 완벽하게 끝냈어. 불쌍한 계집아이에게…… 여기저기 떠도는 곡마단원에게…… 제임스 하트하우스가 허무하게 무너졌어…… 실패를 상징하는 거대한 피라미드처럼."

거대한 피라미드가 떠오르는 순간에 나일 강을 거스르며 올라가고 싶은 생각이 떠올랐다. 그래서 당장 펜을 집어 들어 형에게 (둘만 아는 상형문자로) 편지를 썼다.

친애하는 형, 코크타운 일은 모두 끝났어. 여기가 너무 지겨우니 낙타나 타러 가야겠어. 사랑해. 제임스.

그리곤 종을 울렸다.

"하인을 부르게."

"잠자리에 들었습니다, 나리."

"일어나서 짐을 꾸리라고 하게."

제임스 하트하우스는 편지 두 통을 더 썼다. 하나는 바운더비 사장에게, 하나는 그래드그라인드 선생에게 보내는 편지인데, 자신이 이 지방을 완전히 떠난다는 사실과 향후 보름 동안 머물 주소를 알리는 내용이다. 그래서 수취인 주소와 성명을 적은 잉크가 마르자마자, 코크타운 높은 굴뚝을 뒤로하고 떠나서 열차에 몸을 싣고 새까만 풍경을 돌아보다가 눈물을 흘렸다.

제임스 하트하우스가 도덕적인 인간이라면 자신이 이렇게 곧바로 떠난 걸 무언가 벌충하는 의미로, 그리고 몹시 나쁜 일이 절정으로 치닫기 전에 피신한 거로 여기며 나중에는 기분 좋게 받아들일 거라고 생각할 게 분명하다. 하지만 현실은 완전히 달랐다. 실패해서 우스꽝스러운 처지가 됐다는 은밀한 감정에 – 자신과 비슷한 일을 벌이던 사람들이 이런 사실을 알면 어떤 험담을 늘어놓을까 하는 두려움에 – 너무 심하게 억눌린 나머지, 인생 최고의 순간을 아무리 애써도 결코 소유할 수 없는 순간이자 생각할수록 창피한 순간으로 받아들이고 말았다.

스파싯 부인은 심한 감기에 걸려서 제대로 말할 수도 없고 당당한 풍채는 재채기에 끊임없이 시달리느라 금방이라도 쓰러질 것처럼 보이면서도 자신의 후원자를 굳세게 추적하더니 마침내 런던에서 찾아냈다. 그래서 성 제임스 거리에 있는 호텔로 당당하게 쳐들어가, 자신이 몸에 지닌 폭발물을 그대로 터트리고 말았다. 그리곤 극히 고결한 임무를 멋들어지게 수행하자마자 바운더비 사장 외투 목깃을 잡고 그대로 기절했다.

바운더비 사장이 제일 먼저 내린 조치는 스파싯 부인을 떼어내고 바닥에 그대로 쓰러뜨려서 고통스러운 단계를 다양하게 거치도록 한 것이다. 그런 다음에는 엄지손가락을 비틀고 두 손을 강하게 때리고 얼굴에 물을 뿌리고 입에 소금을 넣는 등, 회복요법을 매우 강력하게 시행했다. 이렇게 배려한 덕분에 스파싯 부인이 (순식간에) 정신을 차리자, 바운더비 사장은 기운을 차리도록 돕는 대신 급행열차에 급히 밀어 넣고 코크타운으로 데려오니, 스파싯 부인은 산 사람이 아니라 산 송장에 가까웠다.

여행을 마치고 목적지에 도달한 순간, 스파싯 부인은 폐허로 변한 유적지처럼 흥미진진한 장면을 연출했다. 하지만 다른 각도에서 바라보면 지금까지 엄청나게 시달린 터라 귀부인다운 모습은 어디에서도 찾아볼 수 없었다. 그래도 바운더비 사장은 스파싯 부인의 차림새와 건강이 완전히 망가졌다는 사실을 완벽하게 외면한 채, 불쌍할 정도로 애처로운 재채기에도 굴복하지 않고, 마차에 재빨리 쑤셔 넣어 '돌 저택'으로 황급히 달렸다. 그래서 늦은 밤인데도 장인 방으로 갑자기 뛰어들면서 소리쳤다.

"여보시오, 장인, 여기에 부인이 왔소…… 스파싯 부인…… 장인도 스파싯 부인을 알 거요…… 말문이 막힐 정도로 기막힌 소식을 전하겠다 하오."

그래드그라인드 선생은 유령 같은 모습에 깜짝 놀라며 소리쳤다.

"내가 보낸 편지를 못 받았군!"

"장인이 보낸 편지를 못 받았다니! 지금은 편지 얘길 할 때가 아니오. 코크타운의 조사이아 바운더비 마음이 지금 이런 상태에서 누구도 편지 얘기를 꺼낼 순 없소."

바운더비가 소리치자, 그래드그라인드 선생은 부드럽게 나무라는 어투로 대답했다.

"바운더비, 내가 말하는 편지는 매우 특별한 편지라네, 루이사에 대한."

그러자 바운더비는 탁자를 손바닥으로 몇 차례 힘껏 내려치며 말했다.

"장인, 내가 말하는 건 매우 특별한 전갈이오, 루이사에 대한. 스파싯 부인, 앞으로 나오시오!"

부인이 앞으로 나오더니, 목이 잔뜩 부어서 목소리는 하나도 안 나오고 고통스러운 몸짓만 내보이며 증언하려고 애쓰는데 갈수록 힘들어져서 얼굴만 심하게 찡그린 나머지, 바운더비 사장이 더는 못 견디고 스파싯 부인의 팔을 붙잡고 흔들며 소리쳤다.

"부인이 말할 수 없다면 내가 하리다. 지금은 아무리 지체 높은 친척을 둔 부인이라도 자갈을 삼킨 것처럼 무슨 말인지 알아들을 수 없는 목소리로 나설 때가 아니오. 장인, 따님이 장인의 소중한 신사 친구 제임스 하트하우스 선생하고 은밀하게 나누는 대화를 스파싯 부인이 최근에 우연히 들었소."

"정말!"

그래드그라인드가 깜짝 놀라자, 바운더비가 소리쳤다.

"그렇소! 정말! 그런데 두 사람이 나눈 대화에서……"

"대화 내용을 되풀이할 필요는 없네, 바운더비. 어떤 내용인지 아니까."

그래드그라인드가 말하자, 바운더비는 차분하고 침착하게 말하는 장인을 험하게 노려보며 말했다.

"그래요? 그렇다면 지금 따님이 어디에 있는지도 알겠구려!"

"당연하지. 지금 여기에 있네."

"여기?"

"친애하는 바운더비, 제발 부탁이니 시끄럽게 소란 떨지 말고 진정하게. 루이사는 여기에 있네. 루이사는 자네가 말한 사람이자 내가 자네에게 소개한 걸 나 역시 깊이 후회하는 사람하고 대화를 끝내자마자 여기로 급히 달려왔네, 보호를 받으려고. 나 자신이 집에 온 지 몇 시간 안 될 때 루이사가 갑자기 뛰어들었네…… 여기, 이 방으로. 열차를 타고 시내로 급히 온 다음에 시내에서 폭풍우를 헤치며 급히 뛰어오느라 미친 듯한 모습으로 나타났네. 물론 루이사는 그때 이후로 계속 여기에 있었네. 자네 자신과 딸아이를 위해 부탁하니, 제발 진정하게."

바운더비 사장은 주변을 말없이 둘러보는데, 스파싯 부인이 있는 쪽만 외면했다. 그러다가 스캐저스 귀부인 조카딸을 갑자기 쳐다보며 가엾은 여인에게 소리쳤다.

"이제, 부인! 어떤 식으로든 부인이 적절하다고 생각하는 변명을 들으면 좋겠구려, 황당무계한 이야기 때문에 짐도 제대로 못 꾸리고 급행열차에 올라서 급히 내려온 것에 대해."

"사장님에게 봉사하느라 신경이 흔들리고 건강 역시 심하게 해쳤으니, 지금 당장은 눈물 속으로 도피하는 수밖에 없겠네요."

스파싯 부인이 속삭이다가 눈물을 흘리자, 바운더비가 말했다.

"으음, 부인, 좋은 가문 출신 여성에게 결례를 범하지 않는 건 매우 중요하겠지만, 그래도 이런 말은 덧붙여야 하겠소, 도피할 수단은 그것 말고 또 있는 것처럼 보인다고, 한마디로 마차가 있다고 말이오. 우리가 여기까지 타고 온 마차가 대문 앞에 있으니, 내 손을 잡고 내려가서 은행으로 가는 게 좋겠소. 거기에서 부인이 할 수 있는 최선의 방책은 견딜 수 있는 선에서 가장 뜨거운 물에 두 발을 담근 다음에 잠자리에 들어서 뜨겁게 데운 럼주 한 잔을 버터와 함께 마시는 거요."

이 말과 함께 바운더비 사장은 훌쩍거리는 여인에게 오른손을 내밀곤 끊임없이 해대는 재채기에 시달리며 문제의 마차로 안내하더니, 곧이어 혼자서 돌아왔다.

"나에게 얘기할 게 있다는 표정이 얼굴에 그대로 나타나니, 장인, 이제 마음껏 하시오. 하지만 지금 나는 그리 기분 좋은 상태가 아니라는 사실을 솔직하게 털어놓겠소. 이런 일은 그 자체로 불쾌한 데다, 코크타운의 조사이아 바운더비는 마누라에게 마땅히 받아야 할 대접을 장인 따님에게 제대로 고분고분하게 받아본 적이 한 번도 없다고 생각하기 때문이오. 나에겐 이런 의견이 있다면 당연히 장인에게도 의견이 있겠지요. 하지만 오늘 밤에 내 앞에서 솔직하게 얘기하지 않으려면 아예 안 하는 게 좋을 거요."

그래드그라인드 선생은 최대한 부드럽게 행동하는 반면에 바운더비 사장은 모든 점에서 최대한 딱딱하게 행동하려고 애쓴다는 사실이 한눈에 보였다.

"친애하는 바운더비."

그래드그라인드가 입을 열자마자 바운더비가 가로채며 반박했다.

"미안하지만 친애하는 사이가 되고 싶은 마음은 없소. 지금 당장은. 내가 어떤 사람과 친애하는 사이가 되면 상대편은 그때부터 대체로 나를 속여먹으려고 드니 말이오. 나는 지금 장인에게 예의 바르게 말하지 않소. 하지만 장인도 잘 알다시피 나는 예의 바른 사람이 아니오. 예의 바른 사람은 다른 데서 찾으시오. 신사 친구가 많으니, 그 사람들이라면 장인이 원하는 만큼 예의 바르게 행동할 것이오. 하지만 나는 그런 것과 거리가 먼 사람이오."

"바운더비, 우리는 누구나 실수할 가능성이 크니……"

그래드그라인드가 말하는데 바운더비가 또 끼어들었다.

"나는 장인이 실수 같은 걸 안 하는 줄 알았소."

"나도 그렇게 생각했네. 하지만 우리는 누구나 실수할 수 있으니, 제임스 하트하우스 역시 마찬가지란 사실을 자네가 이해한다면 나는 자네 마음이 정말 자상하다 생각하고 고맙게 여기겠네. 하지만 자네와 대화하면서 그 사람을 자네와 친밀하고 다정한 사이로 연관 지을 생각은 없네. 그러니 자네 역시 그 사람을 나와 관련짓지 않기를 바라네."

"나는 그 사람 이름조차 언급한 적이 없소!"

바운더비가 소리치자, 그래드그라인드는 꾹 참으며 유순한 분위기로 "아, 아!" 하고 한탄하더니, 그대로 앉아서 곰곰이 생각하다가 다시 입을 열었다.

"바운더비, 나는 우리가 루이사를 지금까지 과연 제대로 이해한 적이 있는지 궁금한 생각이 드네."

"우리라니, 무슨 뜻이오?"

거친 어투로 불쑥 튀어나온 질문에 그래드그라인드는 곧바로 대답했다.

"그렇다면 나라고 해두세. 나는 과연 루이사를 지금까지 제대로 이해한 적이 있는지 의심스럽다네. 루이사를 교육한 방식이 정말 올바른지도 의심스럽고."

"제대로 말했소. 그건 나도 전적으로 공감하오. 장인도 마침내 그 사실을 깨달았군, 그렇지 않소? 교육! 교육이 뭔지 내가 알려주겠소. 교육이란 다짜고짜 문밖으로 나뒹굴다가 매질을 잔뜩 당하는 거요. 바로 그게 내가 말하는 교육이오."

바운더비가 말하자, 그래드그라인드 선생이 극히 겸손한 어투로 나무랐다.

"그런 시스템에 어떤 장점이 있는지 모르겠지만, 여자애 일반에게 적용할 순 없다는 사실을 자네도 잘 알잖나."

"나는 조금도 모르겠소, 장인."

바운더비가 고집스럽게 대답하자, 그래드그라인드 선생이 한숨을 내쉬며 말했다.

"으음, 우리는 지금 문제를 키우려는 게 아니야. 자네에게 분명히 말하겠는데, 나는 말싸움하고 싶은 마음이 조금도 없어. 나는 내가 잘못한 걸 고치고 싶을 뿐이야, 그럴 수 있다면. 그리고 바운더비, 자네가 좋은 기분으로 도와주길 바라네, 지금 나는 굉장히 힘든 상태니까."

하지만 바운더비는 여전히 고집스러운 어투로 대답했다.

"도대체 무슨 말을 하는지 알아들을 수 없으니, 나로선 뭐라고 약속을 못 하겠소."

그러자 그래드그라인드 선생은 상대를 달래려는 어투로 매우 침울하게 말을 이어나갔다.

"나는 지난 몇 시간 사이에 수많은 세월보다 많은 걸, 친애하는 바운더비, 루이사 성격에 대해서 깨달은 것 같네. 루이사가 고통스럽게 알려주었으니, 내가 스스로 깨우쳤다고 할 수도 없겠군. 내 생각엔, 바운더비, 내가 말하는 걸 들으면 자네도 놀랄 텐데, 루이사에게는 약간 이상한 기질이 있고 우리는 지금까지 그걸 잔인하게 외면한 것 같네. 그래서 자네에게 제안하겠는데, 루이사 스스로 바람직한 본성을 회복하도록 한동안 놔둔다면, 그래서 그걸 발전시켜 나가도록 친절하게 배려한다면, 우리가 모두 행복하게 되는 데 더할 나위 없이 바람직할 것 같네."

그러더니 한 손으로 얼굴을 가리며 덧붙였다.

"루이사는 처음부터 지금까지 내가 제일 좋아하는 아이라네."

바운더비는 이 말을 듣는 순간에 거센 바람이 몰아치는데, 얼굴은 빨갛게 달아오르고 감정은 북받쳐서 금방이라도 발작할 것 같았다.

"루이사를 잠시 데리고 있겠다는 뜻이오?"

"나는…… 나는, 친애하는 바운더비, 어차피 루이사가 여기까지 온 김에 잠시 머물면서 씨씨에게 (시실리아 주프 말이네) 보살핌을 받도록 하자고 자네에게 제안할 작정이었네. 씨씨는 루이사를 잘 알고 루이사는 씨씨를 신뢰하거든."

그러자 바운더비가 두 손을 주머니에 찌르고 일어나며 말했다.

"지금까지 하는 말을 듣자 하니, 장인, 나와 바운더비 부인은 흔한 말로 성격이 안 맞는다는 뜻인 것 같구려."

"내가 두려워하는 건 루이사는…… 루이사는 내가 연결한 거의 모든 사람과 성격이 안 맞는 것 같다는 사실이네."

루이사 아버지가 슬픈 어조로 대답하자, 바운더비는 빨갛게 달아오른 얼굴로 두 다리를 벌리고 서서 두 손을 주머니에 더 깊이 찌르고, 바람이 사납게 몰아치는 건초용 풀밭처럼 머리칼을 곤두세우며 싸우듯 말했다.

"여보시오, 장인. 지금까지 장인은 자신이 할 말을 했으니 이제부터 나는 내가 할 말을 하겠소. 나는 코크타운 사람이오. 나는 코크타운의 조사이아 바운더비요. 나는 이 도시에 대해서 벽돌 한 장까지 알고, 이 도시에서 어떤 일이 어떻게 돌아가는지 속속들이 알며, 이 도시 굴뚝을 모두 알고, 이 도시에서 흘러나오는 연기를 모두 알고, 이 도시에서 일하는 일손을 모두 아오. 나는 이 모든 걸 너무나 잘 아오. 모든 게 실재하는 존재요. 그런 나에게 상상력이 필요하다고 말하는 사람이 있으면 나는 언제나 무슨 말인지 알겠다고 대답하오, 그 사람이 누구든. 그건 황금 숟갈에 자라 수프와 사슴고기를 먹고 말 여섯 마리가 끄는 화려한 마차를 타고 싶다는 뜻이니 말이오. 지금 당신 따님이 원하는 건 바로 그거요. 그런데 장인은 따님이 원하는 걸 해줘야 한다는 의견이니, 기꺼이 그렇게 하시오. 나는 절대로 그렇게 할 수 없으니 말이오."

"바운더비, 내가 호소하면 자네가 다른 식으로 나올 줄 알았네."

"잠깐만. 장인은 장인이 할 말을 다 했소. 그리고 나는 다 들어주었소. 그러니 이번에는 내가 하는 말을 끝까지 들으시오. 일관성이 없는 것도 그런데 공평성까지 잃지 않도록 하시오. 톰 그래드그라인드가 현재와 같은 처지로 추락한 모습을 보는 것도 안타까운데, 그렇게 바닥까지 떨어지는 모습을 보면 곱으로 안타까우니 말이오. 장인이 말한 바에 따르면 장인 따님과 나는 어떤 식으로든 성격이 안 맞소. 내가 거기에 대해서 대답할 터이니, 잘 듣도록 하시오. 그렇소, 한마디로 말해서 당신 따님은 남편이 훌륭하단 사실을 깨닫고 이런 남편과 결혼할 걸 영광으로 알아야 하는데 그런 기색이 전혀 없으니, 성격이 안 맞는다는 사실은 의심할 여지가 없소. 솔직히 말해서 나는 그렇게 생각하오."

"바운더비, 그건 말도 안 되는 소리야."

"그래요? 장인이 그렇게 말하니까 정말 기분이 좋군. 새로운 시각을 갖춘 장인이 내가 한 말을 부당하다고 하는 건 극히 타당하단 뜻이니 말이오. 괜찮다면 계속하리다. 장인은 내가 어떤 출신인지 잘 아오. 장인은 나에게 오랫동안 구두 한 짝 없어서 구둣주걱 같은 걸 쓸 일 자체가 전혀 없었단 사실도 아오. 하지만 믿거나 말거나 상관없는데, 나를 전적으로 숭배하는 귀부인도 - 뼈대 있는 가문 출신 귀부인도 - 여기저기에 있소."

바운더비가 이런 말을 장인 머리에 로켓처럼 발사하면서 계속 쏘아 붙였다.

"하지만 장인 따님은 귀부인을 쫓아오려면 멀었소. 그건 장인 자신이 잘 아오. 그런데 나는 그런 걸 조금도 신경 쓰지 않는다는 사실 역시 장인은 잘 알 것이오. 하지만 사실은 사실이니, 장인이 그걸 바꿀 순 없소. 내가 이런 말을 무엇 때문에 하겠소?"

그래드그라인드 선생이 나지막한 어투로 대답했다.

"나에게 자비를 베풀려는 건 당연히 아니겠지."

"내가 하는 이야기를 끝까지 듣고, 차례가 돌아오기 전까진 끼어들지 마시오. 내가 이런 말을 하는 까닭은 지체 높은 친척을 둔 귀부인들은 당신 딸이 아무런 생각 없이 하는 행동을 보고 깜짝 놀라기 때문이오. 내가 참고 견디는 걸 참 이상하게 여기기 때문이오. 그런데 이제 내 눈에도 이상하게 보이니, 앞으로 더는 안 참을 생각이오."

"바운더비, 오늘 밤은 자네나 나나 말을 적게 하는 게 좋겠네."

그래드그라인드 선생이 말하며 일어나자, 바운더비가 반박했다.

"아니, 오늘 밤에는 우리가 말을 많이 할수록 좋겠소."

바운더비가 말하더니, 가만히 생각하다가 덧붙였다.

"일단 내가 하려는 말을 모두 하면 얘기가 곧바로 끝나도 나는 상관

없다는 뜻이오. 그래서 단순명쾌하게 묻겠는데, 조금 전에 그렇게 제안한 까닭이 뭐요?"

"무슨 제안 말인가, 바운더비?"

"여기에 머물게 하자는 제안 말이오."

바운더비가 대답하며 건초용 풀밭을 억세게 흔들었다.

"루이사가 여기에서 충분히 쉬며 곰곰이 생각할 시간을 자네가 좋게 받아들이고 허락하길 바란다는 뜻이네. 그러면 다양한 측면에서 좋은 방향으로 조금씩 나아갈 수 있을 거야."

"성격이 다르다는 장인 생각이 좋아지는 쪽으로 말이오?"

"그렇게 말할 수도 있겠지."

"어째서 그렇게 생각하시오?"

"앞에서 말한 대로, 지금까지 나는 루이사를 제대로 몰랐던 것 같아. 루이사가 방향을 올바로 잡도록 훨씬 나이 많은 자네가 도와주어야 한다는 게 너무 심한 요구인가, 바운더비? 자네는 루이사를 책임지겠다고 했어, 좋을 때나 궂을 때나……"

바운더비 사장은 자신이 스티븐 블랙풀에게 한 말을 그대로 들어야 한다는 사실에 화나서 재빨리 가로막으며 소리쳤다.

"그 정도만 하시오! 그런 말까지 듣고 싶지 않으니까. 내가 루이사를 어떻게 해야 하는지는 나도 잘 아오, 적어도 장인만큼은. 그러니 내가 루이사를 어떻게 하든 신경 쓰지 마시오, 내가 할 일은 내가 알아서 할 테니."

"내가 하려는 말은, 바운더비, 우리 모두 어느 정도 틀릴 수 있으며 자네도 예외는 아니라는 것, 그리고 자네가 수락한 책임을 기억하고 일정하게 양보하는 건 극히 친절한 행동이기도 하지만 루이사에게 갚아야 할 빚일 수도 있다는 거야."

바운더비가 거세게 반발했다.

"나는 생각이 다르오. 이번 일은 내 생각대로 처리하겠소. 장인이랑 다투고 싶은 마음은 없소. 사실대로 말하자면, 이런 문제로 다투는 건 내 명성에 안 어울리는 것 같소. 장인 신사 친구야 어디든 가고 싶은 데로 가면 그만이겠지. 그자가 나타나면 나는 내 마음을 말할 것이고, 그자가 안 나타나면 나는 아무 말도 안 할 것이오. 신경 쓸 가치도 없으니 말이오. 하지만 당신 따님은, 내가 바운더비 부인으로 만들었지만 애초에 결혼하지 않는 게 훨씬 좋을 수 있는 따님은, 내일 정오 열두 시까지 집에 안 들어오면, 나는 따님이 집에 들어올 생각이 없는 거로 받아들이고 옷가지 등을 모두 싸서 보낼 테니, 앞으로 장인이 책임지시오. 내가 이런 규칙을 정할 수밖에 없었던 성격 차이에 대해선 사람들에게 이렇게 말하겠소. 나 조사이아 바운더비는 나대로 교육을 받고 톰 그래드그라인드 따님은 따님대로 교육을 받은 터라 말 두 필이 마차를 함께 끌려고 하질 않는다고 말이오. 나도 아주 특이한 사람이란 평판이 자자하지만, 결국엔 여자가 남자에게 맞춰야 하는데 여자가 안 그런 걸 보면 정말 특이한 게 분명하다는 사실을 사람들이 금방 깨달을 것이오."

"그렇게 결정하기 전에 다시 한번 심사숙고하기를 진심으로 간청하는 바이네, 바운더비."

그래드그라인드 선생이 사정하는 어투로 말하자, 바운더비는 모자를 머리에 가볍게 쓰며 대답했다.

"나는 결정을 언제나 신속하게 내리고 어떤 일이든 곧바로 실행하는 사람이오. 톰 그래드그라인드라는 분의 행동을 보고 내가 놀란 게 있다면, 그건 톰 그래드그라인드라는 분이 감상적인 사기꾼과 사귀더니 코크타운의 조사이아 바운더비를 그렇게 잘 알면서도 그 앞에서 이런 말이나 늘어놓는다는 사실이오. 나는 결정사항을 통보했으니 이제 더는 할 말이 없소. 안녕히 계시오!"

바운더비 사장은 그렇게 나가고 시내에 있는 집으로 가서 잠자리에 들었다. 다음 날 열두 시 오 분에는 바운더비 부인이 사용하는 물건을 하나도 빠뜨리지 말고 모두 꾸려서 톰 그래드그라인드네 집으로 보내라고 지시했다. 전원주택도 팔려고 내놓았다. 그리고 독신 생활을 다시 시작했다.

4장. 실종

은행 절도 사건은 안 풀리고, 은행주인은 지대한 관심을 중단한 적이 단 한 순간도 없다. 훌륭한 인물이자 자수성가한 인물로, 비너스가 바다에서 솟아올랐다면 바운더비는 진흙탕에서 솟아올라 사업에 성공한 훨씬 존경스런 인물답게 모든 걸 신속하게 결정하고 실천한다는 사실을 사방에 강조하는 증거로 가정문제가 사업능력에 아무런 영향도 못 미친다는 사실을 과시하고 싶었다. 그래서 독신 생활을 시작한 처음 몇 주 동안 평소처럼 부산하게 움직이는 데다 절도 사건을 조사한다며 매일같이 야단법석을 떠는 바람에 사건을 담당한 경찰 측으로서는 애초에 이런 일이 안 일어나면 좋았을 거란 마음만 간절했다.

경찰 측에서는 단서조차 못 잡는 현실이 너무나 당혹스러웠다. 사건이 처음 발생한 이후로 계속해서 너무 조용한 나머지 거의 모든 사람이 가망 없는 사건으로 치부한 데다, 새롭게 떠오르는 증거도 없었다. 사건에 관련된 남자나 여자 가운데 마침내 용기를 북돋우며 스스로 모습을 드러내는 사람 역시 하나도 없었다. 더욱 놀라운 건 스티븐 블랙풀에 관한 소식이 전혀 안 들리는 데다 이상한 노파 문제 역시 여전히 미궁에 빠졌다는 사실이다.

사태가 이런 지경에 이르러 앞으로 나아갈 기미가 안 보이자, 바운더비 사장은 결국 대담한 모험을 벌이기로 작정했다. 커다란 벽보를 만들어서 그날 밤에 공범과 함께 코크타운 은행을 털었다고 의심받는 용의자 스티븐 블랙풀을 체포하면 금화 스무 냥을 상금으로 주겠다고 밝히며, 스티븐 블랙풀 옷차림과 인상착의 및 대략적인 키와 습관 등을 최대한 자세히 묘사하고, 코크타운을 떠나게 된 과정과 그가 떠나는 걸 사람들이 마지막으로 목격한 방향까지 언급하고, 커다란 종이에다 새까만 글씨로 커다랗게 인쇄해서 깜깜한 밤에 시내 전역에다 붙여, 모든 사람이 한꺼번에 보도록 한 것이다.

다음 날 아침에는 공장마다 발길을 재촉하는 종소리가 시끄럽게 울리는 가운데 동녘이 다 밝아오도록 노동자들이 벽보 주변으로 모여들며 정신없이 바라보았다. 모인 사람 가운데에는 글씨를 못 읽는 사람도 있지만, 열심히 쳐다보는 건 똑같았다. 이런 사람들은 다정한 목소리로 커다랗게 읽어주는 소리를 - 이런 식으로 도와주는 사람은 언제나 있는 법이니 - 들으면서 글씨를 열심히 쳐다보는데, 대중이 무지하다는 건 극히 위험하고 사악한 결과를 낳을 수 있는데도 존경하며 감탄하는 소리까지 가늘게 새어 나오는 게 약간 익살스럽게 들리기도 했다. 그런 다음에는 방추가 돌고 방직기가 덜거덕거리고 물레바퀴가 윙윙 돌아가는 동안에도 수많은 귀와 눈은 벽보에 적힌 내용을 떠올리느라 바쁘고, 일손이 거리로 모두 쏟아져 나온 다음에는 벽보 주변으로 다시 수많은 사람이 몰려들었다.

노동조합 대표 슬랙브리지는 그날 밤에도 청중 앞에서 연설하기로 한 터라 인쇄업자에게 깨끗한 벽보 한 장을 구해서 주머니에 넣고 나타났다. 그래서 "저주받을 증거"라고 말하며 벽보를 펼쳐서 모든 노동자가 저주하는 눈빛으로 바라보도록 가만히 들어 올리니, 아, 동지 여러분, 아, 힘들게 짓밟히며 일하는 코크타운 동지 여러분, 아, 친애하는 형제며 친애하는 노동자며 친애하는 시민이며 친애하는 동료 여러분 사이에서 얼마나 커다란 소동이 일어났던가!

"아, 동지 여러분, 위대한 정신으로 정의로운 조합에 신성한 이름을 올린 진영에서 배신한 자는 결국 어떻게 되는지 똑바로 보시오! 폭군이 씌운 굴레를 목에 차고, 압제자가 무자비하게 내딛는 발굽에 쓰러져 한 줌 먼지가 될 때까지 짓밟히고, 에덴동산에서 저주받은 뱀처럼 평생을 배로 기어 다니는 고통을 견디며 힘겹게 살아가는 동지 여러분…… 아, 형제 여러분, 그리고 당연히 따라붙는 자매 여러분! 여러분은 이제 스티븐 블랙풀에게 뭐라고 하시겠습니까? 여기 이 벽보에, 모든 희망을 꺾는 종이에, 치명적인 홍보물에, 혐오스러운 광고물에 불명예스럽고 구역질 나게 기록한 것처럼 어깨는 약간 굽고 키는 약 백칠십 센티미터인 인물에 관해 뭐라고 하시겠습니까? 거룩한 노동자계급에 이런 굴욕과 치욕을 안긴 독사 같은 놈을 여러분은 어떻게 비난해서 완벽하게 깔아뭉개겠습니까?

우리로선 그런 놈을 영원히 추방한 게 다행스러울 뿐입니다! 그렇습니다, 동지 여러분, 다행히도 우리는 그놈을 영원히 추방했습니다! 여러분은 그자가 연단에 올라서 여러분 앞에 설 때를 기억합니다. 그래서 내가 바로 앞에서 얼굴을 마주 보며 복잡하게 꼬인 상대를 하나씩 풀어나간 사실을 기억합니다. 그자는 말도 안 되는 소리를 지껄이며 교묘하게 빠져나가려다가 결국엔 버틸 근거를 모두 잃고, 나는 그자를 영원히 손가락질하며 경멸할 대상으로, 모든 걸 자유롭게 사고하는 사람들이 복수의 불꽃을 날릴 대상으로 규정하며 우리 사이에서 영원히 쫓아낸 과정 역시 여러분은 모두 기억합니다!

그런데 친구 여러분, 이런 낙인을 다행스럽게 딛고 일어선 노동동지 여러분, 힘들지만 성실하게 일해서 잠자리를 마련하고 온갖 어려움을 겪으며 불충분한 음식이나마 자기 힘으로 장만하는 동지 여러분, 내가 여러분에게 묻노니, 그 비열한 겁쟁이는 얼굴에 쓴 가면이 뜯겨나가고 우리 앞에 흉측한 모습이 그대로 드러나자, 결국엔 어떻게 되었습니까? 뭐요? 도적놈! 약탈자! 추방자! 머리에 현상금까지 달린 도망자! 그는 코크타운 노동자의 고상한 인격에 달라붙은 화농이자 흉터에 불과합니다! 여러분은 물론 앞으로 태어날 여러분 자식과 그 자식까지 고사리 같은 손으로 움켜잡으며 신성하게 연대한 동지 여러분, 따라서 본인은 여러분의 복지와 이익을 위해 항상 촉각을 곤두세우는 노동자총연맹을 대신해, 오늘 모임에서 다음같이 결의하길 제안하는 바입니다. 벽보에서 언급한 방직공 스티븐 블랙풀은 코크타운 노동자 공동체에서 이미 엄숙하게 제명했으니, 동 집단은 그자의 수치스러운 비행과 무관하며, 따라서 그자가 저지른 부정행위로 인해 노동계급 전체가 욕먹는 일은 없어야 한다고 말입니다!"

슬랙브리지는 굉장한 연설을 하고 땀을 흘리며 이를 부드득 갈았다. 하지만 서너 명이 엄숙한 목소리로 "안 돼!"라고 소리치자 여기저기에서 수십 명이 "옳소, 옳소!"를 외치며 환호하고, 한 사람은 "슬랙브리지, 너무 열나서 성급하게 굴지 마!"라고 경고했다. 하지만 이런 움직임은 전체에 비하면 극소수에 불과하니, 일반 청중은 슬랙브리지가 제시한 주장에 모두 찬성하고 슬랙브리지가 요청한 대로 만세삼창을 불렀다.

여기에 참석한 남녀노동자가 거리를 오가며 집으로 조용히 향하는 시점에, 씨씨는 루이사 옆에 있다가 누가 찾아온 소리를 듣고 잠시 자리를 비우다 돌아왔다.

"누구야?"

루이사가 묻자, 씨씨는 대답했다.

"바운더비 사장님과 아씨 남동생 톰 선생, 자기 이름을 레이첼이라고 밝힌 젊은 여성인데, 아씨를 안다고 하더군요."

"찾아온 까닭이 뭔데, 씨씨?"

"아씨를 만나고 싶대요. 레이첼이란 여성이 계속 우는데, 잔뜩 화난 것 같아요."

루이사는 바로 옆에 있는 아버지에게 물었다.

"아버지, 저는 저 사람들을 볼 수밖에 없어요. 그럴만한 까닭이 있거든요. 그러니, 안으로 들어오라고 할까요?"

아버지가 그러라고 대답하자 씨씨는 밖으로 나가더니, 금방 나타나서 일행을 안내했다. 톰이 마지막으로 들어와서 가장 어두운 자리로 가만히 들어서는데, 문가 근처였다.

바운더비 사장이 들어와서 고개를 한 번 차갑게 끄덕이며 말했다.

"바운더비 부인, 방해가 안 되면 좋겠소. 찾아오기에 적당한 시간은 아니지만, 여기에 있는 젊은 여인이 이상한 말을 해서 나로선 이렇게 찾아올 수밖에 없었소. 여자가 한 말이 옳다 그르다 대답하는 걸 장인 아들이자 젊은 톰이 계속 고집부리며 거부하므로 나로선 장인 따님과 여자를 대질하는 수밖에 없소."

이 말과 함께 레이첼이 루이사 앞으로 나서며 물었다.

"전에 저랑 만난 적이 있지요, 부인?"

톰이 헛기침하고 루이사는 대답이 없자, 레이첼이 다시 물었다.

"전에 나를 만난 적이 있지요, 부인?"

톰이 다시 헛기침했다.

"네, 그래요."

루이사가 대답하자, 레이첼은 바운더비 사장을 당당하게 바라보며 다시 요청했다.

"언제 어디에서 만났으며 그 자리에 누가 있었는지 알려주시겠습니까, 부인?"

"스티븐 블랙풀이 해고당한 날 밤에 그 사람이 사는 집으로 찾아갔다가 거기에서 보았습니다. 스티븐 블랙풀도 거기에 있고 할머니 한 분이 아무 말 없이 가만히 있으셨는데 어두운 구석이라서 나는 제대로 볼 수 없었답니다. 남동생이 나와 함께 갔지요."

"자네가 그런 말을 안 한 까닭은 뭐지, 톰?"

바운더비가 묻자, 톰이 대답했다.

"누나에게 말하지 않겠다고 약속했어요."

루이사가 그렇다고 급히 확인하자, 건달이 씁쓸한 어투로 다시 말했다.

"게다가 누나가 알아서 자신이 겪은 얘기를 – 너무 충분할 정도로 – 잘하는데, 누나가 할 말을 내가 무엇 때문에 빼앗겠어요!"

그러자 레이첼이 다시 물었다.

"부탁인데, 하필이면 그날 밤 바로 그 시간에 스티븐네 집으로 찾아오신 까닭을 알려주세요, 부인."

루이사는 빨갛게 달아오른 얼굴로 대답했다.

"불쌍한 생각이 들었기 때문에 앞으로 그 사람이 어떻게 할지 듣고 싶고 가능하면 도와주고 싶었어요."

바운더비가 대답했다.

"고맙구려, 부인. 정말 기쁘고 고맙구려."

레이첼이 다시 물었다.

"부인께서 그 사람에게 고액지폐를 건넸나요?"

"그래요. 하지만 그 사람이 거절하더니, 2파운드만 받았지요."

레이첼이 다시 쳐다보자, 바운더비 사장이 말했다.

"그래요, 그래! 있을법하지 않은 엉뚱한 주장이 맞는지 틀리는지 묻는 거라면 나로선 사실로 확인했다고 말할 수밖에 없소."

그러자 레이첼이 다시 말했다.

"부인, 스티븐 블랙풀을 도적놈이라고 지목한 벽보가 시내 곳곳에 붙었습니다! 오늘 밤에 집회가 있었는데, 거기에서도 수치스러운 인물로 낙인찍었습니다, 스티븐을! 세상에서 제일 정직하고 진실하고 착한 사람을!"

치미는 분노에 레이첼이 말문을 닫고 마구 흐느꼈다.

"참으로 마음이 아프군요."

루이사가 말하자, 레이첼이 대답했다.

"아, 부인, 부인, 진심으로 하는 말이길 바라지만, 잘 모르겠네요! 부인이 찾아온 까닭이 무언지도 모르겠어요! 부인 같은 사람은 우리를 모르고, 우리에게 관심도 없고, 우리와 처지도 달라요. 그날 밤에 도대체 부인이 무엇 때문에 찾아왔는지 정말 모르겠어요. 부인 때문에 가련한 스티븐에게 어떤 문제가 생길지 신경도 안 쓰고 도대체 무슨 목적으로 찾아온 건지 알 수가 없네요. 당시에 저는 찾아주셔서 정말 고맙다고 했어요. 진심으로 말했어요, 부인이 그 사람을 참으로 가엾게 여기는 것 같아서요. 하지만 지금은 모르겠어요, 하나도 모르겠어요!"

루이사는 레이첼이 부당하게 의심한다고 나무랄 수 없었다. 스티븐을 강력하게 믿는 터라 마음이 아파서 그런 거란 생각만 들었다. 그런 가운데 레이첼이 흐느끼며 말을 이어나갔다.

"가련한 스티븐이 자신에게 정말 잘한다는 생각에 부인에게 진심으로 고마워하던 걸 생각하니, 부인 때문에 그 사람이 노동으로 찌든 얼굴을 한 손으로 가려서 눈물까지 숨긴 걸 생각하니, 아, 저로선 부인이 유감스럽게 여기길, 그리고 나쁜 의도로 찾아온 게 아니길 바라는 마음만 간절하네요. 하지만 아아, 저로선 아무것도 모르겠어요, 정말 모르겠어요!"

어두운 구석에서 건달이 거북하게 움직이며 투덜거렸다.

"그런 식으로 책임을 전가하려고 여기까지 오다니, 정말 대단한 사람이군! 당신처럼 버릇없이 구는 사람은 당장 쫓아내야 해, 당신 같은 사람은 그래야 정신을 차린다고."

여기에 대해서 레이첼은 아무런 대답도 않고 나지막하게 우는 소리만 내자, 마침내 바운더비 사장이 입을 열었다.

"이봐! 당신이 뭐라고 약속했는지 알지? 이런 거 말고 약속한 내용에다 바싹 신경 쓰는 게 좋아."

그러자 레이첼이 눈물을 닦으며 대답했다.

"저 역시 여기에서 이런 모습을 보이고 싶은 마음은 없어요. 그러니 이제 이런 모습은 두 번 다시 안 보이겠어요. 부인, 스티븐에 대해 비방하는 벽보를 - 부인에 대해 비방한 벽보라고 해도 이상할 게 없을 정도로 거짓말만 가득한 벽보를 - 발견한 즉시, 저는 스티븐이 있는 곳을 안다는, 연락하면 이틀 안에 여기로 찾아올 게 분명하다는 말을 하려고 은행으로 곧장 달려갔어요. 하지만 당시에 바운더비 사장은 못 만나고 부인 남동생은 나를 내쫓으니, 저는 부인을 찾으려고 해도 도저히 찾을 수 없어서 다시 일하러 갔어요. 그리곤 오늘 밤에 공장 일이 끝나는 즉시, 집회에서 스티븐을 어떻게 말하는지 들으려고 급히 달려갔다가 - 스티븐이 돌아오면 모두 톡톡히 창피당할 게 분명하다고 생각하며 - 바운더비 사장님을 다시 찾고 드디어 만나, 제가 아는 내용을 모두 말씀드렸어요. 그런데 사장님이 내 말을 한마디도 안 믿고 여기까지 데려온 거예요."

바운더비 사장이 옆에서 모자를 쓰고 두 손을 주머니에 찌른 채 인정했다.

"지금까지는 모두 사실이야. 하지만 당신도 알겠지만, 나는 당신 같은 사람을 잘 알아. 당신 같은 사람은 언제나 말만 그럴싸하게 나불대지. 내가 충고하겠는데, 지금 중요한 건 말만 나불대는 게 아니라 구체적인 행동을 보여주는 거야. 이제 당신에겐 일정한 책임이 생긴 거라고. 그러니 한시라도 빨리 행동으로 보여주는 게 좋아!"

"오늘 오후에 나가는 우편으로 스티븐에게 편지를 부쳤어요, 예전에 한 번 보낸 편지처럼. 그러니 아무리 늦어도 이틀이면 스티븐이 나타날 거예요."

레이첼이 말하자, 바운더비 사장이 반박했다.

"그렇다면 내가 한 가지만 알려주지. 사람은 누구나 어울리는 친구를 보면 판단할 수 있는 데다, 이번 사건에서 완전히 자유로울 수 없어서 우리가 당신까지 이따금 감시했단 사실을 몰랐나 보군. 우리는 우체국 역시 안 잊었어. 내가 말하고 싶은 건 스티븐 블랙풀에게 보내는 편지가 한 장도 없었다는 사실이야. 그러니, 당신이 보냈다는 편지는 어떻게 되었을까 하는 건 당신 추측에 맡기지. 당신이 착각했거나 거짓말한 거니까."

그러자 레이첼이 루이사를 바라보며 하소연했다.

"그 사람이 여기를 떠나고 일주일도 안 돼서 유일하게 편지 한 장을 보냈는데, 일자리를 찾기 위해 다른 이름을 사용할 수밖에 없었다더군요."

바운더비가 머리를 흔들고 휘파람을 불며 소리쳤다.

"맙소사! 이름을 바꾼 거야, 이름을! 그렇게 깨끗한 친구에겐 정말 불행한 사태로군. 아무런 죄도 없다는 사람이 가명을 사용하면 재판정에서 의심할 수밖에 없거든."

레이첼이 두 눈에 다시 눈물을 글썽이며 반박했다.

"그렇다면, 자비라는 이름으로 간청하오니, 부인, 불쌍한 스티븐은 도대체 어떻게 해야 한단 말입니까! 한쪽에서는 사용자들이 공격하고 한쪽에서는 노동자들이 공격하는데요. 스티븐이 바라는 건 평화롭게 열심히 일하면서 옳다고 여기는 행동을 하는 것뿐입니다. 노동자는 자신만의 영혼이 있어도 안 되고 자신만의 생각이 있어도 안 된단 말입니까? 이쪽에서 엉터리 길을 가거나 저쪽에서 또 다른 엉터리 길을 가거나, 아니면 양쪽에서 토끼몰이를 당할 수밖에 없단 말입니까?"

"정말이지, 나는 그 사람을 진심으로 동정하니, 모든 누명을 깨끗이 벗어던지길 바랄 뿐입니다."

루이사가 대답하자, 레이첼이 말했다.

"그건 걱정할 필요도 없습니다, 부인. 그 사람은 결백하니까요!"

그러자 바운더비 사장이 끼어들었다.

"그자가 있는 곳을 말하지 않는 건 다른 까닭이 있어서잖아, 그렇지 않은가?"

"내가 알려준 것 때문에 그 사람이 부당하게 끌려오는 사태는 없어야 하기 때문입니다. 그 사람은 자기 발로 돌아와서 누명을 벗어, 본인이 없는 자리에서 마음껏 헐뜯은 사람을 모두 창피하게 만들어야 하기 때문입니다. 지금까지 뒤집어쓴 누명을 모두 알렸으니, 늦어도 이틀이면 나타날 겁니다."

바위가 바닷물을 내뱉듯 모든 불신을 벗어던지며 레이첼이 말했다.

그러자 바운더비 사장이 덧붙였다.

"그렇더라도 그 사람이 일찍 잡힐수록 누명을 벗을 기회 역시 빨리 생기는 거야. 나는 당신에 대해선 나쁘게 생각하지 않아. 나를 직접 찾아와서 말한 내용이 모두 사실로 드러나고 나는 그걸 증명할 방법을 제공했으니까, 이걸로 일단락된 거야. 그럼 여러분 모두 좋은 밤을 보내시길! 나는 조금 더 조사할 게 있어서 그만 떠나겠소."

바운더비 사장이 움직일 때 톰이 구석에서 나와 바싹 달라붙으며 함께 움직이다가 밖으로 나갔다. 집을 떠나면서 사람들에게 아는 척한 거라곤 "안녕히 주무세요, 아버지!"라고 뚱한 어투로 말한 것과 누나를 매섭게 노려본 게 전부다.

루이사라는 마지막 보루가 친정집을 찾아온 이후로 그래드그라인드 선생은 말이 거의 없었다. 지금도 여전히 침묵하자, 루이사가 온화한 어투로 말했다.

"레이첼, 나를 조금 더 알게 된다면 오늘처럼 못 믿는 일은 없을 거예요."

레이첼도 한결 부드러운 어투로 대답했다.

"원래 저는 누구를 못 믿는 성격이 아니에요. 하지만 인간은 의심받으면 마음에서 쉽게 떨쳐낼 수 없는 법이에요. 제가 부인에게 상처를 준 것에 대해선 용서를 빕니다. 지금은 아까와 생각이 다르네요. 하지만 가련한 스티븐이 오해를 계속 심하게 받는다면 아까 생각이 다시 떠오를지도 모르겠어요."

"그런데 그분이 의심받는 까닭은 밤에 은행 근처에 있는 걸 본 사람이 있기 때문이란 내용을 편지에 적었나요? 그러면 돌아와서 설명할 내용을 미리 준비할 수도 있잖아요."

씨씨가 묻자, 레이첼이 대답했다.

"그래요, 아가씨. 하지만 그 사람이 은행 근처에 간 까닭을 도무지 짐작할 수가 없네요. 평소에 가던 곳도 아니고 집으로 가는 방향도 아닌데요. 그 사람 집은 우리 집과 같은 방향이지, 그 방향이 아니거든요."

씨씨가 옆으로 다가가서 어디에 사는지 알아두었다가, 내일 밤에 찾아가서 그 사람 소식이 도착한 걸 확인해도 되겠는지 묻자, 레이첼이 대답했다.

"하지만 내일까지 도착할 순 없을 거예요."

"그렇다면 그 다음 날에 또 찾아가지요, 뭐."

씨씨가 대답하고 레이첼이 동의한 다음에 떠나자, 그래드그라인드 선생이 머리를 들고 딸에게 말했다.

"우리 딸, 루이사, 나는 지금까지 그 사내를 한 번도 본 적이 없는 것 같구나. 너는 그 사람이 이번 사건에 관련되었다고 믿니?"

"어리둥절하긴 해도 처음에는 믿었던 것 같아요. 하지만 지금은 아니에요."

"처음에는 그 사람이 의심받는다는 사실만 듣고 그랬던 모양이구나. 그 사람 겉모습과 태도가 그렇게 정직하던?"

"네, 정말 정직해요."

루이사가 대답하자, 그래드그라인드 선생은 곰곰이 생각하며 중얼거렸다.

"그 여자도 믿음이 전혀 안 흔들리더구나! 진범은 다른 사람이 누명 썼다는 사실을 알까? 진범은 누굴까? 어디에 있을까?"

그래드그라인드 선생은 최근에 머리칼 색깔이 변하기 시작했다. 그래서 손으로 머리를 괴자, 루이사는 하얀 머리칼이 늙어 보이는 아버지를 걱정과 연민이 가득한 얼굴로 바라보며 급히 다가가서 옆에 앉았다. 그러다가 우연히 두 눈이 씨씨와 순간적으로 마주쳤다. 씨씨는 얼굴을 붉히며 깜짝 놀라고, 루이사는 손가락 하나를 입술에 댔다.

다음 날 밤에 씨씨는 집으로 돌아와서 스티븐이 아직 안 왔다고 루이사에게 조그맣게 속삭였다. 그 다음 날 밤에도 같은 내용을 확인하고 집으로 돌아와서 스티븐에 대한 소식은 하나도 없다고 덧붙이며 똑같이 겁에 질린 목소리로 나지막하게 속삭였다. 서로 시선을 마주친 순간부터 두 사람은 그 사람 이름이나 그 사람에 대한 소식을 단 한 번도 커다랗게 말하지 않은 건 물론 그래드그라인드 선생이 은행 절도에 대한 말을 꺼내도 대화에 끼어들지 않았다.

약속한 이틀이 지나고 사흘째 낮과 밤이 지나도 스티븐 블랙풀은 안 나타나고 아무런 소식도 안 들렸다. 나흘째 되는 날에 레이첼은 믿음 자체는 조금도 안 줄지만, 자신이 보낸 편지가 잘못 배달되었다는 생각에 은행으로 가서 스티븐이 주소를 적어서 보낸 편지를 보여주었다. 백 킬로미터 떨어진 조그만 공장지대다. 바운더비는 그곳으로 사람들을 대뜸 보내고 도시 전체는 다음 날에 스티븐이 나타나기만 기다렸다.

그러는 동안에도 건달은 바운더비 사장을 그림자처럼 쫓아다니며 다양한 일 처리를 도왔다. 그러면서도 몹시 흥분하고 들떠서 생살이 나올 정도로 손톱을 물어뜯고 목소리는 심하게 떨리고 입술은 까맣게 타들어 갔다. 그리고 용의자가 올 시간에는 역전에 나가서, 범인은 사람들이 잡으러 오기 전에 미리 도망쳤다고, 절대로 안 나타날 거라고 장담했다.

건달 말이 맞았다. 사람들은 맨손으로 돌아왔다. 레이첼이 편지를 보낸 것도 맞고 편지가 제대로 도착한 것도 맞다. 하지만 스티븐 블랙풀은 편지를 받자마자 사라지고, 이후 소식은 아무도 모른다는 것이다. 코크타운 전역에서 레이첼은 스티븐이 정말로 돌아올 거라 믿고 편지를 선의로 보낸 거냐 아니면 도망치라고 경고한 거냐 하는 의심이 돌았다. 그리고 의견은 두 개로 갈렸다.

엿새가 지나고 이레가 지나면서 다음 주로 접어들었다. 비열한 건달은 불쾌할 정도로 용기를 끌어올리며 대담하게 떠들어대기 시작했다.

"용의자가 도적놈이냐고? 정말 좋은 질문이야! 도적놈이 아니라면 어디로 도망쳐서 아직도 안 돌아오는 거야?"

어디로 도망쳐서 아직도 안 돌아오는 거야? 하는 소리가 낮에는 꽤 멀리 울려 퍼지다가 깜깜한 밤이면 메아리로 돌아와 건달 곁에서 아침까지 맴돌았다.

5장. 발견

낮과 밤이 또 지나고, 낮과 밤이 또 지났다. 스티븐 블랙풀은 어디에도 없었다. 도대체 어디로 갔기에 이렇게 안 돌아온단 말인가?

매일 밤 씨씨는 조그맣지만 깔끔한 셋방을 찾아가서 레이첼과 함께 시간을 보냈다. 이런 사람은 온갖 근심·걱정도 외면한 채 열심히 일해야 하는 것처럼 레이첼 역시 온종일 열심히 일했다. 뱀처럼 피어오르는 연기는 누굴 찾든 잃어버리든 누가 선하든 악하든 아무런 관심이 없고, 우울한 광기에 사로잡힌 코끼리는 구체적인 사실을 추구하는 사람과 마찬가지로 무슨 일이 벌어지든 상관하지 않고 미리 정한 대로 판에 박힌 동작을 되풀이했다. 낮과 밤이 또 지나고, 낮과 밤이 또 지났다. 단조로운 생활은 조금도 안 흔들렸다. 심지어 스티븐 블랙풀이 사라진 것조차 일상사로 빠져들며 코크타운에 가득한 기계처럼 단조로운 불신으로 자리 잡았다.

"가련한 스티븐을 믿는 사람이 이제는 스무 명도 안 되는 것 같아요."

레이첼이 씨씨에게 말했다. 두 사람은 셋집에 앉았는데 불빛이라곤 거리 모퉁이 가로등이 전부였다. 씨씨는 사방에 어둠이 깔릴 즈음이면 거기로 찾아가 레이첼이 일터에서 돌아오기만 기다리고, 레이첼은 창가에서 기다리던 씨씨를 발견하고 옆으로 다가가서 앉는데, 슬픈 대화를 밝은 불빛으로 비출 필요는 없었다.

"다행히 당신이 찾아와서 이야기 상대를 안 했다면 내가 정신을 온전히 유지할 수 없었을 거란 생각이 가끔 들어요. 당신 덕분에 희망도 생기고 힘도 생겨요. 겉모습은 스티븐에게 불리하게 보여도 결국엔 누명을 깨끗이 씻어낼 거란 사실은 당신도 믿지요?"

레이첼이 다시 말하자, 씨씨가 대답했다.

"온 마음을 다해서 그렇게 믿어요. 온갖 시련에도 레이첼 언니가 굳세게 간직하는 믿음은 잘못될 일이 절대로 없다고 확신하기에 나 역시 레이첼 언니처럼 오랜 고통과 시련을 거치면서 그분을 파악했다 해도 지금 이상으로 그분을 신뢰할 순 없을 거예요."

그러자 레이첼이 덜덜 떨리는 목소리로 말했다.

"나는 온갖 고통과 시련을 겪는 동안 그분이 정직하고 선한 일이라면 무엇이든 성실하고 차분하게 추구한다는 사실을 깨달은 터라, 그분 소식을 더는 못 듣고 앞으로 백 년을 더 산다 해도 죽는 순간에 마지막으로 말할 수 있어요, 하느님은 아신다고. 나는 스티븐 블랙풀을 안 믿은 적은 한 번도 없다고!"

"우리는, '돌 저택'에 사는 사람은 누구나, 그분이 조만간에 누명을 씻어낼 거라고 믿어요, 레이첼 언니."

"그 집에 사는 분들이 그렇게 믿는다는 사실을 알면 알수록, 씨씨,

그리고 당신이 일부러 찾아와서 이렇게 친구도 되어주고 여전히 아무런 혐의도 못 벗은 나와 함께 하는 모습을 남에게 일부러 보여주며 나를 위로하려고 애쓰는 마음이 다정하게 다가올수록, 젊은 부인에게 못 믿겠다는 식으로 말한 게 아프게 다가오네요. 하지만 지금은……"

"지금도 우리 아씨를 못 믿나요, 레이첼 언니?"

"씨씨 덕분에 훨씬 가까워진 지금은 아니에요. 하지만 마음에서 떨쳐낼 수가 없는 게 있으니……"

레이첼 목소리가 극히 나지막하게 가라앉으며 천천히 말한 나머지 씨씨는 바로 옆에 앉았으면서도 정신을 잔뜩 집중해야 했다.

"하지만 마음에서 떨쳐낼 수 없는 게 한 가지 있으니, 누군지 모를 사람 한 명에게 쏠리는 의심이 바로 그거예요. 그게 누군지 생각할 수 없고, 그렇게 한 방법과 이유도 생각할 수 없지만, 누군가 스티븐을 이미 제거했다는 생각이 자꾸 들어요. 스티븐이 자기 발로 돌아와서 모든 사람 앞에 무고하다는 사실을 증명하면 정체가 드러날 사람이 그걸 막기 위해 스티븐이 못 그러도록 제거했다는 의혹을 떨칠 수 없어요."

"정말 끔찍하군요."

씨씨가 말하는데, 얼굴이 하얗게 변했다.

"스티븐이 살해당했을지 모른다고 생각하면 정말 끔찍해요."

레이첼 말에 씨씨가 몸서리치는데, 얼굴이 정말 창백했다.

"가끔 그런 생각이 떠오를 때마다, 씨씨, 머리에서 떨쳐내려고 숫자를 세고 또 세다가 어린 시절에 배운 시까지 암송하고 또 암송하는데, 그러다 보면 아무리 피곤한 상태라도 온몸이 불처럼 달아오르고 마음이 허둥대서 몇 킬로미터고 마냥 걷고 싶을 때가 한두 번이 아니랍니다. 이런 기분을 떨쳐내야 잠자리에 들 수 있으니, 내가 당신을 집까지 바래다줄게요."

하지만 씨씨는 닳아빠진 희망 쪼가리를 힘없이 제시하며 위로했다.

"그분이 돌아오는 도중에 병이 날 수도 있잖아요. 도중에 머물 숙소는 아주 많고요."

"하지만 스티븐은 그런 곳 어디에도 없었어요. 모두 샅샅이 뒤졌는데 아무 데도 없었어요."

"그건 그래요."

씨씨도 마지못해 인정했다.

"그 정도 거리는 이틀이면 충분히 걸어요. 스티븐이 발병 나서 못 걷는 데다 마차 삯으로 지급할 돈이 없을까 염려스러워, 내가 편지를 보내면서 돈까지 함께 보냈답니다."

"내일이면 좋은 일이 찾아올 테니 마음 편히 먹고, 레이첼 언니, 이제 나가요!"

레이첼이 까맣게 빛나는 머리칼에 평상시처럼 숄을 두르자 씨씨는 숄을 똑바로 쓰도록 다정한 손으로 매만져주고, 두 사람은 밖으로 나갔다. 밤하늘은 맑고, 거리 모퉁이마다 일손 일부가 무리 지어 조금씩 모였는데, 대부분은 저녁 식사를 할 시간이라서 거리에 사람이 거의 없었다.

"이제 허둥대지 않고 손도 차분하게 식었네요, 레이첼 언니."

"이렇게 걸으면서 시원한 공기를 쐬기만 해도 훨씬 좋아져요. 하지만 이럴 수 없을 때는 기운이 쭉 빠지고 속이 답답하답니다."

"그러다가 쓰러지면 안 돼요, 레이첼 언니, 언제 스티븐 아저씨를 도와주어야 할지 모르니까요. 내일은 토요일이에요. 내일도 소식이 안 오면 일요일 아침에 시골로 산책하러 가서 다음 한 주 동안 버틸 힘을 기르자고요. 알겠죠?"

"그래요, 씨씨."

이즈음에 두 사람은 바운더비 사장 저택이 있는 거리로 들어섰다. 씨씨가 가는 목적지는 그 집 대문 앞을 지나야 하는 터라, 두 사람은 대문 앞을 향해 곧장 나아갔다. 코크타운에 기차가 새로 도착해, 사방에서 마차가 바삐 움직이느라 시내 전체가 북적거렸다. 두 사람이 바운더비 저택을 향해 나아가는 동안에도 앞뒤에서 마차 여러 대가 덜거덕거리며 지나는데, 그 집을 막 지날 때 마차 한 대가 뒤에서 다가오다 힘차게 멈추어, 두 사람은 자신도 모르게 고개를 돌리고 쳐다보았다. 마차 안에서 스파싯 부인이 극히 흥분한 표정으로 문을 열려고 애쓰는 모습을 바운더비 저택 계단 위에서 가스 등불이 환하게 비추었다. 바로 그 순간에 스파싯 부인 역시 두 사람을 발견하고 멈추라 소리치더니, 마부에게 도움을 받아 마차에서 내리며 감탄했다.

"우연치고 정말 대단하군. 하느님 뜻이야!"

그러더니 마차 안에 대고 소리쳤다.

"어서 나와요, 부인! 안 나오면 질질 잡아끌 테니까, 어서 나와요!"

이 말이 끝나는 순간, 다름 아닌 이상한 할머니가 마차에서 내려오는데, 스파싯 부인이 곧바로 목덜미를 붙잡으며 힘껏 소리쳤다.

"이 사람을 그대로 둬요, 모두다! 누구도 이 사람을 건들지 마요! 이 사람은 내가 잡았으니까!"

그러더니 앞에서 한 말과 정반대로 말했다.

"어서 들어가요, 부인! 안 들어가면 우리가 질질 잡아끌 테니까, 어서 들어가요!"

고전적으로 생긴 부인이 나이 지긋한 할머니 목덜미를 움켜잡고 집 안으로 잡아끄는 광경 자체는 우연히 목격한 진짜 영국 한량들로선 자신이 처한 상황에 상관없이 집안으로 모두 따라 들어가서 도대체 무슨 일인지 지켜보고 싶은 유혹을 느끼기에 충분했다. 거기에다 은행 절도 사건으로 시내 전역에 온갖 호기심이 팽배한 상태라, 설사 머리 위에서 지붕이 무너질 게 분명하더라도 한량들로서는 저항할 수 없는 유혹을 느끼며 안으로 들어갈 수밖에 없었다. 따라서 스파싯 부인이 노획물을 붙잡고 안으로 들어가자 씨씨와 레이첼이 바로 뒤이어 들어가고 현장을 우연히 목격한 이웃 스물다섯여 명도 잇따라 들어갔다. 그래서 모든 사람이 바운더비 저택 식당으로 우르르 몰려들고, 뒤로 밀린 사람은 앞사람보다 잘 보려고 의자에 올랐다.

"바운더비 사장님을 이리 모셔와! 레이첼, 당신은 노파를 잘 알겠지?"

스파싯 부인이 소리치자, 레이첼이 대답했다.

"페글러 부인이네요."

그러자 스파싯 부인이 의기양양하게 소리쳤다.

"나도 그럴 줄 알았어! 바운더비 사장님을 모셔와. 물러서요, 모두!"

이때 페글러 부인이 사람들 눈을 피하려고 숄을 뒤집어쓴 채 뭐라고 간절하게 속삭이자, 스파싯 부인이 커다랗게 말했다.

"나한테 말하지 마세요. 여기까지 오는 내내 스무 번은 말했잖아요, 내 손으로 당신을 바운더비 사장님에게 직접 넘길 때까지 절대로 안 놓아주겠다고."

드디어 바운더비 사장이 나타나고, 위층에서 함께 대화하던 그래드그라인드 선생도 건달과 함께 나타났다. 바운더비 사장은 초대하지 않은 사람이 식당에 가득한 걸 보고 환영한다기보다 깜짝 놀란 표정으로 물었다.

"맙소사, 도대체 무슨 일이오! 스파싯 부인?"

그러자 훌륭한 여인이 설명했다.

"사장님, 사장님이 그토록 찾으시던 사람을 제 손으로 직접 잡았으니, 저로선 정말 커다란 행운이 아닐 수 없답니다. 사장님 마음을 편하게 해드리고 싶은 열정에다, 때마침 이 자리에 참석한 젊은 여인 레이첼이 예전에 노파가 사는 곳으로 추정하는 지역에 관해 불완전하게 제공한 단서를 이리저리 연결한 덕분에, 마침내 성공해서 당사자를 제 손으로 직접 데려오는 즐거움을 만끽하게 되었네요. 하지만 노파가 안 따라오려고 애썼다는 사실은 당연히 언급할 가치도 없겠지요. 이번 일을 해결하는데 상당한 어려움이 안 따른 건 아니지만, 사장님을 섬기면서 겪는 고통은 저에게 기쁨이며 굶주림과 목마름과 추위는 저에게 축복이랍니다."

여기에서 스파싯 부인이 말을 멈췄다. 바운더비 사장이 페글러 부인을 발견하는 순간에 안색이 퍼렇고 뻘겋게 변하는 등 너무 이상했기 때문이다.

"아니, 도대체 이러는 까닭이 뭐요? 내가 묻잖소, 도대체 이러는 까닭이 뭐냐고, 스파싯 부인?"

바운더비가 완전히 예상 밖으로 소리치며 노발대발하자, 스파싯 부인이 힘없이 중얼거렸다.

"사장님!"

"당신 할 일이나 신경 쓰지, 왜 시키지도 않는 일에 나서는 거요, 부인? 감히 내 가정사에 주제넘게 코를 들이밀다니!"

자신이 제일 좋아하는 매부리코를 비하하는 소리에 스파싯 부인은 기가 완전히 죽었다. 그래서 그대로 얼어붙은 듯 의자에 뻣뻣하게 앉아서 바운더비 사장만 물끄러미 쳐다보며, 마찬가지로 얼어붙은 벙어리장갑 두 짝을 천천히 문질렀다.

그러자 이번에는 페글러 부인이 온몸을 덜덜 떨며 울부짖었다.

"우리 아들 조사이아! 사랑하는 아들아! 이건 내 책임이 아니야. 내가 잘못한 게 아니야, 조사이야. 이러면 네가 좋아하지 않을 게 분명하다고 말하고 또 말했는데도 이 여자는 들은 체도 안 했어."

"도대체 끌려온 까닭이 뭐예요? 저 여자 머리를 깔아뭉개든가 이를 부러뜨리든가 얼굴을 할퀴든가, 어떻게든 할 수 있잖아요!"

"우리 아들아! 내가 저항하면 저 여자가 경찰을 데려오겠다고, 이렇게 훌륭한 저택에서……"

페글러 부인이 소심하면서도 자랑스러운 표정으로 사방을 둘러보며 계속 말했다.

"소동을 피우는 것보다는 조용히 들어오는 편이 훨씬 좋을 거라고 협박했어. 정말이지, 이건 내 잘못이 아니야! 사랑하는, 고귀하고 당당한 아들아! 나는 언제나 비밀을 지키면서 조용히 살았단다, 우리 아들, 조사이아. 네가 정한 조건을 단 한 번도 어긴 적이 없어. 내가 엄마라고 한 번도 말하지 않았어. 멀리서 너를 칭찬하기만 했어. 아주 오랜만에 도시에 올 일이 있으면 멀리서 자랑스러운 마음으로 아무도 모르게 살며시 바라보다가 다시 내려간 게 전부란다, 사랑하는 아들아."

바운더비 사장은 참을 수 없는 수치심에 기다란 식탁을 따라 왔다 갔다 거닐고, 구경꾼은 페글러 부인이 하는 말 한 마디 한 마디를 안 놓치고 열심히 듣다가 두 눈을 점차 동그랗게 떴다. 그런데 페글러 부인이 말을 마쳐도 바운더비 사장이 왔다 갔다 거닐기만 하자, 그래드그라인드 선생은 노파에게 거짓말을 늘어놓는다며 가혹한 어투로 나무랐다.

"정말 놀랍구려, 부인, 인간의 도리를 어기고 아들을 무정하게 버리더니, 이렇게 늙어서 찾아와 바운더비 사장이 아들이라고 뻔뻔하게 주장하다니 말이오."

"내가 인간의 도리를 어겨! 내가 아들을 무정하게 버려! 사랑하는 아들을?"

그래드그라인드 선생이 그대로 반복하며 따졌다.

"사랑한다! 그래요, 자수성가해서 부자가 되었으니 사랑할 수도 있겠지요. 하지만 술주정뱅이에 잔인한 할머니에게 어린애를 버리고 도망칠 때는 그렇게 사랑하지 않았겠지요."

페글러 부인이 두 손을 마주 잡으며 울부짖었다.

"내가 우리 아들 조사이아를 버려! 아아, 하느님, 이 사람을 용서하소서. 지금 이 사람은 사악한 상상을 늘어놓고, 조사이아가 태어나기도 전에 내 품에 안겨서 돌아가신 불쌍한 어머니에 대한 추억까지 추악하게 날조하나이다. 선생, 그렇게 말한 걸 회개하시오! 똑바로 알고 살아가란 말이오!"

노파가 진짜로 깊은 상처를 받은 것처럼 다그치는 소리에, 그래드그라인드 선생은 새로운 가능성을 충격적으로 떠올리며 훨씬 부드러운 어투로 물었다.

"그렇다면, 부인께서는 아들이 도로변 도랑에서 자랐다는 사실을 부인하나요?"

그러자 페글러 부인이 한탄했다.

"조사이아가 도랑에서 자라다니! 그런 적은 절대 없소, 선생. 절대로! 창피한 줄 아시오! 조사이아를 낳은 부모는 비록 하찮은 신분이지만 아들을 더할 나위 없이 사랑했으며, 아들이 글씨를 읽고 계산법을 제대로 익히도록 애쓰느라 다소 쪼들리며 지내는 걸 고통스럽게 여긴 적조차 없다는 사실을 우리 아들이 잘 아니, 여러분에게 그대로 알려줄 것이오. 게다가 내가 사는 집에는 그 증거도 있다오! 그럼, 그렇고말고!"

페글러 부인이 잔뜩 화난 가운데 자부심 가득한 어투로 계속 말했다.

"우리 아들이 여덟 살 때 사랑하는 아버지가 돌아가시고, 엄마는 다소 쪼들리면서도 아들이 제대로 살아가도록 돕고 도제로 넣은 걸 의무자 기쁨으로 여겼다는 사실을 우리 아들이 잘 아니, 여러분에게 그대로 알려줄 것이오. 우리 아들은 참으로 성실했고 스승님은 참으로 친절하게 기술을 가르쳐주셨으며, 우리 아들은 열심히 일하고 성공해서 결국 이런 부자가 되었다오. 우리 아들은 자랑을 안 할 터이니, 내가 또 하나를 알려드리겠는데, 엄마가 시골 마을에서 조그만 상점을 운영하는데도 우리 아들은 자기 엄마를 결코 안 잊고 매년 금화 삼십 냥씩 - 넉넉히 쓰고 남아서 예금까지 할 정도로 많은 돈을 - 보낸다는 사실이오, 내가 마을에서 잠자코 지내며 우리 아들을 여기저기에 자랑하지 않고 귀찮게 안 하는 조건으로 말이오. 그리고 나는 지금까지 이런 조건을 어긴 적이 한 번도 없소, 일 년에 한 번씩 살그머니 올라와서 아들 몰래 살짝 쳐다보다가 떠나는 것만 제외하면."

가련한 페글러 부인이 정말 사랑스러운 표정으로 아들을 옹호하며 계속 말했다.

"그런데 내가 우리 마을에서 잠자코 지내야 한다는 건 정말 맞는 말이라오. 내가 여기에 있으면 부적절한 행위를 수없이 할 게 분명하니 말이오. 그래서 나는 극히 만족한다오. 조사이아에 대한 자부심은 나 혼자 간직하면 되고 사랑하는 마음도 나 혼자 간직하면 충분하니 말이오! 그런데도 엉뚱하게 의심하며 중상모략을 하다니, 정말 창피한 줄 아시오, 선생."

그러더니 페글러 부인이 마지막으로 말했다.

"사랑하는 아들이 싫다고 말해서 나는 여기에 들어온 적도 없고 들어오고 싶은 마음이 든 적도 없다오. 지금도 여기에 들어오지 않았을 게 분명하오, 다른 사람이 억지로 잡아끌지만 않았다면. 모든 사실을 다 아는 우리 아들이 바로 이 앞에 있는데, 내가 우리 아들에게 못된 짓을 했다고 비난하다니, 아, 정말 창피한 줄 아시오, 창피한 줄!"

식당 의자에 올라서거나 밑에서 구경하던 사람들이 페글러 부인을 동정하며 중얼거리고 그래드그라인드 선생은 자신이 천진난만하게 행동하다가 정말 곤란한 처지에 빠졌다는 사실을 깨닫고, 바운더비 사장은 한 번도 안 멈추고 계속 거니는 사이에 감정이 점차 북받쳐서 얼굴이 빨갛게 달아오르다가 갑자기 걸음을 멈추며 소리쳤다.

"어쩌다가 이렇게 많은 구경꾼이 몰려들었는지 모르겠지만 나는 묻지 않겠소. 구경할 만큼 했으면 스스로 알아서 흩어지는 소양 역시 모두 갖추었을 테니 말이오. 설사 구경을 충분히 못 했다 해도 스스로 알아서 흩어질 만한 소양은 모두 갖추었을 거요. 나는 우리 집 가정사에 대해 장황한 말을 늘어놓을 의무가 없소. 지금까지 그런 적이 없으며 앞으로도 마찬가지요. 그러니 이 문제에 대해 어떤 식으로든 설명하길 바라는 사람은, 특히 장인은, 실망할 수밖에 없으니, 빨리 포기할수록 좋소. 은행 절도 사건에 대해서 말하자면 우리 어머니에 관해 일정한 오류가 있었소. 지나치게 참견하는 사람만 없다면 이런 오류 역시 없었을 거요. 어쨌든 나는 지나치게 간섭하는 걸 언제나 싫어하오. 모두 잘 가시오!"

바운더비 사장이 이렇게 말하며 어물어물 넘어간 다음에 사람들이 나가도록 문을 열어서 손으로 잡는데, 풀이 완전히 꺾여서 더할 나위 없이 우스꽝스러운 처지로 전락한 다음이다. 거짓말로 헛된 명성을 쌓은 데다, 자신을 명가 출신으로 비열하게 (이것처럼 비열한 행위는 어디에도 없는데) 치장한 것과 마찬가지로 진정한 사실과 거리가 먼 내용으로 자화자찬을 일삼으며 겸손을 자랑했다는 사실이 드러났으니, 정말 우스꽝스러운 꼴이 안 될 수 없었다. 자신이 붙잡은 문으로 사람들이 줄지어 나가는 순간에 시내 전역으로 소문이 번지다 못해 사방팔방으로 퍼져나갈 게 분명하니, 귀 끝이 양쪽 다 잘려나갔다 해도[43] 지금보다 비참하고 쓸쓸한 악당으로 보일 순 없을 터다. 스파싯 부인처럼 환희의 절정에서 절망의 구렁텅이로 추락한 불행한 여인도 훌륭한 사내로 자수성가한 사기꾼 코크타운의 조사이아 바운더비만큼 비참할 순 없었다.

레이첼과 씨씨는 페글러 부인이 아들 집에서 하룻밤 묵도록 남겨두고 함께 나와서 걷다가 '돌 저택' 대문 앞에서 헤어졌다. 그런데 바운더비 저택에서 나와 조금 걸을 즈음에 그래드그라인드 선생이 쫓아와서 스티븐 블랙풀에 대해 상당한 관심을 표명하며, 페글러 부인에 대한 혐의가 엉터리로 밝혀졌으니 스티븐에게 그만큼 유리할 거라고 말하기도 했다.

건달은 최근에 항상 그런 것처럼 이번에도 바운더비 옆에 바싹 붙어 다녔다. 바운더비가 새롭게 찾아내는 내용을 자신이 모두 파악해야 안전하다고 여기는 것 같았다. 하지만 누나를 찾아가진 않았다. 누나가 집으로 들어간 이후로 딱 한 번 만난 게 전부다. 앞에서 언급한 대로 바운더비 옆에 바싹 붙어 다니던 밤에 말이다.

루이사는 염치도 없고 고마운 줄도 모르는 남동생이 끔찍할 정도로 이상한 나머지 왠지 모를 두려움이 막연하게 몰려드는데, 겉으로 드러내진 않았다. 씨씨 역시 스티븐이 돌아오면 낭패를 겪을 누군가가 스티븐을 제거한 것 같다는 말을 레이첼에게 들은 날, 루이사와 똑같은 마음이 끔찍하게 자라는 걸 느꼈다. 루이사는 은행 절도 사건과 관련해 남동생을 의심할만한 얘기는 단 한 번도 꺼낸 적이 없으며, 아무것도 모르는 아버지가 손으로 희끗희끗한 머리를 괼 때 씨씨와 시선을 주고받은 외에는 이 문제에 대해서 씨씨와 특별히 상의한 적도 없지만,

---

43) 당시 영국에는 귀 끝을 잘라 싸움에서 졌거나 죄인임을 표시하는 풍습이 있었다.

두 사람은 각자 그럴 가능성을 깨닫고 공감대를 형성했다. 이로 인한 공포는 참으로 끔찍하게 일어나며 두 사람 주변을 희미한 그림자처럼 따로따로 끊임없이 맴돌아, 어느 쪽도 자신보다 공포가 덜할 거로 생각할 수 없었다.

그런데도 건달은 여전히 불쾌할 정도로 용기를 끌어모으며 대담하게 떠들어댔다. 스티븐 블랙풀이 도적질을 안 했다면 직접 와서 증명하라고 해. 안 나타나는 까닭이 도대체 뭐야?

밤이 또 지났다. 낮과 밤이 또 지났다. 그래도 스티븐 블랙풀은 안 나타났다. 스티븐은 도대체 어디로 갔기에 아직도 안 나타난단 말인가?

6장. 별빛

돌아온 일요일은 가을 날씨가 화창하면서도 상쾌하고 시원해, 씨씨와 레이첼은 아침 일찍 만나서 시골로 산책하러 나갔다.

다른 사람 머리에 재를 뿌리고 거친 옷을 입혀서 깊이 회개시켜 자신까지 죄를 회개하려는 듯,[44] 코크타운은 자기 머리는 물론 인근 지역 머리에도 희뿌연 재를 뿌려대니, 이따금 신선한 공기를 마시고 싶은 사람은 허망한 인생살이에서 간혹 치미는 욕구가 그렇게 사악하다고 볼 수도 없는 터라, 열차를 타고 몇 킬로미터 나가서 시골을 산책하거나 들판을 거니는 게 상례였다. 그래서 씨씨와 레이첼 역시 통상적인 방식으로 연기가 자욱한 지역을 빠져나와 바운더비 사장 전원주택과 시내

44) 성서에 나오는 장면으로, 죄를 지은 사람은 거친 옷을 입고 머리에 재를 뿌려서 통렬하게 참회했다.

중간 즈음에 있는 역에서 내렸다.

초록 풍경 여기저기에 석탄 더미가 얼룩처럼 쌓여도 나머지 지역은 초록색이 상쾌하고 볼만한 나무도 있는 데다 (일요일인데도) 종달새가 노래하고, 공기는 상쾌한 내음이 묻어나고, 맑고 파란 하늘은 머리 위로 커다란 아치를 그리며 뻗어 나갔다. 한쪽 멀리서는 코크타운이 까만 안개처럼 보이고 다른 쪽 멀리서는 언덕이 일어나기 시작하고 또 다른 쪽 아주 멀리서는 바다에 걸친 수평선이 희미하게 보였다. 발밑에 밟히는 풀은 싱싱하고 그 위로 나뭇가지가 얼룩지며 아름다운 그림자를 드리웠다. 산울타리는 화려하고 주변 모든 게 평화로웠다. 탄갱 입구에 세워놓은 기계도, 늙고 여윈 몸뚱이로 바닥에 쓰러질 때까지 원을 그리며 일하던 여러 마리 말도 조용하고 기계 바퀴는 잠시나마 회전을 멈추니, 지구라는 거대한 바퀴가 평소와 달리 조용히 돌아가는 것 같았다.

두 사람은 들판을 가로지르며 걸어서 그늘진 오솔길을 내려가다가 썩어 문드러져서 발로 툭 건들기만 해도 떨어지는 울타리 파편을 넘고 높이 자란 풀은 벽돌과 대들보를 뒤덮어서 일터 현장이 폐허로 변했다고 알려주는 장소도 지났다. 비좁은 오솔길도 그대로 걸었다. 그러나 높다란 풀이 무성하게 자란 흙무더기나 가시나무와 덩굴 비슷한 식물이 어지럽게 뒤엉킨 흙무더기는 항상 피했다. 그런 곳 밑에는 낡은 폐광이 숨었다는 섬뜩한 이야기를 들었기 때문이다.

태양이 높이 떠오를 즈음에 두 사람은 바닥에 앉아서 휴식을 취했다. 근처든 멀리든 오랫동안 마주친 사람이 하나도 없다. 주변은 마냥 조용했다.

“사방이 조용하고 발로 밟은 흔적이 없는 걸 보면, 레이첼 언니, 여름 이후로 여기를 걸어간 사람은 우리가 처음인 것 같아요!”

씨씨는 이렇게 말하다가, 썩어 문드러져서 땅바닥에 흩어진 울타리 파편으로 시선이 쏠렸다. 그래서 자세히 살피며 다시 말했다.

"그런데 아닌 것 같아요. 이건 예전에 부서진 게 아니에요. 부러진 나무도 새것이고요. 여기에 발자국도 있어요……맙소사, 레이첼 언니!"

씨씨가 급히 돌아가서 두 팔로 목을 껴안았다. 레이첼은 이미 깜짝 놀라며 일어선 상태다.

"왜 그래요?"

"모르겠어요. 풀밭에 모자 하나가 나뒹굴어요."

두 사람은 함께 그쪽으로 나아갔다. 레이첼이 모자를 집다가 머리부터 발끝까지 떨더니 눈물을 펑펑 쏟으며 통곡했다. 모자 안에서 자필로 쓴 스티븐 블랙풀이란 이름이 나온 것이다.

"아, 불쌍한 스티븐, 불쌍한 스티븐! 누가 스티븐을 제거했어. 여기서 살해한 거야!"

"거기에…… 모자에 핏자국이 조금이라도 묻었나요?"

씨씨가 덜덜 떨며 물었다. 두 사람은 두려움을 무릅쓰고 모자를 꼼꼼히 살피는데 폭행 흔적은 어디에도 없었다. 땅바닥에서 며칠 동안 나뒹군 게 분명했다. 비를 맞은 흔적과 이슬 자국이 있고, 모자가 떨어진 풀밭엔 모자에 눌린 흔적까지 있었다. 두 사람은 겁에 질려서 꼼짝도 않고 주변을 살피지만 더는 아무것도 찾을 수 없었다. 그래서 씨씨가 속삭였다.

"레이첼 언니, 내가 혼자서 앞으로 조금만 가볼게요."

씨씨가 모자를 놓고 앞으로 막 나아가려 할 때 레이첼이 두 팔을 잡으며 황량한 풍경 너머로 울려 퍼질 만큼 커다란 비명을 질렀다. 바로 앞에서, 바로 두 사람 발밑에서, 울창한 풀에 가린 새까만 탄갱이 아가리를 벌렸다. 두 사람은 깜짝 놀라며 뒤로 물러나다가 무릎을 꿇고 바닥에 쓰러지더니, 서로 상대편 목에다 얼굴을 파묻었다.

"아, 하느님 맙소사! 스티븐이 저 밑에 있어! 저 밑에!"

이렇게 소리치며 끔찍한 비명을 내지른 게 레이첼이 처음에 할 수 있는 전부였다. 씨씨가 눈물로 하소연하면서 아무리 진정시키려고 애써도 소용이 없었다. 레이첼을 진정시키는 건 불가능하나, 몸뚱이를 꼭 붙잡는 건 절대적으로 필요했다. 그러지 않으면 구덩이 속으로 몸을 던질 게 분명했기 때문이다.

"레이첼 언니, 아, 다정하고 선량한 레이첼 언니, 제발 부탁이니 끔찍한 비명 좀 멈추세요! 스티븐 아저씨를 생각하세요, 스티븐 아저씨를 생각하세요, 스티븐 아저씨를 생각하세요!"

씨씨는 순간적으로 몰려드는 고통을 이렇게 끊임없이 간청하는 식으로 모조리 쏟아내다가 마침내 레이첼을 진정시키고 돌덩이처럼 눈물 한 방울 안 흘리는 얼굴을 보여주며 말했다.

"레이첼 언니, 스티븐 아저씨는 아직 안 죽었을 수도 있어요. 그래서 살릴 수 있다면, 이렇게 중요한 순간에 이렇게 끔찍한 탄갱 밑바닥에 아저씨가 꼼짝도 못 하고 누워있도록 놔둘 순 없는 거 아닌가요?"

"그래요, 그래요, 그래요!"

"그러니 여기에서 꼼짝 말고 기다리세요, 아저씨를 위해! 내가 내려가서 살펴볼게요."

씨씨는 구덩이로 접근할 생각에 몸이 부르르 떨리지만 두 손과 무릎으로 기어서 다가가며 스티븐을 최대한 커다랗게 불렀다. 그리고 가만히 듣는데 대답하는 소리는 안 들렸다. 다시 부르고 가만히 들어도 대답하는 소리는 여전히 없었다. 씨씨는 이렇게 스무 번을 소리치고 서른 번을 소리쳤다. 스티븐이 구르다가 무너뜨린 흙벽에서 흙을 약간 집어 구덩이 밑으로 던졌다. 흙이 떨어지는 소리조차 안 들렸다.

씨씨가 일어나서 도움을 청하려고 사방을 둘러보지만 불과 몇 분 전만 하더라도 사방이 고요해서 아름답게 보이던 풍경은 용감한 마음에 절망감만 안겼다.

"레이첼 언니, 낭비할 시간이 없어요. 각자 다른 방향으로 뛰어가서 도움을 청해야 해요. 언니는 우리가 온 방향으로 거슬러 가고 나는 앞으로 계속 나가는 거예요. 누구든 만나면 이런 사실을 그대로 알리세요. 스티븐 아저씨를 생각해요, 스티븐 아저씨를 생각해!"

레이첼 얼굴을 보니 이제는 믿어도 될 것 같았다. 그래서 레이첼이 두 주먹 불끈 쥐고 달리는 모습을 잠시 바라보다가 씨씨도 방향을 돌려서 사람을 찾아 나섰다. 그러다가 울타리 앞에서 잠시 걸음을 멈추고 숄을 묶어 장소를 표시한 다음, 보닛 모자를 옆으로 젖히고 어느 때보다 빠르게 달렸다.

빨리 달려, 씨씨, 어서 달려! 숨이 가빠도 멈추지 마. 달려, 계속 달려! 씨씨는 이렇게 머릿속으로 호소하며 들판에서 들판으로, 오솔길에서 오솔길로, 이곳에서 저곳으로 어느 때보다 빨리 달리다 보니, 기계실과 창고가 보이는데, 창고 그늘에서 장정 두 명이 짚을 깔고 누워있었다.

씨씨는 잔뜩 흥분한 데다 숨이 막혀서 처음에는 두 사람을 깨우기도, 그다음엔 자신이 여기까지 달려온 까닭을 설명하기도 쉽지 않았다. 하지만 두 사람은 말을 알아듣자마자 씨씨 못지않게 흥분했다. 두 사람 가운데 한 명은 술에 취해서 정신을 쉽게 못 차리는데, 저주받은 지옥의 갱도에 사람이 빠졌다고 동료가 소리치자, 더러운 물이 고인 웅덩이로 뛰어가서 머리를 처박고 정신을 차린 다음에 돌아왔다.

씨씨는 장정 두 명과 함께 일 킬로미터를 더 달리다가 각자 방향을 바꿔서 다른 방향으로 달렸다. 그러다가 말 한 필을 발견하고 말 등에 올라탄 장정에게 기차역으로 죽자 살자 달려서 루이사에게 소식을 알리라며 전갈을 써서 넘겨주었다. 이즈음에는 마을 전체가 일어나서 바삐 움직이며 밧줄을 감는 권양기와 밧줄과 장대와 초와 등불 등 필요한 물건을 급히 가져와서 한곳으로 모아, 저주받은 지옥의 갱도로 운반할 준비에 들어갔다.

산채로 묻힌 무덤에 실종자를 그대로 두고 떠나온 이후로 벌써 여러 시간이 지난 것 같았다. 더는 망설일 수 없었다. 어서 구하러 가야 했다. 그래서 씨씨는 서둘러 돌아가고 일꾼 대여섯 명도 함께 움직였다. 그중에는 술에 취했다가 끔찍한 소식을 듣고 정신을 차린 장정도 있는데, 누구보다 훌륭한 일꾼이었다. 이윽고 저주받은 지옥의 갱도에 도착하니, 처음 떠날 때처럼 아무런 인기척도 없었다. 사람들은 씨씨가 그런 것처럼 이름을 부르다가 가만히 귀를 기울이고, 구덩이 가장자리를 조사하고 거기에 떨어진 과정을 추론하더니, 모두 바닥에 앉아서 필요한 장비가 도착하기만 기다렸다.

공중에서 일어나는 풀벌레 소리 하나하나가, 나뭇잎이 부스럭거리는 소리 하나하나가, 사람들이 조그맣게 속삭이는 소리 하나하나가 구덩이 바닥에서 일어나는 비명 같아서 씨씨는 몸을 부르르 떨었다. 하지만 구덩이 위에서 바람은 한가롭게 불고 밑에서 올라오는 소리는 하나도 없으며 사람들은 풀밭에 앉아서 기다리고 또 기다렸다. 그렇게 상당한 시간을 기다리자, 사고 소식을 들은 사람이 하나둘씩 모여들면서 진짜 필요한 장비도 하나둘씩 도착했다. 이런 와중에 레이첼이 돌아오는데, 일행 가운데에 의사가 있고 포도주와 의약품도 가져왔다. 하지만 구덩이에 떨어진 사람이 여전히 살았으리라 기대하는 사람은 거의 없었다.

이제 작업에 걸리적거릴 정도로 많은 사람이 모이자, 구정물에 머리를 처박고 정신을 차린 장정은 스스로 선두에 나서고 나머지 사람도 지휘를 대부분 받아들여, 사람들은 저주받은 지옥의 갱도 주변을 커다랗게 에워싼 채 각자 자리를 지켰다. 그래서 생겨난 원으로 들어갈 수 있는 사람은 자발적으로 작업에 참여한 봉사자 말고 처음에는 씨씨와 레이첼밖에 없다가 나중에는 코크타운에서 소식을 듣고 달려온 그래드그라인드 선생과 루이사, 바운더비 사장, 건달이 전부였다.

씨씨와 레이첼이 그곳 풀밭에 처음 앉고 네 시간이 흐른 다음에 비로소 장대와 밧줄을 이용해서 장정 두 사람이 구덩이 밑으로 안전하게 내려갈 도구를 설치했다. 도구 자체는 간단하지만, 필요한 물품이 없어서 사람을 보내 가져오도록 하는 등, 도중에 다양한 어려움이 발생했다. 화창한 가을날 일요일 오후 다섯 시에 공기가 있는지 확인하려고 먼저 촛불을 내려보내면서, 얼굴이 거친 장정 서너 명이 몰려들어 자세히 살피고, 권양기를 다루는 사내는 그들이 말하는 대로 밧줄을 내렸다. 그리고 촛불을 다시 올려서 희미하게 타는 걸 확인하고 물을 부어서 껐다. 그런 다음에는 커다란 두레박을 밧줄에 걸고 구정물에 머리를 처박아서 정신 차린 장정은 다른 한 명과 함께 불을 들고 올라타더니, "밑으로 내려!"라고 소리쳤다.

권양기가 삐걱거리는 소리와 함께 밧줄을 팽팽하게 당기며 내리는 동안, 주변에 모여든 남녀 일이백 명은 평상시와 달리 모두 숨을 잔뜩 죽이고 지켜보았다. 신호가 와서 권양기가 멈추는데, 아직도 밧줄은 넉넉했다. 권양기를 움직이던 사람이 가만히 기다린 가운데 상당히 오랜 시간이 흐르자, 여자들 가운데에서 또 사고가 발생했다는 날카로운 소리가 일어났다! 하지만 의사는 시계를 들고 살피다가 이제 겨우 5분이 지났다고 선언하며 모두 조용히 하라고 엄하게 훈계했다. 그런데 이 말이 끝나자마자 권양기가 반대로 돌아가며 다시 움직였다. 숙련

된 사람은 두레박에 장정 두 사람이 올라탔다고 보기엔 권양기가 너무 가볍게 움직이는 걸 보고 한 명만 올라온다는 사실을 깨달았다.

밧줄을 팽팽하게 당겨서 권양기 몸통에 감고 또 감는 사이에 모든 시선이 구덩이로 쏠렸다. 구정물에 머리를 처박고 정신 차린 장정이 올라와서 풀밭으로 날쌔게 뛰어내렸다. 그와 동시에 사방에서 “살았어요, 죽었어요?” 하고 묻다가 모두 깊은 침묵에 빠져들었다.

장정이 “살았어요!”라고 대답하자, 거대한 함성이 일어나는데 두 눈에 눈물을 글썽이는 사람까지 보일 정도다. 하지만 시끌벅적한 소리가 가라앉자마자 장정은 이렇게 덧붙였다.

“그런데 심하게 다쳤어요. 의사는 어디에 있죠? 하도 심하게 다쳐서, 선생님, 어떻게 끌어올려야 좋을지 모르겠어요.”

모두 모여서 상의하다가 걱정스러운 표정으로 쳐다보고, 의사는 몇 가지를 물어보곤 대답이 나올 때마다 머리를 흔들었다. 태양이 떨어지기 시작하면서 초저녁 노을이 사람들 얼굴을 빨갛게 물들여, 걱정스러운 표정을 한층 또렷하게 보여주었다.

이윽고 상의를 끝내더니 남자들은 권양기로 돌아가고, 구덩이에서 올라온 사람은 포도주를 비롯한 자잘한 물품을 지니고 밑으로 다시 내려갔다. 그러더니 이번에는 다른 사내가 올라왔다. 이런 와중에 사내 몇 명은 의사가 지시하는 말을 듣고 들것을 가져와서 짚을 느슨하게 깔고 천으로 덮어서 두꺼운 침대를 만들고, 의사 자신은 숄과 손수건 등으로 붕대와 삼각건을 준비했다. 준비를 모두 끝내자, 방금 올라온 사내는 의사에게 사용법을 듣고 한쪽 팔에 붕대와 삼각건을 걸었다. 그리곤 한 손엔 횃불을 들어, 자유로운 손으로 장대 하나를 움켜잡고 가만히 기댄 채 구덩이를 내려다보기도 하고 주변 사람을 둘러보기도 하는 모습이 또렷하게 보였다. 이제 사방이 어두워서 모두 횃불을 밝힌 상태다.

이 사람이 주변 사람에게 말해서 사방으로 신속하게 퍼져나간 얼마 안 되는 이야기를 종합하자면, 실종자가 떨어진 곳은 벽이 무너지며 탄갱 절반을 메운 흙더미로, 떨어지는 도중에 울퉁불퉁 삐져나온 벽에 부닥쳐서 온몸이 심하게 부러졌다. 그래서 등을 바닥에 대고 똑바로 누웠는데 한쪽 팔은 굽은 채 몸에 깔리고, 실종자 자신이 말한 바에 따르면 바닥에 떨어진 이후에는 몸을 거의 움직일 수 없었다. 한 손만 자유롭게 움직일 수 있어서 옆 주머니로 가져가 거기에 넣어둔 빵과 고기를 조금씩 뜯어 입에 넣고 바닥에 조금씩 고인 물을 마찬가지로 가끔 떠먹는 게 전부였다. 그는 편지를 받는 즉시 작업장을 떠나서 마냥 걸었다. 그래서 깜깜한 밤에 바운더비 사장 전원주택으로 가다가 구덩이에 떨어지고 말았다. 이처럼 위험한 시각에 이처럼 위험한 지역을 가로지른 까닭은 자신에게 덧씌운 누명을 견딜 수 없었기 때문이다. 지름길로 한시바삐 찾아가서 결백을 증명하고 싶었기 때문이다. 구덩이에서 올라온 사내는 그러면서, 저주받은 지옥의 갱도가 마지막까지 악명을 떨친다며 욕설을 내뱉었다. 지금은 스티븐이 말을 할 수 있어도 숨이 금방 달아날 수밖에 없다고 믿기 때문이다.

모든 준비를 마치자, 권양기는 삐걱거리는 소리를 내며 밧줄을 내리고, 사내는 동료와 의사가 지시하는 내용을 마지막까지 듣다가 구덩이 밑으로 급하게 사라졌다. 밧줄이 예전처럼 풀려나가더니, 신호가 올라오고 권양기를 멈췄다. 이번에는 권양기에서 누구도 손을 안 뗐다. 모두 힘껏 잡고 상체를 숙인 채 권양기를 거꾸로 감아올릴 순간이 오기만 기다렸다. 마침내 신호가 다시 올라오고, 권양기를 에워싼 사람은 몸을 일제히 앞으로 숙였다.

이번에는 밧줄이 힘을 잔뜩 받아서 팽팽하게 당기는 느낌이고, 사람들은 힘들게 돌리고, 권양기는 삐걱거리며 맘껏 투덜댔다. 밧줄이 금방이라도 끊어질 것 같아서 차마 눈뜨고 쳐다볼 수 없었다. 하지만 권양기는 한 바퀴 또 한 바퀴 돌아가며 밧줄을 무사히 감다가 연결한 사슬을 들어내더니, 마침내 두레박이 – 머리가 어찔하고 심장이 쿵 내려앉는 장면을 연출하며 – 양옆에서 붙잡은 장정 두 명과 함께 나타나고 한가운데에서는 단단히 묶은, 온몸이 으스러져서 삼각건과 붕대를 사방에 감은, 불쌍한 인물이 나타났다.

이렇게 생긴 형체를, 알아보기 힘든 형체를, 쇠로 만든 커다란 두레박에서 조심스레 천천히 들어 올려 짚을 깐 간이침대로 내리는 동안 구경꾼 사이에서 가엾다고 중얼대는 소리가 일어나고 여인네들은 대놓고 서글프게 울었다. 처음에는 의사 한 명만 옆으로 다가갔다. 그래서 침대에 누운 환자에게 필요한 조치를 했지만, 할 수 있는 거라곤 옷으로 덮어주는 게 전부였다. 그래서 옷으로 조심스레 덮어준 다음에 레이첼과 씨씨를 불렀다. 바로 그 순간, 지칠 대로 지쳐서 창백하고 힘없는 얼굴이 하늘만 물끄러미 바라보고 부러진 오른손은 자신을 덮은 옷자락 바깥으로 떨구는데, 마치 누군가 그 손을 잡아주기만 기다리는 것 같았다.

사람들은 환자에게 음료수를 주며 얼굴을 축축하게 적시고 강장제와 포도주 몇 방울로 입술을 적셨다. 환자는 꼼짝도 않고 하늘만 올려다보면서도 얼굴에 미소를 머금으며 중얼거렸다.

“레이첼.”

레이첼이 스티븐 옆으로 다가가서 풀밭으로 허리를 숙여 하늘만 쳐다보는 눈길과 시선을 마주했다. 스티븐 자신은 레이첼에게 시선을 맞출 수 없었기 때문이다.

“레이첼, 내 사랑.”

레이첼이 손을 잡았다. 스티븐이 다시 빙그레 웃으며 말했다.

"다시는 놓지 마요."

"많이 아픈가요, 사랑하는 스티븐?"

"계속 아팠는데 이제는 괜찮소. 그동안 끔찍하게 무섭고 외롭고 지루했지만…… 이제 다 끝났소. 아, 레이첼, 모든 게 엉망이오. 처음부터 끝까지 엉망이오!"

이렇게 말하는 목소리에서 처음에 느끼던 공포가 다시 묻어나오는 것 같았다.

"내가 탄갱에 떨어지고 말았소, 내 사랑, 지금까지 생존한 어르신들 기억 속에서 수천수만 목숨을 앗아간 탄갱에, 아버지며 아들이며 형제며 소중한 사람들 수천수만이 밥 먹고 살려고 몸부림치다 죽어간 탄갱에. 내가 탄갱에 떨어지고 말았소, 폭발성 메탄가스가 전쟁터보다도 지독한 탄갱에. 예전에 공개 질의서에서, 누구나 읽을 수 있는 질의서에서, 탄갱 광부들이 점잖으신 국회의원에게 사랑하는 처자가 있듯 자기네 역시 사랑하는 처자가 있으니 가족을 보살피며 함께 살아가도록 해주길, 자신들이 일하다가 죽어 나가지 않도록 해주길 제발 부탁하고 또 부탁한다며 국회에 청원하는 내용을 읽은 적이 있소. 그런데 탄갱은 작업 중에도 불필요하게 목숨을 앗아가더니, 작업을 멈춘 다음에도 불필요하게 목숨을 앗아가는구려. 우리가 불필요하게 죽어가는 모습을, 매일같이 진흙탕에 빠져서 이렇게 저렇게 죽어가는 모습을 똑바로 보시오!"

스티븐이 힘없이 말했다. 누구에 대한 분노는 조금도 없었다. 있는 그대로 계속 말할 뿐이다.

"어려서 죽은 동생을 당신은 아직도 안 잊지요, 레이첼. 당신이 죽은 동생을 안 잊는 것처럼 나도 잊지 마세요. 당신은 – 하루하루를 힘겹게 살아가면서도 – 창가 조그만 의자에 앉아서 온종일 간호하던 장면은 물론, 존재할 가치조차 없는 역겨운 공기와 비참한 노동자 숙소 때문에 동생이 어려서 흉하게 죽어 나간 장면까지 똑똑히 기억하지요. 아, 모든 게 엉망이오! 모든 게 엉망!"

루이사가 다가가는데 스티븐은 똑바로 누워서 밤하늘만 쳐다보느라 상대를 못 보고 계속 말한다.

"세상일이 이렇게 엉망진창만 아니라면 애초에 내가 이런 곳에 올 필요조차 없겠지요. 노동자 내부가 엉망진창이 아니라면 애초에 동료 방직공이나 노동하는 형제들이 나를 오해할 일도 없겠지요. 바운더비 사장이 제대로 알았더라면 – 조금이라도 알았더라면 – 나를 오해할 일도 없겠지요. 나를 의심하는 일도 없겠지요. 하지만 저기를 보세요, 레이첼! 저 위를 보세요!"

레이첼은 그 시선을 쫓다가 별을 쳐다본다는 사실을 깨닫고, 스티븐은 경건한 어투로 계속 말했다.

"내가 저 밑바닥에 쓰러져서 온갖 고통을 겪을 때 저 별이 나를 비췄다오. 마음속까지 비췄다오. 저 별을 쳐다보며 당신을 생각하다 보니, 레이첼, 엉망진창이던 마음이 조금씩 맑아지는 것 같았다오. 그러다 보니, 누군가 나를 제대로 이해하지 않았다면 나 역시 상대를 제대로 이해하지 않았다는 사실을 깨달았다오. 당신 편지를 받는 순간, 나는 젊은 부인이 나에게 한 말과 행동은 그 동생이 나에게 한 말과 행동이며, 두 사람은 나를 사이에 두고 간악한 음모를 꾸몄다고 확신했다오. 저 밑바닥에 떨어지기 직전까지 나는 젊은 부인에게 잔뜩 화나서, 내가 당한 것과 똑같이 복수하겠다는 마음으로 급히 서둘렀다오. 하지만 사람은 판단할 때도 행동할 때도 참고 또 참아야 하는 법이라오. 나는 온갖 고통에 시달리는 가운데 환하게 비추는 저 별을 바라보다가 이런 사실을 또렷하게 깨달았다오. 그래서 내가 힘들게 살아갈 때보다 세상 전체가 서로에게 더욱 가깝게 다가가, 서로를 충분히 이해하며 살아가길 바란다는 임종 기도까지 바쳤다오."

루이사는 레이첼 반대편에서 스티븐이 하는 말을 듣다가 허리를 숙이고, 그래서 스티븐도 볼 수 있었다. 그러자 스티븐이 잠시 침묵하다가 물었다.

"모두 들었지요? 나는 부인을 한 번도 안 잊었답니다."

"그래요, 스티븐, 모두 들었어요. 나도 당신처럼 기도했어요."

"부인께선 부친이 계세요. 부친에게 말씀 좀 전해주시겠어요?"

"지금 여기에 계세요. 모시고 올까요?"

루이사가 물었다. 겁에 질린 어투였다.

"부탁합니다."

루이사가 부친과 함께 돌아와, 손을 맞잡고 가만히 서서 엄숙한 얼굴을 내려다보았다.

"선생님, 제가 쓴 누명을 벗겨주시어, 사람들이 저를 좋을 사람으로 기억하도록 만들어주세요. 선생님만 믿겠습니다."

그래드그라인드 선생은 당황한 표정으로 그 까닭을 묻고, 이런 대답을 들었다.

"선생님 자제분이 그 까닭을 압니다. 자제분에게 물으세요. 저는 아무도 비난하지 않겠습니다. 저는 아무런 암시도 남기지 않겠습니다, 단 한마디도. 저는 밤에 선생님 자제분을 만나서 대화를 나눴습니다. 제가 바라는 건 누명을 벗겨달라는 게 전붑니다. 그 정도는 선생님이 해주시리라 믿습니다."

한쪽에서는 사람을 정해서 들것을 짊어지고 환자를 운반하려 준비하고, 의사는 빨리 운반해야 한다며 성화고, 앞에서는 사람들이 횃불이나 등불을 들고 길잡이에 나서려 준비했다. 들것을 들기 전에, 사람들이 운반할 방법을 결정하는 동안, 스티븐은 별을 올려다보며 레이첼에게 말한다.

"고통에 시달리다가도 가끔 정신이 들 때마다 별이 저 위에서 비추는 걸 깨닫고, 우리 구세주가 계시는 곳으로 나를 인도할 별이라고 생각했소. 바로 저 별이 그 별이라고 생각했다오!"

사람들이 들것을 들자, 스티븐은 별이 자신을 인도하는 곳으로 사람들이 데려다주려 한다 생각하고 크게 기뻐하며 말했다.

"레이첼, 사랑하는 연인이여! 내 손을 놓지 마오. 오늘 밤은 함께 걸읍시다, 내 사랑!"

"당신 손을 안 놓고 곁에 꼭 머물겠어요, 스티븐, 끝까지."

"당신은 복 받을 거요! 누구든 내 얼굴을 기꺼이 덮어주시겠지!"

사람들은 스티븐을 조심스레 들고서 들판을 따라가고 오솔길을 내려가고 광활한 풍경을 지났다. 레이첼은 스티븐 손을 안 놓았다. 속삭이는 소리조차 없어 구슬픈 침묵만 가득했다. 그리고 얼마 후에는 행렬 자체도 장례 행렬로 변했다. 별은 가난한 사람이 하느님을 찾도록 빛을 비추고, 망자는 겸손과 슬픔과 용서를 통해서 구세주 품에 안겼다.

7장. 건달을 잡아라!

저주받은 지옥의 갱도를 동그랗게 에워싼 사람들이 원을 허물기 전에 한 인물이 빠져나갔다. 원래 바운더비 사장은 그림자처럼 쫓아다니는 건달과 나란히 있고 루이사는 아버지 팔을 잡은 채 멀찌감치 떨어진 곳에 있었다. 그러다가 그래드그라인드 선생이 들것으로 불려가자, 씨씨는 주변에서 벌어지는 광경을 모두 살피다가 그림자처럼 사악한 건달 뒤로 살그머니 다가가서 귀에 대고 속삭이는데, 행여나 그쪽을 쳐다보는 사람이 있었다면 공포에 질린 표정이 정말 볼만할 터였다. 건달은 머리조차 안 돌리고 씨씨와 몇 마디 주고받았다. 그래서 사람들이 울타리를 풀기도 전에 슬그머니 빠져나간 것이다.

아버지는 집에 도착하자마자 바운더비 사장에게 아들을 집으로 곧장 보내라는 전갈을 보냈다. 그런데 바운더비 사장은 자신 역시 사람들이 많을 때 톰과 헤어진 이후로 한 번도 못 봤다는, '돌 저택'에 있는 줄 알았다는 대답만 보냈다.

"오늘 밤에 톰은 시내로 안 돌아올 거예요, 아버지."

루이사가 말하자, 그래드그라인드 선생은 고개를 돌리고 아무 말도 안 했다.

다음 날 아침, 그래드그라인드 선생은 은행이 문을 열자마자 직접 찾아가서 (처음에는 쳐다볼 용기가 없어서 망설이다가) 아들 자리가 텅 빈 걸 확인하고 바운더비 사장이 출근하는 길을 역으로 걸어서 도중에 만났다. 그래서 아들을 멀리 심부름 보냈으니 한동안 안 보일 거라고, 그럴만한 까닭이 있으니 나중에 설명하겠다고, 하지만 지금은 묻지 말라고 간청했다. 그리고 자신은 스티븐 블랙풀이 쓴 누명을 벗기고 도적을 밝힐 책임도 있다고 통보했다.

바운더비 사장은 어리둥절한 나머지 장인이 떠난 후에도 거리에 꼼짝 않고 가만히 있는데, 볼품없이 커다란 비누 거품처럼 감정만 북받쳐 올랐다.

그래드그라인드 선생은 집으로 가서 방문까지 잠근 채 자기 방에 틀어박혀서 온종일 꼼짝을 안 했다. 씨씨와 루이사가 두드려도 방문조차 안 열고 "지금 말고 초저녁에 보자꾸나" 하고 대답할 뿐이다. 그래서 초저녁에 다시 찾아오자, "지금은 안 되겠구나…… 내일 보자"고 대답했다. 온종일 아무것도 안 먹고 어둠이 깔린 다음에도 촛불조차 안 켰다. 방을 이리저리 거니는 소리만 늦은 밤까지 일어났다.

하지만 다음 날 아침이 되자 평소와 같은 시각에 아침 식사를 하러 나타나서 평소와 같은 자리에 앉았다. 하룻밤 사이에 축 늘어져서 많이 늙은 데다 풀까지 완전히 죽었지만, 세상을 살아가는 데 필요한 건 구체적인 사실이 전부라고 주장하던 시절에 비해 훨씬 다정하고 현명하게 보였다. 그리곤 식탁을 떠나기 직전에 찾아올 시간을 알려주더니, 새하얀 머리를 푹 숙인 채 방으로 다시 들어갔다.

이윽고 약속한 시각이 되자 루이사는 씨씨와 함께 찾아가서 이렇게 말했다.

"아직은 어린 자녀가 셋이나 남았어요, 사랑하는 아버지. 걔들은 다를 거고, 저 역시 다르게 변할 거예요, 하늘이 도우시면."

그러면서 씨씨에게 한 손을 내미는 게, 씨씨 역시 곁에서 도울 거라는 의미 같았다.

"네가 보기엔 남동생이 너랑 함께 그 집으로 갈 때부터 이런 도적질을 계획한 것 같던?"

그래드그라인드 선생이 묻자, 루이사가 대답했다.

"그런 것 같아요, 아버지. 돈을 헤프게 써서 빚이 많았거든요."

"가련한 사내가 이곳을 떠날 거란 사실을 깨닫는 순간, 모든 누명을 뒤집어씌울 생각이 떠오른 걸까?"

"그 집에 머무는 사이에 그런 생각이 떠오른 것 같아요, 아버지. 그 집을 찾아가자는 건 동생 생각이 아니거든요. 내가 동생에게 부탁한 거예요."

"그래서 동생이 가련한 사내와 대화를 나눈 거야. 동생이 그 사내를 다른 데로 데려갔니?"

"방문 바깥으로 데려갔어요. 왜 그랬는지 나중에 물어보니까 동생은 그럴싸하게 변명했어요. 하지만 어젯밤[45] 이후로 당시 상황을 하나씩 떠올리니, 두 사람 사이에 오간 대화를 충분히 짐작할 것 같아요."

"그럼 너도 나와 마찬가지로 동생이 그런 범죄를 저질렀다고 생각하는 게냐?"

아버지가 묻는 말에 루이사는 주저하며 대답했다.

"제가 보기엔, 톰이 – 제 이름이나 자기 이름을 걸고 – 무슨 약속을 해서, 스티븐 블랙풀이 그 말을 곧이곧대로 믿고 예전에 한 번도 그런 적이 없는 일을 한 것 같아요. 이곳을 떠나기 이삼일 전부터 밤마다 은행 주변을 서성거리는 일이요."

"그래, 맞아! 확실해!"

그래드그라인드 선생이 중얼거리더니 얼굴에 그늘이 가득한 표정으로 한동안 침묵하다가 기운을 차리며 물었다.

"그럼 이제 톰을 어떻게 찾아야 하지? 법의 심판에서 어떻게 구해야 하지? 진실을 공표하기 전에 잠시나마 틈을 내서 톰을 어떻게 찾아야 하지, 다른 사람에게 안 들키고 우리 눈에만 보이도록? 아, 금화 일만 냥을 들여도 그럴 수 없을 거야."

"씨씨가 벌써 그렇게 했어요, 아버지."

그래드그라인드 선생은 눈길을 들어서 자기 집에 찾아온 착한 요정처럼 가만히 서 있는 씨씨를 바라보고, 감사하고 기뻐하는 어투로 다정하게 말했다.

---

45) 벌써 이틀이 지났으니 그제 밤인데, 디킨스는 어젯밤으로 착각하고 이후에도 같게 표기한다. 하지만 본서는 작가가 착각한 내용까지 그대로 담겠다.

"언제나 너로구나, 아가!"

씨씨는 루이사를 힐끗 쳐다보곤 자초지종을 설명했다.

"저는 아가씨와 함께 며칠 전부터 걱정하던 차에, 어젯밤에 선생님이 들것 옆으로 다가가시는 걸 보고 (레이첼 언니 옆에 있던 터라) 두 사람이 나누는 대화까지 들은 다음, 아무도 안 보는 틈을 타서 도련님에게 다가가 '나를 쳐다보지 마세요. 도련님 부친을 계속 쳐다보세요. 지금 당장 도망쳐요, 도련님 부친과 도련님 자신을 위해서!'라고 속삭였어요. 도련님은 처음부터 덜덜 떨더니 내가 속삭이는 소리를 듣고 깜짝 놀라서 훨씬 심하게 떨다가 '내가 어디로 가겠어? 수중에 돈도 없고 나를 숨겨줄 사람도 모르는데!'라고 말했어요. 그래서 저는 아버지가 예전에 일하시던 곡마단을 떠올렸어요. 저는 슬리어리 단장님이 이즈음이면 어디에서 공연하실지 아는 데다 며칠 전에 신문기사까지 읽었어요. 그래서 급히 그곳으로 가서 슬리어리 단장님에게 이름을 밝히고 내가 갈 때까지 숨겨달라고 부탁하도록 했어요. 그러자 도련님은 '아침이 되기 전에 그 사람을 찾아가겠다'고 대답했어요. 그리고 제가 지켜보는 앞에서 사람들 사이를 살그머니 빠져나갔어요."

"하느님 감사합니다! 그렇다면 아직은 외국으로 나갈 수 있어!"

아버지가 탄성을 내질렀다. 씨씨가 톰을 보낸 지역은 리버풀에서 세 시간밖에 안 걸리니, 마음만 먹으면 전 세계 어디로든 순식간에 빠져나갈 수 있다. 하지만 톰을 만나려면 극히 조심해야 한다. 이제는 언제든 의심을 받을 수 있는 데다, 바운더비 사장은 겉으로 드러내길 좋아하는 성격은 물론 약자를 괴롭히길 좋아하는 성격이라서 로마인 역할을[46] 할 게 너무나 분명하기 때문이다. 그래서 씨씨와 루이사는

46) 두 아들이 반역 음모를 꾸민 걸 확인하고 사형을 선고한 로마 집정관 브루투스를 말한다. 바운더비 사장이 가족의 인연을 끊고 처남을 경찰에게 넘긴다는 뜻이다.

이리저리 돌아서 문제의 지역을 찾아가고 고통에 휩싸인 아버지는 반대쪽으로 가서 훨씬 멀리 도는 식으로 목적지를 찾아가기로 계획을 세웠다. 게다가 아버지 자신이 슬리어리 단장을 직접 만나면 쓸데없는 오해를 사거나 그 소식을 듣고 톰이 다시 도망칠 수 있으므로, 씨씨와 루이사가 먼저 만나서 이야기를 풀어나가기로, 엄청난 고통과 불명예를 초래한 사건과 아버지가 찾아왔다는 사실, 그리고 자신들이 찾아온 목적을 미리 충분히 설명한다는 계획도 세웠다. 세 사람 모두 이런 계획을 충분히 논의하고 숙지하니, 이제 계획대로 실행하는 것만 남았다. 오후 이른 시각에 그래드그라인드 선생은 자기 집에서 시골로 곧장 걸어가, 멀리 돌아가는 데 필요한 기차에 올라탔다. 그리고 밤에는 남은 두 사람이 다른 방향으로 출발하면서 도중에 아는 얼굴을 아무도 안 만난 걸 다행으로 여겼다.

두 사람은 밤새도록 기차를 탔다. 기차를 갈아탈 때마다 잠깐씩 내려서 계단을 마냥 오르거나 통로를 마냥 걸은 게 유일한 예외다. 그리고 이른 새벽에 습지에서 내렸는데, 이제 이삼 킬로미터만 더 가면 목적지다. 다행히도 시골노인 한 명이 이른 새벽에 말 한 필을 재촉하며 마차를 끌고 우연히 나타난 덕분에 두 사람은 마차에 올라타서 사방이 습하고 음산한 지역을 벗어나 돼지들이 사는 뒷골목을 주로 지나며 읍내로 살그머니 숨어드는데, 비록 화려하거나 당당한 방식은 아니지만 이런 경우에는 가장 합당한 방식이 아닐 수 없었다.

그들이 읍내에 들어서서 제일 먼저 발견한 건 슬리어리 곡마단이 벌써 떠난 흔적이었다. 삼십 킬로미터 이상 떨어진 또 다른 읍내로 떠나서 간밤에 공연까지 한 것이다. 두 지역을 잇는 도로는 통행세를 내야 하는 험한 산길 도로밖에 없어서 이동하는 속도가 극히 느렸다. 두 사람은 급히 서둘러서 아침 식사를 하고 조금도 안 쉰 채 (이렇게 불안하고 초조한 상황에서 쉰다고 해야 아무런 소용이 없을 게 뻔한 터라) 마차를 타고 달린 덕분에 정오가 지날 즈음에는 헛간이나 담장에서 슬리어리 곡마단 광고 포스터를 발견하기 시작하고, 오후 한 시에는 시장에 들어설 수 있었다.

두 사람이 거리 판석에 발을 내딛는 순간, 이제부터 곡마단 오후 공연을 대대적으로 시작한다고 홍보하는 소리가 들렸다. 씨씨는 이곳 사람들에게 쓸데없이 질문하면서 관심을 끄느니 차라리 돈을 내고 입장하자고 제안했다. 슬리어리 단장이 입장료를 받으면 자신을 분명히 알아볼 터이니 신중하게 처리할 게 분명하며, 슬리어리 단장이 거기에 없다면 안에서 만날 게 분명한데 자신이 도망자를 피신시킨 걸 아니까 마찬가지로 신중하게 처리할 거라면서 말이다.

그래서 두 사람은 두근거리는 가슴을 안고 익히 기억하는 임시 건물로 향했다. 슬리어리 곡마단이라고 적힌 깃발도 있고 고딕식으로 움푹 들어간 매표소도 있지만, 슬리어리 단장은 거기에 없었다. 마스터 킨더민스터가 아무리 잘 믿는 사람이라도 큐피드라고 도저히 생각할 수 없는 모습으로 성장한 채, 어쩔 수 없는 상황과 (그리고 턱수염과) 타협해서 할 수 있는 일은 무엇이든 하겠다는 의지를 보이며 매표소를 담당하는데, 옆에는 막간을 이용해서 연주할 드럼까지 있었다. 킨더민스터는 지금 현재로썬 가짜 동전을 가려내느라 극단적으로 신경을 곤두세워야 하는 처지라서 돈 외에는 무엇도 못 보고, 그래서 씨씨는 그냥 지나쳐서 루이사와 함께 안으로 들어갔다.

일본 국왕이 여기저기에 까만 점이 얼룩진 백마를 차분하게 올라타고 제일 좋아하는 놀이라도 되는 듯 세숫대야 다섯 개를 동시에 돌리는 중이다. 씨씨는 국왕 역할을 하는 단원을 잘 알지만 지금 연기하는 사람은 모르는데, 어쨌든 국왕은 통치 기간을 평화롭게 마치고 물러났다. 이윽고 광대가 새로 나타나서 조세핀 슬리어리 양이 티롤 특유의 화려한 마장마술 묘기를 부리겠다고 (꽃양배추 묘기라고 재미있게 표현하며) 선언하자, 슬리어리 단장이 딸과 함께 나타났다.

슬리어리 단장은 기다란 채찍으로 광대를 한 번 때리는 척하고 광대는 "한 번만 더 때리면 내가 당신에게 말을 던지고 말겠다!"고 소리치는 순간에 슬리어리 부녀는 씨씨를 알아보았다. 하지만 두 사람은 차분하게 공연하는데, 특히 슬리어리 단장은 처음 알아본 순간을 제외하곤 두 눈을 이리저리 움직이든 한곳에 고정하든 더는 아무런 감정을 안 드러냈다. 씨씨와 루이사에겐 공연이 약간 지루했다. 광대가 중간에 끼어들어 두 다리가 세 다리에 앉아서 한 다리를 쳐다보는데 네 다리가 들어와서 한 다리를 물자, 두 다리가 벌떡 일어나서 세 다리를 잡아 네 다리에게 던지자, 네 다리는 한 다리를 물고 재빨리 도망쳤다며 만담을 늘어놓고 슬리어리 단장은 매번 "정말요, 나리!" 하고 차분하게 맞장구치면서 한쪽 눈으로 관객을 살필 때는 특히 더했다. 푸줏간 주인과 다리 세 개짜리 걸상과 강아지와 양고기 다리 하나를 둘러싸고 재미있게 풍자한 내용이지만, 이야기가 시간을 잡아먹는 동안 두 사람은 엄청난 불안감에 시달릴 수밖에 없었다. 그러나 결국에는 금발 머리 조그만 조세핀이 환호성을 받으며 우아하게 인사하고, 광대 혼자 원형 무대에 남아 펄쩍펄쩍 뛰면서 "이제 내 차롑니다!" 하고 소리칠 때 누군가 뒤에서 씨씨 어깨를 톡 쳐서 밖으로 나오라고 손짓했다.

씨씨는 루이사와 함께 안내받으며 슬리어리 단장 혼자서 기다리는 조그만 공간으로 들어섰다. 범포로 사방을 막고 바닥에선 풀이 그대로 자라며 천장은 나무판자를 비스듬히 댄 게, 위에 앉은 특등석 관객이 재미있다고 발을 구를 때마다 금방이라도 무너질 것 같았다.

슬리어리 단장이 물 탄 브랜디를 한 손에 들고 반겼다.

"쉬쉴리아, 이렇게 다쉬 만나니 정말 반갑구나. 너는 예전부터 우리가 제일 좋아하는 아이고 우리 모두의 자랑이야. 용무를 보기 전에 우션 단원들 쇼식부터 들어야지, 아가, 안 그러면 모두 아주 셔운하게 여길 테니까, 특히 여자들이. 우선 조셰핀은 E. W. B. 칠더슈와 샤귀다가 결혼해서 샤내아이 한 명을 보았어. 이제 불과 네 샬인데, 어떤 당나귀에 앉혀도 안 떨어지고 잘 버틴단다. 그래서 '슈콜라 숑마를 즐기는 꼬마 천재'라고 이름 붙였어. 네가 영국에셔 가장 유명한 '애드틀리 곡마단'에셔 그 이름을 못 듣는다 해도 앞으로 파리까지 명셩을 떨칠 거야. 그리고 킨더민슈터 기억나지, 너에게 푹 빠졌다던 친구? 으음, 그 애도 결혼했어. 과부랑 결혼했지. 엄마라고 해도 될 만큼 늙은 과부. 팽팽한 줄을 탔는데, 이제 더는 못 타…… 너무 뚱뚱해서. 아이를 둘이나 낳았어. 그래서 우리는 요정처럼 곡예 부리는 쇼쒸도 좋지만 아이들 놀이 쇼쒸도 좋단다. 우리가 공연하는 '숲쇽의 아이들'에셔 아이들 엄마와 아빠는 말을 타다 모두 죽고, 샴촌이 말을 타며 아이들을 기르는데 아이들은 말을 타며 산딸기를 따러 다니고, 울새 한 마리가 말 등으로 날아와셔 나뭇잎쌰귀로 아이들을 덮어주는 광경을 네가 본다면, 이렇게 완벽한 공연은 생전 처음이라며 감탄할 게 분명해! 그리고 엠마 고든 기억나니, 너를 친딸처럼 아끼던 아줌마? 그래, 당연히 기억하겠지. 물어볼 필요도 없는 건데. 으음! 엠마는 남편을 잃었어. 인도 슐탄처럼 코끼리에 올라타다가 뒤로 쿵 떨어졌는데, 일어나질 못했단다. 그래셔 엠마는 다른 사람과 재혼했어. 치즈를 파는 남잔데 제일 앞자리에 앉아셔 공연을 보다가 샤랑에 빠졌어. 감독하는 사람이라셔 돈을 잘 벌어."

이처럼 다양한 변화를 슬리어리 단장은 숨 가쁘게 말하는데, 두 눈이 침침하고 브랜디에 물 타서 마시는 노인이란 점을 고려하면 참으로 순수하고 다정한 어투였다. 그런 다음에는 조세핀과 (밝은 대낮에 보니 턱 주변에 깊은 주름이 파인) E. W. B. 칠더스와 '스콜라 승마를 즐기는 꼬마 천재' 등, 한마디로 모든 단원을 불러들였다. 얼굴마다 하얀색과 분홍색이 가득하고 옷은 매우 짧아서 다리를 그대로 드러낸 모습이 루이사 눈에는 모두 놀랍게 보이지만, 씨씨 주변으로 몰려들며 반기는 모습도 씨씨가 못 참고 주르륵 눈물을 흘리는 모습도 감동적이었다.

"자! 이제 쉬쉴리아가 모든 아이에게 키슈하고, 모든 여자랑 포옹하고, 모든 남자랑 돌아가며 악슈했으니, 모두 나가셔 2부 공연을 쉬작하도록!"

슬리어리 단장이 말하더니, 사람들이 나가자마자 나지막한 어투로 덧붙였다.

"자, 쉬쉴리아, 나는 굳이 비밀을 알고 쉽은 생각이 없지만, 내가 보기에 이분은 그래드그라인드 아가쒸 같군."

"맞아요, 그 사람 누나예요."

"그리고 그분 따님이기도 하고. 이게 내가 물은 거야. 안녕하셰요, 아가쒸. 부친께서도 잘 계쉬죠?"

"아버지도 금방 도착하실 거예요."

루이사가 대답하곤 어서 본론으로 들어가고 싶은 생각에 황급히 물었다.

"동생은 무사한가요?"

"물론 무사합니다! 여기로 원형 무대를 살짝 들여다보쉬지요. 쉬쉴리아, 너는 요령을 아니까, 몰래 들여다보는 구멍을 직접 찾아보렴."

두 사람은 판자 사이에 난 틈새로 안을 들여다보고, 슬리어리 단장은 계속 말했다.

"저건 '거인을 죽인 잭'이야. 아동극치고 꽤 재미있지. 쇼품실을 잘 보면 거기에 잭이 있어. 슈튜 냄비와 꼬챙이를 든 광대도 있는데, 잭 하인이야. 멋진 갑옷을 걸친 꼬맹이 잭 옆에 쇼품실만큼이나 덩치가 커다랗고 우슈꽝슈럽게 생긴 흑인 하인 두 명이 있는데, 쇼품 옆에 있다가 쇼품을 끌고 나오곤 다시 끌고 들어가는 역할이지. 그리고 거인은 (상당한 비용을 들여서 만든 바구닌데) 아직 등장을 안 했어. 자, 모두 보았니?"

"네."

두 사람 모두 대답하자, 슬리어리 단장이 다시 말했다.

"그럼 다시 보아라. 하나씩 자세히 살펴봐. 다 봤니? 잘했다."

슬리어리 단장이 두 사람에게 걸터앉을 물건을 내놓으며 계속 말했다.

"자, 아가씨. 나는 나대로 의견이 있고, 션생님은 션생님대로 의견이 있겠지요. 나는 아가씨 동생이 무슌 일을 저질렀는지 알고 싶지 않아요. 나는 그런 걸 모르는 편이 훨씬 좋으니까요. 내가 말하고 싶은 건, 션생님이 쉬쉴리아를 도와주셨으니 나 역시 션생님을 도와드리겠다는 겁니다. 저기에 있는 흑인이 아가씨 동생입니다."

루이사가 탄성을 내질렀다. 괴롭기도 하고 만족스럽기도 한 탄성이었다.

"샤쉴입니다. 그런데 샤쉴을 알아도 동생에게 숀대면 안 됩니다. 션생님이 오셔야 합니다. 공연이 끝난 다음에 동생을 여기에 남겨놓겠습니다. 의샹을 벗기거나 분장을 지우지 않을 겁니다. 공연이 끝난 다음에 션생님이 여기에 오쉬거나, 공연이 끝난 다음에 아가씨가 여기에 오면 동생을 만나셔 하고 싶은 얘기를 마음껏 나누세요. 겉모습은 쉰경쓔지 마세요, 중요한 건 제대로 숨는 거니까요."

루이사는 고맙다는 말을 계속하면서 한시름 놓고 슬리어리 단장을 더는 안 잡았다. 그래서 동생에게 전할 말을 남기고 눈에 눈물이 가득한 채로 씨씨와 함께 밖으로 나와서 늦은 오후까지 기다렸다.

그래드그라인드 선생은 한 시간 후에 도착했는데, 마찬가지로 아는 사람하고 한 번도 마주친 적이 없으며, 그래서 지금은 슬리어리에게 도움을 받아 못난 자식을 야밤에 리버풀로 보낼 수 있겠다는 희망에 부풀었다. 세 사람 가운데 한 명이 함께 움직이다간 아들이 아무리 변장해도 들킬 염려가 있는 터라, 믿을 수 있는 지인에게 편지도 한 장 썼다. 편지를 들고 간 사람이 신속하고 은밀하게 떠날 수 있으면 북미든 남미든 세상 어디든 배에 태워서 무사히 보내도록 간청하는 내용이다. 그런 다음에 세 사람은 관객은 물론이고 단원과 말까지 빠져나가서 곡마단이 텅 빌 때까지 이리저리 돌아다니며 기다렸다. 그래서 오랫동안 지켜본 다음에 비로소 슬리어리 단장이 의자 하나를 꺼내서 옆문 앞에 앉는데, 이제 접근해도 된다는 신호 같았다.

세 사람이 다가가자, 슬리어리 단장이 조심스럽게 인사하면서 말했다.

"안녕하셰요, 션생님. 제가 필요하면 언제든 찾아오셰요. 아드님이 우슈꽝슈러운 복장을 한 건 쉰경쓔지 마쉬고요."

그들은 안으로 모두 들어갔다. 그래드그라인드 선생은 원형 무대 한가운데에서 광대가 공연할 때 사용하던 의자에 쓸쓸하게 앉았다. 희미한 빛과 생소한 풍경으로 멀리 떨어진 것처럼 보이는 객석 뒤쪽 기다란 의자 하나에 비열한 건달이, 아무리 비참해도 아들이라고 부를 수밖에 없는 젊은이가, 마지막까지 부루퉁한 표정으로 앉아있었다.

법정 정리처럼 펑퍼짐한 외투 차림에 소맷부리와 호주머니 덮개는 말할 수 없을 정도로 커다랗게 과장하고, 조끼 역시 엄청나게 커다란데 바지는 엄청나게 짧고, 신발엔 죔쇠가 있고, 삼각모는 멍청했다. 무엇 하나 제대로 맞는 게 없는 데다 모두 싸구려 천으로 만들어서 좀이 슬어 구멍은 뻥뻥 뚫리고, 까만 기름을 잔뜩 바른 얼굴엔 주름살이 어린 게 공포가 고통스럽게 묻어나오는 것 같았다. 우스꽝스러운 차림 가운데 무엇 하나 섬뜩하고 혐오스럽고 어이없을 정도로 창피하지 않은 게 없었다. 눈으로 보고 손으로 만질 수 있을 정도로 구체적인 사실에도 불구하고 그래드그라인드 선생으로선 도저히 믿기지 않았다. 애지중지하며 모범적으로 키운 아들이 저 지경까지 전락하다니!

처음에 건달은 가까이 오지 않고 객석에 혼자 있겠다며 고집을 부렸다. 하지만 그렇게 부루퉁한 표정으로 동의한 것도 양보했다고 할 수 있다면 (누나하곤 완전히 의절한 상태라서) 씨씨가 거듭 간청하는 소리에 결국엔 양보하고 기다란 의자를 하나씩 내려와 마침내 톱밥이 깔린 원형 무대 변두리로 올라서는데, 거기에서나마 자기 아버지가 앉은 자리와 최대한 거리를 유지하려고 애썼다.

"어쩌다 그런 일까지 하게 됐니?"

아버지가 묻자, 아들이 부루퉁하게 대답했다.

"어떤 일이요?"

"도적질."

아버지가 목소리를 키우며 대답했다.

"밤에 금고를 억지로 연 것처럼 꾸민 다음에 살짝 열리도록 닫고서 밖으로 나온 거예요. 길가에서 발견한 열쇠는 제가 오래전에 만들어서 지니고 있던 거고요. 그걸 아침에 떨어뜨려서, 도적질에 사용한 것처럼 보이도록 만들었어요. 돈은 한꺼번에 가져온 게 아니에요. 매일 밤 쓰고 남은 돈을 넣어두는 척만 하고 안 넣은 거예요. 그게 전부에요."

"벼락이 나한테 떨어진다 해도 이렇게 커다란 충격에 휩싸이진 않겠구나!"

아버지가 말하자, 아들이 투덜댔다.

"왜 그런지 모르겠네요. 남에게 고용 당해서 일정한 책임을 지고 일하는 사람은 아주 많아요. 그중에는 부정을 저지르는 사람도 아주 많고요. 그게 관례라고 아버지가 말하는 소리를 제가 백 번은 들었어요. 그런 관례를 제가 어떻게 하겠어요? 아버지는 지금까지 그런 말로 다른 사람을 위로했으니, 이번엔 자신을 위로하세요!"

아버지는 얼굴을 두 손으로 감싸고 아들은 수치스럽고 섬뜩한 몰골로 가만히 서서 짚을 잘근잘근 씹는데, 두 손 모두 손바닥에서 까만 칠이 벗겨진 게 원숭이 손처럼 보였다. 초저녁은 빠르게 다가오고 아들은 불안하고 초조한 표정으로 하얀 눈자위를 가끔 크게 뜨며 아버지를 바라보았다. 얼굴 전체에 물감을 잔뜩 칠한 터라 살았다는 느낌이나 표정이 드러나는 유일한 부분이었다.

"리버풀로 가서 해외로 나가거라."

아버지가 말하자, 건달이 울먹이는 어투로 대답했다.

"그래야겠지요. 어느 나라로 가든 제가 여기에서 보낸 어린 시절 이상으로 비참할 순 없을 테니, 정말 다행이네요."

그래드그라인드 선생이 문가로 다가가서 슬리어리와 함께 돌아오며, 괘씸한 자식 놈을 빼돌릴 방법에 관해서 물었다.

"그렇지 않아도 그런 생각을 했더랬씁니다, 선생님. 낭비할 쉬간이 없으니, 지금 당장 결정해야 합니다. 여기에셔 철로까지 삼쉽 킬로미터가 넘슙니다. 앞으로 삼쉽 분이면 마차 한 대가 철로로 갑니다, 우편열차를 잡으려고요. 그 열차를 타면 리버풀로 곧장 갑니다."

"하지만 저 애를 보시오. 저런 모습으로 어떻게 마차를……."

그래드그라인드 선생이 앓는 소리를 내자, 슬리어리가 대답했다.

"저렇게 우슈꽝슈런 모습으로 가라는 뜻은 아닙니다. 말슘만 하쉬면 제가 촌샤람처럼 변장쉬키겠슙니다, 단 5분 만에."

"무슨 말인지 모르겠구려."

"촌샤람……마차꾼. 어셔 결정하셰요, 션생님. 맥주를 가져와야 합니다. 우슈꽝슈런 흑인 분장을 지우는 데에는 맥주만큼 좋은 게 없거든요."

그래드그라인드 선생은 곧바로 동의하고, 슬리어리 단장은 상자로 급히 달려가서 작업복과 펠트 모자 등 필요한 물건을 가셔오고, 건달은 녹색 모직 천으로 만든 칸막이 뒤로 가서 옷을 급히 갈아입고, 슬리어리 단장은 맥주를 급히 가져와서 건달 얼굴을 하얗게 닦아낸 다음에 말했다.

"자, 이제 마차로 가셔 뒤에 올라타게. 내가 역까지 함께 가겠네. 그러면 샤람들이 자네를 우리 단원으로 여길 거야. 그러니 가족하고 작별인사를 나누게, 어셔."

그러더니 자리를 비켜주는 배려까지 하자, 그래드그라인드 선생이 말했다.

"편지 한 통을 작성했으니 받으려무나. 필요한 건 무엇이든 너에게 제공할 거야. 네가 저지른 충격적인 행위와 그로 인한 끔찍한 결과에 대해선 참회와 선행으로 속죄하렴. 손을 다오, 불쌍한 아들, 내가 그런 것처럼 하느님 역시 너를 용서하면 좋겠구나!"

이런 말이 애처롭게 흘러나오자, 죄인은 마음이 흔들려서 비참한 표정으로 눈물을 몇 방울 떨궜다. 하지만 누나가 두 팔을 벌려서 껴안으려고 할 때는 완강하게 뿌리치며 반박했다.

"누나는 싫어. 누나하고 얘기하고 싶은 마음은 없어!"

"아, 톰, 톰, 누나가 그렇게 사랑했는데 이렇게 끝내야 하는 거니?"

루이사가 말하자, 톰이 고집스럽게 대답했다.

"누나가 나를 사랑했다고? 사랑 좋아하시네! 누나는 내가 가장 위험한 순간에 바운더비 노인네를 버리고 가장 친한 친구 제임스 하트하우스 선생을 떠나보내고 친정으로 들어갔어. 그게 사랑이야? 올가미가 나를 사방에서 조여드는 걸 알면서도 그날 밤에 그 집을 찾아간 사실에 대해서 모조리 털어놓기도 했지. 그게 사랑이야? 누나는 기회가 있을 때마다 나를 버렸어. 나에게 아무런 관심도 안 보였다고."

"어서 서둘러요!"

슬리어리가 문가에서 소리치자, 사람들은 모두 당황하며 밖으로 나가고, 루이사는 그래도 자신은 동생을 용서한다고, 이런 식으로 누나랑 헤어진 걸 언젠가 후회할 터인데 그러면 내가 이렇게 말한 걸 떠올리고 멀리서나마 기뻐할 거라고 울먹이며 말하는데, 바로 그 순간에 어떤 사람이 갑자기 달려들었다. 루이사는 여전히 동생 어깨에 매달린 터라, 그래드그라인드 선생과 씨씨가 앞에서 걷다가 멈칫하며 물러났다.

앞에 나타난 사람은 얇은 입술을 벌리고 옅은 콧구멍을 부풀리고 하얀 속눈썹을 부르르 떨면서 숨을 헐떡이는 비쩌로, 사람이 열심히 달리면 얼굴이 빨갛게 달아오르는 게 일반이지만 자신은 오히려 창백하게 변한다는 듯 예전 어느 때보다 창백한 얼굴이었다. 가만히 서서 숨을 헐떡이고 가슴을 벌렁거리는 걸 보면 지난밤 이후로 뒤를 열심히 쫓으면서 단 한 번도 안 멈추고 달려온 것 같았다. 그래서 머리를 가로저으며 말했다.

"계획을 방해해서 미안하지만, 곡마단원이 저까지 속여 넘길 순 없을 겁니다. 톰 선생은 제가 잡아가겠습니다. 곡마단원처럼 꾸며서 도망가도록 하진 않겠습니다. 마침 작업복 차림이니, 제가 그대로 잡겠습니다!"

멱살을 잡겠다는 말 같았다. 실제로 그렇게 했으니 말이다.

8장. 철학적인 사고방식

사람들은 임시 건물로 다시 들어가고 슬리어리는 다른 사람이 들어오는 걸 막으려고 문을 닫았다. 비쩌는 꼼짝도 못 하는 죄인 멱살을 여전히 틀어잡고 원형 무대에서 황혼 녘 어둠 사이로 눈을 껌뻑이며 옛날 은사를 바라보고, 그래드그라인드 선생은 마음이 무너진 채 비참할 정도로 온순하게 말했다.

"비쩌, 자네에게도 심장은 있겠지?"

그러자 비쩌는 이상한 질문에 미소를 머금으며 대답했다.

"없으면 혈액을 순환할 수 없겠지요, 선생님. 혈액순환에 관해서 과학자 하비가 구체적으로 입증한 사실을 아는 사람이라면 저에게 심장이 있다는 사실을 의심할 순 없을 겁니다."

"동정심이 파고들 여지는 없나?"

그래드그라인드 선생이 비참하게 묻자, 젊은이는 훌륭하게 대답했다.

"이성이 파고들 여지는 있지만 다른 여지는 없습니다."

두 사람은 가만히 서서 서로를 바라보는데, 그래드그라인드 선생 역시 추적자만큼이나 얼굴이 창백했다.

"가엾은 젊은이가 도피하는 걸 막아서 아버지 마음을 비참하게 갈가리 찢어발기려는 동기는 – 합리적인 동기는 – 도대체 무어란 말인가? 여기 아이 누나를 보아서라도 우리를 불쌍히 여기게나!"

그래드그라인드 선생이 사정하자, 비쩌는 극히 사무적이면서도 논리적인 어투로 대답했다.

"선생님, 젊은 톰 선생을 코크타운으로 끌고 갈 합리적인 동기가 무어냐고 물으시니, 저로선 그것을 말씀드리는 게 도리인 것 같습니다. 저는 처음부터 은행을 턴 도적으로 젊은 톰 선생을 의심했습니다. 나쁜 습관을 잘 아는지라 도적 사건이 발생하기 전부터 은근슬쩍 관찰했다는 말이 정확하겠군요. 아무에게도 알리지 않고 저 혼자 꾸준히 관찰한 결과, 톰 선생이 도망간 사실과 때마침 조금 전에 엿들은 고백 내용 외에도 증거를 충분히 확보했습니다. 어제 아침부터 선생님 자택을 감시하다가 여기까지 쫓아오는 기쁨도 충분히 누렸습니다. 이제 저는 젊은 톰 선생을 코크타운으로 잡아가서 바운더비 사장님에게 넘길 생각입니다. 그러면 바운더비 사장님은 저를 젊은 톰 선생 자리로 승진시키겠지요, 선생님. 그 자리는 저에게 출세와 이익을 의미하니, 저로선 당연히 탐날 수밖에 없고요, 선생님."

"이익 때문에 이러는 거라면……"

그래드그라인드 선생이 말하는데, 비쩌가 끼어들었다.

"중간에 끊어서 죄송합니다만, 선생님, 어차피 사회 전체가 이익을 중심으로 돌아간다는 사실은 선생님도 잘 아시리라고 저는 확신합니다. 사람은 누구든 이익을 중심으로 움직입니다. 인간에겐 그게 제일 중요하니까요. 우리 인간은 그렇게 만들어진 동물입니다. 저는 아주 어릴 적부터 그런 문답을 들으면서 성장했답니다, 선생님께서 잘 아시듯이."

"얼마를 주면 자네가 예상한 승진과 맞먹겠는가?"

"그런 제안까지 하시니 고맙습니다, 선생님. 하지만 돈은 아무리 많아도 승진과 맞먹을 수 없습니다. 선생님이 명석한 두뇌로 그런 대안을 제시하리란 걸 저 역시 알았기에 마음속으로 미리 곰곰이 따져본 결과,

아무리 좋은 조건이라도 중죄를 못 본 척 넘어가는 건 은행에서 승진하는 만큼 좋지도 안전하지도 않다는 결론을 내렸습니다."

그러자 그래드그라인드 선생은 '내가 얼마나 비참한지 보게!'라고 말하는 듯 두 손을 앞으로 내밀며 다시 사정했다.

"비쩌, 자네 결심을 누그러뜨릴 수 있는 건 이제 하나밖에 없군. 자네는 내가 운영하는 학교에 오랫동안 다녔네. 학교에서 자네에게 들인 공을 기억한다면, 그래서 현재의 이익을 포기하고 내 아들을 풀어주는 쪽으로 마음을 돌릴 수 있다면, 나로선 그런 기억을 떠올리고 우리 아들을 도와주길 간절하게 바라며 기도하는 수밖에 없네."

하지만 옛 제자는 논쟁하는 어투로 반박했다.

"선생님께서 그런 태도를 보이시다니 놀랍군요. 제가 학교에 비용을 내고 공부했으니 그건 거래며, 지금은 졸업했으니 거래도 끝났습니다."

세상일은 무엇이든 대가가 있어야 한다는 게 그래드그라인드 철학의 기본원리다. 그 누구도 어떤 이유로든 다른 사람에게 공짜로 무엇을 주거나 도와줄 순 없었다. 감사하는 마음은 완전히 배제하며 그로 인한 다양한 미덕도 마찬가지다. 세상살이는 누구든 태어나서 죽을 때까지 거래의 연속이어야 했다. 그래서 천국에 못 간다면 천국 자체가 정치경제학적으로 부당하니, 그런 곳은 애초에 갈 필요조차 없다는 것이다. 그래서 비쩌는 이렇게 덧붙였다.

"학비가 특별히 저렴했다는 사실을 부정하진 않습니다. 하지만 그건 원칙에 합당합니다, 선생님. 저 자신을 가장 저렴한 비용으로 만들어서 가장 비싸게 팔아야 하니까요."

이즈음에 루이사와 씨씨가 흐느끼는 바람에 비쩌는 약간 당혹스러운 표정으로 말했다.

"제발 울지 마세요. 그렇게 우는 건 괜히 마음만 상할 뿐, 아무런 소용도 없습니다. 여러분은 제가 젊은 톰 선생에게 상당한 원한이 있다고 생각하는 것 같은데, 전혀 아닙니다. 앞에서 언급한 합리적인 근거로 톰 선생을 코크타운으로 데려가려는 것뿐입니다. 톰 선생이 저항한다면 저는 '도적놈 잡아라!'고 소리칠 수밖에 없습니다. 하지만 저항 같은 건 안 하리라 믿겠습니다."

슬리어리 단장이 움직이는 눈알까지 눈구멍에 달라붙은 눈알만큼이나 꼼짝 않고 입을 쩍 벌린 채 열심히 듣다가 바로 여기에서 앞으로 한 발짝 나서며 끼어들었다.

"션생님, 션생님 아드님이 무슨 짓을 저질렀는지 저는 모르며, 알고 싶지도 않다는 사실은 션생님이 아쉬고 션생님 따님은 (제가 말한 적이 있으니) 훨씬 잘 압니다. 하지만 저는 아드님이 아주 쉼한 장난질을 쳐서 그런 정도로 생각했슙니다. 하지만 젊은이 말대로 은행에서 도적질한 거라면 그건 아주 쉼각한 범죕니다. 젊은이가 매우 적절하게 말한 대로 못 본 척 넘어가기엔 범죄행위가 너무 쉼각합니다. 따라서 션생님, 젊은이 말이 당연히 맞고 다른 방도는 없으니, 제가 젊은이 편을 들어도 저를 나무라면 안 됩니다. 하지만 제가 할 슈 있는 일은 말슴드리지요, 션생님. 제가 션생님 아드님과 젊은이를 마차에 태워서 기차역까지 데려가, 여기에서 발각되는 걸 막겠슙니다. 그 이샹은 못해도 그 정도는 하겠씁니다."

마지막까지 믿던 친구마저 이런 식으로 말하자, 루이사는 또다시 흐느끼고 그래드그라인드 선생은 훨씬 깊은 고뇌에 빠져들었다. 하지만 씨씨는 열심히 살피다가 슬리어리 단장의 속마음을 깨달았다. 그래서 모두 다시 밖으로 나갈 때 슬리어리 단장이 움직이는 눈알을 살짝 굴려서 씨씨에게 남으라는 신호를 보내더니, 문을 잠근 다음에 잔뜩 흥분한 어투로 말했다.

“션생님이 너를 도와주셨으니, 쉬쉴리아, 이번에는 내가 션생님을 돕겠다. 게다가 저놈은 지독한 악당인 데다, 우리 단원들이 창밖으로 내던지려 할 정도로 으쉬대던 작자 밑에서 일하는구나. 오늘 밤은 아주 어두운데, 나에겐 말하는 것만 빼고 무엇이든 할 줄 아는 말이 있고, 칠더스가 몰면 한 쉬간에 25킬로미터는 충분히 달리는 조랑말도 있고, 샤람 한 명 정도는 슈물네 시간 동안 옴짝달싹 못 하게 만드는 개도 있어. 그러니 젊은 도령에게 전해. 앞에셔 달리던 말이 갑자기 춤을 추더라도 마차가 전복될까 두려워하지 말고 조랑말이 끄는 마차가 다가오는지 잘 살피라고. 그래서 그런 마차가 옆으로 다가오면 펄쩍 뛰어셔 올라타라고, 그러면 그 마차가 도령을 태우고 급히 달릴 거라고. 저 젊은이는 한 발짝도 옴짝달싹 못 하도록 우리 개가 막을 거야. 못 그러면 우리 개가 아니지. 그리고 우리 말은 애초에 춤추기 쉬작한 지점에셔 아침까지 꼼짝 않고 춤만 출 거야. 그러지 않으면 우리 말이 아니지. 어셔 그렇게 전해!”

소식은 순식간에 전달해, 십 분 후에는 칠더스가 슬리퍼 차림으로 시장터 주변에서 어슬렁거리며 신호를 기다리고 슬리어리 단장은 마차를 준비했다. 훈련받은 개는 마차 주변에서 멍멍 짖어대고, 슬리어리 단장은 움직이는 눈알을 굴려서 비쩌를 목표물로 지정하는 모습이 정말 보기 좋았다. 이윽고 어둠이 깔리자, 세 사람은 마차에 올라타서 출발하고 훈련받은 개는 (아주 커다란 덩치로) 비쩌에게 한쪽 눈을 고정한 채 마차 바퀴에 바싹 달라붙으며 쫓아오는데, 상대가 내릴 기색을 조금이라도 보이는 순간에 재빨리 달려들 것 같았다.

다른 세 사람은 걱정이 가득한 마음으로 여인숙에서 밤새도록 기다렸다. 그리고 아침 여덟 시에는 슬리어리 단장이 개를 데리고 나타나는데, 둘 다 아주 기분 좋은 표정이었다.

"잘됐어요, 션생님! 션생님 아드님은 지금쯤 배에 올라탔을 거예요. 지난밤에 우리가 떠나고 한 쉬간 삼쉽 분 후에 칠더슈가 마차에 태우고 떠났어요. 우리 말은 완전히 녹초가 될 때까지 폴카를 추다가 (마구를 안 맸다면 왈츠를 췄겠지만) 저에게 쉰호를 받고 나서 편히 잠들었답니다. 지독한 악당은 걸어셔 가려고 했지만 우리 개가 네 발로 공중에 뛰어올라 목도리에 매달려셔 바닥에 쓔러뜨리고 몸을 굴렸지요. 그래셔 젊은 악당은 마차로 다쉬 올라와 꼼짝도 못 했답니다, 제가 오늘 아침 여섯 쉬 샴쉽 분에 말 머리를 돌릴 때까지요."

그래드그라인드 선생은 크게 감격하곤 고맙단 말을 계속하다가, 돈으로나마 충분히 보답하겠다는 식으로 조심스럽게 암시했다. 그러자 슬리어리 단장이 말했다.

"저 자신은 돈을 원치 않슙니다. 하지만 칠더슈는 부양할 가족이 있으니, 션생님께서 금화 다셧 냥짜리 지폐 한 장을 제공하고 쉾으쉬다면 못 받을 것도 없겠지요. 거기에다 우리 개에게 목걸이 하나와 우리 말에게 목에 걸 방울 한 썅을 션물하쉰다면 저로션 아주 고맙겠슙니다요. 물 탄 브랜디를 포함해셔."

슬리어리 단장은 이미 물 탄 브랜디 한 잔을 주문해서 마시던 터라 이번에 두 번째 잔을 주문하고 계속 말했다.

"너무 지나치다고 생각하지 않으쉰다면, 션생님, 우리 단원에게 일인당 샴 쉴링 육 펜슈짜리 쉭샤를 슐과 함께 제공하쉰다면 모두 아주 좋아할 겁니다."

그래드그라인드 선생은 감사의 표시로 모두 기꺼이 제공하겠다고 약속하면서도, 크나큰 도움에 비하면 사례가 너무 보잘것없는 것 같다고 말했다.

"좋슙니다, 션생님. 그렇다면 여유가 나쉴 때마다 곡마단을 찾아주

쉰다면 저희에게 더할 나위 없는 영광이겠쑵니다. 그리고 션생님, 따님만 괜찮다면 헤어지기 전에 션생님에게 드릴 말쑴이 있습니다."

그래서 루이사와 씨씨는 옆방으로 물러나고, 슬리어리 단장은 가만히 서서 물 탄 브랜디를 흔들어 마시다가 다시 말했다.

"션생님, 개가 정말 대단한 동물이란 건 말할 필요도 없겠지요."

"본능이 정말 놀랍지요."

"션생님이 뭐라고 부르쉬던 – 저 같은 놈은 알 턱이 없는데 – 개는 정말 대단하답니다. 주인을 용케 찾아오는 걸 보면 말입니다…… 아주 먼 거리에셔!"

"후각이 극히 뛰어나니까요."

그래드그라인드 선생이 말하자, 슬리어리가 머리를 가로저으며 다시 말했다.

"뭐라고 부르쉬던 저 같은 놈은 알 턱이 없지만, 개 한 마리가 저를 찾아왔답니다, 션생님, 다른 개를 이리저리 찾아다니며 '혹쉬 슐리어리라는 샤람 모르니? 이름은 슐리어리, 곡마단을 하고, 뚱뚱하고 한쪽 눈이 먼 샤람?' 하고 묻기라도 한 것처럼 말입니다. 그래서 다른 개가 '으음, 나는 그런 샤람을 모르겠지만 내가 아는 개는 그 샤람을 알 것 같아'라고 대답했는지, 아니면 곰곰이 생각하다가 '슐리어리, 슐리어리! 아, 그래, 맞아! 내 친구에게 그 샤람에 대해서 들은 적이 있어. 내가 그 샤람 주쇼를 적어줄게'라고 대답했는지 모르겠지만, 어쨌든 저를 찾아왔더란 말입니다. 제가 샤람들 앞에 많이 나셔고 이리저리 많이 돌아다니기 때문에, 션생님도 아쉬다시피, 저는 잘 모르지만 저를 아는 개는 아주 많거든요!"

이런 추론을 듣고서 그래드그라인드 선생은 많이 당황한 눈치고, 슬리어리는 물 탄 브랜디로 입술을 적시며 계속 말했다.

"어쨌든, 십사 개월 전에, 선생님, 우리가 체슈터에 있을 때였어요. 아침에 '숲속의 아이들' 공연을 준비하는데, 개 한 마리가 문을 지나서 우리 원형 무대로 들어서는 게 아니겠습니까? 아주 먼 거리를 오느라 건강은 엉망이고 다리도 절고 눈도 제대로 안 보였어요. 그런데 개가 우리 아이들에게 다가가서 한 명씩 살피는 게, 마치 자신이 아는 아이를 찾는 것 같았어요. 그러더니 저에게 다가와서 힘이 하나도 없으면서 엉덩이를 번쩍 들어 인사하고 앞발로 벌떡 일어서서 꼬리를 흔들다가 죽었습니다. 선생님, 그 개는 바로 '흥겨운 다리'였어요."

"씨씨 아버지가 데려간 강아지!"

"그래요, 쉬실리아 아버지 강아지. 그런데, 선생님, 제가 그 개를 잘 알아서 하는 말인데, 그 개가 돌아왔다는 건 함께 떠난 사람이 죽어서 땅에 묻혔다는 의미지요. 조세핀과 칠더슈와 나는 이런 사실을 편지로 알려야 할까 말아야 할까 오랫동안 논의했어요. 하지만 우리 모두 '아니야. 굳이 알릴 필요는 없어. 쉬실리아 마음을 굳이 흔들어서 힘들게 만들 까닭이 뭐겠어?'라고 의견일치를 보았답니다. 그래서 아버지가 어린 딸을 버린 건지, 아니면 어린 딸까지 고생쉬키지 않으려고 혼자 가슴이 무너지는 걸 선택한 건지 이제 결코 알 슈 없습니다, 선생님, 개가 우리를 찾아온 방법을 알 슈 없듯이!"

"씨씨는 아버지가 사오라고 심부름 보낸 기름병을 아직도 그대로 보관한다오. 그 애는 목숨을 마치는 순간까지 아버지 사랑을 믿을 게 분명하오."

그래드그라인드 선생이 말하자, 슬리어리 단장이 물 탄 브랜디를 가만히 내려다보며 곰곰이 생각하다가 불쑥 말했다.

"이런 사례는 사람에게 두 가지를 알려주는 것 같아요, 그죠, 선생님? 하나는, 세상에는 이해관계만 있는 게 아니라 뭔가 완전히 다른 것도 있다는, 그건 바로 사랑이라는 사실이고, 또 하나는 개가 찾아온 과정을 뭐라고 말하기 어려운 것처럼 사랑 역시 계산하는 사랑이 있고 계산하지 않는 사랑이 있다는 사실이에요!"

그래드그라인드 선생은 창밖만 내다볼 뿐 아무런 대답도 않고, 슬리어리 단장은 술잔을 비우고 루이사와 씨씨를 불렀다.

"사랑하는 쉬쉴리아, 나에게 작별 키슈를 하렴! 아가씨, 아가씨가 쉬쉴리아를 친자매처럼, 그것도 진심으로 신뢰하고 존경하는 자매처럼 대하는 모습을 보니 저는 정말 기분이 좋아요. 남동생이 이번 일을 슬기롭게 넘기고 좋은 동생으로 거듭나셔 아가씨가 편하게 지내길 바랍니다. 션생님, 악슈나 합쉬다, 처음이자 마지막으로! 우리처럼 불쌍한 떠돌이를 나쁘게 여기지 마세요. 사람들은 즐거운 일도 있어야 합니다. 사람은 항상 공부만 할 슈도 없고, 항상 일만 할 슈도 없슙니다. 애초에 그렇게 태어나질 않았으니까요. 사람들에겐 우리가 있어야 합니다, 션생님. 지혜와 애정이 가득한 눈으로 보세요. 그래서 우리를 나쁘게 여기지 말고 좋은 쪽으로 최대한 활용하세요!"

슬리어리 단장이 문에서 머리를 내밀고 다시 말했다.

"그런데 저는 제가 이렇게 슈다쟁이라는 사실을 예전엔 미처 몰랐답니다!"

9장. 끝

허세 부리는 걸 좋아하는 사람이 무엇이든 제대로 확인조차 않고 마음대로 떠드는 건 극히 위험하니, 바운더비 사장은 스파싯 부인이 무례하게 자신을 앞질러서 자신보다 똑똑한 척했다고 느꼈다. 스파싯 부인이 페글러 부인을 찾아서 의기양양하게 데려온 데 대해 바운더비 사장은 분노를 도저히 억누를 수 없어, 자신에게 의존하는 여성을 마음 속으로 곰곰이 생각하고 또 생각하다가 결국엔 분노가 거대한 눈덩이처럼 불어나고 말았다. 그래서 친척이 지체 높은 부인을 해고하는 게 - '스파싯 부인은 뼈대 있는 가문 출신이고 내 옆에 계속 달라붙길 원하지만 내가 싫으면 해고하는 수밖에'라고 마음 내키는 대로 말하는 게 - 현재로썬 가장 명예로운 조치며 동시에 스파싯 부인에게 합당한 벌이란 결론을 내렸다.

이런 멋진 생각이 어느 때보다 가득한 상태로 바운더비 사장은 점심을 먹으러 와서 예전처럼 자기 초상화가 걸린 식당에 앉았다. 스파싯 부인은 이런 사실을 조금도 모른 채 벽난로 앞에 앉아서 한쪽 발로 무명실을 밟고 수를 놓는 중이다.

페글러 부인 사건 이후로 훌륭한 부인은 극히 우울한 가면을 얼굴에 쓰고 깊이 뉘우치는 표정을 떠올려서 바운더비 사장에 대한 동정심을 숨겼다. 그러다 보니 언제나 슬픈 표정을 떠올리는 게 습관처럼 되었는데, 지금도 그런 표정으로 후원자를 바라보았다.

"이번엔 왜 그러시오, 부인?"

바운더비 사장이 퉁명스럽고 거칠게 묻자, 스파싯 부인이 대답했다.

"제발, 사장님, 제 코 좀 물어뜯지 마세요."[47)]

"내가 당신 코를 물어뜯어요, 부인?"

바운더비 사장이 똑같은 표정으로 되물었다. 당신 코는 너무 커서 물어뜯을 수 없다는 의미로, 스파싯 부인도 충분히 알아들었다. 바운더

47) 본문은 'Do not bite my nose off.'로 무뚝뚝하게 말하지 말라는 뜻이나, 찰스 디킨스 특유의 말장난을 살리기 위해 직역했다.

비 사장이 상대를 이렇게 모욕하고 빵조각을 자른 다음에 나이프를 시끄럽게 내려놓자, 스파싯 부인은 무명실에서 발을 떼어내며 상대를 불렀다.

"바운더비 사장님!"

"왜요, 부인? 무얼 그렇게 쳐다보시오?"

"오늘 아침에 화나는 일이라도 있으신가요, 사장님?"

"그렇소, 부인."

바운더비 사장이 대답하자, 스파싯 부인은 마음에 상처를 받으면서도 계속 물었다.

"화난 원인은 불행하게도 저 때문인가요, 사장님?"

"으음, 말이 나왔으니 말인데, 내가 여기에 온 건 이렇게 들볶이려는 게 아니오. 친척이 아무리 지체 높은 여성이라도 나만 한 지위에 오른 사내를 괴롭히거나 닦아세울 순 없는 법이며, 따라서 나는 앞으로 더는 안 참을 생각이오."

바운더비 사장은 구체적으로 따지고 들면 자신이 밀릴 수도 있으니 급히 서두는 게 좋겠다 생각하고, 스파싯 부인은 처음에 반원형 짙은 눈썹을 곧추세우다가 찡그리더니, 수놓던 일감을 바구니에 넣고서 일어났다. 그리고 당당하게 말했다.

"사장님, 지금은 제가 방해되는 게 분명하네요. 그렇다면 제 방으로 물러나겠습니다."

"내가 문을 열어드리지요, 부인."

"고맙습니다만, 사장님, 그 정도는 저도 할 수 있습니다."

"내가 열어주는 게 좋을 거요, 부인."

바운더비 사장이 말하며 급히 지나서 방문 손잡이에 한 손을 올리며 덧붙였다.

"그러면 부인이 떠나기 전에 내가 한마디 할 수 있을 테니 말이오. 내가 보기엔 이 집이 스파싯 부인에게 너무 답답한 것 같은데, 부인도 아시오? 우리 집은 아주 초라해서 부인처럼 다른 사람 일이 간섭하는 능력이 탁월한 분에겐 너무 답답할 것 같구려."

그러자 스파싯 부인이 극히 은밀하게 경멸하는 표정으로 쳐다보면서 매우 정중하게 물었다.

"진심인가요, 사장님?"

"당신도 아시겠지만, 최근에 그런 일을 겪고 나서 생각이 많았다오, 부인. 그래서 내가 내린 부족한 판단에 따르면……"

바운더비 사장이 말하는데, 스파싯 부인이 아주 쾌활하고 명랑하게 끼어들었다.

"아! 제발, 사장님, 사장님 판단력을 얕보지 마세요. 사장님 판단력이 정확하다는 사실은 모두가 아니까요. 거기에 대한 증거는 사방에 널렸어요. 사람들이 화제로 삼을 정도랍니다. 사장님이 겸손한 건 좋지만, 판단력만큼은 절대 얕보지 마세요."

완전히 비웃는 어투에, 바운더비 사장은 불쾌해서 벌겋게 달아오른 얼굴로 다시 말했다.

"내가 보기엔 완전히 다른 집으로 가셔야 탁월한 능력을 마음껏 펼치는 게 좋을 것 같구려. 스캐저스 귀부인이 사는 저택 같은 곳 말이오. 그런 곳이라면 간섭할 거리를 충분히 찾을 것 같지 않소, 부인?"

"예전엔 그런 생각을 미처 못 했으나, 사장님 말씀을 듣고 보니 그럴 수도 있겠다는 생각이 드네요."

스파싯 부인이 대답하자, 바운더비 사장이 부인의 조그만 바구니에 수표가 담긴 봉투를 넣으며 말했다.

"그럼 그렇게 하시구려, 부인. 떠나는 걸 급히 서둘 필요는 없지만,

부인, 떠날 때까지, 부인처럼 간섭하는 능력이 탁월한 여성은 남에게 간섭받지 않고 혼자서 식사하는 게 훨씬 바람직할 것이오. 코크타운의 조사이아 바운더비에 불과한 인물이 그런 재능을 오랫동안 썩힌 것에 대해 진심으로 사과하는 바이오."

"그런 말씀 마세요, 사장님. 저 초상화가 말할 수 있다면, 사장님 – 물론, 초상화는 입을 나불대서 다른 사람을 구역질 나게 하는 능력이 없다는 게 살아있는 인간보다 훨씬 좋은 점이긴 하지만 – 제가 오래전부터 초상화를 바라볼 때마다 멍청한 자식이라고 부른 사실을 증언할 거예요. 그런데 멍청한 자식은 사람을 놀라게 하거나 화나게 할 수 없답니다. 그런 자식이 하는 짓이라곤 모멸감을 불러일으키는 것뿐이거든요."

스파싯 부인은 이렇게 말하더니, 바운더비 사장에 대한 경멸감을 기념하려고 찍은 로마 메달 같은 모습으로 머리끝부터 발끝까지 찬찬히 훑어보다가 오만하게 스치고 지나서 계단을 올랐다. 바운더비 사장은 문을 닫고 벽난로 앞에 가만히 서서 감정을 습관처럼 드러내며 자신의 초상화를 바라보았다…… 그리고 미래를 바라보았다.

그렇다면 미래를 얼마나 보았을까? 스파싯 부인이 분기마다 중간을 지날 즈음이면 부족한 수입이 바닥난 채, 혼자 지내기엔 옷장 같고 둘이 지내기엔 갓난아기 침대 같아 통풍도 안 되고 누추한 골방에서 지내며 여성 특유의 무기를 동원해서 스캐저스 귀부인과 매일같이 싸우고, 스캐저스 귀부인은 여전히 한쪽 다리를 침대 밖으로 내놓는 걸 이상하게 거부하며 교활하게 시기하고 성질부려서 사람을 괴롭히는 장면을 보았을까? 다른 것도 보았을까? 자신이 만나는 사람마다 비쩌를 새롭게 떠오르는 젊은이로, 주인에게 헌신하며 충성하는 부하로,

하마터면 톰을 거의 잡을 뻔했는데 악당 여럿이 작당해서 감쪽같이 빼돌렸다고, 그래도 톰이 일하던 자리를 물려주었다고 자랑하는 모습을 보았을까? 자신이 허영심만 가득한 유서를 만든 덕분에 나이 쉰다섯을 넘긴 사기꾼 스물다섯 명이 코크타운의 조사이아 바운더비라는 이름으로 바운더비 식당에서 마냥 식사하고 바운더비 건물에 마냥 거주하고 바운더비 성당에 마냥 참석하고 바운더비 신부에게 설교를 들으며 마냥 잠자고, 바운더비 재산에 마냥 의존하고 바운더비 특유의 헛소리와 허세로 건강한 사람들 뱃속에서 구역질이 마냥 일어나게 하는 모습을 흐릿하게나마 보았을까? 앞으로 오 년 후에 코크타운의 조사이아 바운더비가 코크타운 거리에서 발작을 일으키며 죽자, 바로 이 소중한 유서 때문에 온갖 핑계와 약탈과 사악한 주장과 사악한 사례와 소송만 오랫동안 다양하게 일어나고 사회에 이바지한 건 하나도 없다는 사실을 조금이라도 예상했을까? 아마 아닐 것이다. 하지만 초상화는 모든 걸 끝까지 지켜볼 것이다.

같은 날 같은 시각에 그래드그라인드 선생은 자기 방에 앉아서 깊은 생각에 잠겼다. 그는 미래를 얼마나 들여다보았을까? 머리가 하얀 노인네로 변한 다음에 비로소 자신이 주장하던 완고한 이론을 상황에 맞도록 바꾸고, 구체적인 사실과 숫자보다는 믿음과 희망과 사랑을[48] 훨씬 중요하게 여기고, 하늘이 베푸신 세 자녀를 먼지투성이 조그만 공장에서 맷돌로 다시는 갈아대지 않는 모습을 보았을까? 이런 변화 때문에 최근에 사귄 정치인 동료들이 자신을 엄청나게 경멸하는 광경을 보았을까? 국립 쓰레기청소부들이 자기네들에 대한 의무만 있을 뿐 소위 국민이라는 추상적인 대상에 대해 아무런 의무도 없다고 완벽하게 비판한 시기에 동료들이 이런저런 까닭으로, 말도 안 되는 까닭으로, 일

48) 고린도전서 13:1~13

주일에 닷새씩 깊은 밤까지 "명예로운 국회의원을 괴롭히는" 광경을 보았을까? 하기야 동료들 성향을 잘 아니, 이 정도는 충분히 예상할 것 같기도 하다.

같은 날 밤에 루이사는 옛날처럼 벽난로 불길을 바라보지만, 얼굴에는 훨씬 부드럽고 겸손한 빛이 감돌았다. 그렇다면 루이사는 미래를 얼마나 보았을까? 아버지가 방직공 스티븐 블랙풀에게서 엉뚱한 누명을 벗겨주고, 원흉은 자기 아들이라고, 하지만 미숙한 나이에 몰려든 유혹을 고려하라고 간청하는 대자보를 당신 이름으로 작성해서 거리마다 붙인 건 현재다. 아버지가 스티븐 블랙풀 묘비에 담을 글을 작성한 사실 역시 금방 알게 되니, 이것 역시 현재에 가깝다. 이런 건 쉽게 알 수 있다. 하지만 미래는 얼마나 보았을까?

레이첼이라는 여성 노동자가 오랫동안 끙끙 앓다가 코크타운 일손 사이에 끼어들어 공장 종소리에 맞춰서 일정한 시간에 출근하고 퇴근하는 모습을, 아름다운 여인이 수심에 잠긴 표정으로 언제나 까만 옷을 입지만 마음씨가 곱고 차분한 건 물론 명랑하기까지 한 모습을, 코크타운에 사는 수많은 사람 가운데 레이첼 혼자만 타락한 술주정뱅이 여인을 유별나게 동정하는 것처럼 보이고, 술주정뱅이 여인이 그런 레이첼에게 남몰래 구걸하며 울부짖는 모습을, 일하고 또 일하는 걸 자신에게 주어진 운명으로 받아들이고 언제나 만족하며 살다가 결국엔 나이 들어서 더는 일할 수 없는 모습을, 이건 앞으로 모두 일어날 일인데, 루이사가 보았을까?

수천 킬로미터 떨어진 타국에서 남동생이 외로움에 시달리다가 눈물로 얼룩진 편지를 보내, 누나 말이 옳다는 사실을 곧바로 깨달았다고, 사랑하는 누나 얼굴을 한 번만 볼 수 있다면 세상 어떤 보물이라도 기꺼이 내놓겠다고 고백하는 건? 마침내 남동생이 누나를 보겠다는 일념으로 고향에 오다가 열병에 걸리더니, 결국엔 낯선 필체로 '동생분이 병원에서 열병으로 모일 모시에 귀하를 사랑한다는 말과 함께 회개하며 사망했습니다, 동생분이 마지막으로 내뱉은 말 역시 귀하 이름이었습니다'라고 쓴 편지를 받는 건? 이것 역시 모두 앞으로 일어날 일인데, 루이사가 보았을까?

루이사 자신이 재혼하고 어머니가 돼서 자녀를 사랑스레 돌보며, 아이들은 몸과 마음 모두 아이답게 성장하는 게 가장 좋다는 사실을, 이런 추억을 조금이라도 떠올리며 사는 건 아이들이 지혜롭고 행복하게 축복받으며 사는 지름길이라는 사실을 깨닫고 그렇게 하려고 유난히 노력한 사실은? 하지만 이런 일은 시간이 아무리 지나도 실제로 안 일어나는데, 루이사가 보았을까?

하지만 씨씨가 자녀를 낳고 사랑하며 행복하게 살아가는 모습은? 씨씨를 사랑하는 수많은 아이는? 순수하고 아름다운 환상을 귀하게 여겨야 한다는 생각에 씨씨가 어른이 돼서 전래동화 낭송을 배운 사실은? 자신보다 처지가 곤궁한 사람을 파악해서 현실에 찌들어 기계처럼 살아가는 가련한 삶에 우아한 상상력과 재미를 부여하며 아름답게 가꾸려고 힘껏 노력하는데, 이렇게 안 하면 어린애 마음은 말라비틀어지고 육체가 튼튼한 어른도 정신이 메말라서 살 수 없으며, 국가가 번성하는 걸 보여준다는 꽤 구체적인 통계수치도 '벽에 쓴 글씨'[49]가 될 수밖에 없다고 믿으니, 이런 활동을 환상적인 맹세나 유대나 형제애나 자매애나 서약이나 계약이나 멋진 옷처럼 자선의 일부로 여기는 대신 자신에게 주어진 의무로 여긴다는 사실은? 이건 앞으로 모두 일어날 일인

49) 바빌론 왕 벨사살이 잔치를 벌일 때 왕궁 벽에 나타난 글씨를 말하는데, 하느님 영광이 아니라 자신의 영광을 추구하면 멸망한다는 뜻으로, 벨사살은 그날 저녁에 살해된다.

데, 루이사가 보았을까?

독자 여러분! 이렇게 멋진 일이 여러분과 나에게 일어나는지 아닌지는 여러분과 나 자신에게 달렸습니다. 이런 일이 일어나도록 합시다! 그래서 벽난로 앞에 앉아 활활 타오르는 불길이 하얗게 식어가는 광경을 가벼운 마음으로 지켜봅시다.

부록

작품해설, 찰스 디킨스

1. 작가 소개

찰스 디킨스(Charles John Huffam Dickens)는 영국 빅토리아 시대를 풍미한 소설가다. 이백 년도 넘은 1812년 2월 7일에 영국 남부 포츠머스 외곽에서 팔 남매 가운데 둘째로 태어나서 장남으로 살아간다. 형제 두 명은 어려서 죽는다. 할아버지는 머슴, 할머니는 하녀 출신이고 아버지는 해군 경리국 하급관리였다. 아버지는 사교적이고 유머가 풍부하나 경제적으로 무능하고, 어머니는 선량하고 밝은 성격이나 자녀에게 무정했다. 경제적인 까닭으로 어려서 계속 이사 다녔다.

여섯 살부터 학교에 잠시 다니지만, 다락방에서 소설을 읽으며 훨씬 많은 걸 배운다. 열한 살부터 런던 빈민가에서 산다. 그리고 열세 살부터 구두약 공장에 취직해서 생활비를 번다. 하지만 아버지는 빚이 점차 늘어나 가족은 채무자 감옥에서 지내고 디킨스 혼자 하숙집에서 생활한다. 자신을 중산층이라고 생각한 어린 찰스가 노동자로 전락하면서 겪은 좌절과 고통은 자전적 소설 '데이비드 코퍼필드(David Copperfield)'에 잘 나타난다. 아버지는 '미코버 아저씨', 어머니는 법률사무소 대표의 딸로 허영심만 많고 생활능력은 조금도 없는 여인으로 나온다.

아버지는 할머니 유산으로 빚을 청산하고 찰스 디킨스를 웰링턴 하우스 아카데미(Wellington House Academy)에 삼 년 동안 보낸다. 하지만 어머니는 '공장에서 돈이나 벌라'며 끊임없이 반대하고 디킨스는 어머니와 서먹한 관계를 평생 유지한다.

열여섯 살에 학교를 그만두고 변호사 사무실에서 이 년간 사환으로 일하고 대영박물관 자료실 검토원으로 잠시 일한다. 스물한 살에는 속기법을 익혀서 의회 출입기자가 된다. 여기에서 의회와 정치에 대한 불신과 부정부패, 빈부 격차 등 사회현상에 눈을 뜬다. 디킨스가 말년에 고백한 바에 의하면 "젊은 시절에 신문사에서 혹독한 훈련을 잘 견딘 게 내가 성공한 첫 번째 원인"이다. 이즈음에 은행가 딸과 첫사랑에 빠지나, 여자 부모 측 반대로 헤어진다.

스물두 살부터 글을 쓰기 시작해 Monthly Magazine에 단편 'A Dinner at Poplar Walk'를 발표한다. 스물세 살에는 'Boz'라는 필명으로 다양한 정기 간행물에 풍속 전문 스케치를 기고하면서 '모닝 크로니클' 기자가 된다. 그러면서 쌓은 경험은 시대 상황을 비롯해 거리 풍경과 풍속을 정교하게 묘사하는 능력으로 발전한다.

스물다섯 살에는 그동안 발표한 풍속 스케치를 모아서 '보즈 스케치'를 출간한다. 그리고 '픽위크 페이퍼스'를 연재한다. 스물여섯 살에는 화가 시모어가 만화를 그리도록 보조하면서 시작한 희곡 소설 《픽위크 클럽》을 출판해 명성을 얻기 시작한다. 이후 이 년 동안 '벤트리스 미셀러니' 편집장으로 일하고 안락한 집으로 이사하면서 더욱 정열적으로 집필활동에 매진한다.

이즈음에 평생에 걸친 문학적 조언자며 나중에 '찰스 디킨스 전기'를 집필하는 존 포스터(John Poster)를 만난다. 4월에는 '이브닝 크로니클' 편집장 딸 캐서린 호가스(Catherine Hogarth)와 결혼한다. 처가는 경제적으로 부유하지 않아도 문화적으로 세련된 분위기였다. 결혼 생활은 불행한데, 함께 살게 된 처제 메리(Mary)를 통해 이상적인 여인상을 발견하고 처제와 정신적으로 독특한 유대관계를 맺는다. 하지만 이듬해에 처제가 병으로 죽자, 디킨스는 너무나 커다란 충격에 처음이자 마지막으로 소설 연재를 중단한다. 처제 손가락에서 뺀 반지를 죽을 때까지 손가락에 낄 정도였다. 메리에 대한 그리움은 나중에 '골동품 가게'에서 '어린 넬'로 재현한다. 하지만 자녀를 돌보기 위해 다른 처제 조지나가 오면서 빈자리를 메운다. 조지나는 평생을 독신으로 살며 디킨스 집안에서 살림을 맡은 건 물론, 디킨스가 언니 캐서린과 이혼한 다음에도 임종까지 지킨다.

집필활동에 왕성하던 디킨스는 서른세 살 나이에 견문을 넓히고자 아내 캐서린과 함께 미국을 방문한다. 왕도 없고 계급도 없는 자유민주주의 국가라는 사실에 잔뜩 기대하나, 노예제도를 목격하고 몹시 실망한다. 그리고 자신이 쓴 책을 미국에서 수백만 부나 팔면서 인세는 한 푼도 안 준다고 공식 석상에서 비난해, 미국에서 인기가 떨어진다. 이후에 '미국 여행 노트' 두 권을 발표한다.

서른네 살에는 '크리스마스 캐럴'을 출간한다. 크리스마스이브 하루에 육천 권이 팔려나간 이후, 영어권 사회에서는 크리스마스트리에 꼭 걸어놓는 장식품처럼 되었다. 이 책이 크게 성공하면서 디킨스는 크리스마스에 관한 이야기를 매년 발표한다.

서른여덟 살에는 뉴게이트 감옥을 방문한다. 디킨스는 감옥에서 젊은 여성들이 고통스러워하는 모습에 특히 많은 관심을 보인다. 가난한 집에서 태어나 부모에게 사랑을 못 받고 어린 나이에 거리를 떠돌다 구렁텅이에 빠지거나 매춘으로 접어드는 악순환을 정확히 이해한 것이다. 그래서 독지가를 모아 런던에서 매춘부와 여성 노숙자를 위해 '집 없는 여성을 위한 쉼터'를 설립한다. 일정한 규율 아래 포근한 보금자리를 제공하며 읽고 쓰는 법을 가르쳐서 사회에 재편입하는 길을 열어 준 것이다.

마흔한 살에는 '가정 이야기'라는 잡지를 창간해, 가정이 가장 중요하다고 주장하지만, 디킨스 자신은 아내와 끊임없는 불화를 겪으며 가정생활을 힘겹게 이어간다.

마흔여섯 살에는 윌키 콜린스의 멜로드라마 '얼어붙은 골짜기' 연출을 맡고 배우로 출연하면서 열여덟 살인 배우 엘렌 터넌과 사랑에 빠진다. 이후 집필한 '두 도시 이야기' 마네뜨 아가씨에게 그 분위기를 담아낸다.

이듬해에 아내와 이혼한다. 그리고 전국을 순회하며 작품 낭독회를 시작한다. 극장에서 유료관객을 대상으로 작품 몇 장면을 골라 낭독하는 건데, 엄청난 인기를 누린다. 순회 낭독회를 통해 디킨스는 막대한 돈을 버는데 건강을 해친다.

이듬해에 'All the Year Round'라는 잡지를 발행하면서 '두 도시 이야기'를 연재한다.

1870년 6월 8일, 오십구 세 나이로 저택에서 소설 원고 '에드윈 드루드의 수수께끼'를 온종일 쓰고 저녁 식사를 하다가 쓰러져 다음 날 세상을 떠난다. 웨스트민스터 사원 '시인의 묘역'에 묻혀 묘비에 다음 같은 글을 새긴다.

"가난하고 고통받고 박해받는 사람을 동정했다. 이 사람이 죽으면서 세상은 영국에서 가장 위대한 작가를 잃었다."

디킨스가 세상을 떠났다는 말에 노동자들은 주막에서 "우리 친구가 죽었다"며 울부짖고, 신문과 잡지는 며칠 동안 지면에다 찰스 디킨스 일대기를 도배하고, 한 신문은 부고란에 이렇게 적었다. "디킨스가 발표한 소설은 언제나 화제를 불러보았다. 디킨스가 쓴 소설에는 현실정치와 사건을 그대로 담았다. 디킨스가 소설에 담아낸 건 소설이 아니라 현실 세계였다."

당시 영국은 산업혁명에 성공해 전 세계에서 가장 빠르게 발전하는 나라였다. 디킨스는 작가로 성공해 번듯한 마차를 타고 저명인사와 교류하면서도 대다수 서민이 진흙탕을 밟고 힘겹게 살아가며 신음하는 소리를 듣고 영국 최고 전성기에 담긴 아픈 그림자를 직시하면서 위대한 작품을 남겼다. 당시에는 다섯 살 어린애가 공장에서 열두 시간씩 일하고 겨우 동전 몇 닢을 손에 쥔 채 집으로 돌아가는 일이 많고, 노동자 평균수명은 겨우 스물여덟 살이었다.

디킨스는 가난한 사람에게 깊이 동정하고, 사회적인 악습에 반격하고, 사회에서 실제로 일어난 사건을 기사로 작성하고 소설에 담았다. 카를 마르크스가 "정치 현실과 사회현실에 대해 전문 정치인이나 정치평론가나 학자보다 많은 진실을 말했다"고 평가할 정도였다. 초기 소설은 풍자가 강하지만 후기 소설은 풍자 대신 치밀한 구성과 사회비평이 돋보인다.

2. 작품세계

가장 유명한 작품을 든다면, 《두 도시 이야기》, 《위대한 유산》, 《어려운 시절》, 《데이비드 코퍼필드》, 《올리버 트위스트》, 《니콜라스 니클비》, 《크리스마스 캐럴》 등이 있다. 《데이비드 코퍼필드》는 논쟁의 여지는 있지만, 대표적인 작품으로 자전적인 소설이다. 디킨스는 일상에서 탈출하는 수단으로 연극에 빠져드는데, 《니콜라스 니클비》에는 연극과 연극인에 대한 마음을 담아냈다. 《Little Dorrit》은 풍자가 신랄한 명작이다. 사후에 출판한 책으로는 《예수 그리스도의 생애》가 있는데, 예수 그리스도를 신앙의 대상이 아닌, 본받을 대상으로 묘사한다. 자녀에게 그리스도에 대해 쉽게 설명하기 위해서 쓴 책이다.

셰익스피어가 영어를 아름다운 운문으로 엮어서 독자의 심금을 울리는 시인이라면, 디킨스는 산문을 정확하고 정교하게 풀어내며 독자에게 공감을 끌어낸 이야기꾼이라고 볼 수 있다. 그래서 디킨스 작품은 현란하며, 귀족의 속물근성에 대한 풍자는 사악할 정도로 익살맞다. 세파에 시달리는 서민에 대한 동정심, 상류층에 대한 비판과 풍자는 전 작품에 관철하는 디킨스 특유의 정신이다. 정치인 대부분을 "별 의미도 없는 말을 지껄이며……시간이나 축내는 거만한 사람"으로 묘사한다. 하지만 일부 정치인이 올바른 사회를 건설하려고 노력하는 모습을 보고 깊이 감동하기도 한다.

디킨스는 서민성과 사회 현안에 대한 성찰이 누구보다 탁월하다. 그래서 서민과 끊임없이 만나고, 서민과 연애하듯 평생 충심을 다하고, 세상만사를 서민이라는 관점에서 바라본다. 생애 마지막 십여 년은 영국과 미국 전역을 돌아다니며 소설을 낭독하고, 가는 곳마다 커다랗게 성공한다. 서민은 디킨스에게 환호하고 디킨스는 서민을 위해 살려고 노력하니, 디킨스가 말하거나 발표하는 내용마다 사회에 커다란 영향을 미친다. 그래서 지금도 세계에서 가장 중요한 작가 가운데 하나다.

'어려운 시절'은 몇 가지 측면에서 아주 독특하다. 우선, 디킨스 작품치고 분량이 아주 짧다. '크리스마스 캐럴'을 제외하면 다른 작품의 절반에 불과할 정도다. 게다가 작가 서문도 없고 삽화도 없다는 사실 역시 독특하다. 런던 이외 지역을 (영국 북부 공업 도시 코크타운을) 배경으로 하는 유일한 작품이기도 하다. 갈라디아서 6장 7절 '사람은 무엇을 심던지 자신이 심은 것을 그대로 거둔다'는 내용에 근거해서 1권 '씨앗 뿌리기', 2권 '수확하기', 3권 '저장하기'로 나눈다는 사실도 재미있다.

찰스 디킨스는 어린 시절을 힘들게 보낸 데다 1839년 초기에 맨체스터 공업지대를 방문해서 노동자들이 일하는 열악한 환경을 보고 커다란 충격을 받은 결과, 끔찍한 환경에서 노동하며 사는 사람을 위해 "온 힘을 다해서 강력한 일격을 가하겠다" 결심하고 오랜 구상을 통해 '어려운 시절'을 집필한다. 그리고 공리주의를 본격적으로 비판한다.

공리주의란 '최대 다수의 최대 행복'을 추구해서 이기적인 쾌락과 사회 전체의 행복을 조화시키려는 사상으로 당시 사회에서 지배적인 이념이었다. 하지만 찰스 디킨스는 공리주의를 "통계와 수치로 모든 걸 판단한다"고 비판하며, 이런 사회는 극히 불행할 수밖에 없다고 확신한다. 겉으로 드러난 것만 판단할 뿐, 속마음이나 감정 등 눈에 안 띄는 부분은 외면하기 때문이다. 그래서 겉으로 드러나는 실적만 중시할 뿐, 인간의 성실한 자세나 진정성은 외면하기 때문이다. 공리주의를 창시한 벤담 밑에서 일한 에드윈 캐드윅이 1834년에 빈민구제법을 만들면서 구빈원 생활을 일부러 최대한 불편하도록 구상한 게 좋은 사례다. 이런 자세는 본 작품에서 그래드그라인드가 동정을 베풀라고 호소할 때 비쩌가 보인 반응에서 잘 나타난다.

공리주의 핵심 이론가 '존 스튜어트 밀' 역시 루이사 그래드그라인드와 마찬가지로 철자법, 어원학, 구문론, 작시법, 전기문학, 천문학, 지리학, 일반우주형상학, 복합비율학, 대수학, 토지측량학 등 가혹할 정도로 많은 교육을 받다가 이십 대 초반에 신경쇠약에 걸리는 반면, 루이사는 메마른 교육을 받은 결과 감정표현을 제대로 못 하고 극심한 우울증에 빠져든다. 그런데 디킨스가 놀란 건 이렇게 이기적인 철학을 학교에서 물질주의, 자유방임주의, 자본주의와 결합해 학생들을 달달 볶는다는 사실이다. 그래서 학교 선생님 이름은 '아이질식 M'Choakumchild'다. 아이를 질식시킨다는 뜻을 선생님 이름으로 삼은 것이다. (찰스 디킨스는 성격이나 본질이 드러나는 이름을 잘 사용한다. 그래드그라인드(Gradgrind)에는 '아이들을 맷돌에 넣고 기쁘게 갈아댄다'는 뜻이고, 바운더비(Bounderby)는 '비열한 인간, 졸부, 버릇없는 놈'이란 뜻이 있으며 스파싯(Sparsit)은 '싸움닭'이란 뜻이 있다. 반면에 성실하게 살다가 결국에는 물질문명에 치여서 죽는 인물에겐 '스티븐'이라는 기독교 최초의 순교자 이름을 부여하고 블랙풀(BLACKPOOL, 까만 웅덩이)이라는 암울한 성을 부여한다.)

우리는 해방 이후 서양문화 특히 미국문화를 거의 비판 없이 수용했다. 그런데 현재의 미국문화는 영국 산업혁명 이후 수많은 오류와 시행착오와 논쟁을 거치면서 자리 잡았다. 산업혁명은 영국 사회를 뿌리째 뒤흔들며 새로운 사회로 나가게 한 사건이며, 이후, 서양 일반이 산업화 대열에 뛰어들면서 서양문화를 규정하고, 우리 사회 역시 산업화에 박차를 가하며 우리 문화를 규정하는 계기로 작용한 사건이기도 하다. 이런 점에서 영국 산업혁명 시기를 정면으로 겪으며 다양한 삶을 분석한 찰스 디킨스 작품은 우리에게 많은 의미가 있다고 하겠다.

한 예로, '최대 다수의 최대 행복'이란 공리주의 명제 역시 지극히 올바른 것 같으며, 따라서 영국에서도 처음에는 긍정적으로 받아들인다. 하지만 '최대 다수의 최대 행복'을 추구하기 위해 당연히 겉으로 드러난 수치와 통계를 중시할 뿐 거기에서 소외된 사람은 외면한다. 사람이 성장하는 데 필요한 상상력과 환상과 재미 등도 당연히 무시하고 개성도 무시한다. 그래서 학교는 지옥이 된다. 따라서 문제가 나타나는 만큼 사람들은 공리주의를 비판하고 논쟁과 검증을 통해 새로운 사상이 나타나면서 사회는 그만큼 발전한다.

하지만 우리 사회는 아무런 문제의식 없이 전시 체제의 각박한 미국 문화를 그대로 받아들이니, 그건 우리 삶에 근거하지 않은, 아무런 뿌리도 없는 문화일 수밖에 없어, 기득권층은 통계수치를 마음대로 조작하며 이익을 추구하고 힘없는 사람은 엄청난 고통에 시달린다. '아니면 말고' 식 주장으로 상대를 곤경에 몰아넣고 나중에 거짓으로 드러나면 모른 척하는 식이다. 이익만 챙기고 책임은 아무도 안 지려고 한다.

문화는 사회 구성원을 행복하게 할 수도 있고 불행하게 할 수도 있다. 우리에게 바람직한 문화를 살찌우려면 우리 주변에서 생생하게 살아 숨 쉬는 문화를 이해해야 한다. 고전은 우리가 비판 없이 받아들인 문화가 생겨나온 배경과 그 속에서 인간이 구체적으로 살아간 모습을 묘사하고, 우리가 이런 사회, 이런 문화에서 살아가게 된 원인을 보여준다. 그래서 찰스 디킨스가 작품 끝에 한 말을 나도 똑같이 반복하고 싶다.

"독자 여러분! 이렇게 멋진 일이 여러분과 나에게 일어나는지 아닌지는 여러분과 나 자신에게 달렸습니다. 이런 일이 일어나도록 합시다!

그래서 벽난로 앞에 앉아 활활 타오르는 불길이 하얗게 식어가는 광경을 가벼운 마음으로 지켜봅시다."

북한산이 보이는 송천동에서

김 옥 수